LA VIRREINA CRIOLLA

LA VIRREINA CRIOLLA

Almudena de Arteaga

Editado por HarperCollins Ibérica, S.A.
Núñez de Balboa, 56
28001 Madrid

Diseño de cubierta: Lookatcia
Imagen de cubierta: Trevillion

ISBN: 978-84-9139-751-9
Depósito legal: M-4789-2022

A mis cinco nietos: Ginebra, Íñigo, Diego, Almudena y Carlota. Mi mejor tratamiento de juventud.

A mi cuñada Molly Long, nacida en Pensacola e hija de la Revolución americana.

Ella fue la que hace años me puso sobre la pista de Felicitas.

NOTA DE LA AUTORA

Bernardo de Gálvez, el único español reconocido como padre de la Revolución americana, me sorprendió desde el mismo momento en que lo descubrí buceando en la contienda de Argel, donde luchó junto a varios de los protagonistas de algunas de mis novelas.

Casi de inmediato empecé a buscar entre las compañeras de vida que tuvo y Felicitas de Saint-Maxent, una criolla de origen francés nacida en Nueva Orleans en el seno de una de las familias más relevantes del momento en la Luisiana, saltó a la palestra de mi interés.

De su mano pude viajar mentalmente a lugares tan exóticos como el río Misisipi, el canal principal por aquel entonces del comercio de pieles, armas y alcohol entre el sur y el norte de unos Estados Unidos de América aún incipientes.

Luisiana, el golfo de México, la costa de Florida, Cuba o la España de Carlos III en tiempos de la Revolución francesa y a las puertas de la Ilustración me sirvieron de telón de fondo para construir el andamiaje de una historia apasionante de mujer. Cualquiera de sus facetas me resultaba interesante: Felicitas como gobernadora consorte de Luisiana y Cuba, como virreina de Nueva España (México) y, ya viuda, como la moderna condesa viuda de Gálvez en una vetusta corte madrileña que llega a condenarla al destierro por exponer abiertamente en sus tertulias literarias las revolucionarias ideas afrancesadas.

Definitivamente, Felicitas de Saint-Maxent era una de esas valientes mujeres que aún quedaban por descubrir y bien merecía ser rescatada del ostracismo más absoluto. Su conmovedora historia sin duda quedó ensombrecida por haber estado casada con el héroe malagueño Bernardo de Gálvez, enaltecido por el rey Carlos III con el título nobiliario de conde de Gálvez por las hazañas que narraré a lo largo de las páginas de este libro.

Para entender los prolegómenos de esta historia, empezaré contándoles algo sobre la tierra donde esta bella criolla nació: Luisiana fue descubierta por Alonso Álvarez de Pineda en 1519, y allí el hombre que la dio a conocer celebró la que sería la primera comida de Acción de Gracias de América. Después de aquello, sucesivos expedicionarios españoles ahondaron en su territorio.

Sin abrumarles con datos y nombres, sí les diré que, poco tiempo después, Pánfilo de Narváez perecería ahogado en la desembocadura de aquel inmenso río que hoy conocemos como Misisipi, pero que en aquel tiempo llamaban el Río del Espíritu Santo. También Álvar Núñez Cabeza de Vaca transitaría por esas peligrosas e inexploradas sendas recorriendo a pie lo que en un futuro sería denominado la Luisiana.

A este último le seguiría Hernando de Soto, que trazaría el camino en la cuenca del río a Luis de Moscoso de Alvarado, que a su vez llegaría hasta los dominios de los Natchitoches.

Y así pasó el tiempo. A América fueron llegando barcos cargados de europeos y aquellas tierras, aunque españolas, fueron repoblándose con muchos colonos franceses. Roberto la Salle fue quien las bautizó con el nombre feminizado de su rey, Luis XIV. Los asentamientos empezaron a crecer y prosperar. La mayoría de aquellas familias inmigraban desde Nueva Francia, lo que ahora es Canadá. Huían del asedio inglés a que eran sometidos con sus abusivas exigencias arancelarias.

Lo hacían a bordo de estrechas canoas, navegando río abajo desde los Grandes Lagos y con contadas pertenencias. Tardaban casi mes y medio navegando primero por el río Ohio o Ujayu, según quien lo mentase, europeo o indio, para después llegar al Misisipi. Buscaban tierras más cálidas, tranquilas y prósperas donde poder asentarse y colonizar sin tener que pagar impuestos por ello.

Todos los colonos de ascendencia francesa que eligieron asentarse en la Luisiana, como la familia de Felicitas, fueron llamados pelecajunes. Procedían de Montreal, y dedicados al negocio de la peletería, al cultivo en las grandes praderas, a la ganadería de bisontes y a la venta de carne, principalmente ahumada a la leña en tasajo, pronto hicieron fortuna. Bienville fue quien, a principios del siglo XVIII, fundó Nueva Orleans, la ciudad que con el tiempo se convertiría en su capital; por ella, en apenas una década, ya deambulaban quinientas almas.

Pero el destino en ocasiones es caprichoso y pasados los años los moradores y fundadores de aquella hermosa ciudad verían cómo, de la noche a la mañana y a pesar de ser en su mayoría de ascendencia francesa, pasaban a depender de nuevo de la corona española.

Todo tiene su porqué y, lejos de separarme de la historia de Felicitas, les diré que poco antes España había entrado en la guerra de los Siete Años para apoyar a Francia contra los ingleses. Carlos III de España pidió a su primo el rey francés Luis XVI que, a cambio de su ayuda armada, le entregara las posesiones que tenía en el margen oeste del Misisipi, incluida Nueva Orleans. Ser derrotada en esa guerra ocasionó que Francia entregase Canadá y toda la zona de la Luisiana situada al este del río Misisipi a Inglaterra, quedando las posesiones de la orilla contraria en el oeste, incluida la capital, para España. La corona española, por su parte, perdió las dos Floridas: la Oriental, con capital en San Agustín, y la Occidental, con la capital en Pensacola. El tratado se firmó en Fontainebleau el tres de noviembre de 1762, con la consiguiente firma de la paz en París un año después.

La familia de Felicitas, como casi todos sus vecinos de Nueva Orleans, se enfadó bastante al saber aquel veintiuno de abril de 1764 que su rey Luis XVI había escrito al gobernador colonial de Luisiana,

Charles Philippe Aubry, para que inmediatamente entregase la llave ficticia de la ciudad a Antonio de Ulloa, el gobernador designado por el rey de España.

Definitivamente, la Luisiana ya no era francesa sino española y como tal pasaba a depender de la Capitanía General de Cuba. A partir de entonces sería una parte añadida al virreinato de Nueva España y los pobladores de aquellas tierras dependerían del mayor imperio del mundo, el español.

Gilberto, el padre de Felicitas, aunque al principio recibió la noticia tan a disgusto como el resto de los colonos franceses, pronto, como el hombre inteligente que había demostrado ser, intuyó que lo mejor sería arrimarse al fuego que más calentaba. Fue el primero en ofrecer sus servicios incondicionales a Ulloa como el nuevo gobernador designado.

Independientemente de qué reino los gobernase en la Luisiana, los cajunes envejecían por ley de vida, pasando el testigo de sus ilusiones, sueños y nuevos negocios a sus hijos, los ya conocidos como criollos por haber venido al mundo en aquellas prósperas tierras.

Felicitas sería una de ellas.

I

SEGÚN EL DEVENIR DE LOS VIENTOS

Plantación de Chantilly
Lago Pontchartrain, a pocas leguas de Nueva Orleans
19 de marzo de 1766

Ir y quedarse, y con quedar partirse,
partir sin alma, e ir con alma ajena,
oír la dulce voz de una sirena
y no poder del árbol desasirse.

Lope de Vega, «Ir y quedarse»

Por primera vez en la vida, mis padres esperaban casi ocho meses para bautizar a una de sus hijas. Con María Antonieta todo parecía ser diferente.

Madre fue criticada por muchos por su demora. Se saltaba la tradición inmemorial de cumplir con el primer sacramento de la Santa Madre Iglesia a la par que tentaba a la suerte ante la posibilidad de perder a la niña, presa de una muerte prematura, antes de haber ni siquiera asegurado su entrada en el limbo.

Pero hacía ya mucho tiempo que a mi madre no le importaban en absoluto los pareceres ajenos. Para ella, ante todo, primaba que antes de pasar por la pila bautismal mi padre hubiese reconocido a mi hermana pequeña como hija suya.

En nuestro mundo, las largas ausencias de los maridos eran casi tan habituales como la incongruencia de los plazos entre el último holgar de un matrimonio y la culminación de un embarazo. Por eso madre quería dejar clara su castidad y virtud. Ella esperaba impaciente el día en que padre llegase a atracar en el pantalán que daba al lago con el tiempo suficiente como para poder disfrutar sin prisas del ágape y las celebraciones posteriores al bautismo.

Le gustaba tenerlo todo previsto. Quería que fuese él, y nadie más, el que sostuviese en sus brazos a la niña mientras el padre Cirilo volcaba sobre su diminuta cabeza el agua bendita. Sin embargo, desgraciadamente, desde que nació la pequeña María Antonieta había tenido que aplazar en dos ocasiones la celebración.

La primera, cuando la parió en su ausencia, y la segunda, cuando por fin apareció cuatro meses después del parto y tan solo se dignó a pasar un único día a nuestro lado. Apenas tuvo tiempo para vernos, embarazar de nuevo a madre y salir despepitado hasta sabía Dios cuándo con un cartapacio que había sacado del secreter bajo el brazo.

A pesar de la desilusión, de la boca de madre no salió un lamento. De haberlo pronunciado no habría sido ella.

El hecho de que mi hermana fuese la sexta quizá la ayudó a relajarse. Cumplidos los cuarenta, la experiencia ya la había liberado de las angustias e inseguridades que suelen acuciar a una madre primeriza.

Lo que sí tenía muy claro era que con esta celebración quería que se bendijese y estrenase la nueva capilla de Chantilly, y se había prometido a sí misma que no lo haría hasta que su marido viniese de verdad a descansar de sus constantes negocios con las tribus que le proveían de pieles río arriba. Aquel día de San José, por fin y después de ocho meses de eterna espera, parecía ser que iba a cumplirse la fecha propicia para tan ansiada conmemoración.

Hacía un par de días que un mensajero nos había avisado de su inminente llegada y todo estaba preparado. Ya solo faltaba que mi padre no objetase en llamarla María Antonieta, como a la reina de Francia.

Madre aquel día estaba resplandeciente. Había elegido un vestido adamascado en tonos naranjas que contrastaba con el albor de su piel y le marcaba la cintura lo suficiente como para disimular su nuevo estado de buena esperanza. Se alegraba de no haber tenido que recurrir al holgado y tan poco favorecedor guardainfante. Consciente de sus mejores atributos, se había entreabierto un poco más de lo usual el pañuelo de seda de su escote para realzar su abultado pecho y, en una cinta de terciopelo, se había colgado al cuello la cruz de rubíes que padre le había regalado en su último cumpleaños.

Bautizaba a María Antonieta embarazada de cuatro meses de la que sería mi hermana Mariana, contribuyendo al aumento aún mayor de su prole, y sonreía satisfecha de poder tener de nuevo a toda la familia unida al completo.

Nerviosa ante la inminente llegada de la barcaza, se dirigió a nosotros:

—Deprisa, niños, poneos junto a mí por orden de estatura. Quiero presentaros a todos los que hoy nos visitan y acompañan a vuestro padre.

Hasta ese momento no me había dado cuenta de que mi hermana Isabel, a sus catorce años, ya media más que mi madre.

—Madre, ¡Isabel ya os ha alcanzado! ¡Si casi os saca un palmo!

Se miraron desconcertadas al comprobar que era verdad. Isabel se sonrojó:

—Será porque madre no lleva sombrero y yo sí.

Gilberto y Maximiliano se sorprendieron al percatarse de ello, y no perdieron ocasión para fastidiar a su hermana mayor.

—¡Es verdad! A partir de ahora os voy a llamar «tía Isabel». ¡Vieja, más que vieja!

Madre se impacientó.

—¡Callaos y colocaos en vuestro lugar, que ya llegan! Vamos, Felicitas, al lado de Isabel. Gilberto, Maximiliano y María Victoria, poneos a continuación.

Sin rechistar, todos cumplimos sus órdenes a excepción de María Victoria, que, desde que fue destronada por la pequeña, no paraba de lloriquear por cualquier cosa para llamar la atención.

Uno a uno, como si fuese un general pasando revista a la tropa, madre fue recomponiéndonos. A Isabel le rehízo el lazo del sombrero; a mí me sacó las puñetas de encaje que con las prisas se me habían quedado arremetidas en la manga y, dándome la vuelta, me apretó la cruceta del corpiño; a los chicos les abrochó sendos botones de los chalecos y a Vic, cabizbaja como siempre, le levantó la visera de la capota de manera que aquellos acuosos ojos azules asomaron de nuevo, dejando al descubierto su permanente ofuscación.

A lo lejos sonó la primera campanada del castillete de proa avisando de la llegada de padre. Madre corrió a retomar su lugar mascullando su última orden:

—Felicitas, cuidad de que vuestros hermanos no se escapen antes de tiempo. Hoy quiero que seáis un ejemplo de buenas maneras.

Al final de la fila estaba María Antonieta en los brazos de Nana. Su sonrojada carita parecía la guinda de un pastel de merengue a punto de ser engullida por las blondas, volantes y puntillas encañonadas de aquel faldón de cristianar. Dormía ajena a todo lo que pasaba, mecida por los brazos de la que fue mi ama de cría y la madre de mi hermana de leche, una loba, negra e india a partes iguales, llamada Ágata. Nana era la única esclava liberta, y todos la adorábamos por habernos cuidado siempre desde pequeños.

Madre había ordenado a los jardineros que fabricasen una arcada de flores justo en el lugar donde posarían el portalón para el desembarco, según había visto en un grabado de los jardines de Versalles.

Aburrida ante la eterna espera, miré a mi alrededor buscando el casi inalcanzable horizonte al final del lago.

Chantilly estaba al sudeste de Nueva Orleans y era la plantación más grande de las circundantes, con treinta y cuatro mil quinientos acres de terreno. Para mi madre, en aquel momento, aquella era su casa de campo preferida, la última que padre le había comprado y de la que estaba deseando alardear con todos los que en aquel barco llegaban acompañándole. El hogar que, después de cuatro mudanzas, tenía más probabilidades de ser el definitivo. Que yo recordase, habíamos pasado ya por el piso superior de la calle Conti, por la casa de Marigny y largas temporadas en la de la plantación de Bayou St. John.

Minuciosa hasta en los detalles más nimios, madre no dejaba nada al azar. En los últimos meses aquella mansión había ido cuajándose de relojes, muebles, candelabros, telas adamascadas, tapices, plata, encajes, cuadros y toda suerte de piezas u obras de arte que previamente había encargado o comprado a los tratantes de caprichos provenientes de Europa. Disfrutaba con ello y, como ella misma decía, cualquier cosa que la hiciese digna de elogios o envidias le gustaba.

A pesar de habérselo podido permitir, lejos de vivir su opulencia con parsimonia, prefería llenar las ausencias de padre con una actividad inusitada en una mujer de su clase. Igual dibujaba un diseño del jardín que compraba seda para las cortinas del comedor, bordaba nuestras iniciales en las almohadas, enseñaba a bruñir la plata a las sirvientas, elegía a nuestros profesores o cabalgaba junto al capataz para recorrer la plantación, vigilando la recolección de los nuevos cultivos de tabaco o el parir de una vaca. La cosa era no estar quieta ni un segundo.

Fuera como fuese, ante todo se sentía artista, y como tal temíamos el momento en el que terminase de enjaezar esa casa para poner su mirada en otra diferente. Una vez creado algo, perdía completamente el interés por ello para buscar otro hermoso lugar donde poder derramar sus querencias y caprichos.

Esta actitud hacía que muchas de las vecinas de las casas circundantes la tachasen de frívola y antojadiza. Nunca lo supe a ciencia cierta, pero la verdad era que, mientras ellas engordaban presas de su pereza, madre mejoraba como el buen vino con el paso de los años y los sucesivos embarazos.

La barcaza fue engrandeciéndose según se acercaba, de tal manera que por fin fuimos distinguiendo a los visitantes.

La segunda campanada, mucho más cercana que la anterior, alertaba a una pequeña canoa para que se apartase de la trayectoria entre la posición del barco de padre y la nuestra. Los dos esclavos que estaban pescando soltaron las cañas y remaron con todas sus fuerzas hasta dejarles paso franco. Por aquel inmenso lago salobre, que más que lago a mí se me hacía mar, la circulación de barcos con mercancías y pasaje cada vez mayor y más desordenada hacía frecuente el involuntario abordaje de unos contra otros.

Madre, sombrilla en mano, saludó a lo lejos cuando padre salió de entre la multitud. Apenas cinco minutos después posaba el pie en el embarcadero.

Padre la estrechó entre sus brazos y la besó como si fuese la primera vez. Siempre lo hacían cuando llevaban tiempo sin verse. En cuanto la apretó contra sí, supo de su secreto. La separó de él para ponerle la mano en el vientre y le dirigió una mirada de satisfacción. Como tantas otras veces, no hicieron falta palabras, padre ya sabía que madre estaba de nuevo embarazada.

Fue besándonos uno a uno en la frente, incluida a la pequeña María Antonieta, y tomando del brazo a madre nos pidió que los siguiéramos. Detrás de nosotros vinieron el resto de los invitados, que, después de desembarcar, nos siguieron en procesión.

Todo el camino hacia la capilla estaba enmarcado con arcos similares al que dejamos detrás. De hecho el día anterior lo pasamos encaramados a los magnolios recolectando esas hermosas flores blancas que ahora los engalanaban.

Nuestros pasos seguían el ritmo de los tambores que sonaban en las barracas de los esclavos. Al acercarnos, cesaron, y una docena de ellos, a las órdenes de nuestro profesor de música, comenzaron a cantar el *Ave María* de Haydn.

Desde mi posición, no pude más que fijarme en la espalda de nuestros progenitores. La cola de la casaca de mi padre y la gran lazada de detrás del vestido de madre rebotaban al unísono, bailando al compás de sus pasos. Como el bamboleo de sus prendas al caminar, mis padres se compenetraban, querían y respetaban como pocos matrimonios, y de su ejemplo aprendimos todos sus hijos, los seis nacidos ya y los tres que faltaban aún por llegar.

El padre Cirilo nos esperaba en la puerta de la capilla. Tomamos asiento en primera fila y no pude resistir mirar atrás. ¿Qué amigos habían venido?

Justo en la bancada contigua estaba la abuela Françoise. Desde que se quedó viuda del abuelo Pierre, pasaba largas temporadas con nosotros. Madre solía ponernos a sus padres como el más claro ejemplo de aquellos que transformaron las indómitas tierras que encontraron al emigrar desde Europa en prósperos cultivos y crecientes ciudades. Su buen hacer tan solo simbolizaba el primer tramo de un camino a seguir por todas las generaciones que los sucederíamos, y tendríamos la obligación de honrarlos y engrandecer lo que un día ellos sembraron con su sacrificio.

La abuela Françoise era una de las mujeres más ancianas de Nueva Orleans y, por ello, respetada y casi venerada por muchos. Para algunos, era casi una versión blanca de las reinas de las tribus indígenas del norte; la experiencia la había colmado de sabiduría, y no eran pocos los que acudían a ella para pedirle consejo, casi rindiéndole pleitesía.

Según madre debíamos sentirnos tan orgullosos de su familia, los La Roche-Luce como de los Saint-Maxent porque, así como padre se había labrado un futuro en Nueva Orleans, ellos antes ya lo habían hecho en Quebec y Montreal.

Junto a ella estaba el socio de mi padre, Pierre Laclede, tan galante y guapo como amoral, pues mantenía una relación pecaminosa con una mujer casada llamada María Teresa Bourgerois Chouteau. María Teresa pertenecía a otra de las familias más influyentes en el comercio de pieles. Como madre, había sido obligada por conveniencia familiar a casarse muy joven con René Auguste Chouteau y ahora, enamorada locamente de Pierre, con frecuencia faltaba abiertamente al respeto a su marido. Esta vez, sentándose al lado de Pierre junto a sus cinco hijos.

La abuela la miró de reojo con desaprobación. Por edad tenía la virtud ganada de poder decir todo lo que se le pasase por la cabeza. En susurros, por estar en la casa de Dios, reprendió a Pierre sin tapujos:

—Como es posible que os hayáis atrevido a traerla... ¡Y con todos vuestros bastardos!

Había oído a mi madre decir que cuatro de los cinco hijos de María Teresa eran de Pierre, y aquello me lo terminó de confirmar. Pierre chistó antes de sonreír sarcásticamente.

—No he sido yo, sino Teresa, la que ha decidido venir. Si su marido lo permite, allá él con su cornamenta.

La abuela sacó el abanico para ponérselo frente a la boca. Aun así, pude escucharla ya que la sordera le hacía alzar inconscientemente la voz.

—¡De búfalo, diría yo! Ignorante cornudo. Parece que olvidáis que está acostumbrado a defender sus pieles contra los ataques de las tribus indias río arriba. Cuentan barbaridades sobre cómo torturó antes de matar a los últimos que lo intentaron, y si es cierto, ¿no teméis que haga algo similar con quien intente robarle a su mujer?

Pierre negó con la cabeza.

—En absoluto. Yo tampoco ando cojo, señora. ¿O es que no recordáis que soy probablemente el mejor espadachín de Nueva Orleans? No hay torneo que pierda.

La abuela suspiró.

—De poco vale el metal frente a la pólvora, y ya sabéis que no soy amiga de las trifulcas.

Arqueando las cejas, bajó la voz, intentando acaparar aún más la atención de la abuela.

—Si os revelo un secreto, ¿prometéis guardármelo?

La abuela, expectante, se llevó la mano derecha al oído izquierdo y se levantó la blonda de la capota para no perder ripio. Podría decirse que su sordera iba y venía a voluntad.

—Habréis escuchado que el pasado día de San Valentín vuestro yerno y yo pusimos la primera piedra de un fuerte que se erguirá sobre el acantilado que domina la confluencia de los ríos Misuri y Misisipi.

Asintió arqueando las cejas, haciendo memoria.

—Sí. Gilberto nos dijo que os había hecho su socio, dándoos el veinticinco por ciento de la compañía para que, entre otras cosas, fundaseis allí un asentamiento desde donde vigilar y asegurar las mercancías que traéis navegando río abajo. San Luis, creo que habéis decidido llamarlo. Pero… ¿eso qué tiene que ver con vuestros indecorosos amoríos?

La abuela, consciente de que María Teresa, al advertir que se hablaba de ella, estaba escuchando, le dedicó una mirada de reproche.

Pierre se explicó, molesto por la actitud de la abuela, pues ahora también arremetía contra la que él consideraba su esposa.

—Que es allí a donde me voy a llevar a María Teresa y a mis hijos. Ella me ayudará a convencer a otros colonos para que acudan, construyan sus casas, traigan su ganado, aprendan de sus dotes de apicultora y comiencen a arar los campos del albergue del fuerte y así, quién sabe, lo mismo acabamos fundando nuestra propia ciudad.

María Teresa le cogió de la mano para apretársela fuertemente, dirigiéndole una mirada de agradecimiento. Él le correspondió antes de continuar.

—Como sabéis, los casacas rojas siempre tuvieron difícil conservar sus fortalezas en el país de Illinois, pero, por una rara casualidad, desde el año pasado, los que están al mando del capitán Thomas Stirling en Fort Chartres y sus alrededores se han hecho invencibles. Alimentando el odio que les caracteriza hacia todo el que no es británico, han ordenado a muchos colonos franceses que salgan de la colonia inglesa a no ser que puedan comprar una costosísima licencia de estadía que no podrán pagar. Muchos de ellos, cansados de los abusos ingleses, tan solo necesitan un pequeño aliciente para venir a repoblar la que un día será nuestra ciudad. ¿Por qué creéis que quise poner la primera piedra justo el día del santo custodio del amor? San Luis estará construida sobre el pilar del nuestro.

—Pecaminoso como el de nadie. ¿Y su marido, qué? ¿Creéis de verdad que la dejará marchar? —contestó la abuela, indignada.

María Teresa, inclinándose hacia delante para poder mirarla a los ojos sorteando a Pierre, le contestó con aplomo:

—Mi marido solo se casó conmigo por interés y ahora pasa tanto tiempo fuera que se podría decir que nos tiene abandonados.

El tintineo de la campanilla del monaguillo rogando silencio marcó el inicio de la ceremonia, impidiendo a mi abuela contestarle como hubiese deseado. La conversación quedó inconclusa.

Al salir don Cirilo de la sacristía todos nos pusimos en pie. Solo entonces pude percatarme de que, en la bancada de la diagonal, estaban sentadas las nuevas autoridades del momento.

Desde hacía muy poco tiempo, y muy a pesar de muchos de nuestros paisanos, los españoles se habían adueñado del lugar que antaño ocupaban los franceses.

Por lo que nos contó nuestra maestra de español, un idioma que madre se empeñó en que aprendiésemos desde que estos señores llegaron, así lo habían decidido los reyes de España y Francia en un acuerdo firmado en las ciudades europeas de París y Fontainebleau. Al parecer todo había sido debido a una guerra a la que llamaron de los Siete Años. En ella acordaron luchar unidos los dos regios parientes contra el rey de los ingleses. Fueron derrotados y, como compensación a las pérdidas sufridas por sus compromisos, el rey de Francia, que se llamaba Luis XVI, le entregó a su primo español, Carlos III, parte de la Luisiana.

Yo no llegaba a entender cómo dos reyes, desde tan lejos, podían darse y quitarse estos lugares como si de un simple caramelo se tratase. Ella intentó explicárnoslo, pero a mí, a mis once años, todo aquello me sonaba disparatado y remoto; demasiado apartado como para querer profundizar en esa lección.

Lo único que me quedó claro de todo este embrollo fue que el sitial que antaño estaba reservado para los gobernadores franceses ahora era ocupado por altos dignatarios españoles.

Padre nos había pedido a todos que los recibiésemos lo mejor que pudiésemos porque de ellos dependerían, a partir de entonces, varias licencias de comercio básicas para su negocio. Y así, aun entendiendo poco de protocolo, pude diferenciar fácilmente a quien ocupaba el sitio preferente porque le habían puesto una gran silla al lado derecho del altar.

Aquel hombre era el nuevo gobernador de la Luisiana, don Antonio de Ulloa. Con su lustroso uniforme y su peluca peinada con dos voluminosas guedejas en forma de rulo a ambos lados de la cabeza, irradiaba autoridad. Se le veía tan enjuto y estaba tan sumamente delgado que los pómulos de sus mejillas sobresalían de su cara como dos huesos pinchudos. Al ver que le miraba, me saludó con una leve inclinación de cabeza.

Aún recordaba el día en que nos visitó la primera vez. Fue nada más tomar posesión de su cargo hacía poco menos de un año. Se quedó a dormir y, aprovechando que había luna nueva, estuvo enseñándonos a identificar las estrellas con la ayuda de un catalejo.

Fue entonces cuando habló de una apasionante expedición que había hecho tiempo atrás para medir el arco del meridiano central de la Tierra. Yo hasta entonces no sabía que la tierra en los mapas estaba cortada en porciones. Viajaron desde España hasta un lugar llamado Quito y fueron precisamente aquellas estrellas que ahora mirábamos las que le habían servido de guía. Aquella noche, aquel forastero, aparte de enseñarnos a mirar el cielo nocturno de otra manera, nos empezó a conquistar independientemente de que hubiese llegado por la imposición de un rey.

Claro que el hecho de que hablase perfectamente francés nos facilitaría mucho las cosas. Sus historias estimularon nuestra imaginación. Había viajado por medio mundo, nos habló de sus grandezas y a mí, a pesar de las antipatías que parecía provocar, desde el principio siempre me pareció un hombre agradable.

Padre decía que era tan buen astrónomo como gobernante, pero lo cierto era que en Nueva Orleans casi nadie le quería, entre otras cosas porque había prohibido cualquier comercio que implicase la entrega, trueque o venta de armas o toda suerte de licores a los indios, algo que estaba muy ligado a la compraventa de las pieles. Por eso quizá padre prefería antes tenerle a bien que a mal.

Sentada al lado de don Antonio estaba su prometida, recién llegada de Lima. Era la hija del conde de San Javier, se llamaba Rosa Ramírez de Laredo, y madre resolvió tratarla como si ya se hubiesen casado al faltar muy poco para ello.

Don Antonio, como el padrino que sería de María Antonieta, había traído de regalo un sonajero de plata con mango de marfil y una gran medalla de la Virgen para colgar del lazo que adornaba el dosel de la cuna de mi hermana.

Muchos de nuestros amigos, a pesar de haber acudido sin reparos y con muchas ganas a nuestros pasados festejos, faltaron a esta cita para dejar constancia de su falta de comunión con el nuevo gobernador y sobre todo demostrar su enfado. Un desafortunado desaire, que lejos de incomodarla, tildó mi madre de necia pataleta. Una inútil descortesía que, a la larga, lejos de beneficiarlos, los hundiría. Saber acercarse al árbol que mayor sombra diese era primordial y, por eso, a pesar de que siempre hablábamos en francés con ellos, nos había puesto una profesora de español.

Ella fue la que me regaló un compendio de los más hermosos poemas escritos en esa lengua para mejor aprenderla. Versos que con frecuencia y a lo largo de mi futura existencia me guiaron.

Cuando terminó la consagración miré a mi alrededor; a mi lado Isabel casi bailaba al son de la melodía que entonaba el coro de esclavos. Sin necesidad de más disimuladas torsiones para fisgar quién había acudido y quién no, pude ir viéndolos pasar frente a nuestro banco cuando acudieron a comulgar. La premura del desembarco y la consiguiente procesión hacia la capilla me lo habían impedido anteriormente.

Fue entonces cuando descubrí que también había venido la familia del recién fallecido Jean-Baptiste d'Estrehan, y me alegré mucho, dado que llevaban meses enclaustrados en casa cumpliendo con el luto debido.

De las quinientas almas que formábamos el vecindario de Nueva Orleans, Jean-Baptiste había llegado a la Luisiana casi al mismo tiempo que mi padre. Codo con codo sufrieron las inclemencias de los primeros años, intentando abrirse camino en una tierra desconocida y cuajada de peligros. Juntos se enamoraron de las hijas de otros colonos. Quizá por eso padre sufrió más que ningún otro su pérdida.

Mientras mi padre, después de estudiar las posibilidades de negocio, se inclinó por el de las provechosas pieles y el ganado, su mejor amigo lo había hecho por las plantaciones de índigo. Con el tiempo Jean-Baptiste llegó a ser gobernador. Padre le había prometido, en su lecho de muerte, cuidar de su familia.

Correspondiendo a sus desvelos, allí estaban. Eran de los pocos franceses que acudían. Su viuda rompía el luto por primera vez junto a todos sus hijos. Mi madre le sonrió desde su sitial, satisfecha de que por fin se hubiese decidido a salir.

Al pasar frente a nosotras, Juan Honorio, el segundo de sus vástagos, me trepanó con la mirada. Ligeramente incómoda, se lo comenté entre susurros a mi hermana Isabel. Confiaba en ella más que en nadie en el mundo. A sus catorce años, su cuerpo abandonaba el de la niñez, y en cierto modo la envidiaba. Seguro que ella, al ser mayor que yo, sabría interpretar aquella mirada.

Con un leve movimiento de abanico al aire le hizo ver que ella le había descubierto en su secreto observar. Él inmediatamente bajó la mirada para disimular. El susurro de Isabel en mi oído sonó a chanza:

—Vaya, Felicitas. ¿Quién diría que a vuestra edad pudieseis ya levantar pasiones? Empezáis pronto, hermanita.

Solo de pensarlo me sonrojé. En efecto, aquel muchacho parecía demostrar más interés en mí que en cualquiera de los amigos que en la cola le acompañaban a comulgar.

«¡Qué tontería!», pensé. Isabel, desde hacía meses, tan solo hablaba de lances de amor, de las ganas que tenía de que le hicieran la corte y de quién podría ser un buen candidato para tan importante selección y yo… simplemente la escuchaba, pesarosa de que ya no quisiese acompañarme en juegos más ingenuos.

El padre Cirilo, terminado el sacramento, hizo firmar a los padrinos, se guardó la partida de bautismo para llevarla al archivo de la catedral de San Luis en Nueva Orleans y, dándonos la bendición, nos permitió salir en paz.

Ya de regreso a casa, tras caminar por entre los arcos de flores al llegar al ágape dispuesto bajo los porches, una mano me detuvo. Era Juan Honorio.

—Felicitas, ¿querríais jugar conmigo a la petanca?

Desde la última vez que le había visto su voz había cambiado, y un leve gallo delató su timidez.

—¿Ahora?

Miré a la mesa donde todos los comensales se arremolinaban para pedir un refrigerio. Me dio una pereza infinita volver a saludar reverencialmente a todas esas autoridades y amigos de mis padres, y le miré a los ojos sin temor.

—¿Por qué no? Necesitaremos un tercero. ¿Qué os parece si viene mi amiga Ágata?

Como siempre, esta apareció de la nada.

—¿Me llamabais?

Pegué un brinco.

—¿De dónde habéis salido?

Ágata era el ejemplo más palpable de la belleza que podía emanar del mestizaje entre un indio y una negra. Loba la llamaban los españoles recién llegados, ya que su rico idioma daba nombre a cada casta nacida de la unión entre las diferentes razas.

Su madre era Nana, la esclava que nos había criado a todos, y su padre, el indio Oneida Jan Yeidi, el más valioso guía e intérprete de mi padre cuando incursionaban en busca de pieles en los territorios donde su tribu aún campaba libremente.

El padre de Ágata, entre sus congéneres, fue de los pocos que, descreídos ante las promesas de los casacas rojas cuando les aseguraban la paz y el reconocimiento de la propiedad de sus tierras a cambio de su alianza armada, los rechazó. Además, Oneida demostró su verdadera lealtad el día en que voluntariamente se interpuso en el trayecto de aquel arcabuz y el pecho de mi padre. Viajaban río abajo con la barcaza colmada de pieles y unos bandidos, una vez más, intentaron hacerse con el botín.

Según contaba madre, cuando Nana vio el carromato con su cadáver, estaba preñada de siete meses y la impresión la hizo parir prematuramente. A pesar de ello, la niña nació fuerte, y el color naranja de su piel, reflejando la mezcla de razas de sus padres, la hizo acreedora del nombre de Ágata.

Padre no encontró mejor manera de agradecerle la vida a Oneida que manumitir a Nana, sacarla de la recolección de los campos y traerla a servir a casa a cambio de un salario. El documento fue fechado dos días antes de la data real para que la niña naciera de madre libre. Y así Ágata, aunque loba, nació de una esclava liberada.

Un mes después madre me parió a mí, y como la leche no le llegó a subir debido a unas calenturas, Nana terminó amamantándome con la leche que tenía sobrante de la de Ágata. En cierto modo, además de amigas de la infancia fuimos también hermanas de leche.

Yo confiaba en ella plenamente. Ella sabía todos mis secretos inconfesables, las intimidades más vergonzosas y mis deseos más prohibidos, bien porque yo misma se los contaba o bien… porque ella tenía el extraño don de preverlos.

Con frecuencia bromeaba sobre sus dos mitades, la de chamana y la de hechicera africana. Fuera como fuese, siempre había adivinado el sexo de los niños que madre tendría, el devenir de los huracanes o las lluvias torrenciales. Aseguraba ver el grado de pureza en las almas y lo que más provechoso parecía, la buena sintonía en los futuros enlaces entre los hombres y las mujeres con solo mirarlos fijamente a la pupila de los ojos.

Aquel mediodía, después de tirar nuestras pelotas de petanca lo más cerca posible de la negra, me tocaba recoger y aprovechó ese breve instante para penetrar con su mirada en la mía. Al percatarme de ello e intentar reprobarla sentí cómo, de alguna manera inexplicable, invadía sin permiso mi mente.

Recordé lo que me había dicho Isabel en la capilla y, como si me leyese el pensamiento, sin haberle siquiera preguntado, me contestó:

—Sí, Felicitas. Aunque vos no lo creáis, será dentro de pocos años, así que ya podéis iros preparando.

No pude evitar mirar de arriba abajo a Juan Honorio, que, incómodo ante una conversación de la que únicamente entendía ser el objeto principal, dejó su bola y se marchó tarareando hacia casa la música de violonchelo que salía de sus soportales.

II

BAJO EL ÁRBOL QUE MÁS SOMBRA DA

Nueva Orleans
25 de octubre de 1768

Sueña el rico en su riqueza,
que más cuidados le ofrece;
sueña el pobre que padece
su miseria y su pobreza;
sueña el que a medrar empieza,
sueña el que afana y pretende,
sueña el que agravia y ofende,
y en el mundo, en conclusión,
todos sueñan lo que son,
aunque ninguno lo entiende.

Pedro Calderón de la Barca, *La vida es sueño*

Expectantes, escuchábamos las historias de mi padre sentados alrededor del pozo que había en medio del patio. Aquel día, él, excepcionalmente, ocupaba el lugar de nuestra maestra de español. Quería ilustrarnos sobre la historia de nuestros ancestros.

Todos debíamos saber de dónde y de quién procedíamos, para poder en el futuro honrar a nuestros antepasados y recordarlos el día de mañana junto con nuestros hijos, tal y como él hacía ahora con nosotros.

Madre, sentada en una mecedora y con el bastidor en la mano, bordaba su inicial en el almohadón más grande de su cama. Isabel hacía encaje de bolillos. Yo le prestaba mucha atención sentada sobre una gran estera junto a Max y Gilberto, y María Antonieta, acurrucada en mi regazo, se entretenía zarandeando el sonajero de plata que su padrino Antonio de Ulloa le había regalado el día de su bautizo. Como antes mi hermana Victoria, ahora era ella la que languidecía presa de los celos al haber sido destronada por mi nueva hermana Mariana. La infanta y séptima de mis hermanas, dormía plácidamente en los brazos de Nana, acunada por el balanceo de la mecedora.

Corría por aquel entonces el rumor de que pronto Antonio de Ulloa nos dejaría para marcharse a España junto con su mujer, y sería reemplazado por otro gobernador que lidiase mejor con los disidentes franceses.

No eran pocos los que auguraban que su sucesor, alejado de las contemplaciones, demostraría más autoridad, que el cambio de cara en la figura del gobernador quizá ayudase a traer la paz. Padre incluso había dejado caer que él sabía de quién se trataba, que lo había conocido en el último viaje que hizo a La Habana, y que le pareció un buen candidato, pero que por prudencia le habían pedido que no revelase su identidad hasta que su nombramiento por parte del rey de España estuviese firmado.

Desde que empezaron a agudizarse estos desencuentros entre unos y otros en Nueva Orleans, padre viajaba tanto o más si cabe que anteriormente, y por nada del mundo queríamos perdernos el encanto de aquellos efímeros y ocasionales momentos en los que nos hacía participes de su escasa presencia.

Pensativo, se enrollaba y desenrollaba un mechón de su patilla derecha en el dedo índice. Una manía que la mitad de sus hijos habíamos heredado de él y hacíamos palpable desde el preciso momento en el que aprendíamos a coordinar movimientos en la cuna. Aunque pelones, la hacíamos evidente tirándonos a nosotros mismos del lóbulo de la oreja. Curioso legado aquel que a todos nos caracterizaba como uno más de los Maxent.

—¿Os he contado alguna vez que nací en un pueblo llamado Lowny, en la Lorena francesa?

Al unísono asentimos, mientras él echaba su memoria a volar en busca de antiguos recuerdos.

—Era hermoso de verdad, y no oiréis de mi boca una mala palabra para la tierra que me vio nacer, a pesar de que empezaba a quedárseme pequeña.

Alzó la vista al cielo.

—Yo era un joven inquieto e inconformista que pronto me dejé seducir por las historias de grandeza que se contaban de las Trece Colonias. Los que ya habían viajado y escribían decían que allí, al otro lado de los mares, casi todo era indómito y que estaba minado de incógnitas e inseguridades, pero a mí eso no me importaba en absoluto, supongo que porque tenía alma de aventurero. A diario soñaba con esas tierras casi inexploradas y sedientas de proyectos. Así que, en cuanto pude ahorrar para el pasaje, embarqué en el puerto de Le Havre sin tener muy claro cuál sería mi destino definitivo: me dejaría mecer por la marea hasta encontrar un lugar propicio donde empezar. Navegué hacia la desembocadura del Sena hasta salir al canal de la Mancha, y me dejé mecer por el oleaje de una travesía de ensoñaciones rumbo a una vida mejor y más provechosa. Eran muchas las noticias de todos los que medraban en el Nuevo Mundo y yo, inteligente y trabajador como era, me propuse seriamente pasar a formar parte de esa lista de virtuosos.

Madre bromeó:

—Menos flores a uno mismo y más humildad recomienda el Señor.

Padre fingió no escucharla. A esas alturas de su vida ya había hecho realidad muchos de aquellos sueños de antaño y podía permitirse el lujo de alardear de ellos con sus hijos a modo de ejemplo. El comentario de madre tan solo le sirvió como acicate para proseguir con más aplomo si cabía. Seguro de sí mismo, apenas quedaba nada en su semblante de aquellas incertidumbres con las que dijo embarcarse.

Inspiró profundamente de la pipa de la paz que le regalaron los indios en su último viaje, tosió y continuó con su monólogo:

—Si bien era cierto que atrás dejaba un viejo continente que no me había dado grandes oportunidades, lejos de despotricar de mi lugar de nacimiento como otros tantos hacen por aquí, yo hoy, hijos míos, os transmito mi devota añoranza para que jamás olvidéis dónde nacieron vuestros ancestros. Al haber vuestra madre nacido como vosotros en esta colonia y ser todos vosotros criollos, creo que tengo el deber de transmitiros este mensaje que nunca debéis olvidar, y debéis prometerme que, si algún remoto día viajáis a Francia, iréis a conocer mi pueblo natal. ¿Me lo prometéis?

Asentimos de nuevo.

—Bien, me alegro de ello, porque en un futuro todos hablarán de sus abuelos alemanes, irlandeses, escoceses, españoles, etc., y, vosotros, ¿de dónde diréis que eran los vuestros?

Al unísono contestamos:

—Franceses.

No era la primera vez que nos contaba aquella historia, de hecho, nos la conocíamos de memoria, pero por nada del mundo quería que, a pesar de haber nosotros nacido a miles de millas de distancia, olvidásemos de dónde proveníamos.

Como solía bromear, a esas alturas de la vida llevaba el mismo tiempo viviendo en Luisiana que en Europa, y si a Francia le debía su nacimiento, a la Luisiana le debía su riqueza y ascenso social.

—El destino y solo él quiso que mi goleta llegase a Luisiana, concretamente a nuestra querida Nueva Orleans. Fue precisamente aquí donde encontré en mi indeterminado camino a vuestra madre. Aún recuerdo el día que nos casamos. Ella acababa de cumplir los quince años, y me miraba con tal arrobo que desde el primer momento que la vi supe que sería para mí. Le pedí permiso a vuestro abuelo y enseguida aceptó.

La abuela Françoise apareció de improviso para rellenar con agua del cubo del pozo un jarrón de flores. Gruñó demostrando su disconformidad, e interrumpió a mi padre sin pelos en la lengua. Era la única que se atrevía a hacerlo.

—¡Menos aspavientos, pajarito! Que mi niña era la mejor con diferencia.

Todos reímos mientras padre fruncía el ceño. La abuela quiso entonces restar leña al fuego.

—Aunque tengo que reconocer que, desde la primera vez que os vimos, nos gustasteis a las dos.

De reojo miró a mamá que, cabizbaja, sonreía divertida, y sin osar intervenir para quitar la palabra a su marido o a su madre. La abuela continuó:

—Erais avispado, pertenecíais por aquel entonces a la milicia francesa y nos parecisteis buen candidato, dado que Isabel suspiraba al veros y no había muchos más jóvenes entre los que elegir. Tampoco es que tuvierais mucha competencia…

Ya lleno el jarrón de agua, introdujo el ramo de flores y sin añadir una palabra nos dio la espalda para dirigirse a la puerta que daba al comedor. Según entraba en casa su voz fue apagándose.

Madre, sumida en sus pensamientos, musitó mirando a la labor:

—La verdad, Gilberto, es que fui afortunada. Si pusiésemos en una balanza cuánto peso tuvo nuestro matrimonio por amor enfrentado a un matrimonio por interés, hoy podría decir sin equivocarme que el lado del amor ha primado ampliamente.

Revolvió el pelo de Maximiliano.

—La caterva que nos rodea creo que lo demuestra.

Y se acarició el abultado vientre.

—Apenas necesitamos dos días juntos para seguir acrecentando esta familia.

Padre no pudo más que levantarse a besarla efusivamente en los labios. Mi hermana Isabel me pegó un codazo. Al mirarla me guiñó un ojo, supongo que, como yo, satisfecha de provenir de un amor verdadero. En el Nuevo Mundo, una manera más de medrar socialmente era convenir matrimonios entre triunfadores. Poco importaban las querencias y deseos de los jóvenes contrayentes.

Isabel y yo, como las mayores que éramos de los hermanos, nos sentíamos en la primera línea de fuego de esos tejemanejes. Sabíamos que de ninguna manera podríamos negarnos a la elección que nuestros padres hiciesen para nosotras, y por eso ansiábamos aprender a hacer de un compromiso una pasión.

¿De verdad se podría? ¿Podía un sentimiento tan profundo como el amor ser domado como un semental? Lo dudaba, pero en secreto ansiaba que fuese así, porque de otra manera, habiéndose equivocado en la elección nuestros progenitores, nuestros matrimonios se convertirían en infernales yugos con los que lidiar.

Madre separó a padre de su apretado abrazo al percatarse de que su inicial beso desataba esa casi incontrolable pasión que con tanta frecuencia solía asaltarlos.

—Gilberto, contente, o vas a apachurrar al pequeño.

De nuevo se acarició la prominente tripa. Padre, ligeramente contrariado, se separó.

—¡A ver cuándo es Isabel la que empieza a parir y vos descansáis!
Madre frunció el ceño.

—¿Y qué tiene que ver una cosa con la otra? Imaginando que nuestra niña empezase a ser madre en un par de años, yo aún podría tener muchos niños de la edad de mis nietos.

Ante el respingo que pegó Isabel, madre no pudo más que soltar una carcajada.

—No os asustéis, querida. Quizá no sea el momento más idóneo, pero ya sabéis que vuestro padre no suele tener el don de la oportunidad. Sin duda se ha precipitado, pero, ya que estamos, aprovecharemos para deciros algo importante.

Miró alrededor.

—Niños, ¿podéis dejarnos a solas con vuestra hermana mayor?

Isabel, dejando a un lado todos los bártulos del encaje de bolillos, me agarró fuertemente de la mano. Intuyendo de qué se trataría e incapaz de recibir la noticia sola, me quería a su lado. Sin más, le entregué a María Antonieta a Nana para que se la llevase junto a Mariana.

—Está bien, Felicitas, quedaos con nosotros. Al fin y al cabo, dentro de no mucho tiempo también os tocará a vos.

Sin decir nada, nos lo estaban diciendo todo.

Madre tomó aire para comenzar a hablar, cuando de repente Ágata irrumpió en el patio.

—¡Señor, tiene que irse corriendo! ¡Vengo de la plaza del mercado y quieren matar a todo el que no esté con ellos! ¡Se están preparando para lincharle!

El temblor de su voz al pronunciar la última palabra demostraba evidentemente su temor. Madre la tomó de las manos, la sentó sobre el escalón que bordeaba el pozo y, tomando el botijo que estaba al lado del brocal, lo alzó sobre su cabeza.

—Abre la boca y bebe para recuperar el resuello.

Ágata alzó la barbilla para que madre atinara con el chorrito entre sus labios. Secándose la comisura de la boca con la manga, inspiró antes de seguir:

—Don Gilberto ha de marcharse rápido.

Inspiró y, ante la evidente expectación de todos, quiso vernos mejor. Sacó de la faltriquera la peineta de carey que le regalé por su cumpleaños y se sujetó hacia atrás el rizado mechón de pelo que solía taparle los ojos.

—Regresaba a casa cuando bajo unos soportales me topé con su socio, el señor Pierre. Estaba rodeado de otros tantos señores. Callaron al verme. Los saludé y seguí mi camino, pero mi intuición me advirtió de que algo malo se estaba cociendo, por lo que regresé discretamente sobre mis pasos para parapetarme detrás de un carro y poder escucharlos a escondidas. Apenas tardé dos minutos en confirmar mis temores.

Bajó la mirada.

—Procuraré ser breve y concisa. ¡Se estaban armando para atacar a los españoles y a todo el que los apoye! Los colonos alemanes les han ofrecido su ayuda. ¡Quieren hacerse con el gobierno de la Luisiana!

Padre masculló entre dientes:

—Como los de las colonias del norte, en Boston, solo que estos se quieren separar de España en vez de Inglaterra.

Ágata, a pesar de lo pequeña que era, se expresaba con mucha claridad, quizá porque, ávida de sapiencia, solía acompañarme en mis lecciones.

—Había fuego, odio y rencor en sus miradas, y algunos incluso hablaron de la guerra por la independencia de España.

Padre la escuchaba atentamente.

—Cuando se estaban disolviendo uno de ellos me sorprendió y, al verme temblando, me agarró con fuerza para susurrarme al oído: «Decidle a vuestro señor que si no está con nosotros le trataremos como a nuestro enemigo».

Padre enrojeció de furia.

—¡Pues ellos lo han querido!

Asustadas como estábamos, fuimos incapaces de reaccionar cuando entró en casa. Subió las escaleras de dos en dos peldaños, recorrió la galería hasta su cuarto a grandes zancadas y, apenas pasados unos minutos, reapareció uniformado con una casaca vieja.

En sus manos llevaba una carabina. Asomándose a la galería que daba al patio, preguntó al zaguanete que hacía las veces de portero:

—¿Recordáis el toque de alarma?

El esclavo asintió.

—¡Pues dadle fuerte a la campana! ¡Os quiero a todos, sirvientes, esclavos y capataces, formados en el patio con los caballos ensillados en un par de horas! Y... ¡quiero todas las ventanas que dan a las calles cerradas a cal y canto! Solo dejad abiertas las que dan adentro.

Estaba claro que se encontraba organizando sin apenas medios su propia milicia, al tiempo que improvisaba órdenes.

—¡Rápido, armaos! Vamos al Palacio de la Gobernación para ver si necesitan ayuda.

Mi madre intentó detenerlo sujetándolo por la bocamanga de la casaca. Él se zafó indignado.

—Tenemos que implicarnos con el gobernador, sea como sea. ¿Qué creéis que pasará si consiguen terminar con Ulloa?

Se exasperó ante su mirada confusa.

—Isabel, ¡que vendrán aquí a por nosotros! Ya os expliqué que elegir a Antonio como padrino de nuestra hija tenía consecuencias, tanto buenas como malas. Decidimos hace dos años demostrar abiertamente nuestra posición al respecto y, como dice Ágata, está claro que, cuando terminen con los españoles, vendrán a por nosotros.

Corriendo hacia la entrada, arrebató al portero el cabo que daba a la campana que pendía sobre ella, y él mismo empezó a zarandearla con los toques acordados para indicar alarma. En menos de diez minutos todos dejaron de faenar en los campos para acudir prestos.

A los capataces les daba armas, y a los esclavos de más confianza guadañas, prometiéndoles benevolencia si obedecían. Después de dos horas, corriendo como un pollo sin cabeza por la casa, por fin consiguió formar a su inexperta y humilde milicia con sirvientes, capataces y esclavos. Una docena de hombres, la mitad a caballo y la otra mitad a pie, tan mal pertrechados como mal formados, esperaban en medio del patio. Presos de la más absoluta incertidumbre, aguardaban una orden que al menos les proveyese de una brizna de valentía.

Excepto padre y uno de los capataces, los demás temblaban como las hojas otoñales a punto de desprenderse de su rama a la espera de que los dos portones de la entrada, ahora cerrados a cal y canto, se abriesen de nuevo para dejarlos salir.

Yo, que había leído novelas de Prevóst, de Voltaire e incluso de René Lesage, intentaba recordar la descripción de una situación similar entre todas aquellas páginas, pero ninguna de ellas narraba un proceder tan descabellado. Allí paralizada y como una muda espectadora ante un teatrillo de marionetas parecido al que desplegaban los buhoneros frente a sus carretas, tan solo esperaba que aquel cuento en el que mi padre parecía ser el protagonista terminase con final feliz.

Su ronca voz me sacó de mis particulares elucubraciones:

—Felicitas, id a mi secreter y sacad del primer cajón las escarapelas de color blanco que solemos dar a los ganadores de las ferias de ganado. Será la manera de identificarnos, a falta de uniformes. ¡Mi milicia será la blanca!

Los cinco minutos que tardé en subir las escaleras, recorrer el corredor, llegar a su despacho y bajar se hicieron eternos para los que esperaban. Fui repartiéndoles aquellas improvisadas insignias, que cada uno se puso donde Dios le daba a entender. En el ala del sombrero, la solapa de la casaca…, y los esclavos, orgullosos de por primera vez tener algo en común con su señor, sujeta a la cuerda que les hacía de cinto en el calzón.

Alzando la espada padre dio la temida orden:

—¡Abrid las puertas!

Su voz retumbó en el patio. El crujir de las bisagras me recordó a los cuentos que mi madre nos contaba sobre damas y templarios de la Edad Media en Francia. Aquel portón debió de sonar parecido al crujir del puente levadizo de un castillo dando paso a sus caballeros solo que, al terminar de abrirse, en vez de oírse el tintineo de las anillas de los bocados, las armaduras y los estribos, o el flamear de los estandartes al galope, se hizo un silencio sepulcral.

Al otro lado aguardaban una treintena de hombres armados hasta los dientes. Una cara conocida los comandaba. Pierre sonrió sarcásticamente.

—¿Ibais a algún lado, Gilberto? Las noticias vuelan. Venimos a recogeros para que nos acompañéis a terminar con los españoles y a echar de una vez por todas a Ulloa de la Luisiana, y me alegra ver que os habéis adelantado a mis proposiciones. Porque… es eso lo que pretendíais…, ¿verdad?

Un escalofrío recorrió nuestros cuerpos a la espera de su respuesta.

Mamá, incapaz de soportar la tensión, se desvaneció. Por suerte, mi abuela estaba cerca para sujetarla. Padre, consciente de su inferioridad numérica, tiró el primero el arma al suelo y, descabalgando, se dirigió a su socio para ofrecerle las muñecas.

—Bien sabéis, Pierre, que no hay nada más lejos de mi intención. Podría saldar nuestras diferencias batiéndome en duelo con vos para evitar el derramamiento de sangre de nuestros hombres luchando entre ellos, pero siento deciros que no estoy tan loco como para enfrentarme con un virtuoso de la espada en mi propia casa y frente a toda mi familia. ¡Quién diría que somos socios! O… ¿debería decir «fuimos»? Confié en vos para que protegieseis nuestras mercancías río abajo desde el fuerte de San Luis sabiendo de vuestras dotes para la lucha, sin imaginar siquiera que un día pretenderíais utilizarlas en mi contra. —Lejos de mostrar sumisión, apuntilló su valor—. No, Pierre, no. Jamás apoyaré esta rebeldía vuestra porque los dos sabemos que, ante todo, somos comerciantes. Os di el veinticinco por ciento de mi empresa a cambio de protección y en vez de eso me atacáis. Pues bien, atadme a la cola de vuestro caballo o disponed de mí como queráis, porque no voy a apoyar vuestra locura. Si pretendéis ajusticiarme tan solo os pido que sea lejos de mi casa para evitar el mal trago a mi familia.

Aquel mequetrefe no le contestó. Descabalgó e, incapaz de mirarle a los ojos directamente, le esposó las manos con una áspera cuerda que ató a la anilla que pendía de la parte trasera de su silla de montar.

Apenas habían recorrido dos metros cuando padre tropezó, cayendo al suelo. Pierre, en un alarde de benevolencia, se detuvo, soltó el nudo de su silla y, pensándolo mejor, cambió de opinión.

Sus palabras sonaron a sentencia:

—Lo último que necesitamos ahora es un lastre. ¡Gilberto, en nombre de esta revolución ordeno vuestro confinamiento y el de todos vuestros hombres! Os prohíbo salir de vuestra propia casa hasta que decidamos qué hacemos con vos. Dejo a dos de mis hombres custodiándoos y confisco vuestras armas y caballos para la causa. ¡Jean-Marie, Guillermo, encerradlos en los establos hasta que volvamos!

Después de desarmarlos y obligarlos a desmontar, los llevaron a empellones, como si fuesen delincuentes, a través del arco que daba al patio contiguo para encarcelarlos a cada uno en una cuadra.

Los cuatro días siguientes fueron un calvario. El primero apenas nos atrevíamos a separarnos de nuestra madre y de nuestra abuela Françoise. Todo eran inseguridades arropadas por el miedo. El terror nos hacía sentirnos desvalidas e incapaces de pensar con congruencia. Tan solo tuvimos claro que no abandonaríamos a nuestro padre ni huiríamos sin él.

En las cocinas nos limitábamos a preparar copiosas comidas para que los carceleros, una vez saciados, tuviesen a bien darles las sobras y que así al menos los cautivos no muriesen de inanición.

El segundo día, conscientes plenamente ya de nuestra falta de libertad, oíamos de vez en cuando las carreras, los gritos y disparos aislados provenientes de las fincas colindantes. Intentábamos adivinar qué era lo que podría estar pasando sin atrevernos ni siquiera a abrir las contraventanas.

El tercero, junto a madre, la abuela, Isabel, Ágata, Nana y las cinco esclavas que atendían el servicio fuimos pergeñando un sencillo plan para liberar a padre y al resto de los hombres de la casa emborrachando a sus guardianes.

El cuarto día, justo cuando ya oíamos a los carceleros cantar beodos perdidos y esperábamos impacientes a que durmiesen la mona para liberarlos, escuchamos cómo desde el exterior tocaban la aldaba con fuerza.

El temor de que el alzamiento de los franceses hubiese triunfado contra los españoles nos aterrorizó al imaginar la saña y las represalias que derramarían contra nuestro padre.

Madre nos prohibió abrir, rogando a Dios que los vigilantes, al estar tan al fondo de la casa, no hubiesen oído a sus secuaces llamarlos.

Escondidos bajo el hueco de las escaleras y tras las macetas de hibiscos del fondo del patio, temblábamos a cada envite del hacha que ya rasgaba las tablas del portón, cuando de repente mi madre nos rogó silencio para agudizar los sentidos.

Los pequeños por un instante se tragaron sus asustadizos hipidos y la contracción de mandíbula de mi madre se fue relajando hasta dibujar en sus labios una inmensa sonrisa.

¡Los hombres de afuera hablaban español!

III

EL ACIERTO DE UNA ELECCIÓN

Nueva Orleans, 1768

¡Oh libertad preciosa,
no comparada al oro
ni al bien mayor de la espaciosa tierra!
Más rica y más gozosa
que el precioso tesoro
que el mar del Sur entre su nácar cierra,
con armas, sangre y guerra,
con las vidas y famas,
conquistado en el mundo;
paz dulce, amor profundo,
que el mal apartas y a vuestro bien nos llamas,
en ti sola se anida
oro, tesoro, paz, bien, gloria y vida.

Lope de Vega, «Oh libertad preciosa»

Madre se acercó a la puerta.

—¿Quién va?

Reconocí de inmediato la voz de mi amigo Juan Honorio d'Estrehan.

—¡Ábranos, señora de Saint-Maxent, que vengo en son de paz con los vencedores!

Isabel, dándome un codazo, bromeó:

—¿No es ese vuestro pretendiente?

Me sonrojé. Cuando Isabel, en el bautizo de María Antonieta un par de años atrás intuyó que aquel joven andaba prendado de mí, no estaba desencaminada, a pesar de ser yo por aquel entonces una niña.

Ahora, cumplidos los trece años, mi cuerpo estaba cambiando y ya casi era una mujer. Honorio, desde hacía seis meses, y siempre salvando las distancias del decoro, no disimulaba su interés. Aunque confiábamos plenamente en él, madre abrió la mirilla para cerciorarse de que no habría peligro.

—Doña Isabel, estos hombres buscan a Gilberto. Al ser nuevos aquí no sabían llegar, y me ofrecí a traerlos.

Al abrir descubrimos que venía acompañado por diez casacas azules con sus flamantes pecheras rojas y sus calzones blancos. Conocíamos bien el uniforme, era el de la Real Armada española. Como previamente nos advirtió, no los identificamos. ¿Dónde estaba Ulloa, el padrino de María Antonieta? Por sus galones distinguimos a los dos que estaban al mando.

Al ver a mi madre se descubrieron en señal de respeto.

—Señora de Saint-Maxent, permítame presentarme. Soy el mariscal Alejandro O'Reilly.

Con el tricornio en la mano señaló al hombre de su lado.

—He venido a poner paz en estas tierras como gobernador provisional de la Luisiana. Cuando termine de apaciguar a los rebeldes y las aguas regresen a su debido cauce, será don Luis de Unzaga quien tomará el testigo del gobierno en la Luisiana. Colaboró conmigo en Venezuela en expediciones similares y le aseguro que sabe cómo hacerlo. Hemos querido venir en persona a informarla de que por ahora el levantamiento ha sido sofocado y gran parte de los rebeldes que asaltaron esta casa están detenidos a la espera de juicio. ¿Dónde está su marido?

Iba directo al grano, sin rodeos de ningún tipo. Como su predecesor, Antonio de Ulloa, él también hablaba perfectamente en francés.

Mi madre tomó las manos al nuevo gobernador en señal de agradecimiento y le reverenció.

—Gracias a Dios, señores. Síganme. Dos malnacidos le tienen preso junto a todos los hombres que había en casa en el momento del alzamiento. Están confinados en las cuadras del patio contiguo. Probablemente no encuentren resistencia ya que, si nuestro plan ha funcionado, sus carceleros deben de estar ahora mismo durmiendo la mona. Han llegado justo cuando los íbamos a liberar.

Unzaga sonrió.

—Veo, señora, que su marido no es el único valiente de esta casa.

Permaneciendo quieta en mi lugar, dejé que madre los guiase hasta las cuadras.

El demasiado cercano susurro de Honorio me cosquilleó la oreja:

—¿Os alegráis de verme, Felicitas?

No pude más que sonreírle. Desde hacía tiempo sabía que él sería mi opción más probable. En el cumplimiento del juramento que mi padre le hizo al suyo en el lecho de muerte de velar por el bien de toda su familia, yo parecía haber irrumpido sin apenas darme cuenta. Si Honorio quería desposarme así sería, por lo que cuanto antes me hiciese a la idea, mejor.

Dejé que me acariciase el dorso de la mano.

Musitó de nuevo:

—¿Sabéis que para mí cualquier excusa para veros es buena? Por eso me ofrecí como guía para liberar a vuestro padre. ¡Menos mal que han conseguido sofocar esta absurda insurrección!

Nuestra corta conversación se vio interrumpida por la irrupción en el patio principal de padre junto a sus libertadores. Corrí a abrazarle, y cuando lo hice no pude evitar hacer una mueca de desagrado. Padre sonrió, rascándose la cabeza con ahínco.

—Mi querida niña, debo de oler a rayos. Lo siento, pero esos miserables ni siquiera nos han dejado salir a defecar. Dormir sobre el heno sin manta tampoco ha ayudado a la higiene. Los piojos y las garrapatas casi nos han devorado.

Ni siquiera cuando regresaba de sus largos viajes Misisipi arriba recordaba haberlo visto tan sucio y desaliñado.

A su lado, madre me guiñó el ojo.

—Felicitas, hacedme un favor y decid en la cocina que suban palanganas con agua caliente, que vuestro padre después de desparasitarse se va a dar un buen baño.

Cuando me dirigía hacia allí me crucé con los soldados españoles que a punta de bayoneta sacaban a los dos carceleros. Borrachos como cubas, apenas se mantenían en pie.

—¡Llévenlos a la cárcel de los sótanos del Palacio de la Gobernación, donde están el resto de los detenidos a la espera de juicio!

La orden de O'Reilly fue cumplida de inmediato. Padre desanduvo los tres escalones que había subido hacia sus aposentos para hacerle una última pregunta.

—¿Alejandro, habéis prendido también a Pierre Laclede?

Al contrario que nosotras, por la familiaridad con la que los trataba, padre parecía conocerlos desde hacía tiempo.

O'Reilly le contestó henchido de orgullo:

—Casi al primero de todos. Pero... ¿no me dijisteis aquella vez que era vuestro socio?

Padre quiso dejar desde el primer momento las cosas muy claras.

—Vos lo habéis dicho. Era. Es un error del pasado que pienso enmendar en cuanto pueda. ¿Pensáis ajusticiarlo?

O'Reilly le miró desafiante.

—¿Creéis que merece otra pena?

Padre dudó.

—Quizá el destierro. Pierre, mal que me pese, cuida diligentemente de que río arriba, concretamente en el fuerte de San Luis, reine la paz. Una seguridad que necesariamente debemos mantener para que el comercio siga prosperando. Junto a su amante María Teresa, está fundando una ciudad alrededor del fuerte. Aprovechan para repoblar el nuevo asentamiento la llegada de más y más colonos que huyen desencantados del maltrato al que Inglaterra los viene sometiendo en la otra orilla del río. Si bien es cierto que no soy devoto de Pierre por todo lo que me ha hecho, creo sinceramente que aún nos puede ser útil, ya que Nueva Orleans necesita una parada de postas como la que está fundando en San Luis.

Miró a Unzaga.

—Solo es una humilde opinión, pero Luis, si confiáis en mí cuando gobernéis después de O'Reilly, yo os guiaré con sumo gusto en la mejor manera de proceder. Si me permitís asesoraros, como antes lo hice con Ulloa, os aseguro que no os equivocaréis. Conozco bien estas tierras y, a pesar de ser francés, creo que he demostrado con creces mi lealtad a España.

Luis de Unzaga, el futuro gobernador, al tiempo que le escuchaba le observaba sin disimulo alguno y como escudriñándolo.

Era un hombre moreno de pelo y blanco de tez. Indudablemente mayor que nuestro padre. Alto, de cejas marcadas, portaba mostacho a lo *pencil* y una cuidada perilla pendiendo del hoyuelo de su barbilla. De mirada sumamente expresiva y lejos de llevar encasquetada una peluca empolvada al uso y costumbre de casi todos los señores, recogía su cabello en una austera coleta.

Padre no pudo resistir el largo silencio que siguió a su alocución.

—Sé que solo nos conocemos desde mi último viaje a La Habana, pero, decidme: ¿confiaréis en mí? Necesito saberlo ahora.

Unzaga dio un paso adelante, lo abrazó y le dio una palmada en la espalda.

—¿Cómo lo dudáis, Gilberto? Perdonadme por mi exagerado escrutinio, pero es algo que suelo hacer cuando un amigo me habla de negocios tan relevantes. En vuestro caso tan solo me cercioraba de todas las bondades que de vos ya conocía. Desde este mismo momento y aquí delante de todos estos testigos, me comprometo a contar con vos como mi mejor consejero. Os puedo asegurar que os considero el mejor para ponerme en el menor tiempo posible al tanto de todo lo que atiende a este lugar, a sus gentes, necesidades, defectos y virtudes.

Bajó la voz, aunque no lo suficiente como para hacerla inaudible.

—Estimado Gilberto, podríais empezar presentándome a esa preciosa mujercita de la que hablamos en vuestro último viaje a Cuba.

En aquel momento supimos de qué se conocían. Padre, aparte de remontar el río para comprar pieles, también viajaba una vez al año a Cuba para venderlas al por mayor, al tiempo que aprovechaba para abastecerse de otras valiosas mercancías como azúcar, alcohol, armas y esclavos. Los días que pasaba en la isla procuraba relacionarse con los dignatarios más influyentes.

Isabel me asió fuertemente de la mano. Repentinamente intuyó su destino. A padre, Ágata le había interrumpido días atrás, alertándole del ataque de los insurrectos, justo en el preciso momento en que iba a decirle algo tan importante como quién sería su compañero de vida. Después vino lo consabido y aquello quedó en suspenso. Quizá ahora había llegado el inevitable momento de retomar aquella inconclusa revelación, a pesar de no ser tampoco el más oportuno.

Y así fue como, aún sucio y maloliente, se vio en la obligación de presentarnos debidamente a sus libertadores.

—Querida familia, os presento al mariscal Alejandro O'Reilly, un valiente irlandés ya casi español por los servicios prestados a ese reino, que como habéis podido comprobar ha venido a librarnos de los rebeldes. ¿O no es así? ¿Aplicaréis aquí la misma táctica que utilizasteis en Cuba para echar a los ingleses? ¿Habéis venido de Puerto Rico para enseñarnos a defender y fortificar Nueva Orleans?

Sus expresivos ojos negros se clavaron en mi padre como una daga.

—Todo a su tiempo, Gilberto. Lo único que os puedo decir es que tan solo he venido para tranquilizar a…, ¿como diría yo?, ¿a los sediciosos? En cuanto todo se apacigüe, castigaré a los cabecillas de este dislate, por lo que eso de indultar al tal Pierre no es algo que me agrade, pero si es algo necesario para el buen fin… quizá acepte. ¿Sabéis que ha sido él precisamente quien me ha apodado el Sangriento? Preferiría que me llamasen el Justiciero, pero qué se puede esperar de semejante caterva.

Padre asintió y, sin añadir nada más, prosiguió con sus presentaciones. Acercándose a Isabel, la tomó de la mano, obligándola a soltarse de la mía, para llevarla frente a don Luis.

—Señor Unzaga, ya conoce a mi mujer, ahora le quiero presentar a mi hija Isabel, se llama como su madre y es la mayor. Al resto de mis hijos ya ira conociéndolos según pasen los días porque con la pequeña suman siete.

El futuro gobernador avanzó, tomó la mano de Isabel, la escudriñó profundamente con la mirada y terminó besándola con suma lentitud, como si le costase despegar aquellos labios carnosos de su piel.

Intenté borrar de mis pensamientos cualquier atisbo de lascivia que aquellos sinuosos movimientos pudiesen reflejar. La expresión de satisfacción de Unzaga sellaba un trato entre él y mi padre que, aunque aparentemente secreto, había que estar ciego para no presagiar. Mi hermana mayor tan solo pudo bajar la vista azorada.

De repente, se oyeron gritos y Alejandro O'Reilly puso fin al encuentro.

—Vamos, Luis. Son los rescoldos de esta absurda revolución. El deber nos llama, porque al parecer se nos ha debido de escapar algún desgraciado más. Ya habrá tiempo de intimar cuando terminemos con este despropósito.

Unzaga, ligeramente contrariado, montó y espoleó a su caballo cumpliendo órdenes. Madre, al ver la expresión de desilusión de Isabel, apenas tuvo tiempo de gritar.

—¡Los espero el viernes a cenar! ¡Tenemos que estrechar relaciones!

Unzaga se descubrió en señal de aceptación antes de desaparecer en dirección al ruido de sables.

Isabel, más inquieta que nunca, me reclamó.

—¿Me acompañáis a tocar el piano, Felicitas? Necesito hablar con vos en privado.

Sentadas ya frente al teclado esperé a que ella eligiese partitura. Pasó las páginas con tanta agresividad que incluso llegó a rasgar el papel de una de ellas antes de encontrar la que buscaba.

Resopló un segundo antes de comenzar a tocar la composición más belicosa de Bach que conocíamos. Sus dedos aporreaban las teclas con tanta furia que temí que acabase por romperlas. Intenté amansarla acariciándole el envés de las manos.

—Sosegaos, hermana.

Paró, me traspasó con su mirada acuosa e inmediatamente después derramó su enervada contención en llanto.

—Vamos, Isabel. ¿Qué os parece si tocamos algo más alegre?

Tan solo musitó:

—¿Le habéis visto bien? Es un viejo mayor incluso que padre. Vuestro Honorio en cambio apenas os saca unos pocos años.

Le aparté un mechón de pelo que le tapaba los ojos.

—¿Y?… La poca diferencia de edad no es óbice para el éxito. Parece un buen hombre y va a ser el futuro gobernador. Ya has oído a O'Reilly, cuando él pacifique Luisiana y se marche, Luis de Unzaga le sucederá. Será el español más influyente por estos lares, vos seréis su mujer y así padre, gracias a vos, podrá estrechar los lazos con el poder.

Ante su abatimiento, no pude hacer otra cosa que continuar elogiándolo. Aquella era la única manera que se me ocurría de poder consolarla y procuré ser lo más convincente posible.

—Es bien parecido, Isabel, debe de estar bien relacionado en la corte de España y un pajarito me ha dicho que se rumorea que el rey le podría dar un título nobiliario. ¿Os imagináis, hermanita? ¿Ser condesa, marquesa o… quién sabe si duquesa? Además de que, siendo vos la preferida de padre, ¿creéis que os entregaría a alguien que no fuese el mejor?

Poco a poco fue levantando la cabeza, se limpió las lágrimas de la cara con los encajes de sus puños y me dedicó una sonrisa.

—Seréis mentirosa… ¿Qué pajarito? Si lo acabáis de conocer, como yo.

Me encogí de hombros.

—El de la intuición. Según nos ha contado nuestra profesora de español, la historia de las Indias españolas está repleta de virreyes ennoblecidos. ¿Por qué no va el rey Carlos III a dar un título al futuro gobernador de la Luisiana?

Empezó a doblegar su tristeza.

—Pensado así… Pero eso no quita que todo se hará por mi sacrificio.

Aproveché el quiebro en su conducta para teclear las primeras notas del *Allegro* de Vivaldi.

—Señora marquesa de… quién sabe qué. ¿Me acompaña? Quizá podríamos tocar esta pieza en la cena de celebración por la recién recuperada libertad de padre.

Poco a poco la alegría de la melodía fue tornando la amargura de su semblante en un gesto más amable. Tocábamos a cuatro manos cuando, al levantar la vista de la partitura, pudimos percatarnos de la presencia de nuestros padres al fondo de la habitación. No sabíamos desde cuándo estaban allí.

Sonreían mirando fijamente a Isabel. Seguimos tocando hasta el final de la pieza y, cuando terminamos, madre se acercó al banco aplaudiendo para intentar echarme y sentarse en mi lugar. Me resistí.

—Felicitas, ¿podríais dejarnos a solas para hablar con vuestra hermana?

Isabel me agarró fuertemente de la mano y los miró aterrorizada. No sabía cómo escabullirse de aquello de lo que no quería formar parte. A excepción de cuando nos regañaban individualmente, no recordaba una sola vez en que nuestros padres nos hubiesen pedido semejante intimidad. Me gustó que mi hermana mayor me reclamase de aquella silenciosa manera. La curiosidad y las ganas de ayudarla me empujaron a buscar una rápida excusa para no obedecer.

—No puedo. Aún nos quedan dos canciones más por ensayar para tocarlas en la cena de los…

La autoritaria voz de mi padre me hizo pegar un brinco.

—¡Felicitas, dejad de haceros la remolona!

Me levanté sin rechistar. De inmediato, madre se sentó en mi lugar y yo no pude hacer otra cosa que salir de la habitación dejando una ranura entreabierta en la puerta para poder oírlos.

La dulce voz de mi madre rompió el silencio que se había hecho a mi salida. No se anduvo por las ramas.

—Isabel, hoy queremos hablaros de algo importante. Ya tenéis dieciséis años, uno más de los que yo tenía cuando me casé con vuestro padre. Yo tenía quince años, él veinticinco y hacía dos años que había llegado a Nueva Orleans con su flamante uniforme y hablaba de su Francia natal con una pasión inusitada. Como criolla que era, me hacía ilusión casarme con alguien que hubiese llegado del mismo lugar del que procedían mis padres, porque todo lo que pudiese sonar al Viejo Continente me fascinaba.

—¿Solo por eso? —bromeó mi padre—. ¿Acaso olvidáis que antes de atreverme a pedir vuestra mano quise ganarme un prestigio? No me atreví a proponérselo a vuestro padre hasta que el gobernador de aquella época, Louis Billouart de Kerlérec, me ascendió a coronel del regimiento francés en la Luisiana.

Suspiró antes de continuar alardeando de sus pasadas victorias.

—Vos apenas teníais un año cuando mis victorias, unas veces contra los casacas rojas ingleses y otras contra los indios chichasaws, me valieron la licencia de exclusividad para comerciar con los indios nativos del oeste del Misisipi.

Madre le interrumpió con cierto aire sarcástico.

—¿Y nada tuvo que ver que mi padre, como un Roche que era, me dotase con una cantidad suficiente como para poder comprar y abrir una tienda de pieles en la calle Conti? Cinco mil reales, si no recuerdo mal. Esa fue nuestra primera casa y vos, Isabel, nacisteis en el piso de arriba de aquel pequeño comercio que, aunque humilde, nos hizo felices. ¡Cómo han cambiado las cosas desde entonces!

Padre asintió.

—Estuvimos ojo avizor a cualquier oportunidad que surgiese y así conseguimos progresar. Cuando empezasteis a dar vuestros primeros pasos en el piso de abajo, aparte de pieles también vendíamos aguardiente, *champagne*, pólvora, armas y todo tipo de enseres. Los clientes simplemente me pedían y yo los abastecía.

El suspiro cansino de Isabel les dejó claro que ya conocía de sobra aquella historia tantas veces repetida. Isabel aprovechó el inciso para intervenir.

—¿No os estáis desviando del tema?

Mi padre se acercó para acariciarle la cabeza. Solía ser bastante adusto a la hora de demostrarnos su cariño, así que Isabel intentó regodearse en aquella muestra de afecto.

—Tenéis razón, Isabel. Todo esto viene a cuento de que nosotros, por aquel entonces, nos casamos por conveniencia. Yo necesitaba para comenzar el patrimonio de la familia de vuestra madre que, como prósperos cajunes venidos de la Nueva Francia, no era desdeñable, y ellos por su parte no pusieron reparo en casar a su hija con un prometedor oficial del ejército. Ahora la historia se repite, aunque los protagonistas, el color de los uniformes y el reino que nos gobierne sea otro.

Madre le interrumpió, intentando ser más sensible:

—Ya sé, mi niña, que suena a puro provecho, pero vos sabéis mejor que nadie que en nuestro matrimonio hay mucho amor. El nacimiento de vosotros siete creo que lo ha demostrado con creces. En nosotros tenéis un ejemplo claro de cómo el deber se puede ir transformando en afecto, cariño, pasión y ternura.

Padre frunció el ceño.

—¿Por ese orden estricto?

Madre le pegó un codazo, contrariada por la interrupción.

—Lo que queremos deciros, Isabel, es que vuestro padre y yo hemos decidido, ahora que el río de las fidelidades está tan revuelto, reafirmar las alianzas que iniciamos eligiendo a don Antonio de Ulloa como padrino de vuestra hermana María Antonieta. Lo haremos con un eslabón más en la cadena de favores que nos vincula a España. Creemos que no hay mejor manera que acceder a las pretensiones del que será el futuro gobernador de la Luisiana. ¿Os imagináis, mi niña, siendo vos la gobernadora de todos?

La clave, después de todos aquellos rodeos, había salido a relucir.

Madre prosiguió con su panegírico:

—Dicen que si en algo nos diferenciamos las mujeres de la Luisiana del resto es por nuestro observar penetrante, nuestra particular manera de seducir, nuestra bondad, inteligencia, afectos y, sobre todo, por nuestra demostrada castidad y compromiso con la fidelidad.

Padre sonrió divertido ante tanta adjetivación.

—¿Aunque abunden los ejemplos que excusan tales virtudes? Así, a bote pronto, me viene a la mente la amante del maldito Pierre. Sin duda un mal ejemplo a seguir. Preguntadle a María Teresa si se siente digna del devoto cumplimiento con el sagrado contrato del matrimonio.

Madre le recriminó con la mirada. De nuevo se estaba saliendo por la tangente.

—No es un ejemplo a seguir. Dejad por un momento vuestra obsesión, Gilberto, que estamos en otros menesteres más halagüeños. Salvo raras extravagancias, es conocido que, como esposas, hermanas o madres las mujeres criollas de Nueva Orleans somos frugales en los gastos y rara vez llevamos la desgracia a nuestras familias por darnos a los placeres o al orgullo. Como tantas veces he enseñado a mis hijas con el ejemplo, la pulcritud y la decencia nos caracterizan. Quizá por ello don Luis haya elegido a Isabel de entre otras muchas jóvenes aun sin conocerla.

Isabel, convencida de que no tendría nada que hacer, de repente aceptó su destino sin más. Ella era así, a diferencia de mí, su rebeldía apenas duraba un hervor para luego tornarse en sumisión.

—No hace falta que me convenzáis, madre. Sé qué es lo que se espera de mí y no pienso defraudaros.

—Me alegro, hija mía, de que sepáis cuál es vuestro deber en esta vida. Estoy orgullosa de vos.

Madre la besó efusivamente antes de salir precipitadamente a contárselo a la abuela Françoise. Tuve que apartarme para que no chocara conmigo, que seguía agazapada junto a la puerta.

Padre, inmerso en sus pensamientos y satisfecho al no haber topado con más reticencias de las esperadas, pasó a mi lado sin verme y arrastrando sus pensamientos hacia el despacho.

Isabel apenas había tardado media hora en aceptar su destino, y muy poco más en convencerse a sí misma de que nunca hubiera encontrado mejor opción para matrimoniar.

Con frecuencia habíamos escuchado cómo debía ser un perfecto noviazgo para no sufrir demasiado. La conformidad de Isabel no dejó de sorprenderme, dado que apenas conocía a su futuro marido. Quizá fuese una mezcla de amor, conveniencia y comodidad. La verdad es que tampoco lo pensé demasiado, para qué, si rebelarse ante aquello tan solo podría acarrearnos problemas con nuestro padre. Yo, al menos, tenía la inmensa suerte de conocer a Honorio desde niña, y siempre era mejor lo bueno conocido que lo inmejorable por conocer. Se veía tan feliz a Isabel que incluso llegué a envidiarla, consciente de que en apenas dos años me vería en la misma tesitura.

IV

JUSTICIA DE GOBERNADOR

El aire se serena
y viste de hermosura y luz no usada,
Salinas, cuando suena
la música extremada,
por vuestra sabia mano gobernada.

Fray Luis de León, «Oda a Francisco Salinas»

Tan solo un mes después de la liberación de padre fuimos a la plaza mayor de Nueva Orleans. Frente a la iglesia habían montado un patíbulo donde se disponían a colgar a seis de los principales cabecillas de la reciente revuelta. La mayoría eran franceses y alemanes. Los demás aguardaban presos en los calabozos del Palacio de la Gobernación a ser juzgados en una segunda remesa.

El mariscal O'Reilly podría haber dispuesto la ejecución, como en otras ocasiones, en el castillo de la muralla, pero esta vez quiso que la pena de muerte sirviese de revulsivo y ejemplo para quien aún continuase dudando sobre el verdadero estado soberano que reinaba en la Luisiana.

El gobernador, subido al cadalso, comprobaba por sí mismo y a tirones que los nudos de las sogas estuviesen bien hechos y las compuertas que se abrirían bajo los pies de los condenados engrasadas. Perfeccionista al máximo en todo, no admitía errores. Aquellos pequeños y expresivos ojos oscuros, tan dispares del azul que algunos podrían esperar de un nativo irlandés, vigilaban inquisitorialmente que todo estuviese como debía estar.

Padre se había preocupado de averiguar sus antecedentes, porque como siempre nos decía, la información era poder a la hora de lograr objetivos.

El ahora mariscal O'Reilly había ascendido como la espuma en el escalafón militar. Desde que se alistó, muy joven, había participado en todas las guerras posibles. Empezó como mercenario vendiéndose al mejor postor hasta que, en la guerra de los Siete Años, donde luchó para los españoles, decidió no cambiar más de bando. A partir de entonces se erigió como el mejor defensor en los mares del Caribe de las posesiones españolas contra los ataques de los corsarios ingleses.

Sentada en el estrado que había montado frente al cadalso estaba María Rosa de las Casas, la mujer con la que hacía muy poco se había casado en La Habana y que a la sazón era hermana del gobernador de Cuba. Nada más vernos, nos hizo una indicación para que la acompañásemos. Mal que nos pesó, madre nos obligó a tomar posiciones en aquel preeminente lugar tan cercano a la muerte.

Desde que el mariscal O'Reilly nos la presentó, una vez a la semana venían a cenar a casa junto a Luis de Unzaga y Honorio, que no perdía una oportunidad para cortejarme. Entre su madre y los míos ya habían acordado que, una vez otorgado el suficiente protagonismo a la boda de Isabel, pondrían fecha a la mía.

María Rosa, de tez muy blanca y pelo castaño, era sumamente animada, elegante y culta. Conocía muy bien las costumbres españolas y disfrutaba mucho haciéndonos partícipes de ellas sin las ínfulas de otras señoras que, simplemente por haber nacido en el Viejo Continente, se daban aires de grandeza con las criollas.

Madre, por su parte, se esforzaba en integrarla lo más rápidamente posible en nuestra cerrada y pequeña sociedad. Las dos desde el principio se cayeron tan bien que no tardaron en formar una simbiosis perfecta.

Como O'Reilly previno, en aquella ejecución estaban presentes prácticamente todas las almas de Nueva Orleans. Hombres, mujeres y niños se arremolinaban alrededor del patíbulo.

El sacerdote fue otorgando la confesión y su última bendición a los reos que así lo demandaron. Sonó el redoble de los tambores y el verdugo procedió a tirar de la polea que abría las trampillas para el subsiguiente ahorcamiento.

Busqué a Pierre entre ellos, pero no estaba. Padre, a pesar de haber sido ultrajado por semejante mequetrefe, debía de haber conseguido permutarle la pena de muerte por la de un honroso destierro en San Luis.

Aún se balanceaban los cuerpos pendientes de las sogas cuando oí a María Rosa, la mujer de Alejandro, murmurar:

—Por desgracia, se está ganando a pulso su apodo de Sangriento.

Madre le excusó:

—No lo recriminéis. Probablemente no tuviese otra opción, ya que en estas tierras prima el salvajismo con más frecuencia de la que nos gustaría. Si no se actúa con contundencia se termina por machacar todo lo que pueda oler a civilización, y si no que se lo digan a todos los colonos que han tenido el infortunio de caer en las emboscadas de tribus enemigas. Vuestro esposo es un hombre justo y tiene práctica en terminar con las revoluciones, en Cuba lo demostró arrebatando la isla a las pérfidas garras inglesas para reintegrársela a España. Si hoy procede con penas tan severas, será porque no había otra manera más efectiva de aplastar la insurrección.

Rosa asintió.

—Así es, pero no les miento si les digo que estoy un poco cansada de andar de un lugar a otro como la acompañante de piedra y testigo mudo de su fuerza. —Suspiró—. Vinimos de Puerto Rico aceptando la circunstancia de que seríamos gobernadores de la Luisiana provisionalmente y sabiendo que este cargo terminaría el día que el Gobierno de España en estas tierras estuviese asegurado. No veníamos solos. Llegamos amparados por un ejército de dos mil hombres, tres fragatas, dos bergantines, dos balandras y un paquebote. Todos listos y prevenidos para aplastar la revuelta en el menor tiempo posible y a la vista está que lo está consiguiendo.

»Pero es tan cierta su entrega a estos menesteres como el abandono al que nos somete a su familia. Supongo que no se puede estar en todas partes a no ser que se tenga el don de la ubicuidad. Me trae consigo, pero apenas me dirige la mirada. Pasa los días apaciguando las calles y escribiendo a la luz de la vela las normas jurídicas que han de regir en un gobierno ordenado para la Luisiana mientras nuestro matrimonio se resiente más y más, hasta el punto de que hace muchos días que no duerme a mi lado. Igual pasa una noche inclinado sobre un mapa donde se esmera en delimitar correctamente las fronteras españolas a lo largo del río Misisipi, que a la siguiente quema mil velas redactando un nuevo código legislativo para los nuevos derechos y deberes de los colonos, los reales y medidas a utilizar en la venta de mercancías en los mercados, las levas e instrucción de tropas y marinería y tantas otras cosas que a mí se me escapan pero que según él no puede dejar al azar. Diríase que cualquier cosa le parece más importante y apetecible que el holgar con su esposa.

Madre volvió a defenderle.

—No es verdad, María Rosa. Os comprendo y solo puedo daros un consejo. Cuando la inquina os acucie pensad que vuestro marido lo hace por su estricto sentido del deber y para, a la larga, daros un porvenir mejor. Y, sobre todo, admirad su integridad a la hora de cumplir con lo ordenado. Yo también siento en ocasiones esa soledad de la que habláis. En silencio, me siento desplazada en sus quereres, pero si reflexiono fríamente sobre ello, pasados los arrebatos iniciales, siempre llego a la misma conclusión. Es mejor callar y plegarme a estos designios con una sonrisa, porque lo contrario siempre termina en una dolorosa disputa difícil de perdonar.

Terminada la ejecución, María Teresa, evitando mirar más al cadalso, se levantó dispuesta a marcharse.

—Quizá tengas razón, Isabel, pero lo que más me preocupa es que todo esto está mellando su salud, ya que Alejandro además ha adquirido la costumbre de alimentar el insomnio con una buena dosis de obsesivo metodismo.

La seguimos hacia la carroza incapaces de detener aquel cansino despotricar.

—Esto es un sinvivir. No veo el momento de que todo termine y le entregue el bastón de mando al prometido de vuestra hija Isabel.

Empachada de reproches miré de reojo a mi hermana y vi cómo sonreía. Isabel, por aquel entonces, ya había aceptado su destino y solía soñar despierta con cómo sería su futura vida de gobernadora.

A excepción de las viudas de los ajusticiados, que esperaban presas del sollozo más lamentable a que les entregasen los cadáveres de sus maridos, el resto del gentío de la plaza comenzó a disgregarse.

Teníamos previsto ir después a almorzar a casa todos juntos, pero padre repentinamente cambió de opinión y, bajando de la carroza, cerró la puerta tras de sí para asomarse por el ventanuco.

—Vayan adelantándose las señoras, que yo antes tengo algo más que hacer.

Madre, intuyendo adónde se dirigía, le preguntó:

—¿Vais a ver a Pierre? No estaba en el patíbulo. ¿Qué se va a hacer al final con él? ¿Habéis conseguido su indulto?

Él asintió.

—Hoy mismo saldrá con María Teresa y sus bastardos hacia el fuerte de San Luis. Alejandro ha accedido a permutar su pena de muerte por la de un indefinido destierro. A cambio, velará por la tranquilidad del tránsito de mercancías por la parte del río que le toca cuidar. Tienen la prohibición de volver.

Madre no pudo contenerse:

—¿Y nuestra compañía? ¿Cómo quedará?

Padre chasqueó la lengua.

—No os preocupéis por ello, porque eso también ha quedado arreglado. Aparte de haberle salvado la vida le voy a dar ochenta mil libras por su veinticinco por ciento de Maxent & Laclede. Ya he hablado con Rasón y él cubrirá la vacante de Laclede en la compañía con una buena cantidad que tapará el agujero económico que ese mequetrefe me deja.

Miró a Rosa de soslayo.

—Gracias a vuestro marido, que nos va a ampliar las licencias de comercio, pronto nos recuperaremos. Como tantas otras veces cogeré el toro por los cuernos.

Suspiró dejando asomar una brizna de desesperanza.

—Me equivoqué con Pierre. Después de esto espero no verle nunca más en mi vida.

Sacudió la cabeza como queriéndose librar de ese pensamiento.

—Y ahora, señoras, márchense a casa.

A través de la ventana le vi pensativo y cabizbajo arrastrar su pesar hacia la cárcel junto al escribano que tomaría nota de los últimos acuerdos para con el que hasta ese día había sido su amigo. Creo que lo que más le dolió fue comprobar que su instinto para los negocios le había fallado a la hora de elegir un socio.

Y pasamos los meses inmersos en los preparativos de la que sería la primera boda de casa. Madre compraba compulsivamente todo lo que en los barcos que llegaban a puerto fuera susceptible de engalanar nuestro hogar para la ocasión.

A ambos lados del zaguán había dos arcones, y sobre ellos se amontonaban cientos de paquetes: plata, mantelerías, vajillas, cuberterías y un millón de cosas preciosas para el ajuar de Isabel y el mío, ya que según ella yo no tardaría en seguir los pasos de mi hermana mayor, y así mataba dos pájaros de un tiro.

La boda de Isabel fue un éxito. Al ser el futuro gobernador el que se casaba acudieron infinidad de invitados, junto a sus mujeres, a los que jamás habíamos visto. La mayoría, altos dignatarios españoles con los que padre había coincidido alguna vez en el intercambio de mercancías.

Por primera vez en mi vida me vi embaucada por las ofertas de baile de muchos de aquellos caballeros que, ignorantes de que yo pudiese estar comprometida, osaron pedírmelo.

Me divirtió descubrir a un Honorio tan galante como celoso. En toda la noche no me dejó ni a sol ni a sombra, y su impuesta cercanía cortó de cuajo cualquier posibilidad de un inocente flirteo con otro joven.

Sin lugar a dudas, el vestido de seda adamascada celeste, copia de uno que lucía la reina María Antonieta en un grabado, había sido una acertada elección por parte de mi madre. Los encajes de Bruselas en los puños, enaguas, escote y remates del corpiño eran tan finos que flameaban sinuosamente con cada uno de mis movimientos. Al cuello llevaba una aguamarina que padre me regaló por mi cumpleaños prendida en una cinta de terciopelo del mismo tono, y mi sombrero con forma de tricornio llevaba entremetidas dos largas plumas de pavo real.

El enlace de Isabel dio sus frutos antes de lo esperado: al alzar la copa O'Reilly en el ágape posterior a la ceremonia brindó por los novios, en primer lugar, y también por el nombramiento de padre como comisionado por el reino de España para el comercio con las tribus indias del norte del Misisipi. Eso prácticamente le otorgaba el monopolio del comercio de las pieles por aquellos lares.

Los efluvios del alcohol fueron haciendo efecto, y no habíamos llegado a los postres cuando el mismo novio, don Luis de Unzaga, se puso en pie agradeciéndole a padre el haber accedido a aquel matrimonio, y le prometió que en cuanto fuese gobernador le concedería el capricho de formar su propia milicia blanca.

Por su parte O'Reilly, aceptando el nombramiento, le prometió entregarle a don Luis, antes de embarcar al día siguiente, un manual donde le explicaba el decálogo de un buen adiestrador de tropas y constructor de murallas defensivas. Padre, ya ligeramente ebrio, brindó con todos por las gracias recibidas.

Al amanecer del día siguiente, resacosos y tambaleantes después de toda la noche en vela, acompañamos a Alejandro O'Reilly y a nuestra querida amiga María Rosa al puerto. Nosotras la echaríamos de menos. Ella, sin embargo, estaba contenta porque por fin regresaba a España.

El rey don Carlos III hacía tiempo que había pedido a Alejandro que diese por culminado el adiestramiento de las seis divisiones de reclutas que había formado para defender los principales fuertes defensivos de las colonias del Caribe, y que regresase a España para liderar y dirigir otro ataque, esta vez en el norte de África.

Desde Cádiz, como antes había hecho en Cuba, Puerto Rico y la Luisiana, dirigiría la instrucción de unos veintidós mil hombres, para después poder desembarcarlos en la costa de Argelia y conquistar de nuevo todas las plazas norteafricanas.

Al despedirse de mí, me abrazó con fuerza.

—Os deseo lo mejor, Felicitas, en vuestro futuro enlace.

Correspondí a su entrañable apretura.

—Algo de malo debería tener estar casada con un apuesto mariscal. Os deseo lo mejor en vuestro nuevo destino, y siento enormemente que no podáis estar en mi boda con Honorio —bromeé—. Buen viaje, María Rosa. Quién sabe, quizá algún día volvamos a vernos allí en España. Honorio me ha prometido que, en cuanto se tercie, os visitaremos. Yo, que nací aquí en Nueva Orleans, estoy deseando conocer mundo.

Ella sonrió.

—No diríais lo mismo si conocieseis las inclemencias, estrecheces y carestías a las que nos someten las travesías de un lado al otro de los mares.

No lo dudé.

—Puede que tengáis razón. Alguna vez he visto las camaretas de los barcos de mi padre y no parecen demasiado acogedoras, pero creo que el final de los viajes merece el sacrificio.

Me besó en la mejilla antes de subir a la barcaza.

—Pues recemos para que el destino nos una alguna vez de nuevo.

Asentí.

—Hasta entonces, prometedme que seguiréis escribiéndonos para versarnos en las nuevas tendencias, por muy extravagantes que os parezcan. Que no sean solo las mantillas, las sobrias sayas castellanas, las peinetas y el café los únicos hábitos que nos enseñéis. Mandadnos patrones, recetas y más modelos de encajes para hacer con bolillos.

Sonrió.

—Por ventura os referís a… ¿pelucones como torres, lunares de quita y pon o puñetas en cascadas? En cuanto sepa de algo más estrambótico seréis las primeras en saber de ello a este lado de los mares.

Con cierta tristeza despedí a aquella divertida y fugaz gobernadora que con tanta alegría pasaba el testigo a mi hermana Isabel.

Alejandro, como se empeñó en aquellas largas noches de insomnio de las que María Rosa tanto se quejaba, nos dejaba la magnífica impronta de su paso por estas tierras de la Luisiana. Atado, bien atado y meticulosamente ordenado quedaba todo para salvaguardarnos por un tiempo de más desatinos.

El último gesto que dedicó a Nueva Orleans, antes de posar su pie en la barcaza que le llevaría a la goleta, fue entregar el bastón de mando a mi cuñado Luis.

V

SUSURROS DE REVOLUCIÓN

1772

Agora con la aurora se levanta
mi Luz; agora coge en rico nudo
el hermoso cabello; agora el crudo
pecho ciñe con oro, y la garganta;
agora vuelta al cielo, pura y santa,
las manos y ojos bellos alza, y pudo
dolerse agora de mi mal agudo;
agora incomparable tañe y canta.

Fray Luis de León, «Agora la aurora se levanta»

Mientras las peluqueras colocaban las ultimas flores entre las perlas de mi diadema, mi hermana Isabel, recostada sobre mi cama, languidecía presa de una verborrea difícil de soportar.

Como un mariscal pasando revista a su tropa, opinaba sobre los detalles más nimios y, dado el avanzado estado de su embarazo, nadie nos atrevíamos a contradecirla, no fuese a dedicarnos otro agravio de su ya de por sí enervada susceptibilidad.

Sus palabras se sucedían sin solución de continuidad:

—En mi opinión, vuestro peinado debería de haber sido un poco más discreto. Ya no se llevan tan altos los recogidos. ¿Y ese vestido? No termina de convencerme. Resulta anticuado y en nada se parece a los últimos patrones que nos ha mandado María Rosa desde España.

Ladeó la cabeza escudriñándome.

—Quizá podríais recogeros un poco el lado de la falda superior del sayo para dejar entrever las enaguas de encaje y el principio del tobillo.

Frunció el ceño.

—¿Y ese pronunciado escote? ¡Qué indecencia, hermanita! Hacedme un favor y tirad un poco para arriba de la seda que lo delimita para demostrar vuestro recato, que ya tendréis tiempo de lucir la hermosura de vuestros senos cuando estos se inflamen de preñez.

Se incorporó satisfecha.

—Mirad los míos: ¡diríase que se han duplicado en tamaño! Dice Luis que el embarazo me favorece.

Resopló antes de recostarse de nuevo.

—Dios mío, cómo me aprieta este dichoso guardainfante... ¿Por qué no os colgáis la cruz de rubíes de madre en vez de esa aguamarina? En alguna parte oí decir que el rojo da suerte a las novias... Deberíais empolvaros un poco más la cara para aclararla, porque con esta humedad ya os están saliendo brillos.

Inspiré y, apartando a la peluquera, me levanté indignada. Incapaz de seguir escuchándola le cerré de un tirón las cortinas del dosel.

—Hazme un favor, Isabel, y procura permanecer tan solo cinco minutos con la boca cerrada. De verdad que los necesito.

No tardó ni un segundo en asomarse de nuevo. A punto estaba de protestar, cuando Nana la chistó. Ella fue incapaz de desobedecerla. Sabía que la necesitaría en muy poco tiempo para cuidar a su bebé, y por nada del mundo quería enfrentarse a ella.

Ágata no pudo sino regodearse en la escena.

—Vaya, madre. ¡Qué poderío! ¿Una negra liberta amordazando nada menos que a la gobernadora?

Isabel masculló entre dientes:

—Porque me amenaza con no venir a criar a mi pequeño, que si no...

Nana nos había criado a todos y sabía que confiábamos tanto en ella que no permitiríamos que nadie más tocase a nuestros retoños.

Le dediqué una mirada de agradecimiento, ella me susurró al oído:

—Estáis preciosa, mi niña. No la escuchéis. Tan solo está desesperada porque hoy le robaréis el protagonismo.

Isabel, comprendiendo que así no llegaría a ninguna parte, tan solo necesitó cinco minutos para sosegarse y brindarme su brazo.

—Dejad que vuestra hermana mayor os acompañe a la calesa donde padre nos espera.

Bajamos las escaleras despacio. Si he de ser sincera, más por mantener el encañonado de mi falda impoluto que porque ella no tropezase por culpa de la gran tripa que portaba.

Al posar el pie en la escalerilla de la calesa, mi padre me tendió la mano para ayudarme a subir y dirigirnos a la catedral de San Luis.

En el altar nos esperaba el padre Cirilo junto a Honorio. A mis diecisiete años me casaba con un hombre de veintitrés, no como mi hermana, que se llevaba una eternidad con Luis de Unzaga. Una ostentosa diferencia de edad a la que en muy poco tiempo nos habíamos acostumbrado. La ceremonia fue amenizada por los cánticos litúrgicos de una escolanía que contrastó con las voces graves de los esclavos que aguardaban a la salida.

Ya en casa, madre me hizo el mejor regalo. Emulando al maestro de ceremonias, había engalanado la casa con novedosos atavíos; lo fácil hubiese sido desempolvar los farolillos, manteles, cuberterías y vajillas que hacía tan poco había utilizado para el banquete de Isabel, pero no lo hizo.

Enemiga de amortizar un solo elemento decorativo, desconocía la pereza, le divertía el cambio y, ante todo, hacía honor a sus deseos de que cada una de sus hijas tuviésemos una boda única. Tan solo reutilizó los esqueletos de los andamios de otras composiciones florales diferentes al entrelazar la vegetación con una bandada de coloridos pájaros disecados.

Sonó el vals nupcial y abrazada a mi padre di los que serían mis últimos pasos a su lado. Un dos, uno, un dos, uno. Concentrada en no perder el ritmo dimos dos vueltas dentro del círculo que el resto de los invitados nos habían hecho alrededor, hasta que a la tercera me entregó a Honorio, cumpliendo con la ancestral tradición.

Desde aquel mismo momento salía del apacible entorno familiar donde Dios quiso que naciese para empezar a forjar la cuna donde en un futuro dormirían mis hijos.

Apenas terminó el baile, Honorio me besó y, con una leve inclinación de cabeza, se dirigió a la esquina donde mi padre se había retirado y debatía junto a otros tantos señores sobre lo humano y lo divino.

Y así, las mujeres y los hombres buscamos voluntariamente la distancia para poder hablar a nuestras anchas de temas tan dispares como los que nos solían ocupar por razones de sexo.

Si he de ser sincera, aquella situación, que tan habitual solía ser, aquel día me dolió un poco. No pude ahondar en aquel sentimiento de precipitado abandono. Casi de inmediato el vacío que Honorio había dejado en la tarima de baile fue ocupado por mis hermanas pequeñas, mi madre, mi abuela, Ágata, la mujer del nuevo socio de padre y un sinfín de señoras.

La orquesta, consciente de lo que acontecía, empezó a tocar un baile típico en el que por tradición solo participaban las mujeres casadas. Agarradas de la mano y en corro, todas daban vueltas y más vueltas alrededor de la nueva desposada para, simbólicamente, darle la bienvenida al nuevo estado.

Intenté evadirme de mi desilusión inicial cumpliendo diligentemente con aquella tradición. Sin poder evitarlo, desvié mi mirada a donde estaban reunidos los hombres. Aún albergaba la secreta esperanza de que Honorio los dejase para venir a mi lado y así salvarme de semejante tortura.

Vanas ilusiones de una niña con deberes de mujer.

Madre, intuyendo mi enojo, procuró tranquilizarme y, aprovechando un cruce de baile en el que las dos rotábamos agarradas de los codos, me recriminó:

—Tranquilizaos y centraos hoy en lo que se espera de vos como la perfecta mujer de la Luisiana que sois.

La música cesó. Apenas terminaron de escucharse los últimos acordes de aquel mareante baile en el que me obligaron a participar, con una sonrisa impostada que ya me estaba costando mantener, busqué un asiento libre, lo encontré y, aliviada, corrí a ocuparlo, dejando al resto de las danzarinas confusas y sin un centro alrededor del que pivotar.

Al verme me hicieron un hueco las tres mujeres que, por su

avanzado estado de gestación, en vez de danzar preferían balancearse en sendas mecedoras. Eran mi hermana Isabel, Margaret O'Brien, la mujer del comerciante Oliver Pollock, y Pepita, esposa de un amigo de mi padre, procedente de La Habana, llamado Juan Miralles.

Las tres compartían impresiones sobre su estado de buena esperanza. Al contrario que mi madre, que a pesar de estar también embarazada y no parar quieta un segundo supervisando que nada fallase en mi boda, ellas apenas se habían levantado en toda la noche. Era como si el común miedo a un prematuro aborto las hubiese pegado con resina al asiento.

Ágata apareció de la nada para guiñarme un ojo.

—Hacéis bien, Felicitas. Se os ve agotada. Sentaos y descansad, porque esta noche aún os queda una obligación por cumplir. Quizá la más importante.

Mi mirada de intriga la divirtió.

—La de consumar. ¿O es que olvidáis que hasta que no lo hagáis el matrimonio no será válido del todo? Si os esmeráis, lo mismo en nueve meses os veis como estas tres.

¡Cómo le gustaba escandalizar a veces! Mis acompañantes, incapaces de contener sus absurdas risitas, intentaron simular no haberla oído.

Tomé asiento, incómoda ante la puesta en evidencia de mis actos inmediatos frente a dos casi desconocidas. Ágata, como mi mejor confidente, sabía muy bien de la inseguridad que me embargaba para afrontar ese momento. Yo no quería por nada del mundo defraudar a Honorio y, de hecho, consciente de que ella, que había perdido la virginidad hacía ya mucho tiempo, era ducha en esas lides, le había pedido consejo en repetidas ocasiones.

Sin demostrar mi enfado, fui tajante:

—Dios lo quiera, Ágata, porque así se demostraría mi fertilidad.

Di por concluida esa deriva saludando a las dos señoras que estaban con mi hermana Isabel.

—Pepita, me alegro muchísimo de conocerla. Margaret me ha dicho que nunca viaja con su marido, pero que esta vez no quería perderse mi boda. Es un honor para mí que haya venido, más teniendo en cuenta su estado.

Acariciándose la tripa, sonrió.

—Juan me habló tanto de ustedes que esta vez decidí acompañarle. En poco tiempo saldrá de nuevo hacia las colonias del norte, y he decidido cambiar de aires y esperar su regreso aquí, en Nueva Orleans, así que tendremos tiempo de sobra para intimar. —Intentó ser agradable—. Y, para qué ocultarlo, también quería comprobar por mí misma si las hermanas Saint-Maxent eran tan hermosas como él me aseguraba.

Isabel y yo le agradecimos el halago con una sonrisa, mientras Ágata, enemiga de las forzadas lisonjas, aprovechó el inciso para lanzar otro de sus dardos:

—¿La señora sufre por ventura de celos en su ausencia?

Pepita sonrió, sin sentirse atacada en absoluto.

—Si fuésemos celosas las mujeres de los comerciantes, con todo el tiempo que pasan alejados de nosotras, estaríamos en un continuo sinvivir. Da igual en las lejanas capillitas que ellos picoteen, porque nosotras siempre seremos sus catedrales y el albergue de su regreso. Es lo que tiene el compromiso de un matrimonio llevado con respeto y como Dios manda.

Ágata, amiga de las relaciones esporádicas, no supo o no quiso responder. Aburrida por el cariz de la conversación desapareció sin más. Intenté continuar sin nuevas interrupciones.

—¿Pepita, dónde os quedaréis?

Miró a su derecha.

—Margaret me ha ofrecido aposento hasta que yo quiera.

La mujer de Pollock sonrió.

—Cómo no hacerlo, si además de compartir embarazos Juan y Oliver parten juntos la semana que viene Misisipi arriba.

Pepita asintió pesarosa.

—Se sabe cuándo se van, pero nunca cuándo volverán. En cierto modo me siento como la mujer de un marino y agradezco a Margaret su hospedaje.

Suspiró y continuó explicando:

—Más ahora, que las cosas están como están. Lo único seguro es que pariré sola.

Margaret la corrigió bromeando:

—Tan vinculadas como estamos en tantas cosas, quizá también lo hagamos juntas.

Ladeó la cara agradecida.

—No me refería a «sola» en el estricto sentido de la palabra. Ya me entendéis.

Sin poderlo evitar miré al grupo donde todos nuestros maridos discutían acaloradamente.

—Miradlos. Cualquiera diría que somos su principal preocupación. La verdad es que soy novata en esto de ser una mujer casada, pero nada más lejos de mi sentir.

Margaret me animó.

—Ya os acostumbraréis, Felicitas. Como dice Pepita, no está el horno para bollos.

—¿A qué os referís? No lo entiendo. Aparte de los robos o asaltos de los indios, ¿qué mayor peligro puede haber?

Pepita miró a un lado y al otro como comprobando si alguien no debido pudiera estar escuchando. Bajando el tono de voz, continuó:

—El próximo viaje no solo será para comerciar con pieles. Oliver y Juan tienen otras intenciones. Juan quiere hablar con el general George Washington para comprometerse a favor de la revolución de las Trece Colonias y ayudarles en su lucha en contra de los ingleses.

Margaret la interrumpió:

—Oliver, entre otras cosas, tiene escondidas en las bodegas de casa varias cajas de armas y pólvora para hacérselas llegar. Cuando lo descubrí y le pregunté el porqué, me dijo que ya no podía controlar el odio que le embargaba hacia los ingleses. Que si seguían subiendo los aranceles por todas las mercancías con las que comerciaba acabarían arruinándonos, y que antes de perderlo todo en manos de semejantes mequetrefes prefería regalárselo a los revolucionarios.

—Suspiró con un aliento de desesperanza—. Tan solo han pasado doce años desde que llegó a Pensilvania dispuesto a prosperar, y ahora que después de tantos tumbos lo ha logrado, dejándose la piel y la salud en este afán, considera sumamente injusto que le estén acribillando con tan altos aranceles. Sueña con unirse a los que pronto lucharán para terminar de una vez por todas con su dominio y, llegado el momento crucial, se ha comprometido a ayudar económicamente a la causa.

Isabel la interrumpió:

—No es el único.

Las tres la miraron intrigadas.

—Luis me ha confesado, no sin preocupación, que en las Trece Colonias del norte se avecina una guerra y que, como Oliver, probablemente España también ayudará a sufragar parte de los gastos de los colonos. Y es que Alejandro O'Reilly, antes de irse, aparte de todas esas leyes escritas, también dejó algún dictamen secreto con respecto a lo que pudiese acontecer. ¡Qué raro que no le hiciera participe de ello a Oliver, siendo paisanos los dos! ¡Estos irlandeses! ¡Indudablemente llevan la rebeldía licuada en su sangre!

Margaret sonrió.

—Y lo hizo, pero me pidió que no lo dijese. Ahora ya lo sabéis y que conste que no he sido yo la delatora.

Isabel se sonrojó arrepentida de haber hablado más de la cuenta.

Margaret la tranquilizó.

—No se preocupe, señora gobernadora, que ya aprenderá con el tiempo a morderse la lengua. De las cuatro que aquí estamos creo que nadie hablará más. Esta vez, está claro que no hay peligro, pero... en un futuro quién sabe.

Pepita la interrumpió.

—Sea como fuere, me alegro de poder compartir con alguien todo ese secretismo en el que nuestros maridos de un tiempo a esta parte parecen moverse. —No se anduvo con rodeos—. El caso es que Oliver y Juan, esta vez, van al norte a mucho más que a comerciar, por eso la señora de Pollock y yo misma hemos decidido cerrar por un tiempo nuestras respectivas casas en La Habana y vamos a pasar juntas en Nueva Orleans el trago.

Pepita, mucho mayor que todas las demás, asintió.

—Juan, como Oliver a Illinois, emigró desde Alicante a La Habana hace la friolera de treinta años. En su bolsa llevaba ocho mil quinientos reales y muchas ilusiones por cumplir. Poco tiempo después se casó conmigo y desde entonces los Miralles y los Eligio de la Puente hemos caminado juntos. —Suspiró—. Por aquel entonces yo acababa de cumplir los quince. ¡Quién me ha visto y quién me ve! Ahora con cuarenta y cinco, supongo que este será mi último embarazo. La edad me ha enseñado a ser discreta, aunque no por ello soy tonta. Como ustedes sé que Juan va con Oliver a este viaje para presentarse ante su amigo George Washington como correo secreto y con la misión de regresar con una lista de abastecimientos y pertrechos que puedan necesitar para procurar conseguírselos aquí en el sur.

Miró a Margaret con complicidad.

—Vosotras, Felicitas e Isabel, no cantéis victoria, porque está claro que vuestros respectivos maridos también están en el ajo. Españoles, irlandeses y franceses, junto a muchos otros, esperarán que regresen de su viaje para saber algo más antes de unirse a la revolución contra Inglaterra.

Las dos, aunque quejumbrosas, hablaban de sus maridos con cierta admiración. Curiosa aquella conversación en la que me había visto involucrada en mi propia boda.

No hacía mucho que habíamos conocido a Oliver Pollock; había sido, si mal no recordaba, en la boda de Isabel, y fue allí justamente donde él conoció a Margaret y apenas un par de semanas después se casó con ella.

Dicen que de una boda salen otras dos y este fue un ejemplo de ello. Estaba por ver cuántas salían de la mía.

Oliver Pollock poseía un claro don de gentes y supo ganarse a todos apenas puso su pie en Nueva Orleans. Como mi padre solía decir, para ganarse la confianza de los indios de las tribus del norte tan solo había que hacer una pequeña inversión en regalos, y eso mismo es lo que había hecho Oliver al llegar a nuestra ciudad cargado con un barco repleto de harina, que vendió a precios irrisorios en tiempos de carestía.

Su generosidad, unida a la buena amistad con O'Reilly, no tardaron en abrirle todas las puertas, desde el Palacio de la Gobernación hasta en las chozas más humildes. Se hizo respetar y querer a un mismo tiempo y tan solo contó con enemigos entre los envidiosos de siempre.

Con Juan Miralles había pasado otro tanto. Sea como fuere, ambos, según mi padre, estaban dotados con las mejores cualidades para ser perfectos espías. Físicamente tenían las orejas bien grandes para escuchar, los ojos bien abiertos para reconocer una oportunidad desde lejos y el olfato de un lobo para husmear a los traidores. Mentalmente poseían sabiduría para arrimarse a las mejores fuentes, discreción para pasar desapercibidos y el talento suficiente como para despertar confianza en el menor tiempo posible y así hacer cantar a quien guardase secretos relevantes.

Andaba ensimismada en estos pensamientos cuando de repente Honorio se nos acercó. Solo lo hacía para excusarse.

—No os levantéis, Felicitas. Siento ausentarme justo ahora, pero hay algo que repentinamente reclama nuestra atención y este no es lugar para tratarlo. Nos vamos al despacho. Os prometo que os recompensaré como es menester. Disfrutad del resto de la velada con las señoras.

Y sin más desapareció junto al resto de los hombres.

Podía entender que Honorio siguiese los pasos de estos comerciantes junto a padre, pero lo que no entendía era qué pieza clave jugaría el gobernador de España en la Luisiana en este juego. ¿De verdad España iba a implicarse en esta guerra? ¿Y si los gritos de revolución salpicaban a sus provincias de ultramar?

VI

LA DESPEDIDA

Nueva Orleans

Hermoso desaliño, en quien se fía
cuanto después abrasa y enamora,
cual suele amanecer turbada aurora,
para matar de sol al mediodía.

Lope de Vega, «A una dama que salió revuelta una mañana»

Dos horas después, Honorio apareció en mi lecho. Consumé según los expertos dictámenes de Ágata. Me despojé de toda vergüenza de tal manera que, pasado el primer trago de dolor, todo fue miel sobre hojuelas. A la tercera vez incluso llegué a sentir cierto placer en ello.

No sé si fui demasiado agresiva o demandé más de lo esperado, pero el caso es que Honorio, después del último arremetimiento, apenas tardó cinco minutos en dormirse profundamente. Supe que no lo había hecho del todo mal cuando en su semblante se dibujó una amplia sonrisa.

Al día siguiente, al despertar, me quiso hacer partícipe de lo que se había cocido en su despacho durante la celebración posterior a nuestra boda: Pollock y Miralles aprovecharon la ocasión para ponerles al corriente de todo lo descubierto durante su último viaje al norte, y les hablaron también de sus propósitos en el próximo.

Haciéndome la sorprendida, no le dejé ni siquiera sospechar que yo podría estar al tanto. Fingiría estar arropada por ese manto invisible de ignorancia con el que nuestros maridos creían estar protegiéndonos.

Tumbado a mi lado, se incorporó sobre la almohada para poder mirarme a los ojos.

—Al parecer, ya es inevitable la guerra. Las colonias del norte, después de los últimos altercados, definitivamente han prendido la llama de la revolución. No piensan seguir permitiendo que la bota de los ingleses los asfixie un segundo más. Quieren dejar a sus hijos unas tierras que ellos mismos puedan gobernar eligiendo a su líder y sin imposiciones de un reino tan lejano y distante como el británico.

Dudé.

—No sé, Honorio. Los casacas rojas están adiestrados, armados y organizados, y no creo que se dejen vencer con tanta facilidad. La guerra será cruenta y habrá miles de muertos. ¿De verdad que les compensa? Mira a mis padres o a los tuyos. Ellos consiguieron hacer fortuna sin tal derramamiento de sangre. ¿No hay de verdad otro medio de conseguir la paz?

Negó chasqueando la lengua.

—El descontento ya se ha expandido como la pólvora prendida por las Trece Colonias. El disgusto es general y se dispersa como una centella imparable. Sería absurdo negar que no nos salpicará. Más teniendo en cuenta cómo nos han involucrado en el Tratado de París, cambiando la Luisiana de las manos francesas a las españolas.

Abrí los ojos demostrando mi desconcierto.

—¡Como si fuésemos un mero naipe en un juego de cartas! Pensándolo detenidamente, he llegado a la conclusión de que en todo vamos un poco rezagados con respecto a las Trece Colonias. Tarde o temprano terminaremos igual que ellos y querremos nuestra independencia para no depender de los caprichos de unos reyes que ni siquiera se han molestado en embarcarse una sola vez para venir a conocernos. Si lo hiciesen, comprobarían que aquí casi todos hablamos en francés.

Se explicó:

—No es la primera vez que pasa algo parecido. Os pondré un ejemplo. El más reciente que recuerdo. Solo tenéis que hacer memoria sobre lo que nos contaron de niños nuestros abuelos.

Lo intenté.

—¿Os referís a esas historias que la abuela me contaba para que, según ella, memorizásemos y así poder contárselas a nuestros futuros hijos y ellos a su vez a los suyos?

Suspiré.

—Decía que de esa manera, además de recordarla siempre a ella, sabríamos de dónde veníamos para mejor trazar el sendero de adónde iríamos.

Asintió.

—Más o menos el mismo mensaje que mi padre repetía incansablemente en casa. ¿Recordáis el épico viaje que un día decidieron hacer abandonando sus tierras en Nueva Francia para venir al sur?

Sonreí.

—¡Cómo olvidarlo! Una verdadera odisea. Un buen día, de buenas a primeras, tuvieron que buscar un nuevo lugar donde asentarse en el sur, decepcionados por el trato que habían recibido al intentar adquirir la propiedad de las yermas tierras del norte que solo ellos habían transformado en prósperos cultivos. Se les había prometido que les permitirían inscribirlas a su nombre y, sin embargo, al entregárselas Francia a los ingleses, estos se las arrebataron para dárselas a sus congéneres.

—No lo habéis podido explicar mejor. Les prometieron la posesión de las tierras que cultivasen por estricto orden de llegada y asentamiento, pero aquella oferta, alimentada por su ilusión y trabajo, apenas duró lo que el capricho de un acuerdo gubernamental para ser ignorada. Ahora llueve sobre mojado.

—¡Para confiar en la palabra de semejantes engolados!

Continuó, divertido con mi indignación:

—Nuestros abuelos, ultrajados por semejante injusticia, optaron por abandonar los frutos del sudor de su frente, pusieron pies en polvorosa y encaminaron sus pasos hacia este edén. Venían confiando en que fuese más consistente que el que dejaban atrás y en que los gobernantes que lo dirigiesen hiciesen honor a la palabra dada, independientemente de su bandera o procedencia.

Asentí de nuevo.

—Dignos de admirar, porque, a pesar de haber visto pisoteadas sus expectativas, no se amilanaron ni cejaron en el intento de ver cumplidos sus sueños. Madre indudablemente tiene razón cuando dice que con tesón y constancia todo se suele conseguir.

Honorio prosiguió:

—Demostrando su valentía, se embarcaron por segunda vez para desafiar a lo desconocido. Esta vez no irían en una goleta sino en una barcaza más parecida a un cascarón de nuez que a otra cosa. Al igual que unas décadas antes soslayaron tifones y tormentas en la mar, remaron esta vez a favor de las corrientes de los ríos, los rápidos y cascadas y llegaron a Nueva Orleans.

—Por eso vos y yo nacimos aquí. Ellos hicieron de Nueva Orleans un pedacito de Francia perdido en el mundo, con su mismo idioma, costumbres y tradiciones. Una traza de la misma tierra que los vio nacer y un día dejaron atrás al otro lado del mar.

Me interrumpió.

—Debemos estar orgullosos de ser criollos de pura cepa, hijos de franceses colonos y a mucha honra. Pero no es de eso de lo que os quería hablar sino de cómo deberemos obrar para que nunca más nadie nos intente echar de los salvajes lugares que los nuestros reconvirtieron.

Seguía sin entender. ¿Cómo íbamos a conservar la propiedad sin la aquiescencia de un gobierno independientemente de la bandera que enarbolase? ¿Hablaba acaso de independencia?

—¿Me estáis diciendo que aquí pasará algo parecido al alzamiento de las Trece Colonias? No lo creo, Honorio. Según dice padre, la Luisiana no es una colonia al uso de las del norte, por eso precisamente es por lo que decidieron quedarse aquí y no en otro lugar. Ahora Nueva Orleans, según mi cuñado Luis, como el gobernador que es, no es una colonia como las del norte, sino una provincia de ultramar perteneciente al Imperio español, y como tal los que en ella habitamos somos súbditos españoles y por eso gozamos de muchos más derechos que los simples colonos.

Me miró escéptico. Insistí:

—De verdad que lo creo, Honorio. ¿No lo veis? Aquí hay una

diferencia evidente en el trato que recibimos de nuestros gobernantes. Los españoles al llegar no nos han arrebatado las tierras para entregárselas a sus afines. Tampoco nos han subido los aranceles como lo hicieron los ingleses al llegar a Nueva Francia. ¡Si incluso nos han dejado seguir con nuestras costumbres y no se han empeñado en cambiar el nombre a los barrios!

Me interrumpió:

—Pero a las nuevas calles les ponen nombres vinculados a su reino.

Sonreí.

—Es lo mínimo. Así nuestros descendientes sabrán distinguir entre el barrio francés y el español sin problema. En serio, Honorio, ¿cómo podéis comparar el trato que ellos nos dan con el que un día recibieron nuestros padres a manos de los ingleses? Os voy a dar un último argumento. Entre nosotros es lógico que hablemos en francés, pero... ¿no os parece sorprendente que los españoles hagan verdaderos esfuerzos por dirigirse a nosotros en nuestra propia lengua sin imponernos la suya? Está claro que, apaciguados los ánimos de los insurrectos que en un principio se alzaron en contra de los españoles, aquí todo ha regresado a la paz. Pero... ¿de verdad no opináis igual que padre? Os creía fiel e incondicional a sus designios.

Honorio se encogió de hombros.

—Y estoy con él, no me malinterpretéis, pero recordad, mi querida Felicitas, que la frontera entre el norte y el sur en este continente es mucho más fina y soslayable que la invisible trazada en el mar entre Europa y América. Según Juan Miralles, en esta revolución del norte España debería implicarse nadando entre dos aguas si no quiere que los aires de independencia se conviertan en un huracán como los que con frecuencia nos asolan.

Le interrumpí:

—Y algo de eso debe de haber porque mi hermana Isabel, comentándome las últimas nuevas que han recibido del consejero de las Indias en Madrid, don José Gálvez, me ha reconocido que es muy partidario de ayudar a las colonias de una manera discreta. No vaya su brasa incandescente a incendiar por contagio al virreinato de Nueva España. Por eso quizá Juan Miralles os comentó aquello.

Musitó pensativo:

—Cada vez está más claro que los españoles quieren ayudar a los colonos en su alzamiento a pesar del riesgo que pueden correr con esa determinación, pero ¿os ha dicho vuestra hermana Isabel el porqué de esa decisión?

Sonreí.

—Eso es algo que no me ha revelado, pero intuyo que quizá sea una venganza española hacia los ingleses, hartos del acoso al que desde hace siglos sus piratas someten a sus ciudades costeras y galeones. Amparados por las patentes de corso de la corona británica matan y roban a destajo.

Retirándome un mechón que me caía por la frente, me miró fijamente a los ojos.

—Sea por lo que sea, mi querida Felicitas, está claro que quieren comprometerse con esta causa y ahí es donde entramos nosotros.

—No entiendo cómo.

Sonrió.

—Los ingleses siguen creyendo que los criollos de ascendencia francesa estamos sumamente disgustados por cómo la Luisiana ha pasado de las manos francesas a las españolas y lo vamos a aprovechar.

Empezaba a comprender.

—¿Haciéndonos pasar por franceses enemigos de los españoles y por lo tanto amigos de los ingleses?

Asintió.

—Con esa convincente excusa nos infiltraremos fácilmente en las líneas enemigas y así podremos obtener información que de otra manera sería imposible conseguir. No debemos olvidar que los franceses, aunque fuésemos expulsados de Quebec, aún conservamos algunas prebendas por parte de los casacas rojas en asuntos comerciales. Así como en el norte muchos de nuestros paisanos conservan las licencias de los pesqueros en Terranova, aquí en el sur, en los territorios que ellos dominan, aún nos conceden ciertas preferencias para la obtención de permisos de compraventa de esclavos y azúcar.

Intuyendo lo que vendría después, me adelanté:

—No son muchos los territorios que ellos tienen por aquí.

Asintió.

—No muchos, pero como bien sabéis a los españoles les molesta como una china en el zapato su dominio en algunos fuertes del Misisipi arriba y en otros territorios en la Florida, como la Mobila y Pensacola.

Abrí mucho los ojos.

—¿Y eso a vos en qué os incumbe?

Suspiró.

—Hace un momento hablaba de espías. ¿A cuáles conoces que ejerzan como tales?

Contesté resuelta:

—¿A Oliver Pollock y a Juan Miralles? Vos mismo me lo habéis dicho.

Asintió antes de besarme con pasión.

—No sé si debería de haberlo hecho, pero... os quiero tanto que soy incapaz de guardaros un secreto. ¿Seréis capaz de atesorarlo en silencio?

Intrigada, asentí tímidamente.

—Vuestro cuñado Luis está montando una red de espionaje para poder trazar un camino a seguir en la ayuda que España brindará a la revolución. Como sabéis, Pollock es irlandés y Miralles español, ahora necesitan un francés joven y casi desconocido que se cuele en algunos fuertes que para ellos serían inaccesibles. Me han pedido que colabore haciéndome pasar por vendedor de pieles, armas, licor, azúcar y todo tipo de caprichos. No pondrán mucha resistencia si en mi carreta llevo mercancías difíciles de conseguir. Una vez garantizada su confianza, los sonsacaré y pasaré la valiosa información a Pollock y a Miralles para que la utilicen según convenga.

Me sentí un poco triste.

—¿Y vos os ausentaréis tanto como ellos?

Me apretó fuertemente contra su pecho.

—Y aún más si se tercia. Vuestro padre lo ha hecho siempre y mirad a vuestra madre que, sin él, prácticamente os ha criado sola en su ausencia. Os mentiría si os dijese que no. En esta guerra que se fragua hay que pertenecer a un bando y a ser posible al vencedor. Como vuestro padre, que formó las milicias blancas en pro de los españoles, yo he elegido mi propio camino. Tan solo os puedo prometer que siempre intentaré volver lo antes posible.

Le besé ardientemente y, así, tumbados sobre la manta de piel de lobo frente al hogar, de nuevo hicimos el amor. Me pareció atisbar el arrojo de su alma en el reflejo de las flameantes llamas en sus pupilas.

Dos sentimientos encontrados me atenazaron. Por un lado, el miedo a perder al hombre que a mi lado yacía exhausto y, por el otro, el tener un marido valeroso.

Vivíamos en lo que los españoles llamaron el barrio francés, en una casa entre la de mis padres y el Palacio de la Gobernación, donde mi hermana Isabel nos recibía con frecuencia. Aquellas reuniones de señores se hicieron cada vez más asiduas.

En los vientos precedentes a la Navidad del setenta y tres, la mecha del cañón revolucionario que se venía calentando al fin se prendió y la primera de muchas bombas resultó estallar en el puerto de Boston.

Aquel dieciséis de diciembre en que Inglaterra, en su abuso de poder, había decidido bajar repentinamente el precio del té, muchos comerciantes temieron el riesgo de arruinarse.

Una centena de ellos decidieron plantar definitivamente cara al Gobierno tirando cuarenta toneladas de té al mar. Preferían eso antes que proceder por mandato imperial a casi regalarlas. El sometimiento era tal que hacía tiempo que habían perdido el miedo a los cuatro mil casacas rojas que moraban en la ciudad y aledaños.

A principios del año siguiente, los temerosos susurros que antes hablaban de inminente guerra se transformaron en valerosos rugidos. Infinidad de hombres, mujeres y niños se unieron al movimiento implorando a gritos la libertad verdadera. Pocos fueron los que no quisieron involucrarse. Nosotros, por nuestra parte, nunca estuvimos más atentos a las noticias provenientes del norte.

Como Honorio vaticinó, él y los suyos no tardaron mucho en ponerse en marcha para ofrecer sus servicios.

VII

PÓSTUMAS ESPERANZAS

Aviva la memoria su sentido;
la soledad levanta su cuidado;
hallarse de su bien tan apartada
hace su desear más encendido.

Juan Boscán, «Quien dice que la ausencia»

Le vi partir junto a mi padre, Oliver Pollock y Juan Miralles, que para más despistar andaba vestido con los humildes hábitos de un fraile que se haría llamar fray Antonio Sedella.

Sus cuatro mujeres los despedimos en los zaguanes de nuestras respectivas casas amparadas por un común pensamiento: el de que Dios dispusiese que su ausencia no fuese ni eterna, ni demasiado larga.

Honorio y yo éramos jóvenes, y por la frecuencia y pasión con la que holgamos no sería extraño que antes de irse hubiese plantado su simiente en mí. O al menos eso era lo que deseaba ardientemente al verle desaparecer río arriba.

Hacía poco más de mes y medio de su salida cuando el simple olor de un huevo recién recogido me produjo verdaderas náuseas. La simple intuición de poder estar en estado de buena esperanza me alegró, y para corroborarlo sin necesidad de esperar decidí llamar a mi amiga. Mitad hechicera y mitad chamana, jamás erraba en el tino.

Ágata, nada más recibir el recado, llegó corriendo. No hicieron falta palabras de confirmación porque el movimiento circular de su péndulo sobre mi vientre terminó por confirmar la certeza de mis sospechas.

El destino quiso que mi madre, a término ya del embarazo de

la que sería mi última hermana pequeña, entrase junto a Isabel, mi hermana, también ella en situación similar, justo en el preciso momento en el que Ágata guardaba el péndulo en el bolsillo del delantal.

Al verlas, mi querida loba les sonrió.

—Otra niña viene de camino. Jugará con su prima y su tía. En nada serán tres mujeres más las que engrosen esta familia.

Sin dudar un segundo de su vaticinio lo sentí por Honorio, pues me había confesado un día su deseo de que su primer hijo fuese varón. Yo, en cambio, anhelaba la certeza de una niña y me alegré de los designios cumplidos. Mi madre, llevándose la mano a la tripa, pegó un respingo.

—Esta que aquí guardo me acaba de pegar una patada.

Isabel se santiguó.

—¡Anda, madre, como a santa Ana debió de darle san Juan al encontrarse con la Virgen María ya embarazada de Jesús!

Mi madre sonrió.

—Algo parecido.

Ágata llenó cuatro copas con el hidromiel que teníamos guardado en la alacena del rincón.

—Déjense de sandeces y brindemos.

Alzó el vaso.

—Para que nada trunque la venida al mundo de estas tres criaturas.

Madre la secundó.

—Por que nazcan sanas como robles y por nuestra pronta recuperación al parirlas.

No pude contenerme añadiendo algo más a la réplica de mi madre:

—¡Y porque nuestros maridos estén aquí para acompañarnos en el feliz trance!

Incapaz de sujetarse, mi hermana Isabel cerró el brindis:

—Sea, aunque me temo que solo yo podré gozar de ese beneplácito.

Bajé la cabeza contrariada ante aquella visión tan realista. Negar que la suerte de mi hermana mayor era harina de otro costal era engañarme a mí misma.

Las siguientes semanas transcurrieron, si cabe, más lentas que las anteriores, a la espera del regreso, con una respuesta, del mensajero que mandé en busca de Honorio para darle la buena nueva.

La soledad a la que mi marido me sometía con su larga ausencia tan solo se veía mitigada por la compañía que solíamos hacernos todas las mujeres que por allí estábamos en similares condiciones.

Madre, Isabel y yo, cada tarde, alrededor de una bandeja de té, solíamos reunirnos con Margaret, la mujer de Pollock, y con Pepita, la mujer de Miralles, en el Palacio de la Gobernación.

Las cinco, aparte de albergar incipientes vidas en nuestros vientres, compartíamos el desabrido sentir que produce en una mujer preñada la soledad de un solapado abandono. ¿O debería de haber dicho justificado? Fuera como fuese, todas anhelábamos despojarnos lo antes posible de ese amargor adherido a nuestros paladares.

La primera en parir fue Margaret, la mujer de Pollock; aquel fue el sexto de los ocho hijos que tuvo, casi todos sola. Tan acostumbrada estaba al trance que casi al tiempo de sentir los primeros dolores lo escupió, sin dar tiempo a la partera a llegar y asistirla.

A los dos días quiso la casualidad que llegase Juan Miralles con una carta de Oliver para ella. Desgraciadamente, de mi padre y de Honorio no sabía nada, porque hacía ya mucho tiempo que se habían bifurcado sus caminos.

Margaret, en un intento por disipar nuestra tristeza compartiendo su alegría, quiso hacernos partícipes de la carta de su marido. Desdoblándola con manos temblorosas de emoción, nos dedicó una mirada de afecto.

—El simple hecho de que la haya escrito ya es una buena noticia. Que conste que quiero que esta carta sea de todas nosotras, porque a cualquiera le podría haber llegado y, no siendo para mí, también me hubiese gustado que me la leyeseis.

Mi querida Margaret:

Si mis cálculos no fallan y nada entorpece el camino de Juan Miralles, esta misiva os llegará cuando nuestro hijo ya esté en este mundo.

Esta vez, más que nunca, estoy deseando abrazaros para demostraros mi amor y devoción al haberme dado otro Pollock. Si no hay quinto malo, el sexto ha de ser mejor porque todos nuestros hijos y los hijos de sus hijos serán los que repoblarán este tan rico como convulso Nuevo Mundo. El mismo en el que decidimos que naciesen y que tenemos la obligación como padres de mejorar para su heredad.

Dios sabe que hace ya muchos meses que echo de menos el calor de vuestro cuerpo en mi lecho, pero el sacrificio de nuestra separación esta vez se verá aún si cabe más recompensado que en las ocasiones anteriores por el cariz que toman las cosas.

Desde que nos despedimos se han desbocado los acontecimientos. ¡No sabéis lo rápido que va todo!

A medio camino, Juan y yo nos separamos de Honorio y Gilberto para poder abarcar más territorio en la recopilación de las informaciones que luego mandaríamos al gobernador, para que este a su vez se las reenviase al ministro de las Indias, don José Gálvez.

Decidle a Isabel de Saint-Maxent que junto a vuestra carta le he mandado otra a su marido para que, como nos pidió, pueda dirigir con acertado atino y la máxima premura toda la ayuda que en breve llegará de España. Los revolucionarios la van a necesitar pronto, dados los refuerzos que parecen estar recibiendo los ingleses.

En mi transitar por estos bosques y campamentos, casi a diario conozco a alguien interesante. Y es que, si de algo estoy seguro, es de que esta guerra, como casi todas, va a dejar muchos héroes que, siendo ahora anónimos, terminarán algún día reflejados en las páginas de nuestra historia.

El último al que me han presentado ha sido Joseph Worman. Él precisamente fue el médico que hizo saltar una de las primeras chispas de revolución al ser testigo directo de cómo los ingleses desoían y arremetían contra las quejas que los colonos manifestaron en contra de las subidas de aranceles que pagaban por la compra de bienes tan básicos como el papel, el vidrio o la pintura.

Es uno de los que pergeñaron el famoso motín de Boston, en el que varios de sus amigos se disfrazaron de indios para poder así abordar y tirar al agua la mercancía de tres barcos que llegaban cargados de té.

Valiente e incansable como pocos he conocido, ahora comanda un ejército de milicianos a los que se conoce como minuteros o patriotas, según quien los mencione.

Con él y otros tantos como él, intercambiamos las noticias que nosotros traemos del sur con las que acontecen en el norte para poder así trazar sobre el mapa de las Trece Colonias algo parecido a una tela de araña repleta de arroyos, senderos y caminos por donde los espías podemos transitar inadvertidos.

Como los huracanes que de vez en cuando nos azotan en el sur, sabemos que el rumbo de esta contienda es bastante impredecible, y por eso estamos intentando adelantarnos a sus posibles derivas.

Madre resopló.

—No sabía, Margaret, que Oliver era tan previsor.

Sonrió contenta.

—Solo cuando escribe.

Continuó:

La primera misión que tenemos clara es la de convocar, a través de esta secreta maraña, a los representantes más importan-

tes de los revolucionarios en la que será la primera asamblea para luchar contra el Imperio británico y sus abusos.

Si nada se tuerce, será a mediados de septiembre, y sentadas las bases, en cuanto termine y sepa bien adónde enviar exactamente la ayuda que España está ofreciendo, os prometo que regresaré para informar al gobernador y conocer a nuestro pequeño.

No pude contener mi indignación.

—¿Por ese orden? ¿No duele, Margaret, que anteponga las necesidades de la guerra a su familia?

Margaret arqueó las cejas. Se sorprendía ante mi pregunta.

—No, Felicitas, y a vos tampoco debería molestaros. Tengo muy clara mi posición y el orden de sus valores en este momento y, si no queréis sufrir, os aconsejo que penséis de modo similar. Así, si los perdemos, Dios no lo quiera, por lo menos podremos alardear orgullosas de su heroico afán.

Bajó la mirada para seguir leyendo.

Siento no poder mandaros noticias de los demás, quizá ya estén en casa de regreso, no lo sé. Si por desgracia no fuera así, tan solo decidles a sus mujeres que no se preocupen, porque sin duda están donde deben estar, y es seguro que añoran tanto como yo el calor de sus regazos.

Con la secreta esperanza de poder veros más pronto que tarde, os mando todo mi cariño, junto a los niños.

Oliver

Al terminar, inspiró profundamente, apretando la carta contra su pecho.

Con lágrimas ancladas en mis ojos, sentí no haberme mordido la lengua a tiempo a la hora de juzgar el orden de las preferencias de Oliver Pollock.

Y de nuevo pasaron los días a la espera de nuevas noticias convertidas en albricias. Al nacimiento del niño de Margaret le siguió el de Pepita, la mujer de Juan Miralles.

Ella, al contrario que Margaret, sí tuvo la inmensa suerte de contar con el afecto de un padre cercano a la hora de parir. Y una vez pasada la cuarentena y restablecida totalmente la madre, embarcaron todos juntos rumbo a Cuba. Mentiría si no reconociese que cierta envidia me embargó al despedirlos.

Después de la carta de Oliver y la partida de Juan Miralles, el siguiente en aparecer inesperadamente una mañana fue mi padre.

Apenas lo supe, corrí a ver si traía noticias de Honorio y una oleada de desilusión me sacudió las entrañas.

Al igual que al principio del viaje se separaron Miralles y Pollock de ellos, él había tenido que diferenciar su camino del de Honorio, y ya hacía tiempo que le había perdido la pista. De hecho, se sorprendió al no encontrarle en casa al llegar.

Para mí fue un gran varapalo. Hasta ese preciso momento, suponía juntos y cubriéndose recíprocamente las espaldas a suegro y yerno. Si no estaba Honorio con mi padre, ¿quién velaría por su seguridad? ¿Quién me notificaría su muerte si por desgracia sucediese? Aquella noche me asaltaron las pesadillas más inconfesables y el sentimiento de soledad que venía padeciendo desde hacía meses se tornó en un miedo insuperable a la viudedad.

Mi embarazo crecía y madre, como antes Margaret y Pepita, tuvo a su niña. Ágata había acertado como tantas otras veces en sus predicciones.

Al contrario que en otras ocasiones, padre aquella vez sí pudo abrazar a Eloísa nada más nacer. Madre, suponiendo que sería su última hija, quiso apodarla Poupon.

Tan solo dos meses después nació la niña de mi hermana Isabel, a la que llamó igual que a ella para no romper la tradición.

De las cinco embarazadas que coincidimos en esta andadura, ya solo quedaba yo por parir. Esperando día tras día a Honorio, no pude evitar envidiarla a ella también al ver a mi cuñado Luis besarla y hacerle la señal de la cruz en la frente.

Mi embarazo estaba a punto de finalizar y, según el cariz que estaban tomando las cosas, mi hija, con toda probabilidad, aún tendría que esperar un tiempo después de nacer a que su padre la cogiese en brazos.

Para calmar mi desasosiego y según los consejos de Ágata, me acercaba a la orilla del río concentrada en mi deseo de verle aparecer. Según ella, dependiendo del empeño que pusiese en ello, podría amoldar el destino a mis ansias.

Algo debía de estar haciendo mal, porque pasadas las semanas, ni mi marido ni el cambiante devenir del destino parecían escucharme. ¿Se estaría equivocando mi chamana y hechicera preferida?

Adelaida d'Estrehan de Saint-Maxent nació un ardiente seis de septiembre. Parí rodeada de mucho amor, el de todas aquellas mujeres que hacía tan poco habían pasado por el mismo trance, y que ante todo se afanaron por mitigar cualquier dificultad que me atenazase.

El calor era insoportable. La humedad del ambiente, mezclada con el sudor que de mi cuerpo manaba, había pegado el fino lienzo del camisón a mi piel.

Nada más sentarme en la silla paridera, las mujeres me rodearon. Me sentí agobiada. Por un lado, a mi espalda, escuchaba la voz calma de mi madre, que sujetaba el asidero del final del respaldo de la silla para inclinarme ligeramente hacia atrás y así dar el espacio necesario a la partera que, entre mis piernas y con medio brazo introducido en mis partes pudendas, intentaba llegar hasta la criatura para ayudarla a salir.

A mi derecha, mi hermana Isabel mantenía sus manos posadas en mi vientre para prevenir a todas las presentes cada vez que este se contraía y endurecía.

Para ayudar a la criatura a asomar, cada vez que el mordaz dolor me atenazaba, yo empujaba con todas mis fuerzas agarrándome a los asideros que a ambos lados del asiento había. Aquel armatoste con forma de cruceta y tres patas distaba mucho de ser una silla confortable.

Lo pagano y lo religioso estaban asimismo presentes y así, mientras Ágata abanicaba toda suerte de abalorios sobre mi cabeza murmurando canciones ancestrales de sus dos tribus, yo rezaba a la talla de la Virgen María que madre había colocado en un estante frente a mí para que me diese fuerza.

Hasta que por fin, después de un ímprobo esfuerzo, sentí vaciarse mi vientre. Me bastó escuchar el llanto de mi hija para tranquilizarme. La pujanza con la que gritaba me demostraba que era una niña sana y fuerte.

Cerré los ojos satisfecha y dispuesta a descansar de lo que probablemente había sido el mayor esfuerzo que jamás había hecho en la vida. Incapaz de mover un músculo por el cansancio acumulado, entre las cinco mujeres que me ayudaron a parir me cogieron en volandas para tumbarme en el cercano lecho.

A punto estaba de conciliar el sueño cuando Nana me zarandeó suavemente. Al entreabrir los parpados no pude más que sonreír al ver por primera vez a Adelaida, que habiéndose abierto camino en la vida pataleaba entre los trapos ensangrentados. Solo quería que la viese antes de llevársela a lavar y vestir. Después de aquella dulce visión, apenas tardé un segundo en quedarme dormida.

Perdí la noción del tiempo y al despertar lo primero que vi fueron tres cunas juntas a los pies de mi cama. Eran la de mi hija Adelaida, la de mi hermana Poupon, que tan solo se llevaba siete meses con ella, y la de mi sobrina Isabel. Aquellas tres niñas, sin duda, serían compañeras de vida.

Me hubiese gustado sentarme a escribir una misiva para anunciar a Honorio la buena nueva, pero me abstuve porque tampoco hubiese sabido adónde dirigirla.

Y así seguí esperando. Aguardé dos meses más para bautizar a Adelaida junto a su padre y al final, ante la falta de sus noticias, decidí hacerlo en su ausencia no fuese esta, por alguna catástrofe inesperada, a dejarme también sin haber sido bendecida.

Para mitigar mi desesperanza y poder perfilar su supuesto rastro, mi hermana Isabel me propuso ir pinchando alfileres en un mapa donde aparecían perfiladas las Trece Colonias según las noticias que recibíamos del norte. Mi cuñado Luis, al ser el gobernador de la Luisiana, era el mejor informado de todos, y se ofreció a colaborar.

Aunque parezca mentira, ver cada mañana aquella proyección toponímica de nuestra tierra desplegada sobre la mesa que dispusimos a la derecha del zaguán de mi casa me transmitía cierto sosiego. Junto a ella, tres recipientes con alfileres de diferentes colores esperaban a ser pinchados según el nivel de certeza que pudiesen tener las pistas obtenidas sobre el probable paradero de mi marido: rojos, seguros; blancos, muy probables; y negros, posibles pero improbables hasta demostrarse lo contrario. Pude haber desechado los últimos, pero preferí mantenerlos para solapar desesperanzas en el caso de carecer totalmente de otras referencias.

Y continuó pasando el tiempo. Casi cada semana, venía a casa mi padre junto a mi hermana Isabel trayéndome alguna noticia banal y que nada tenía que ver con Honorio pero que, por el simple hecho de serlo, bien podría mitigar mi preocupación.

Padre, vestido casi siempre con el uniforme de la milicia blanca que comandaba, parecía disfrutar con las elucubraciones. Aún recuerdo la mañana en que, sumamente concentrado en recordar, le vi coger los recipientes de alfileres rojos y blancos. Inclinado sobre el mapa se posicionó en Boston.

—Tracemos con los rojos el primer rastro de los lugares donde yo estuve junto a Honorio antes de separarnos. El pasado diecinueve de abril los casacas rojas salieron de Boston con dirección a Concord, donde, como informé en su momento, había un importante depósito de armas con el que los patriotas estaban pensando hacerse para poder armar a sus hombres. Camino de allí unos y otros se enfrentaron en varias reyertas. En Lexington y Concord vencieron los ingleses, pero después la balanza se inclinó al lado contrario cuando estos, a manos de los revolucionarios, recibieron su merecido en Massachusetts.

Según hablaba, iba pinchando alfileres.

—Dos meses después, tuve el honor de participar con vuestro marido y junto a los más de diez mil colonos en el cerco al que sometieron a Boston, dispuestos a acabar con las tropas imperiales. Viéndolos luchar desde la retaguardia, os puedo asegurar que su falta de pericia en la guerra se contrarrestaba con el valor que demostraron.

Según iba mencionando lugares que yo nada más que conocía de oídas, iba pinchando alfileres de color rojo. No pude más que interrumpirle:

—Padre, todo esto ya lo sabíamos y ya ha pasado hace mucho tiempo. ¿Por qué no empezamos desde que perdiste su rastro?

Negó rotundamente con la cabeza.

—Porque, mi querida niña, para encontrar el fin de un trayecto, hay que empezar por trazar el principio. Dejadme continuar y no me interrumpáis, que me pierdo.

Me abstuve de contradecirle. Jamás lo había hecho y no era el momento. Pensé que siempre sería preferible ver el vaso medio lleno que medio vacío.

Inspiró.

—Veamos…, ¿por dónde íbamos? ¡Ah, sí! El pasado mayo se celebró el segundo congreso continental en Filadelfia, donde se nombraron los catorce generales que asumirían las órdenes de lo que los patriotas han venido a llamar primer gobierno. A partir de ese momento se denominaron a sí mismos Estados Unidos de América.

Adelantándose a lo que yo pudiera decir, puso otro alfiler rojo en Filadelfia y el siguiente en Canadá.

—Lo primero que decidieron fue invadir Canadá con un ejército al mando de George Washington. Juan Miralles fue precisamente quien me presentó a ese virginiano de pro. A sus cuarenta y tres años, me pareció un hombre experimentado y, según los consejos que me dio para dirigir la milicia blanca, creo que será un fantástico general. Comparado con otros muchos de los fanáticos que conocí y pretendían liderar a los ejércitos de patriotas, George es un hombre sereno, sobrio, firme, calmado y, lo más importante, tiene dotes de mando e inspira confianza ante unos soldados que en ocasiones no son más que agricultores y bravucones muy poco entrenados en las artes militares. Creo que no se han equivocado eligiéndolo. Fue precisamente después de este congreso donde le perdí la pista a Honorio, ya que decidimos que mientras yo venía a informar a Luis de lo que Washington necesitaba para continuar con esta guerra, él permanecería por esos lares ojo avizor.

Suspiré cansada mientras él continuaba con un monólogo que, más que ayudarme, comenzaba a hastiarme.

—A partir de aquí, Felicitas, creo que tengo que cambiar el color de los alfileres y pasar a los blancos, porque creo sinceramente que Honorio, si no ha regresado aún, es por estar embrollado en el meollo de la contienda. Y, según esta casi certera probabilidad, sigo el trazado de los enfrentamientos más memorables. El primer alfiler es de ley ponerlo en Bunker Hill, frente a Boston, donde los rebeldes aguantaron con dignidad el envite de los ingleses hasta que tuvieron que retirarse por falta de munición frente a los ochocientos casacas rojas. El siguiente alfiler blanco lo pongo en la colina de Dorchester Heights, donde consiguieron vencer al enemigo gracias a los cañones que trajeron desde Ticonderoga. El siguiente lo podríamos poner justo en Boston, porque, según me han contado recientemente, el general británico William Howe el pasado diecisiete de marzo por fin rindió la ciudad a los patriotas. Este otro…

Y así siguió hablando durante casi media hora, hasta que aquel mapa de consuelo estuvo atravesado con muchos más alfileres blancos que con los certeros rojos.

Al terminar aquella entusiasta exposición, en la que aparte de ilustrarme sobre sus conocimientos bélicos poco más me aclaraba, me miró con cariño esperando una respuesta.

Sin querer defraudarle, me sentí incapaz de mentirle:

—Padre, si he de serle sincera, esta disertación que me hace de los devenires de esta guerra poco o nada ha esclarecido sobre el posible paradero de mi marido.

Lo cierto fue que aquel mapa, por mucha ilusión y esperanza que mi padre e Isabel le pusiesen, tampoco me sirvió de desahogo en absoluto.

A falta de asideros a los que agarrarme para mantenerme a flote en aquel naufragio de soledad, poco a poco fui perdiendo la esperanza de verle llegar.

Tanto fue así que, incluso sin ser consciente de ello, fui espaciando la frecuencia con la que solía acercarme a la orilla del río para soñar con su aparición, hasta que un buen día me di cuenta de que llevaba casi un mes sin acudir a la ribera y me pregunté a mí misma si la desidia se habría comido a la esperanza.

Aquellos tiempos sin nuevas continuaron hasta que aquel día en el que celebrábamos el primer cumpleaños de Adelaida oímos el estruendo en el patio de unos cansinos cascos de caballo.

Al mirar hacia allí, una garra de congoja estrujó mi corazón. Las carcajadas de los asistentes al ágape enmudecieron, y el sepulcral silencio provocado por aquella inesperada aparición nos privó de aliento por un segundo.

De inmediato reconocí al hombre que, en pie, sujetaba las riendas del equino. Sucio y harapiento, encaminó sus pasos hacia mí. Era el mensajero que hacía más de año y medio había mandado a buscar a Honorio para darle la noticia de mi embarazo de Adelaida.

De soslayo dirigí mi mirada al caballo. Sobre su silla, amarrado y tumbado boca abajo, languidecía el cuerpo inerte de un hombre. La rigidez de sus brazos y piernas, colgando a ambos lados del animal, evidenciaban su muerte.

En un intento de negar lo evidente, desvié la mirada anhelando que aquel hombre al que no veía la cara no fuese mi marido, pero apenas aguanté un segundo antes de correr hacia él para girarle la cabeza. Con las manos temblorosas le desaté, y su cuerpo cayó como un pesado fardo de hojas de tabaco sobre el suelo.

Al abrazarme a él su hedor me invadió, e incapaz de soportar aquella amalgama de inmundicia y dolor, me desmayé.

Al abrir los ojos de nuevo y ver que Nana sostenía a Adelaida en los brazos, por un segundo pensé que quizá todo hubiese sido fruto de una pesadilla. El luto de sus vestimentas me trajo a la realidad y por fin fui capaz de llorar.

—Metédmela en la cama, para al menos poder abrazar la brizna de vida que en ella su padre me ha dejado.

Nana, con sumo cuidado, la depositó a mi lado. La pequeña Adelaida me miró y en la profundidad de sus pupilas pude despedirme de Honorio. Mi hija, sin haber sido póstuma, compartiría con todos aquellos niños la desgracia de no haber conocido a su padre.

Aún postrada en la cama me enteré de que Honorio murió tan solo a dos jornadas de casa y casi dos años después de habernos dejado. Ansioso por llegar lo antes posible, galopaba cuando una rama demasiado baja le golpeó de lleno en la cabeza provocando su mortal caída. El caprichoso destino, después de haberlo salvaguardado de multitud de tiros y cañonazos, quiso arrebatármelo de aquella manera tan absurda como fortuita. ¡Si al menos hubiese perdido la vida de un modo más heroico!

Apenas tuve fuerzas me levanté, vestí con sayas y tocas de luto y salí al patio, donde esperaban mi permiso para cerrar el ataúd. Lo miré por última vez. A pesar de haberlo lavado y adecentado, se le veía demacrado. A sus veinticinco años parecía haber superado la cuarentena. Definitivamente, aquel despojo tenía muy poco en común con el rozagante Honorio con el que yo me casé.

Con una leve inclinación de cabeza asentí, y el esclavo que esperaba al lado, martillo en mano, clavó la tapa. Padre, mis hermanos y el gobernador ayudaron a subirlo al carromato que aguardaba engalanado entero con paños dorados y de un negro sepulcral.

Lo enterramos en la vieja iglesia de San Luis, en una capilla junto al altar mayor que compró padre para servirnos de panteón. Y así fue como Honorio descansó para toda la eternidad tan cerca del lugar que hacía tan poco había sido testigo de nuestra boda.

Enlutada entera de pies a cabeza, a mis diecinueve años y con una niña de uno recién cumplido a mi cargo, sentí cómo un gélido manto de soledad y abandono me cubría. A pesar de ser viuda y madre, me aterró la idea de quedarme para vestir santos de por vida.

Esperábamos a que posasen la losa sobre su féretro cuando el cálido aliento de Ágata se filtró por entre el encaje de mi enlutada mantilla.

—No será este el hombre por el que más lágrimas derramaréis. Ni estas tocas de viuda las últimas que vestiréis.

Al darme la vuelta topé con su profunda mirada.

El susurro de Ágata en mi oído asegurándome que Honorio tan solo había sido un efímero amor en mi vida fue el mayor consuelo que pude recibir.

VIII

VIENTOS DE CAMBIO Y ALEGRÍA

Nueva Orleans
Año del Señor de 1776

¿Quién menoscaba mis bienes?
Desdenes.
¿Y quién aumenta mis duelos?
Los celos.
¿Y quién prueba mi paciencia?
Ausencia.
De ese modo, en mi dolencia
ningún remedio se alcanza,
pues me matan la esperanza
desdenes, celos y ausencia.

Miguel de Cervantes, «Ovillejos»

Incapaz de soportar el gélido lecho de Honorio, ya eternamente vacío junto al mío, decidí mudarme provisionalmente a casa de mis padres. Mi madre me lo ofreció y decidí aceptar hasta que el tiempo limase las asperezas de mi solitaria viudedad.

Cerré la casa que había compartido con mi marido con los pocos recuerdos que había conseguido atesorar a su lado en tan corto espacio de tiempo para ocupar de nuevo mi aposento de soltera junto a mi pequeña Adelaida.

A mí no me vendría mal vivir de nuevo el bullicio de mi casa paterna y Adelaida compartiría juegos con su tía como si fuese casi su hermana gemela.

Y pasaron los días. Si bien era cierto que seguía sintiendo el vacío que Honorio había provocado en la boca de mi estómago, este se fue llenando de nuevas vivencias y, como era de prever, mitigándose con el transcurrir de las semanas.

Aquella tarde, como casi todas, acudíamos a la cita de mi hermana Isabel en el Palacio de la Gobernación. Hacía buen día y saldríamos a bordar al aire libre.

Había mucho de lo que hablar. El pasado dos de julio, en el congreso de las Trece Colonias, estas decidieron unirse para ser a partir de entonces un estado soberano libre e independiente. Dos días después, los cincuenta y seis congresistas que lo formaban declararon unilateralmente la independencia de los Estados Unidos después de firmar un pliego, muy bien fundamentado, de quejas que enviaron al rey Jorge III de Inglaterra.

Un congresista llamado Thomas Jefferson fue el encargado de redactar el documento, donde principalmente se reconocía el nacimiento de todos los hombres iguales, con derechos tan inalienables como el derecho a la libertad, a la vida y a la felicidad entre otros tantos.

De acuerdo con todo aquello, aparte de empezar a fabricar su propia moneda, comenzaron a buscar el reconocimiento y la alianza de otros reinos, entre los que se encontraba el reino de España. Esta declaración, si triunfaban en la revolución, sin duda sería histórica.

Los ingleses, después de abandonar Boston, se habían refugiado en Nueva York, y por las últimas noticias que le llegaron a mi cuñado Luis de la red de espionaje que Juan Miralles había dejado trazada en su último viaje al norte, un ejército de más de treinta mil casacas rojas, a las órdenes del general William Howe, estaba tramando arremeter en contra de los hombres de Washington para así de una vez por todas acabar con la revolución. Al parecer, contaban con el apoyo de los *hessianos* alemanes y aquello, sin duda, les haría mucho más difíciles de vencer. Según nos dijo Isabel, Luis ya se había encargado de mandar a Oliver para advertirlos.

En aquel parapetado jardín en el que apenas soplaba la brisa del mar, el calor era insoportable y la humedad aún más. Las tres juntas bordábamos flores en una sola pañoleta mientras las niñas hacían castillos en un montón de arena, cuando vimos acercarse a mi padre y a mi cuñado Luis. Caminaban juntos al tiempo que supervisaban los últimos avances en la reconstrucción de las almenas según los dictámenes que O'Reilly había dejado dibujados en un plano para fortalecer nuestras defensas en el caso de otro ataque británico.

Las tres nos callamos para poder escucharlos mejor.

—Sobre todo, me preocupa que la mayoría de ellos sean tan inexpertos en el arte de la milicia.

Mi padre asintió.

—Aparte de valor, necesitarían un tiempo de adiestramiento que sin duda no tienen. La mayoría de ellos no parecen darse cuenta de que se enfrentan a uno de los ejércitos mejor preparados del mundo.

Luis le corrigió:

—Los independentistas creen tener a su favor que a Inglaterra le será difícil dirigir una guerra desde el otro lado del Atlántico y quizá no anden desencaminados. Mientras ellos ya están aquí, Inglaterra tiene que recorrer muchas millas marítimas para enviar más víveres, armamentos y medicamentos a sus soldados, y corre el rumor de que ya en algún momento se han encontrado desabastecidos. Y eso sin contar con que la extensión del terreno en el que se libra esta contienda es prácticamente imposible de manejar y cubrir ni por el ejército mejor instruido. El hecho de que los rebeldes no tengan un centro neurálgico de operaciones les dificultará aún más la localización de un certero ataque.

Mi padre dudó.

—¿Por ventura me decís que el desorden en la táctica quizá les esté beneficiando?

Luis sonrió.

—Eso mismo. Aunque en público nunca lo reconoceré, os podría hablar de mil contiendas en las que las huestes españolas triunfaron amparadas por la anarquía. Es cierto que este sistema atenta contra las tácticas preestablecidas, pero a veces funciona. Sería algo así como organizar, según el devenir de los acontecimientos, una guerra de guerrillas entre escaramuzas constantes. Los rebeldes se moverían imprevisiblemente y eso los haría menos vulnerables ante un metódico ejército inglés que todo lo suele calcular anticipadamente. A mi modo de ver, los ingleses cometen un gran error subestimándolos.

Padre sonrió.

—Algo de razón habéis de tener, porque he sabido que los rebeldes, en su afán de innovar, han inventado un fusil al que han llamado Pensilvania. Con él han conseguido superar la baja calidad de sus vetustos e imprecisos mosquetes y llegan a cubrir las ochenta yardas.

Se fueron alejando.

—Sea como sea, creo que después de la última victoria de Saratoga pueden terminar ganando. Sería bueno que España siga prestándoles su ayuda, aunque sea en la sombra, por indicación del ministro Floridablanca, por el miedo al contagio de la independencia en los virreinatos.

Sus voces fueron alejándose por encima del recinto amurallado. Luis disfrutaba hablando con su suegro y viceversa.

Isabel suspiró.

—Luis está más cansado que nunca de los constantes asedios a que vienen sometiendo nuestras costas los corsarios con patente para delinquir impunemente. Cada día odia más a los británicos, y por eso confraterniza con los rebeldes. Está deseando que lleguen los barcos cargados desde España para mandarles la ayuda que demandan.

Madre sonrió.

—Por no hablar de los sueños de vuestro padre. Mi querido Gilberto disfruta tramando argucias para derrotarlos. Anhela más que nunca poner a disposición de Luis su milicia blanca para demostrar en el campo de batalla la valía de sus hombres después del intenso adiestramiento al que los viene sometiendo. —Suspiró de nuevo—. La verdad es que vuestro padre no se equivocó en su elección. Desde que llegó Luis al gobierno de la Luisiana, todo han sido satisfacciones en Nueva Orleans. Amansadas las aguas del paso de las manos francesas a las españolas, es innegable que mi querido yerno, en muy poco tiempo, ha conseguido grandes cosas para estas tierras.

»La paz se ha afianzado después de mucho tiempo de inestabilidad y muchos de los miedos que nos venían atenazando se han disipado. Creo que en gran medida lo ha conseguido gracias a la permisión de comercio por igual a los colonos franceses, a los criollos y a los españoles. Siempre, claro está, que obtengan previamente las licencias requeridas. Eso, como Gilberto le auguró, ha traído mucho más oro a la ciudad.

Padre no daba puntada sin hilo y tenía muchas más licencias que el resto de los mortales. La sangre de comerciante que corría por sus venas tan solo se ralentizaba en su fluir cuando esporádicamente se dedicaba con pasión a su milicia blanca. «Por si se le necesitase en alguna ocasión en el campo de batalla», solía decir.

No pude reprimirme:

—¡Y si no, que se lo digan a padre!

Mi madre chistó, bajando la voz:

—Vuestro padre nunca ha desperdiciado una ocasión.

Alzó la vista a la muralla para asegurarse de que andaban lejos y no nos podían escuchar.

—Miradlos cómo pasean. Mucho deben de tener sobre lo que debatir, ya que es la tercera vuelta que dan al recinto.

Isabel sonrió, orgullosa.

—¿Sabéis que a Luis le apodan el Conciliador?

Madre, soltando el bordado, la cogió de la mano para apretársela con cariño.

—Y bien ganado lo tiene, porque nunca hubo más prosperidad y paz en Nueva Orleans. Al menos que yo recuerde. Claro que nunca podremos olvidar que nuestro amigo Alejandro O'Reilly, ganándose el apodo del Sangriento, fue quien le allanó el terreno. Supongo que esa era su misión y bien que lo hizo. Sea como fuere, no me cabe la menor duda de que junto a él llegaréis muy lejos, hija mía.

Tragué saliva. Aquella atenazadora garra de mi interior de nuevo despertaba para estrujarme las tripas. No sentía envidia de Isabel. Tampoco quería compararme con ella, pero lo cierto era que mi hermana, habiéndose casado con un hombre mucho mayor que ella, aún lo conservaba, y yo, en cambio... Allí estaba sola y con una niña a mi cargo que apenas hacía unos días había dado su primer paso en la vida.

Miré a Adelaida jugar con mi sobrina y con mi hermana pequeña en la arena. Zarandeaba una muñeca de trapo entre sus manos, y fui incapaz de evitar sentirme igual que aquel juguete a merced del traicionero destino.

A pesar de mis esfuerzos por contenerla, una lágrima se me escapó para rodar por mi mejilla, delatando mi amargura.

Mi madre soltó de la mano a Isabel para asirse a la mía. Isabel la secundó al instante.

—¡Animaos, Felicitas! Y veréis como en el momento menos pensado aparece un hombre capaz de cubrir el vacío de Honorio. Ágata no se cansa de asegurarlo y pocas veces se equivoca.

Bajé la cabeza, incrédula.

—Dios os oiga, querida hermana.

Limpiándome la mejilla con la puñeta de encaje de la manga, las miré intentando recuperar la compostura.

—Aparezca o no el hombre de mi vida, sé que siempre contaré con vuestro consuelo y compañía. Tan solo eso me basta.

Isabel me interrumpió:

—Con mi cariño siempre contarás, pero con lo que respecta a mi compañía, tengo que daros una noticia.

Madre y yo nos miramos intrigadas.

—A Luis le mandan a Venezuela: le nombran allí primer capitán general. Como bien habéis dicho, ha conseguido apaciguar estas tierras y eso no es algo que se ignore en España. Las obras para reforzar las defensas de Nueva Orleans están casi terminadas y nadie mejor que nosotras, por los negocios de padre, sabemos que ha conseguido traer la prosperidad y la riqueza a estos lares. Al parecer, lo ha hecho tan bien que, para premiarle, el ministro de las Indias, don José Gálvez, nos manda al sur para unificar territorios. Quieren integrar las provincias de Caracas, Cumaná, Maracaibo, Guayana, Trinidad y Margarita en la capitanía general de Venezuela.

»En la nueva estructuración territorial que tienen en mente, quieren que haga por repoblar los vastos virreinatos del Río de la

Plata y del Perú para afianzar sus defensas frente a cualquier ataque o invasión inglesa. Su sucesor aquí ya está designado. Será un sobrino del propio ministro, Bernardo de Gálvez, creo que me dijo que se llamaba. Apenas Luis le pase el testigo de esta gobernación, partiremos.

Me sentí morir. ¡No me lo podía creer! Mi hermana mayor, aquella en la que siempre me vi reflejada, mi paño de lágrimas y alegrías, se marchaba. Quizá nunca la volviésemos a ver.

—¡No!

Tirando la pañoleta que bordábamos al suelo, me levanté para abrazarla y apretarla contra mi pecho. Me separó lentamente para mirarme fijamente a los ojos.

—Así es la vida, mi querida Felicitas. Según Luis es lo que tiene estar en un puesto de tanta responsabilidad: no somos dueños de nuestros caprichosos antojos. Hoy estamos aquí y mañana nos destinan a otro lado. Mi marido conoce bien a Bernardo de Gálvez; aunque más joven, es malagueño como él. Nació en un pueblo llamado Macharaviaya, y Luis confía plenamente en su buen hacer diplomático.

Poco o nada me importaba en aquel momento quién sería el sucesor de mi cuñado, pero Isabel se empeñaba en seguir presentándonoslo, como si algo más hubiese tras esa intención. Repentinamente aquel agujero de soledad que me produjo la viudedad y creía casi cerrado se me abrió de golpe.

Isabel, sin percatarse de mi angustia, siguió ahondando en su verborrea. El aire, por un breve instante, se estancó en mis pulmones y apenas podía respirar. A punto de perder el sentido, me pareció como si la voz de mi hermana fuese apagándose.

—Al ser Bernardo sobrino del ministro de las Indias, sin duda Luisiana tendrá otro gran valedor. Dicen que es soltero, alegre como todos los andaluces y de semblante agradable y... quién sabe..., Felicitas, lo mismo...

Mis pulmones se llenaron de aire, la sangre regresó a mi cabeza y de golpe recuperé la consciencia que, hacía un instante, anhelé haber perdido en un desmayo. ¡Vaya sorpresa! ¡No podía dar crédito a semejante insinuación!

Madre me trepanó con la mirada. Sin duda intuía mi desazón.

—Felicitas, no es tan extraño que vuestra hermana mayor piense de esa manera. ¡Tenéis tan solo veinte años y sois una de las mujeres más hermosas de Nueva Orleans! Y ¿qué me decís de cómo esa mirada vivaracha y alegre que os caracterizaba va volviendo a vuestros ojos? —Suspiró antes de proseguir—. ¿Qué queréis que os diga, hija mía? Si he de ser sincera, a todos los que os queremos, nos cuesta veros ya de por vida enlutada de pies a cabeza.

Bajé la mirada, rebelándome ante la evidencia de que estuviesen intentando buscar un sustituto para Honorio.

—¿Y quién os ha dicho que Dios no me ha llamado a la reclusión de un convento, como hacen otras viudas prematuras?

Las dos sonrieron incrédulas. Mi madre, cogiéndome de la barbilla, me obligó a mirarla de nuevo a los ojos.

—Mi querida niña. Sabemos que sois buena cristiana, pero… ¿tanto como para haceros monja? Si no queréis atenderme, escuchad a vuestra hermana que solo vela por vuestro bien. Después de un año desamparada y sola, ya habéis cumplido de sobra con el respeto debido hacia Honorio, y no sería tan extraño que a vuestra edad pusieseis el punto de mira en otro objetivo. Ese tal Bernardo de Gálvez no nos parece una mala opción.

Fruncí el ceño, consciente de que aquello hacía un tiempo que se venía cociendo.

—¿Desde cuándo lo estáis tramando, madre?

Se encogió de hombros mientras sacaba una carta arrugada de su faltriquera.

—Desde que recibí este billete procedente de Cádiz. Es de María Rosa O'Reilly y me llegó con la correspondencia de hace quince días. La misiva es extensa, así que os ahorraré los preámbulos saltándome el principio.

Fue leyendo rápidamente, en transversal, hasta llegar a donde le interesaba.

—Aquí es donde habla de él como el candidato más probable para ser el próximo gobernador de Luisiana. No quiso decirnos nada antes de no estar segura del todo, pero lo cierto es que, lo que hasta ahora eran simples rumores en los mentideros de la corte madrileña, se han materializado en una cédula real con nombre y apellidos

No entendía nada, pero la intriga me podía. No quise interrumpirla.

Desplegando la carta, empezó a leer:

Mi querida Isabel, si todo sigue según los decires, Bernardo de Gálvez no tardará en llegar a Luisiana.

Desde que lo supe, no he podido dejar de pensar en Felicitas para este prometedor soltero. Supongo que, ya recuperada de su tristeza, la sonrisa habrá regresado a sus labios e incluso fantasee con la idea de poder, algún día, rehacer su vida.

La primera vez que vi al tal Bernardo fue en el gaditano hospital el día que acompañé a Alejandro a dar la enhorabuena por su valor a los heridos recién llegados de la última contienda argelina.

No sé si allí, tan lejos como estáis, os enterasteis, pero aquí, el pasado verano, Alejandro partió para librar batalla contra Argel. Así como allí sufrís los ataques piratas en las costas de los virreinatos, aquí también nos hostigan toda suerte de bárbaros provenientes de algunos reinos del norte de África.

Esta vez, Alejandro partía para defender las plazas fuertes de peñón de Vélez de la Gomera y de Melilla. Bajo su mando partieron cincuenta barcos de la Armada y más de cincuenta mil soldados de infantería para luchar contra los hombres del sultán Mohamed III.

Nadie dudaba de su avezada estrategia hasta que, al desembarcar los cañones en aquella playa cuajada de dunas, estos quedaron atorados en la arena e inservibles. Sus valerosos hombres, aun desprovistos de aquella poderosa arma, no se amilanaron y lucharon con probada valentía para tomar la fortaleza. Desgra-

ciadamente, sin la ayuda de la artillería, fracasaron. Fueron muchos los que murieron en el intento y otros muchos los que regresaron a Cádiz gravemente heridos.

La derrota fue sonada y, a pesar de que mi marido dio lo mejor de sí mismo, en la corte algunos desagradecidos se han llegado incluso a plantear su posible destitución. Pero ¿qué es un solo desastre frente a tantas victorias? Menos mal que Su Majestad don Carlos ha tenido a bien protegerlo. El Rey es el Rey, y son muchos los que han tenido que envainarse las insidiosas dagas sin más rechistar. Su Majestad no solo se ha negado a reprenderlo, sino que además le ha premiado nombrándole capitán general de Andalucía, con una principal misión; nada menos que la de reforzar el sistema defensivo de la bahía de Cádiz. ¡Si ya disfrutó mejorando las defensas del Nuevo Mundo, no les quiero contar el regocijo que tiene cada vez que se inclina sobre los planos de una ciudad con tantos milenios de historia!

Espero que para el día en que os dignéis a visitarnos haya terminado de reconstruir las murallas de San Carlos y una soberbia puerta a la que llamará de Tierra, por ser este el único acceso desde la península a la ínsula donde está la ciudad anclada.

Iba pasando una página tras otra sin llegar a la enjundia en cuestión. Me desesperé.

—¡Madre, al grano!

Pasó tres páginas más leyendo por encima y asintió.

—Aquí está. Perdonadme, pero ya sabéis que todo lo que sea saber sobre las cosas de España me puede. Prosigo, pues:

Al entrar en el hospital de Cádiz, Alejandro no pudo dejar de mostrar su pesar al ver a tantos soldados valientes postrados en los camastros. Fue saludando y dedicando palabras de ánimo y consuelo a casi todos hasta que llegamos a un lecho en particular donde se detuvo sonriendo, porque precisamente allí hablaban de la Nueva España.

El enfermo parecía compartir algo más que impresiones con el que, por su uniforme, pensé pudiera ser su cirujano. Alejandro me los presentó debidamente. El enfermo era Bernardo de Gálvez, que charlaba animadamente con el doctor Francisco Javier de Balmis, un joven cirujano con el que confraternizaba al haberle propiciado los primeros auxilios en las bodegas del barco que los trajo de regreso a Cádiz.

Balmis esperaba recibir pronto un permiso para viajar al virreinato de la Nueva España y poder investigar sobre una planta que, según sus primeras impresiones, bien podría curar males venéreos y escrofulosos. Bernardo, por su parte, al haber estado por allí casi seis años atrás, luchando contra los apaches, le aconsejaba cómo actuar a su llegada en el caso de conseguirlo.

Alejandro, al pasar cerca de ellos y escucharlos, no pudo evitar sentarse a los pies de la cama de Bernardo para compartir impresiones.

Como podéis imaginar, al volver a casa hizo todo lo que pudo para ayudarles. Ahora, así como el doctor Francisco Javier Balmis, después de conseguir su ansiada licencia, hace meses partió hacia el virreinato de la Nueva España dispuesto a traer consigo un remedio definitivo a este azaroso mal, también parece que Bernardo de Gálvez embarcará en breve hacia la Luisiana, al haber sido nombrado coronel de su regimiento fijo. Un cargo que, como sabéis, suele ser la antesala del de gobernador.

Y aquí, Isabel, es donde vuestra hija Felicitas entra en el juego. Desde que supe del destino de Bernardo, no he podido dejar de pensar en ella.

Desde su completa recuperación, he tenido la oportunidad de conocerle mejor en diversos ágapes, tertulias y bailes. Es un hombre alegre, apuesto, inteligente y bien dispuesto. ¡Además de que habla perfectamente el francés! Si os soy sincera, he de reconocer que lo hace con cierto deje andaluz lo que, lejos de ser un defecto, le hace aún más encantador.

A sus treinta años ya ha corrido mucho mundo. Conoce el

virreinato de la Nueva España, como os dije, y por eso, entre otras cosas, lo mandan allí como uno de los validos de confianza de su padrino don José de Gálvez. Según me ha dicho Alejandro, le avala además su amplia experiencia militar.

Le prefieren a otros para que prepare una gran ofensiva y recupere de manos inglesas ciertos asentamientos de la orilla izquierda del Misisipi. Si triunfa, quizá podría seguir con otros puntos más lejanos del golfo de México.

Pero perdonadme porque me disipo y no es mi intención aburriros con estrategias militares. Si os escribo tanto y tan bien de Gálvez es para que, antes de que llegue, Gilberto sepa de sus cualidades y vaya pensando en la posibilidad de estrechar aún más sus lazos familiares con los españoles.

Junto a esta carta os mando una pequeña caja de plata. En su interior no hay rape sino un retrato de Bernardo de Gálvez. Es diminuto, pero creo que le hace justicia. Quizá si se lo enseñáis a Felicitas consigáis empezar a ilusionarla.

Cuando llegue el susodicho, quede esto entre nosotras. Por favor, no dejéis que lo vea bajo ningún concepto, pues no obtuve su permiso para encargarlo y mucho menos para mandároslo.

En él veréis que es bien parecido, pero lo más importante es que es soltero y sin ningún compromiso conocido.

Hace unos días, avalada por la confianza que ha nacido entre nosotros en las largas veladas que últimamente comparte en casa, tuve el atrevimiento de preguntarle por la causa de su soltería.

Bernardo, lejos de enfadarse por la intromisión, tuvo a bien responderme que aún no había tenido tiempo de conocer a la mujer idónea para desposarse, pero que tenía la intención de resolver esta carencia suya apenas llegase a Nueva Orleans. Sabía que yo conocía la ciudad y a sus gentes, e intrigado me preguntó si yo podría tener en mente alguna candidata.

Felicitas se abrió paso de inmediato en mis recuerdos. Disimulé un poco hablándole de todos vosotros primero, y terminé alabando las virtudes de ella como la más hermosa y solitaria viuda de Nueva Orleans.

No podría haberle hablado de las demás, pues Isabel ya está casada con Luis y las otras aún son muy niñas para un hombre entrado en la treintena.

Más no quiero deciros, Isabel. Tan solo quería escribiros antes de que llegue el que será el nuevo gobernador cuando se vayan Isabel y Luis, para preveniros de que ya sabe de vosotros.

Dejando el resto de los pliegos que le quedaban por leer sobre su regazo, me miró fijamente a los ojos.

—Que me decís, Felicitas. ¿No os tienta?

Incómoda por cómo María Rosa O'Reilly pretendía dirigir mi destino, refunfuñé:

—No sabía que nuestra querida amiga era casamentera.

Madre sonrió.

—Os deberíais sentir muy halagada en vez de enfadaros. Os quiere y piensa en vos como en la mejor candidata para tan gran hombre.

Esperó a que yo desfrunciese el ceño para proseguir:

—Os he leído esta carta para ilusionaros. Está fechada hace cuatro meses, y por lo tanto no debe de faltar mucho para que llegue el próximo jefe de la guarnición de Nueva Orleans y próximo gobernador interino de la Luisiana en cuanto Luis e Isabel nos dejen. No quiero obligaros a nada. Tan solo prometedme que no os cerraréis en banda y procuraréis conocerle.

Cuando asentí ruborizada, posó en mi mano la pequeña caja de plata que debía de haber llegado junto a la carta.

—¿Como podría negarme a tanta insistencia desde un lado y el otro del mar?

La verdad es que la curiosidad me picaba. Tanto mi madre como nuestra amiga María Rosa desde la lejana Cádiz se habían esforzado en abonar el terreno para nuestro encuentro.

Isabel y mi madre se levantaron para dejarme a solas con mis pensamientos. Apenas entraron en casa, aquella diminuta caja de plata a modo de guardapelo refulgió entre mis dedos. Se parecía en mucho a aquellas que los prometidos se mandaban entre sí después de haber pactado sus padres un matrimonio.

A un lado un espejo reflejó parte de mi semblante, y al otro, el dibujo de un hombre de tez blanca y perfectamente uniformado. Por su perfección, a pesar de ser tan pequeño, debía de estar hecho con un pincel de un solo pelo. Así a primera vista me gustó, porque las pupilas de sus ojos parecían seguirme aun poniéndome de lado.

El breve sentimiento de traición hacia Honorio se disipó por completo al recordar las palabras de Ágata el día que le enterramos: «No será este el hombre por el que más lágrimas derramaréis. Ni estas tocas de viuda las últimas que vestiréis».

IX

HERMANADAS CON LA GOBERNACIÓN

Hallándose vacante el regimiento de infantería de Luisiana es ya necesario el proveer aquel empleo y que recaiga en oficial de acreditado espíritu y buena conducta que hable bien la lengua francesa y tenga conocimiento del genio de aquella nación para que su trato y mando sea agradable en aquella colonia, cuyas familias más distinguidas y acomodadas sirven en dicho regimiento. Concurren estas circunstancias en el teniente coronel graduado D. Bernardo de Gálvez, capitán de granaderos del regimiento de infantería de Sevilla.

Carta de Alejandro O'Reilly a José de Gálvez, Puerto de Santa María, 7 de mayo de 1776

Aquel atardecer del treinta y uno de diciembre fueron muchos los que se acercaron al puerto para ver, por primera vez, al insigne ocupante de la fragata que al mediodía había fondeado frente a la ciudad de Nueva Orleans.

La expectación era mayúscula. Corría el rumor de que Bernardo de Gálvez traía los ansiados pertrechos que tanto esperaban los patriotas del norte. Los enviaban, a su riesgo y coste, los hermanos Gardoqui después de haberse reunido, estos generosos empresarios bilbaínos, con Arthur Lee; el embajador que George Washington había mandado a Europa para pedir ayuda.

Mi cuñado Luis, como el gobernador que aún era y según dictaba el protocolo, le esperaba en el Palacio de la Gobernación. Padre y otros señores relevantes se encargarían de escoltarle hasta la recepción al uso que le habían organizado.

Mientras, en casa, las mujeres nos atusábamos para la cena de Fin de Año que a la sazón serviría de bienvenida al nuevo gobernador.

Ágata me ayudaba a vestirme y a peinarme. Divertida al haberle permitido por fin arrinconar los negros ropajes de mi luto para elegir un vestido de baile de vivos colores, disfrutaba más que nunca embadurnándome la cara con polvo de arroz, perfumándome de almizcle y tiznándome el rubor de las mejillas de un ungüento fabricado a base de pétalos de rosa machacados.

Para terminar, me cuajó el recogido de mi cabello de peinas nacaradas y, dejándose llevar por la emoción del fascinante resultado, concluyó mi engalanamiento chamuscándome los rizos con las ardientes tenazas que acababa de sacar de la chimenea.

Y así, importándome poco el olor a pollo quemado que aquel incidente produjo, me sentí, por primera vez desde hacía mucho tiempo, sumamente satisfecha de la imagen que de mí reflejaba el espejo.

Subí a la carroza junto a mis padres y hermanos para dirigirnos al Palacio de la Gobernación.

Mi hermana Isabel, al vernos aparecer, me guiñó el ojo para luego dirigir la mirada hacia el recién llegado.

La primera vez que vi a Bernardo no pude disimular mi agrado. Quizá todo el afán que Ágata había puesto en resaltar mis gracias me hubiese predispuesto a ello. Fuese por lo que fuere, pensé que aquel hombre que al fondo del salón charlaba animadamente con mi cuñado no podía ser de un parecer más agradable.

Mi hermana mayor, sin querer dejar el destino en manos de la fortuna, nos tomó a madre y a mí de ambas manos para llevarnos a donde se encontraban. Las miradas de complicidad de las dos me abrumaron. Susurré:

—Si me seguís presionando, me voy.

Haciendo caso omiso, me plantificó frente a él. Y madre, lejos de ofenderse por el posible agravio, la dejó hacer.

—Don Bernardo, le presento a mi hermana Felicitas.

Al tomarme la mano para besármela, un calambre como jamás antes había sentido me estremeció, poniéndome el vello de punta. Lejos de bajar la mirada como hubiese hecho cualquier mujer recatada, dejé que mis pupilas atrapasen las suyas.

Me bastó ese fugaz instante para saber que la atracción era mutua. Tuve tiempo antes de que los inoportunos invitados que aguardaban cola para presentarse, carentes de toda sensibilidad, liquidasen aquel gozoso momento. Una vez más, los augurios de Ágata se hacían realidad.

Más tarde, me alegré al descubrir que en la cena me habían sentado frente a él. Así podría seguir jugueteando con mi indiscreto observar sin verme forzada ni siquiera a parlamentar. De haber estado sentada a su lado, me habría obligado a mantener una conversación con él de la que, aún ignorando sus gustos, no estaba segura de haber podido salir airosa.

Ese trabajo inicial se lo dejaría a mi madre y mi hermana, que flanqueaban su posición a diestra y siniestra. Yo, desde enfrente, le escucharía atentamente, descubriendo su manera de ser sin parecer excesivamente descarada.

Apenas nos sentamos, mi madre comenzó a hacerle una pregunta tras otra. Monopolizó de tal manera la conversación que apenas nos dejó a Isabel y a mí meter cuña.

El bombardeo de preguntas, que en un inicio parecieron adecuadas, según los vinos fueron embriagando su sesera se fue tornando más indiscreto.

A Bernardo, lejos de molestarle, parecía estar cayéndole en gracia.

—Mi querido señor, ¿cómo dice que se llama su pueblo natal?

Como María Rosa nos advirtió, Bernardo le contestaba en un perfecto francés, si no fuese por ese acento tan parecido al de mi cuñado Luis.

—Macharaviaya. Está al sur de España, concretamente en Andalucía, cerca de Málaga.

Mi madre, con el rubor del alcohol ya subido a las mejillas, no pudo evitar reírse.

—¡Es curioso que un pueblo al otro lado del océano parezca tener nombre de tribu india!

Las carcajadas fueron generales.

Madre frunció el ceño recordando algo. Desde su alejada posición y atentando contra las buenas maneras, subió el tono de voz hasta gritar a mi cuñado, que se encontraba al otro lado de la mesa:

—¡¿Luis, no veníais vos también de Málaga?!

El anfitrión se limitó a asentir y fue Bernardo el que le contestó.

—Así es señora. Los dos somos de la misma zona de España, pero no nos hemos conocido hasta ahora.

Ella sonrió.

—Buenos españoles debe de dar esa zona andaluza, ya que aparte de ustedes dos, sé que el reciente secretario de Estado y despacho de las Indias, su tío José de Gálvez, también es de por allí.

Un traicionero hipido la obligó a guardar un segundo de silencio antes de continuar.

—Los Gálvez parecen estar medrando en los destinos que propina el gobierno de Indias porque, según he sabido, no hace mucho que don Matías, vuestro padre, también ha viajado desde Tenerife a Venezuela para inspeccionar a las tropas y reforzar las defensas de su costa contra los ingleses.

Lejos de sentirse escudriñado en absoluto, Bernardo le contestó amablemente:

—Veo, señora, que estáis al tanto de todo lo que a mí y a toda mi familia acontece.

Madre sonrió.

—No me malinterprete. No es por simple chismorreo sino porque suelo preocuparme de quien viene nuevo a la ciudad para así a la postre poder agasajarlos debidamente al llegar.

Sonrió.

—Solo por curiosidad. ¿Quién le habló tanto de mí?

Madre no se contuvo.

—Mi querida amiga María Rosa, la mujer de Alejandro O'Reilly. Le conoció cuando estaba usted recuperándose de las heridas de guerra que le propinaron en el norte de África. También nos dijo que es muy amiga de otro tío suyo, Antonio creo que se llama, que es un reputado banquero de Cádiz, y que aparte de prestar a quien no tiene, también abastece a los barcos que hacia aquí parten. Me interesa este tío suyo en particular, para ver si me podría vender y mandar una docena de cajas de los mismos vinos que otro tío suyo,

Miguel, elabora en sus bodegas y vende a los zares rusos. Buenos y exquisitos parientes tiene vuestra ilustrísima para ayudarle en su ascenso.

Bernardo, lejos de ofenderse por lo que podría haberse interpretado como un leve menosprecio, sonrió de nuevo.

—Siento decirle, señora, que, aparte de los padrinos que me hayan podido caer en gracia, tengo una larga carrera militar de éxitos que me avalan.

Madre, incapaz de contenerse, volvió a la carga haciendo lo que ya denotaba un vergonzoso alarde de todas sus pesquisas. Isabel y yo empezamos a incomodarnos.

—¡Y bien que lo sé! Corríjame si me equivoco. Según me ha dicho un pajarito, el próximo julio celebrará su treinta y un cumpleaños. Tres décadas sin duda muy bien aprovechadas. Sé que creció sin el amor de su madre, a quien perdió con tan solo tres años al parir a su hermano pequeño. Su padre apenas tardó dos años en volverse a casar y tener más hijos. —Bebió otro sorbo para ensalivar la lengua y recuperar el resuello—. Se crio muy unido a su hermano, al que desgraciadamente perdió cuando apenas cumplió los ocho años. Como el único hijo del primer matrimonio de su padre debió de sentirse muy solo y desplazado en casa, por lo que en cuanto pudo se marchó a la escuela militar.

No podía quitarle la vista de encima. Me pareció adivinar un viso de tristeza en sus ojos.

—Aunque conjetura usted demasiado, señora mía, he de reconocer que no anda desencaminada. Mi madrastra se vio liberada para criar a mis hermanos a solas y, apenas se lo pedí a mi padre, no dudó en escribir a mi tío José, que ya se hacía un provechoso hueco en la corte de su majestad don Carlos III, para que me apadrinase. Pero… de eso hace ya muchos años. Si estoy aquí es por méritos propios, aunque de niño recibiese una ligera ayuda.

Mi madre por fin pareció ser consciente de su inadecuada intromisión, y fingió vergüenza.

—¡No lo dudo! Quizá me he excedido, le ruego que me disculpe, pero aquí la novedad interesa y, si esta es la de un nuevo gobernador, ¡no le quiero decir más!

Se hizo el silencio en la mesa y, ante la cara de expectación de todos los presentes, Bernardo se sintió en la obligación de proseguir con su historia inconclusa.

—Nadie mejor que yo para seguir contando mi vida y, así como doña Isabel ha empezado, yo, si me lo permiten, prosigo. Intentaré ser breve.

Mientras daba un sorbo a la copa y consciente de que todos le miraban atentamente, me dedicó a mí su primera mirada.

—A los catorce años, ingresé en la Escuela Militar de Ávila. Fue allí donde aprendí a chapurrear mis primeras palabras de francés, un poco de aritmética, matemáticas y lo que más me apasionaba: la táctica militar. Una materia que puse en práctica en cuanto me enrolé como voluntario del regimiento francés Royal Cantabre, que luchaba en la guerra de los Siete Años. Con ellos fui a la campaña de Portugal. Al estallar la guerra contra Inglaterra, fui nombrado subteniente agregado al Regimiento de la Corona.

»Después de aquello y un par de acciones valerosas, no tardé demasiado en ser ascendido a capitán y recibir el mando de una compañía entera. Yo hice lo que pude, aunque como sabrán en esa guerra España perdió Manila y La Habana. En el posterior tratado de París, el reino de España recuperó ambas capitales a cambio de ceder la Florida a los ingleses. ¡Quién me iba a decir a mí que acabaría tan cerca!

»Si es cierto que aquí no vine antes, sí lo hice a la Nueva España. Tan solo tenía dieciocho años cuando por primera vez embarqué rumbo a este virreinato. Crucé los mares, dispuesto a ofrecerme voluntario, nada más llegar, para la primera expedición importante de la que tuviese noticia.

»No empecé con buen pie, porque en las costas de Tabasco naufragó la embarcación en la que viajaba y, aunque muchos marineros perecieron ahogados, yo conseguí llegar a tierra nadando junto a otros oficiales. A partir de entonces participé en muchas misiones diferentes, hasta que fui destinado por el virrey a Nueva Vizcaya y bajo las órdenes del capitán Lope de Cuéllar, que a la sazón era gobernador de la región de la Tarahumara. Al poco tiempo de llegar a aquellas inhóspitas tierras, fui nombrado capitán de una de las cuatro compañías que defendían el fuerte de San Felipe el Real de Chihuahua contra los ataques de los indios apaches.

Llegados a este punto, Luis le interrumpió:

—¿Es cierto que son de las tribus más sangrientas?

Bernardo asintió.

—Sus atrocidades son de tal magnitud, que no me atrevo ni a mentarlas por no herir la sensibilidad de las damas presentes.

Madre intervino:

—Señor mío, no se achante por nosotras, que casi todas andamos curadas de espanto, ya que aquí, río arriba, todavía alguna que otra tribu salvaje arremete para robarnos. Sin ir más lejos, puede preguntar a mi hija Felicitas, que hace poco más de un año tuvo que enterrar a su marido, que se cayó del caballo huyendo de su ataque.

Me indigné con ella, puesto que sí era cierto que Honorio había muerto a consecuencia de una caída del caballo, pero no lo era que fuese por huir de nadie. Mi madre no se había dado cuenta aún de que ya no necesitaba de su mentirosa intercesión para que Bernardo fijase su atención en mí. Padre fue quien la reprendió:

—Callaos, mujer, y dejad contar a don Bernardo más de su vida, que de nuestras cuitas ya andamos sobrados y poco o nada interesan.

Bernardo, aprovechando la alusión a la caída de Honorio, fijó de nuevo su atención en mí antes de proseguir:

—El caso es que, así como a muchos de estos indios conseguimos traerlos a nuestras costumbres y religión, con esta tribu en particular estaba resultando extremadamente difícil. El que no es sangriento y digno de desconfianza, es sumamente holgazán, y así aun reconvertidos acaban por sembrar poco o nada en los campos, por lo que a la larga se ven obligados a robar para comer. Resultándoles indiferente una mula que un caballo, prefieren quitar a la fuerza las caballadas a los más honrados, porque entre otras cosas les causa menos fatiga que si saliesen de caza. Así se aseguran el alimento con mayor abundancia y son muy pocos los que se avienen a razones para firmar la paz. Pero…, como dice doña Isabel, de eso debe saber mucho don Gilberto que, según creo, se dedica al comercio de pieles con ellos.

Repentinamente parecía cansado de hablar de sí mismo, y así intentó pasar el testigo de la conversación a mi padre.

Esta vez fue mi hermana Isabel la que se entrometió:

—Eso los indios, pero… ¿qué me dice de los corsos? ¿Y de sus primos los que sin patentes ejercen de piratas en los mares del Caribe? ¿Cree que son tan fieros como los apaches?

Bernardo sonrió ante la comparación.

—Son diferentes, pero coinciden en lo cruentos y poco civilizados. Distan bastante en el trato que dan a los cadáveres de los que asesinan, porque mientras que los piratas o corsarios los dejan tal cual, los apaches, no contentos con haberles arrebatado la vida, les cortan la cabellera para hacer una suerte de macabros manojos que enarbolan en sus ataques cual estandartes. El caso es que solían atacarnos con bastante frecuencia y a mi tercio le tocaba repeler esos ataques.

Me sentí incapaz de evitar expresar mi espanto con una mueca que a él no le pasó desapercibida. Yo tampoco podía quitarle la vista de encima. Tan obnubilada me tenía, que incluso tuve en alguna ocasión que forzarme para mirar a otro lado mientras él contestaba educadamente al interrogatorio al que le tenían sometido.

—El caso es que cuando mi jefe, don Lope de Cuéllar, fue destituido por hacerse con parte de los tesoros parroquiales, me ascendieron a capitán comandante de las fronteras de Nueva Vizcaya, de Sonora y de Opatería. Me propuse entonces pacificar la zona fuese como fuese, y creo que en cierta medida lo conseguí.

Me atreví a interrumpirle:

—Tarea difícil en tierras tan hostiles como creo que son. Tendrá mil y una hazañas que contar: ¿cuál destacaría de entre todas?

Satisfecho de poder al fin clavar su mirada en mí por un motivo aparente, me sonrió.

—Es difícil resaltar alguna. A mi cargo tenía setecientos soldados y varios indios de retén. Vivíamos en la Hacienda Dolores y desde allí hacíamos expediciones a diferentes puntos donde los apaches habían acampado, igual a un lugar llamado El Paso, que a Gila o a las tierras de Sonora. Fueron muchas las contiendas que libramos y en todas llegué a la misma conclusión: esos desalmados siempre atacaban por sorpresa. Sus golpes eran terribles, imprevisibles y casi inevitables pues, sigilosos como nadie, eran capaces de esperar pacientemente más de un mes entero para aprovechar el descuido de nuestra guardia y vigías.

»Si tuviese que destacar una batalla en particular, quizá fuese la del río Colorado, también llamado Pecos. Estábamos muy lejos de nuestro fuerte, habíamos llegado hasta allí persiguiendo su rastro durante muchas jornadas, después de que ellos hubiesen robado a mansalva en diferentes haciendas. Fue en la orilla de aquel descomunal río donde de repente nos vimos cercados; mis hombres, después de tantos días cabalgando, estaban cansados, hambrientos y totalmente desmoralizados. Por mi parte, tenía muy poco que ofrecerles, a excepción de sabias palabras de aliento que los convenciesen del buen hacer y frenasen sus ganas de deserción. Me encomendé a Dios y Él me iluminó.

Boquiabiertos, esperamos a que prosiguiese. Cerró los ojos invocando a la memoria.

—Así les dije: «Compañeros míos: llegó el día de hacer el último esfuerzo para dar al mundo una prueba de nuestra constancia. Los fríos y los hielos ya veo con qué alegría sabéis resistirlos. El hambre, que es la peor de todas las intemperies, la tenemos a la vista, no por mi culpa, sino porque el cielo con sus muchas aguas nos ha perdido el bastimento. Nuestros enemigos, ignoro los días o meses que tardaremos en encontrarlos; volver a buscar qué comer es dar tiempo a que nos corten el rastro los indios, y después que seamos sentidos será imposible alcanzarlos. Irnos a Chihuahua, con el sonrojo de haber gastado tiempo y dinero sin hacer nada, no es para quien tiene vergüenza, ni esta ignominia se acomoda a mi modo de pensar. Me iré solo si no hubiese quien me acompañe. Este es el camino de nuestra tierra: váyanse por él los que tuviesen el corazón débil y síganme los que quieran tener parte en mis gloriosas fatigas, en el supuesto de que nada puedo darles, sino las gracias de esta fineza, que vivirá siempre en mi memoria y reconocimiento».

»Aquellas palabras, como si de un mágico elixir se tratasen, acabaron con las flaquezas y dieron fuerza a mis hombres. Inmediatamente me siguieron, cruzamos el río y arremetimos contra los apaches con tal contundencia que apenas tardamos en deshacernos de ellos y recuperar las doscientas cuatro cabezas de ganado que habían ido robando a lo largo del camino transitado entre nuestras haciendas.

Miró a mi padre.

—A usted, don Gilberto, tan comerciante como es, le divertirá saber que además de todas aquellas cabezas de ganado también recuperamos más de dos mil reales en pieles de bisonte y venado.

Padre no se pudo contener:

—Una fortuna, y se lo digo yo que las vendo. La última vez río arriba, justo en la confluencia del río Misisipi con…

Mi madre le interrumpió:

—Querido, como bien has dicho hace un momento, lo que aquí hacemos es de sobra conocido. Dejemos a Bernardo que nos siga ilustrando sobre su corta e intensísima vida. Continúe.

—Por favor, doña Isabel, mi vida no es tan apasionante como creen y a mí también me gustaría saber de estas tierras.

Mi madre cerró el abanico de golpe sobre su mano izquierda en señal de disgusto.

—¡Falsa vanidad al atestiguar que su vida no es de importar! Las cosas de aquí se aprenden rápido y están manidísimas. Ahora cuéntenos más cosas de allí. Estaba su ilustrísima acabando de recuperar un gran botín de manos apaches.

Mi padre se encogió de hombros aceptando el reproche, a lo que Bernardo continuó:

—Después de aquella victoria me permitieron regresar a España.

Me dio la impresión de que algo ocultaba. ¿Regresó a España sin más y sin ser ni siquiera premiado por su triunfo? Algo no encajaba. Pasado un tiempo supe lo que había silenciado porque a Bernardo jamás le gustó hablar de derrotas, pero... eso era algo que yo aún desconocía de él.

Escuchaba el soniquete de su voz como el que se regodea en las notas de un melodioso violín.

—Cuando volví a España ya tenía veintiséis años. Había pasado ocho en la Nueva España y me había curtido en el arte de luchar en tierras fronterizas. Incapaz de permanecer demasiado tiempo inactivo, apenas me recuperé, pedí destino en Francia, donde estuve tres años militando en el regimiento de Cantabria. Allí perfeccioné mi francés, y como ven no tengo problema alguno en expresarme en su lengua.

Llegados a este punto no pude reprimir el impulso de querer llamar aún más su atención. Sin ser demasiado evidente, me quité el zapato y lo lancé bajo la mesa hacia su posición.

Debí de atinar porque, abriendo mucho los ojos, se agachó disimuladamente y, al localizar mi escarpín entre sus zapatos, me miró pensando que aquello pudiese ser fruto de un involuntario accidente. Mi abierta sonrisa disipó cualquier duda al respecto.

Sin que nadie excepto yo misma supiese el porqué de su cambio de actitud, se mostró cansado y repentinamente aceleró su narrar como queriendo terminar de una vez por todas.

—Del regimiento de Cantabria pasé a formar parte del de Sevilla, y fue en este cuando a las órdenes de su amigo Alejandro me mandaron a Argel. Me ascendieron por mis méritos en aquella sangrienta campaña en la que me hirieron y poco después me nombraron agregado a la Escuela Militar de Ávila, donde recibí el destino de Nueva Orleans. Y aquí estoy, señores míos, esperando seguir con mi buen hacer y no defraudar a nadie.

Aunque se dirigía a todos en general, me miró a mí en particular. Sentí como si me desnudase y un pudor sobrecogedor por si los demás se estuviesen percatando de tan profundos observares. Menos mal que al estar enfrentados podría parecer normal.

Se hizo el silencio.

—Pero... me da la impresión de estar acaparando la conversación. Por favor, cuéntenme ahora algo que yo no sepa. Háblenme de qué me encontraré, estimulen mi apetito. Felicitas, hábleme de los hermosos parajes que nos rodean, de las corrientes del Misisipi, del comercio, de todo lo que hizo el buen O'Reilly reforzando las defensas de Nueva Orleans, de lo que está haciendo su excelencia el gobernador y, por supuesto, de lo que queda por hacer y cree usted que tendré que acometer.

Nadie supo bien por qué se dirigía a mí tan de repente. Bromeé:

—Perdone mi atrevimiento, pero siento decirle que hoy es su ilustrísima el protagonista. Como dicen mis padres, aquí la novedad es la que entretiene.

Pegando una disimulada patada a mi zapato para devolvérmelo, no quiso mantenerme en aquel compromiso. Muy a su pesar, tuvo que seguir hablándonos de sí hasta los postres. Para mí era evidente que, con otros secretos en mente, ya no disfrutaba siendo el centro de atención.

Al terminar de cenar, Luis, padre y Bernardo salieron a fumar. Por fin Bernardo, sintiéndose liberado del agotador interrogatorio, tuvo la oportunidad de un cambio de impresiones con los hombres.

No pude evitar salir y simular dar un paseo a los pies de la muralla. La voz de aquel hombre estimulaba mis sueños.

Pasaban por encima cuando me escondí en el hueco de la escalera. Me choqué con Ágata, que allí estaba parapetada. Apagué el hachón que lo iluminaba y la chisté para que no delatase nuestra posición.

Bernardo era ahora quien expresaba sus primeras impresiones acerca de las defensas de la ciudad:

—Creo que lo mejor sería construir algunas lanchas cañoneras.

No he visto que las tuvieseis fondeadas. Sin duda serán más útiles en el río que ese par de fragatas que vi al llegar. Entre otras cosas porque, pudiendo manejarlas tanto a vela como a remo, seríamos superiores a cualesquiera embarcaciones enemigas que puedan entrar por los pasos. Además de que al tener poco fondo no embarrancan. A lo largo de esta muralla creo que deberíamos apostar algunos cañones de refuerzo, del calibre de a doce, para, en caso de ataque, poder hacer daño sin recibirlo.

Luis disintió:

—Me parece buena idea lo de las lanchas, pero no será suficiente para la defensa de Nueva Orleans ni tampoco para controlar el tráfico de barcos por el Misisipi. Quizá si nos mandasen desde La Habana algún otro buque de guerra...

Bernardo asintió.

—Una fragata más y un paquebote nos bastarían.

Mi cuñado Luis pareció estar de acuerdo. Él aún era el gobernador, pero se le notaba agradecido de que fuese Bernardo el que viniese a tomarle el relevo y no pareció importarle que hablase en plural mayestático.

Ágata me susurró al oído:

—Con un solo guiño de vuestros ojos podríais conseguir que cambiase su atención marcial por la marital.

Oímos que Bernardo se excusaba y vimos en el reflejo de la pared de enfrente cómo su sombra se separaba de ellos para bajar por la escalera que daba justo a donde nosotras estábamos. Ágata, embozándose en el mantón, se dispuso a desaparecer.

—¡Ahí viene! No dejéis que nadie os lo arrebate. Dad rienda suelta a vuestros deseos. No tenéis demasiado tiempo para flirteos. Besadle de improviso y será vuestro.

Iba a contestarle cuando Bernardo chocó conmigo. Estaba desabrochándose el calzón, por lo que no era difícil sospechar a qué iba bajo la escalera. Ágata se había esfumado como la niebla sobre el pantano una fría mañana.

Bernardo se sorprendió al verme y yo, lejos de ruborizarme,

aproveché la confusión para seguir a pies juntillas el mandato de Ágata. No temí ser rechazada. Tampoco malinterpretada. Tenía un segundo para expresar todo aquello que sentía cobijada por la discreción de aquel escondrijo, y no lo iba a desperdiciar aun a riesgo de parecer descarada.

Como mi chamana preferida predijo, después del primer beso el torrente de pasiones contenidas a lo largo de la cena fue desbordándose. Cada aliento, beso, caricia traía otro detrás hasta que en apenas cinco minutos acabamos los dos desnudos y abrazados en la penumbra de aquel vano de escalera. Aquella noche él bebió de mí tanto como yo de él, y saciando ambos nuestra sed nos hicimos inseparables.

Cuando conseguimos despegarnos el uno del otro nos prometimos en matrimonio. Ahora tan solo tendríamos que disfrazar la premura de nuestra determinación con ciertos convencionalismos que quizá durasen meses.

X

SEGUNDA BODA

2 de noviembre 1777

Que se recomiende a mi tío Don Joseph solicite de la piedad del Rey la viudedad de mi mujer, pues mi casamiento se efectuó con solo Real Orden y sin conocimiento del Monte Pío.

Cláusula sexta del testamento de don Bernardo de Gálvez

Y pasaron los meses. Isabel y Luis se marcharon para dejar su puesto al nuevo gobernador.

Al principio eché mucho de menos a mi hermana. Aunque me hubiese gustado confesarle a ella antes que a nadie mi amor por Bernardo, Ágata supo compensar su falta haciéndome de mensajera y facilitándonos la posibilidad de vernos a solas con la precisa discreción.

Desde aquella noche en la que nos dejamos llevar por la pasión más absoluta bajo la escalera, no perdíamos una ocasión para escabullirnos sigilosamente a una cabaña que, al borde del Misisipi, Ágata nos había preparado y donde nadie nos buscaría. Aquel humilde jergón sobre el suelo sirvió de lecho a nuestro amor al menos una vez por semana y durante varios meses.

Bernardo me tomaba con tanto ímpetu que jamás sospechó que, poco antes de valernos del secreto albergue, aquella misma casucha había servido de almacén y casa de trapicheos y venta de mercancías prohibidas, y no sería yo la que se lo revelase.

Por fin el veintitrés de julio, en la celebración de su cumpleaños, cansados de aquel eterno disimulo que ya a muy pocos engañaba, decidimos hacer público nuestro compromiso matrimonial. Lo hacíamos sin poder confirmar una fecha cierta y a la espera del debido permiso ministerial necesario para cumplir con todos los trámites burocráticos. A nadie sorprendió nuestra decisión ya que en realidad era un secreto a voces.

Me encomendé a san Bernardo, a san Vicente y a san Apolinar, los tres santos con cuyos nombres habían bautizado al hombre con quien ansiaba desposarme para que ellos intercediesen y, más pronto que tarde, recibiésemos las bendiciones.

Pero pasó el tiempo y cuando llevábamos más de cuatro meses aguardando los debidos beneplácitos de la metrópoli, comencé a desesperarme. Por el consejo prudente de madre, intenté controlar aquel exasperante sentimiento con una buena dosis de paciencia, pero, lejos de conseguirlo, a la tediosa espera se le unió, desde que sentí la primera falta, una incontrolable sensación de angustia y unos mareos matinales parecidos a los que había padecido con Adelaida.

La sospecha de un inoportuno embarazo se hizo certeza con la segunda falta. Desde ese preciso instante, nuestra boda ya no era una cuestión de querencias sino más bien de necesidades urgentes. El reloj corría en mi contra, y no sabía durante cuánto tiempo podría disimular mi estado.

Bernardo, al saberlo, disipó mis temores demostrándome su alegría y, consciente de la premura que mi estado demandaba, tan solo me pidió dos semanas más de plazo para ver si los dichosos papeles por ventura llegaban en el barco que a punto estaba de arribar.

Aquella tarde del dos de noviembre el viento sumamente revuelto parecía no decidirse por un punto cardinal determinado para mantener su soplido. Amenazaba huracán y el martilleo de muchos asegurando puertas y ventanas con clavos retumbaba a lo largo de todas las calles de Nueva Orleans.

Lo único bueno que tenían aquellas catástrofes naturales, que con tanta frecuencia nos azotaban, era que, como conocedor de su flagelo, su Católica Majestad nos había exonerado de algunos de los aranceles para, con ese ahorro, poder afrontar los gastos de posteriores reparaciones.

Justo antes de asegurar los postigos de la ventana de mi cuarto con una barra de metal vi llegar a mi madre calle abajo con cara de preocupación. Apenas cinco minutos después entraba en mi cuarto hondamente irritada.

—¡Apresuraos, Felicitas! Bernardo está muy enfermo. Al parecer el mal estomacal que padece desde hace una semana anoche se agravó hasta un punto preocupante. Las fiebres son altas y no tolera líquido alguno. Ha pedido que vayáis a verle de inmediato. Quiere despediros antes de deshidratarse del todo, de perder el sentido o de que el dolor de tripas le nuble el entendimiento, pues el cirujano no parece muy convencido de poder aliviarle.

El corazón me dio un vuelco. Junto con mis padres, salí corriendo hacia palacio con la esperanza de llegar a tiempo.

Lo encontré retorcido por el dolor. En un esfuerzo ímprobo, al verme desarrugó el ceño, hizo por recuperar la compostura y con una extraña mueca me dedicó una sonrisa.

—Felicitas, acercaos a mí, pues estoy convencido de que vuestra mera presencia aligerará la fuerza de esta garra que desde hace dos días me estruja las entrañas en su mortífero retortijón.

Me tendía la mano temblorosa. Velozmente me senté junto a él. Estaba empapado en sudor. Utilicé el embozo de la sábana para secarle una gota que, recorriendo su frente, a punto estaba de metérsele en los ojos. Me sonrió agradecido.

—Mi amor, ya sé que no es esto lo que habíamos pensado, pero me muero y antes de ello quiero unirme ahora mismo a vos ante Dios.

Asentí besándole en la frente seca.

—Lo que vos digáis.

Incorporándose, me agarró de la mano.

—Si por ventura no fuese mi momento os prometo aquí, frente a los testigos que nos acompañan, que saliendo de este trance ya tendremos tiempo de hacer las cosas tal y como los altos cargos demandan.

Le besé de nuevo antes de mirar al padre Cirilo, que aguardaba al fondo del cuarto en silencio.

—Si Dios bendice nuestro amor me dan igual las licencias.

El padre Cirilo asintió como reconociendo en silencio mi intención. Bernardo continuó con un hilo de voz:

—Mi querida Felicitas, ante todo no quiero dejar este mundo sin haberos desposado. Si me voy hoy quiero que todo lo mío sea vuestro y que todo lo que esté por llegar quede claro a ojos de todos que, aparte de vuestro, también es mío.

Sin importarle la evidencia me puso la mano sobre el estómago.

—¿Os casaríais conmigo ahora, Felicitas de Saint-Maxent? Así, en el caso de que Dios disponga de mi vida, moriré con el consuelo de haber cumplido con mi palabra y en consideración de tan cristianas razones.

Un insoportable retortijón le obligó a cerrar los ojos y las manos en un puño. Esperé a que relajase el rictus y, llevando su mano a mis labios, se la besé con fuerza al tiempo que asentía.

Sin esperar más, fray Cirilo de Barcelona avanzó, junto con un escribano, desde la penumbra. Esperó a que su acompañante tomase asiento frente a la mesa que había dispuesta a los pies de la cama, mojase la pluma en el tintero y se dispusiese a escribir lo que sería la crónica de nuestra boda.

Mis padres dieron un paso al frente para ejercer de testigos y padrinos a una vez y la voz de fray Cirilo retumbó en la estancia:

—Procedo pues a desposar a este hombre y a esta mujer *in articulo mortis* y sin impedimentos que me consten. Si don Bernardo sobreviviese, Dios lo quiera, a mi modo de entender, no incurrirá en las penas que dicta la ley 44 del Título II del Libro V de la Recopilación de Leyes de los Reinos de las Indias que establece penas de privación de oficio de cualquier cargo en las Indias.

»Que conste en acta que sé firmemente que este oficial se desposa a la espera de la Real Licencia, y que adelanta su determinación ante Dios por las graves circunstancias en las que se encuentra. Según mi entendimiento no debería por ello ser depuesto de su empleo ni privado de fuero, y su mujer, en caso de muerte, no debería quedar sin derecho a la viudedad y tocas.

El escribano tomaba nota cuando una arcada de Bernardo obligó a uno a callar y al otro a parar de escribir. Se miraron los dos y por fin el padre, prescindiendo de más legalidades, se apresuró a pedir nuestro mutuo consentimiento para por fin administrarnos el santo sacramento del matrimonio.

A falta de anillos propios, mis padres me prestaron los suyos, y así en apenas cinco minutos nos convertimos ante los ojos de Dios en marido y mujer.

Al terminar la ceremonia les rogué intimidad. Si aquellos podían ser sus últimos momentos en la tierra, quería pasarlos sola junto a él. Al cerrarse la puerta le besé con delicadeza en los labios importándome muy poco el sabor a vómito de estos. Quemaban y pensé que realmente la fiebre era tan alta que en un tris la muerte bien podría tornar lo ardiente en gélido.

Agotado por el esfuerzo, Bernardo se quedó dormido entre mis brazos. Incapaz de moverme siquiera por no despertarle, me dispuse a velar su sueño hasta su postrero suspiro.

Al amanecer me desperté empapada por su sudor. Su calor corporal había bajado y su respiración se había acompasado. Sin poderlo evitar miré al cielo dando gracias a Dios. Era como si nuestra boda hubiese obrado un milagro. La sangre volvió a sus mejillas y el habla a su boca.

Cuando a la semana siguiente, casi ya recuperado del todo, por fin pude estrecharle entre mis brazos con todas mis fuerzas sin miedo a lastimarle, quise saber sobre todo lo que aún no conocía de él.

Desnuda a su lado no pude evitar bromear:

—Parece que, como temía el padre Cirilo, el día que llegue la dichosa Licencia Real tendremos que casarnos de nuevo.

Me besó ardientemente. Por fin era él el que tomaba la iniciativa. Con el dedo índice empecé a recorrer cada una de sus feas cicatrices. Según Bernardo, ninguna de ellas le había hecho ver desde tan cerca la muerte como aquel reciente mal de tripas.

—¿Por qué no jugamos a una cosa? Yo recorro vuestras cicatrices cosquilleando y vos me contáis qué secretos guardan.

Bromeó:

—En chanzas os digo que alguna incluso creo haberla olvidado.

Acariciándole cada una de sus mataduras fuimos recordando el pasado. Rastreé su cuerpo como si del mapa de una vida se tratase. Para empezar, me detuve en su pecho, concretamente en dos profundas y viejas heridas.

—Son de lanza. ¿Recordáis cuando la noche que nos conocimos os conté que habíamos vencido a los apaches en su ataque, poco antes de regresar a España?

Asentí. Lo recordaba perfectamente.

—Conseguisteis recuperar casi todo el ganado que previamente os habían robado y otras tantas pieles de bisontes y venados.

—No soy amigo de hablar de las derrotas, así que omití contaros que, después de vencerlos en río Rojo, regresamos demasiado confiados. Tanto que, al no mirar atrás, no nos dimos cuenta de que había varios supervivientes que nos estaban siguiendo a la espera de cualquier despiste para contraatacarnos y vengar a sus muertos.

»Ese momento surgió cuando estábamos a punto de llegar al fuerte de la villa de San Felipe en Chihuahua. A mí me rodearon nada menos que cinco de ellos. Primero dos de sus lanzas me atravesaron el cuero de la casaca y la piel, y cuando, incapaz de asirme a la silla, finalmente caí del caballo, aprovecharon para dispararme una de sus emponzoñadas flechas. Atinaron en mi brazo.

Se giró para mostrarme un gurruño justo encima del codo.

—Me dieron por muerto y gracias a Dios andaban con tanta prisa que me libré de ser decalvado. Tardé casi dos meses en recuperarme someramente, y en cuanto pude andar, mis superiores decidieron que mi comandancia había concluido en el fuerte de San Felipe, permitiéndome el regreso a España.

—Cuando nos hablasteis de ello la primera vez, ¿por qué nos mentisteis?

Chasqueó la lengua.

—Lejos de falsear, tan solo oculté parte de los acontecimientos. Ya os lo dije una vez. Si no lo conté todo, es precisamente porque no soy amigo de hablar de las derrotas. Creo que hacerlo es como regodearse en la desgracia y tan solo sirve para llamar a más infortunios. Por el contrario, me gusta rememorar victorias porque del mismo modo estas refuerzan las que aún están por venir.

Siguiendo el mapa de sus magulladuras con mis caricias me detuve en la siguiente.

—¿Y esta?

Estaba en su pierna izquierda.

—Esta brotó en mi piel un caluroso ocho de julio en las playas de Argel. Tardó en cerrarse. Tanta sangre vomitaba que recuerdo cómo mi amigo el doctor Balmis, mientras me asistía reforzando el torniquete en las bodegas del barco, llegó a bromear comparando la profunda herida con la incontrolable boca de un volcán en erupción. Desesperado, temió que me acabase por disecar camino a Cádiz.

Sonrió.

—Si algo tengo que agradecer a esta cicatriz es que precisamente por ella es por la que conocí en el hospital a vuestra amiga María Rosa, la mujer de O'Reilly. Por su intercesión me ascendieron a teniente coronel.

Le besé la cicatriz muy lentamente, con los ojos cerrados e inspirando profundamente. Embriagada de su aroma, susurré:

—Ahora que lo sé y solo por eso, este tatuaje de vida y dolor es quizá el que más me gusta de todos los que siembran vuestro cuerpo.

Inspiré sobre ella.

—Me huele a valentía, a entrega y a nobleza. Me revela sin necesidad de más lo que el hombre que hoy es mi marido fue y será. Alguien a quien cada día que pase admiraré más y más porque...

Con delicadeza, posó su dedo índice sobre mis labios. No pude más que callar. Suspiró antes de continuar.

—Dejadme que os termine de contar ahora que ya sabéis casi todo. Llegué a la costa argelina al mando de una compañía; aquello era para mí un verdadero honor. El desembarco en la playa fue apoteósico. La noche anterior, en la camareta del comandante, nos habían mostrado el plano de la estrategia a seguir. A lo largo de toda la costa refulgían las luces de los fanales que marcaban la posición verdadera del resto de los navíos de nuestra escuadra. Sus respectivos comandantes debían de estar procediendo de similar modo con su dotación.

»Las instrucciones de O'Reilly estaban claras: al amanecer las barcazas nos acercarían a aquella playa desierta para un desembarco que, ante la ausencia total de almas enemigas, suponíamos totalmente franco. Seríamos unos doce mil hombres de infantería los que atacaríamos por tierra mientras, en paralelo, otra escuadra se disponía a bombardear la ciudad de Argel por mar. Ya en tierra, los comandantes tendríamos el tiempo suficiente para formar las diferentes compañías y dirigirlas caminando por un sendero a lo largo de los ocho kilómetros que llevaban a las murallas de la ciudad de Argel.

»Pero nos confiamos, y apenas pusimos un pie en la arena, topamos con las tropas argelinas que, agazapadas entre las dunas, nos sorprendieron. Los nuestros fueron cayendo a diestro y siniestro, y lo que la noche anterior nuestros superiores nos pintaron como un paseo campestre se convirtió en un sendero infernal e imposible de soslayar.

Posando su mano sobre la mía me obligó a recorrer la cicatriz.

—Allí fue donde otra flecha emponzoñada me hirió. No me hizo falta detenerme a comprobarlo, ya que por desgracia conocía aquella sensación. Sin querer arrancármela, no fuese a ser peor la hemorragia, me até un pañuelo fuertemente al muslo y continué luchando sin dar un segundo pensamiento al dolor. Tenía que dar ejemplo a la compañía que comandaba y tan solo ese afán me mantuvo en pie. ¿Sabéis que la rabia anula el dolor?

Negué sorprendida.

—Bueno..., lo anula hasta que, si se sobrevive, uno se relaja. Es entonces cuando de verdad atiza de golpe y porrazo, inmisericorde. Aquel día, después de nueve horas de combate, brigadieres, coroneles y demás oficiales fuimos llamados a la retirada. Subimos a las barcazas según la oportunidad de cada uno mientras atrás dejábamos aquella maldita playa sembrada por más de seiscientos cadáveres.

»Pasado un día supe por mi amigo Francisco Javier Balmis que, por las señales luminarias que sus compañeros cirujanos mandaban solicitando medicamentos, debíamos de rondar los mil ochocientos heridos. Unos días después, ya ingresados en el hospital los que sobrevivimos a la travesía de retorno a Cádiz, se confirmó la cifra. El fracaso había sido sonado. Pasé meses en la cama y cuando por fin me repuse, como si hubiese renacido, valorando si cabe aún más la vida que Dios me dio, me dispuse a disfrutar de aquella bella ciudad y de sus alegres gentes, hasta que un día recibí la orden de presentarme en la comandancia general de Sevilla y tuve que dejar Cádiz.

Suspiró con un viso de añoranza.

—Cádiz y Sevilla. ¡Si las conocieseis, mi querida Felicitas! Son dos ciudades que nadie debería morir sin haberlas recorrido.

Su pasión al hablar de ellas me embargó de tal manera que no pude reprimir mi impulso. Abrazándole muy fuerte, como una niña caprichosa presa de sueños difíciles de cumplir, le pedí casi un imposible:

—Nunca he salido de Luisiana. Prometedme que me llevaréis algún día.

Asintió sin pensarlo dos veces.

—Mi querida mujercita. En cuanto la ocasión lo brinde y siempre y cuando sigáis velando por mi salud con tanta diligencia.

Sonreí.

—¿Y aún lo dudáis? A partir de ahora seré yo la que cure vuestras heridas y viceversa.

Los meses siguientes fueron un constante trasegar de gentes en el palacio presidencial, a donde yo me mudé de inmediato con Adelaida.

Fue curioso comprobar cómo, sin apenas hacer nada, pasé a

ocupar el puesto que hacía tan poco había dejado expedito mi hermana Isabel. Junto a su posición de gobernadora, todos los cuartos por donde hacía tan poco habían transitado, cama y muchos de los enseres que no se llevó consigo, aun siendo muy personales, pasaron a ser míos.

Mi hermana más querida me había dejado su lugar tranquila y segura de que nadie mejor que yo podría suplirla en tan alta dignidad. Semejante responsabilidad me hubiera pesado si no fuese porque ella, antes de partir, se había encargado de aligerarla con mil y un sabios consejos.

Mi embarazo seguía su curso normal. Mi madre, con su habitual buen hacer, se encargó de llenar aquel espacio que mi hermana Isabel había dejado huérfano de confidencias e inquietudes de sosiego mientras, en el salón contiguo, acudían a audiencias con Bernardo un bullicioso trasegar de espías, comerciantes, políticos y militares.

Las noticias de la metrópoli llegaban a raudales y las reuniones de Bernardo con sus adláteres cada vez eran más largas y, por el tono exacerbado de sus voces, más intensas. Generalmente se debatía sobre cómo informar al Gobierno de las Indias sobre los avances o retrocesos de los patriotas en su encarnizada lucha contra los casacas rojas. Estaba claro que se estaban preparando para algo importante que yo ignoraba y sobre lo cual él tampoco parecía considerar necesario informarme. Yo tampoco le preguntaba.

Prefería por el momento mantenerme al margen y opté por escoltarle silenciosamente y en segundo plano en su afán.

Solo una vez le pregunté por lo que se cocía en la corte, a lo que me contestó que no me preocupase por semejantes negocios y me cuidase para traer al mundo a nuestro pequeño. Que le dejase hacer. Que le perdonase si alguna vez me sentía abandonada en sus atenciones, porque el reino de España le necesitaba ahora más presente que nunca en la Luisiana y aquello le alentaba para dejar a nuestro futuro hijo un mundo mejor del que nosotros habíamos conocido.

XI

ALIANZA HISPANOAMERICANA

D. Carlos por la gracia de Dios…, por cuanto atendiendo a los especiales servicios y distinguido mérito que vos, d. Bernardo de Gálvez, coronel del regimiento de infantería fijo de la Luisiana habéis hecho en el gobierno interino de esa provincia y condescendiendo a los deseos de sus habitantes, he venido por mi Real decreto de 22 de abril próximo pasado en declararos gobernador en propiedad de ella.

Nombramiento del rey don Carlos III a don Bernardo de Gálvez

Aquel real decreto tan solo confirmaba el puesto que Bernardo ya hacía tiempo que venía ocupando en funciones.

Mi embarazo se hacía tan evidente que apenas podía ya disimularlo con el guardainfante. Tan solo esperaba que la criatura rezagase al máximo su alumbramiento para que nadie hiciese demasiadas cuentas o preguntas.

Aquella mañana, a pesar de mi abultado vientre, hicimos el amor. Al terminar, de entre las almohadas Bernardo sacó un estuche. Al abrirlo no pude más que sonreír: era una hermosa ristra de perlas. Él mismo me las puso en el cuello de manera que resbalasen por entre el canalillo de mi abultado pecho.

El inesperado tañer de las campanas a deshora le hizo pegar un respingo. Bernardo escuchó atentamente y, hasta que no identificó el toque, no se relajó. Anunciaban la llegada al fondeadero de nuevos barcos. Abrió las cortinas del dosel, saltó de la cama y se asomó a la ventana, catalejo en mano, para atisbar.

No hizo falta que me dijese nada. Por su expresión deduje que era el buque que esperaba. Aquel día nuestros vespertinos retozos, en ese preciso momento, pasaban a segundo término. A pesar del poco tiempo que llevábamos juntos, ya le conocía lo suficiente como para sospechar que hacía un tiempo aguardaba la llegada de una carga importante y ahora se le veía impaciente.

Pensativo, se vistió apresuradamente y salió de la alcoba para dirigirse al salón de las audiencias.

Envuelta en una sábana para esconder mi desnudez de miradas indiscretas, me asomé a la misma ventana que él acababa de dejar. Al ver como uno de los guardias de la muralla me escudriñaba, cerré las cortinas. Sabía que eran tan finas que me permitirían ver al trasluz sin ser observada. Una ráfaga de brisa marina las balanceó, distorsionando la imagen.

No alcanzaba a distinguir bien quién podría ser el hombre que venía a bordo de la primera barcaza que arriaron y que, por el acelerado ritmo de los remeros, debía de llegar con prisa.

Tomé el catalejo que mi esposo acababa de dejar sobre el quicio de la ventana y a través de su lente pude distinguir mucho mejor el semblante del mensajero. Como Bernardo, parecía inquieto. No habían terminado de asegurar las amarras a los noráis cuando saltó al pantalán y encaminó sus apresurados pasos hacia la calle que daba al palacio presidencial.

Al oír entrar a mi doncella, dejé caer la sábana para que me vistiese. Ya embozada en una bata cuajada de puntillas, me senté en el tocador para que me peinase. Pensativa, observé mi reflejo en el espejo.

Jugueteando con la ristra de perlas del collar que Bernardo me acababa de regalar, se me ocurrió que en el primer baile que pudiese, en vez de penderlas de mi cuello, las colgaría en mi peluca.

Abajo, Bernardo ya debía de estar leyendo el billete proveniente de la metrópoli. Al sentarnos a la mesa para desayunar aún lo tenía entre las manos. Pude ver el lacre del sello cuando lo dejó a un lado para que el ayuda de cámara le colgase la servilleta de los enganches del final de la cadena que suspendía de su cuello a modo de babero.

El billete era de su tío José, que debía de escribirle comunicándole las pretensiones del recién nombrado consejero de Estado, el conde de Floridablanca. Sabía que llevaba semanas esperando sus nuevas, y no pude contenerme:

—¿Y bien?

Me miró fijamente a los ojos.

—Lo que estábamos esperando ha de ser de una vez y sin más demora. La posibilidad de que nuestras hazañas queden reflejadas en los futuros anales de la historia por fin se hace realidad.

Su obsesión por dejar huella en la historia apenas en el inicio de la treintena a mí me pareció más propia de un anciano que de un hombre de su edad. Era tal el entusiasmo que demostraba que me abstuve de hacerle ninguna objeción.

—Su Católica Majestad, a través de su consejero, después de que durante estos tres últimos años de guerra hayamos demostrado sobradamente a los novísimos Estados Unidos de América nuestra voluntad pacificadora y ante la imposibilidad de resolver diplomáticamente la disputa actual entre Francia, Inglaterra y los Estados Unidos de América, me pide que nos impliquemos aún más ayudando a los estadounidenses. —Suspiró aliviado—. La preciada carga que hace tanto tiempo esperábamos acaba de llegar. Fue un acierto hacer caso a los consejos de vuestro padre cuando propuso que el barco viniese por la ruta de las Bermudas para soslayar los posibles ataques de los corsarios. Por fin aquí está todo y sin contratiempos. Es mucho, Felicitas, y confían en mí para su distribución.

»No temo a la responsabilidad, pero a vos puedo deciros que es grande, mucho más de lo que podáis imaginar. Desde la metrópoli esperan que mis gestiones tengan un efecto saludable y que así finalice de una vez por todas esta cruel guerra donde han ardido tantas ciudades y pueblos y se ha masacrado a tantos inocentes a punta de cuchillo, bombazos, tiros o bayonetazos.

Llevándome la mano a la tripa quise mostrarle mi preocupación. Por su exacerbado tono de voz parecía querer entrar de lleno en la guerra.

—Bernardo, no soy quién para poneros cortapisas, pero espero que no os impliquéis hasta el punto de colocaros en la primera línea de fuego. Me gustaría que este mi segundo hijo, a diferencia de la pequeña Adelaida, conozca a su padre.

Sonrió.

—No os preocupéis, que no ha de rozarme un tiro.

Dudé.

—Eso solo Dios puede saberlo. ¿Cómo podéis estar tan seguro? ¿Tampoco os segará la vida el filo de una bayoneta?

Sonrió.

—Tampoco. Por ahora ayudaremos a ganar esta guerra con medios más económicos que personales. Así lo hemos acordado.

No entendía nada. ¿Cómo podíamos aliarnos con ellos sin luchar hombro con hombro a su lado? Debía de estar leyéndome el pensamiento porque me contestó sin preguntarle siquiera:

—Jugaremos al despiste. Mentiremos para seguir haciéndonos pasar por neutrales ante los ingleses. —Alzó el mensaje entre sus manos—. Este billete me da instrucciones sobre qué hacer con el cargamento de pertrechos que espera a ser desembarcado hoy en la bahía. Son suministros necesarios para abastecer a los soldados de los Estados Unidos. Se lo debemos a la generosidad de José Gardoqui e hijos, que los mandan desde Bilbao. Ellos son los que han hablado en Burgos con el enviado de George Washington a España y, al haber comerciado durante años con los puertos de Boston y Salem, conocen muy bien los mejores puntos donde podríamos entregarlos sin levantar sospechas.

La empresa me pareció tan grandiosa como arriesgada.

—Y si se equivocan… ¿De verdad os fiais de ellos?

Asintió sin dudarlo un segundo.

—Los he conocido en Cuba y os aseguro que son expertos en la materia. Las décadas que llevan mandando barcos a España cargados de bacalao, tabaco, arroz, trementina e índigo y trayéndolos de vuelta con mantas, pólvora, medicinas, bayonetas, armas, cordajes, mosquetes, sal y paños diversos los avalan.

Mi mirada de desconfianza le arrancó una sonrisa.

—Creedme, querida. Con toda probabilidad son los comerciantes más duchos para esta operación. Necesito llamar a vuestro padre y a todos los demás para hacerlos partícipes, explicárselo todo y no errar. —Parecía excitado. Sin probar bocado se levantó de la mesa—. Venid, Felicitas. Seguidme al despacho que allí podré explicaros mejor.

Tampoco tenía demasiada hambre, así que sin replicarle dejé mi servilleta sobre la mesa, el tenedor posado en el plato y, haciendo una señal al servicio para que recogiesen el desayuno, me levanté.

En una esquina de la estancia, sobre una mesa de jugar a los naipes, Bernardo tenía desplegado un mapa de la Luisiana. Tomando unas fichas alargadas, simulando que eran barcazas, las fue colocando en diferentes puntos río arriba. Primero por el margen izquierdo de la orilla del Misisipi, y luego continuó por el río Ohio.

—Según lo que nos cuenta nuestra red de espionaje y por las últimas noticias de Juan Miralles, lo lógico sería que empezásemos surtiendo a los que desde hace tiempo están bloqueados en Fort Pitt. Los ingleses aún nos creen neutrales, pero no será por mucho tiempo, así que aprovecharemos que aún confían en nosotros para hacerlo clandestinamente.

Según hablaba, la tarima del suelo de detrás fue crujiendo. Me di la vuelta para comprobar cómo iban entrando en silencio los que hacía un momento habían recibido aviso de acudir. Sin atreverse a interrumpir, se fueron colocando tras de mí para escuchar atentamente.

Con una leve inclinación de cabeza me saludaron. Pollock, mi señor padre, Miralles, mis hermanos... Todos a una se debían de alegrar de que, al fin, todo aquello, tantas veces planeado, fuese materializándose.

Según la disertación de Bernardo, aquel mapa fue llenándose de pequeñas fichas a modo de barcazas, cañones y hombres de a pie y a caballo.

—Una vez tomado Fort Pitt, seguiremos hacia Manchac, Baton Rouge, Point Coupé y Natchez. Continuaremos arrebatando a los ingleses uno a uno los fuertes y pueblos que tienen río arriba. Así, una vez rendidos, nos dejarán paso franco hacia el norte.

Hizo un silencio antes de pegar un taconazo en el suelo y levantar la vista del mapa.

—Porque, señores, confidencialmente les diré que el Rey Católico no solo ansía recuperar la posesión total de las fortificaciones de las riberas del Misisipi para ayudar a los Estados Unidos. Si triunfamos en nuestro afán, el propósito es continuar con la racha de victorias. Mi intención es que, una vez los hayamos machacado, aprovechemos su debilidad para regresar a Nueva Orleans, rearmarnos y derivar nuestro avance hacia el sur, y así continuar nuestra victoria haciéndonos con otros intereses estratégicos en la costa de la Florida. Sobre todo, aquellos que, en el pasado, los ingleses nos arrebataron.

Llegado a este punto se dirigió a Pollock y a mi señor padre.

—Cabe la posibilidad de que algún agente inglés descubra la mercancía que acaba de llegar y se huela el polvorín. Nuestra empresa es grande y el ataque por sorpresa es una poderosa arma que debemos salvaguardar el mayor tiempo posible en las pautas a seguir. Por eso los he llamado. Debemos actuar rápido y desalojar el pantalán lo antes posible. En vez de traer el cargamento a los depósitos del palacio presidencial, necesito que cada uno de ustedes lo oculte en sus propios almacenes. —Pensativo, antes de proseguir, bajó un poco el tono de voz—. Quizá entre los presentes podrían ustedes repartírselo hasta que sepamos adónde mandarlo exactamente. La guerra en el norte cambia las fronteras a diario según las victorias, y no me gustaría errar en el tiro. Soy consciente de que, muy probablemente, la mayoría de ustedes va a tener que sacar su propia mercancía del resguardo para poder cumplir con mi petición, pero les aseguro que el sacrificio merecerá la pena. No será demasiado tiempo. Solo el necesario para hacer creer a los posibles informadores de los ingleses que esto no es una operación del gobernador sino otra de vuestras argucias contrabandistas.

Hizo otro silencio para cerciorarse de que nadie había declinado en su atención.

—Como algunos ya saben, nuestros espías me han informado de que el capitán John Campbell, a la mínima sospecha, tiene la orden de atacar de inmediato Nueva Orleans. Sería desastroso, ya que ahora mismo tan solo contamos con unos trescientos hombres para defenderla, entre los veteranos que Gilberto está adiestrando y los reclutas que llegaron recientemente provenientes de Canarias y México.

»No nos podemos exponer todavía. Son pocos e inexpertos para hacer frente a una supuesta ofensiva de los casacas rojas. Tan solo podríamos vencerlos con los refuerzos que nos llegasen de La Habana y, aun así, tampoco quiero que nuestras familias vivan una ofensiva en casa, por lo que después de esconder y distribuir el cargamento entre los almacenes empezaremos a planear el ataque a sus fuertes. Prefiero atacar que ser cercado. ¿Están conmigo?

Asintieron al unísono.

—Seguro ya de su lealtad y buena predisposición, quiero hacerles una última confidencia. Su majestad don Carlos, el pasado mes de abril, firmó en Aranjuez una alianza secreta con su primo el rey de Francia. Se une a él en la guerra contra Inglaterra siempre y cuando este nos ayude a recuperar varios de los enclaves que, a lo ancho y largo de este mundo, antaño nos pertenecieron.

Mirando a mi alrededor, comprendí que aquellos hombres, la mayoría como yo, criollos descendientes de franceses, andaban igual de perdidos en lo que tocaba a las antiguas posesiones españolas.

Le interrumpí a sabiendas de que me lo agradecerían al liberarlos de la obligación de hacer una pregunta que hubiese delatado su ignorancia.

—Perdonad mi intromisión, Bernardo, ¿pero de qué posesiones habláis exactamente? Comprended, esposo mío, que algunos nos perdemos en el mapa del mundo.

Sonrió consciente de su falta de delicadeza.

—Sobre todo me refiero a la isla de Menorca en el Mediterráneo, al peñón de Gibraltar en el estrecho que separa Europa de África, a la bahía de Honduras, la costa de Campeche y sobre todo de lo que a nosotros más nos atañe, que serían la Mobila y Pensacola en la costa de la Florida. Por ello debemos velar porque el factor sorpresa no se vea truncado. Así nunca podrán culpar al reino de

España de ayudar a su futura derrota en el norte de América. Nadie mejor que alguno de ustedes para esconder estos alijos tan comprometidos.

Pollock y mi padre, aunque visiblemente incómodos desde la insinuación de Bernardo sobre sus actuaciones contrabandistas, prefirieron callar sus quejas, no fuesen estas a revolvérseles.

Era la primera vez que mi señor marido admitía en alta voz saber de los trapicheos ilegales que algunos de sus subordinados, incluido mi padre, de vez en cuando se traían entre manos con ciertas mercancías prohibidas.

El favor por favor de las partes quedaba presupuesto en el silencio. Fue curioso ver cómo nadie objetó nada al respecto. Ni siquiera preguntaron por el volumen del cargamento, algo que no tardarían en lamentar.

Bernardo, antes de dar por zanjada la reunión, quiso además dejar claro que aquel auxilio tan solo sería el primero de los muchos servicios que a partir de aquel momento y hasta el final de la guerra tendrían que hacer a la corona.

—Si además de esconder por un tiempo estas mercancías me ayudan en otras demandas que pudiesen surgir de aquí en adelante, estoy seguro de que en el futuro se verán si cabe mejor recompensados. Confío en su máxima discreción, y por eso hoy quiero hacerles partícipes de cómo la metrópoli ha pensado en recompensar la generosidad de todos aquellos que, a partir de ahora, colaboren en el sufragio del coste añadido que pueda suponer la ayuda de España a los patriotas y en contra de los lealistas.

Los ojos de todos se abrieron expectantes al verificar fehacientemente que, en efecto, una nueva oportunidad de enriquecerse sobrevolaba sobre sus cabezas. Sabían que las guerras solían demandar sacrificios y donativos, pero también favorecían el comercio de estraperlo y ellos por experiencia conocían bien su dinámica.

Bernardo sonrió.

—Las contiendas no suelen ser baratas, en el gobierno de las Indias lo saben y por eso me conceden ciertas licencias. La primera es que, para engrosar nuestras huestes, me permiten conceder encomiendas a los indios a cambio de su colaboración. Por ahora tan solo la tribu de los chactas nos es afín, ya que el resto ha preferido llegar a acuerdos con los ingleses, pero el cometido es ofrecerles más de lo que ahora reciben de sus aliados y así lograr que los traicionen. —Hizo un silencio para verificar la atención de los escuchantes—. Por otro lado, me piden que sufrague los siguientes gastos que puedan surgir como imprevistos después de esta cuantiosa remesa con las dádivas de los hacendados, de las corporaciones mercantiles y de los artesanos. —Repitió el silencio y, al no percibir ni un pestañeo, continuó—. Creo no equivocarme al afirmar que entre los aquí presentes sois varios los enmarcados en ese grupo. No os pido juramento de fidelidad, pero… ¿estaríais dispuestos, pues, a ayudar a la corona española en este afán?

Aparte de la generosidad que pudiese haber en sus corazones, eran colonos de segunda o tercera generación. Sus padres y abuelos habían llegado desde Europa con una mano delante y otra detrás en busca de un mundo mejor y en pocas décadas habían sabido cómo hacer fortuna sin desperdiciar una sola oportunidad. Muy ciego había que estar para no ver que en aquel momento se presentaba una nueva.

Asintieron al unísono, sin dudar. Nadie mejor que ellos para saber que un pequeño y puntual sacrificio bien podría abrir una gran puerta al incremento de sus riquezas. Eran jugadores de futuro y el riesgo los atraía.

Mi padre carraspeó.

—Se me ocurre que, si de lo que se trata es de conseguir más reales de a ocho, quizá también podría su excelencia establecer una suerte de lotería como la que organizan los holandeses en algunas de las ciudades que pueblan. A los hombres les gusta jugar con la suerte.

Bernardo sonrió.

—Bien visto, Gilberto, de hecho es una de las sugerencias que me hicieron desde el Consejo de Indias. Asimismo, instituiré un fondo de rentas vitalicias y ofreceré a quien le interese la compra de títulos de propiedad de plazas y empleos aquí en Luisiana, o de mercedes de hábitos en Indias. Y... para seguir recaudando y agradeciendo favores como el gobernador que soy de estos lares, me otorgan otras tantas licencias.

Se agudizó el nerviosismo cuando hizo otro silencio. Bernardo arqueó las cejas mirando divertido a los presentes, abrió mucho los ojos y sonrió.

—El Consejo de Indias me permite a partir de ahora establecer las contribuciones que me parezcan acomodadas a las circunstancias en los locales de Nueva Orleans. Y por ello me dan libertad para establecer y modificar ciertos aranceles, y así, al igual que podría aumentar los derechos en el aguardiente y licores, puedo reducirlos y..., quien dice reducir, también dice eximir por un tiempo prudencial.

Los presentes fueron tomando nota mental de todo aquello según sus conveniencias mercantiles.

Al terminar salimos apresuradamente de palacio. Unos a caballo y otros en calesa nos dirigimos al pantalán principal. Allí estaba todo lo prometido amontonado. Apenas quedaba un espacio para moverse entre los toneles, los estibadores, las cajas y las barcazas que seguían llegando repletas de abastecimientos y armamento.

Los que hacía un momento habían prometido a Bernardo esconder la mercancía en sus casas y almacenes, incluido mi señor padre, perplejos ante la desmesurada cantidad, hacían cábalas mentales para ver dónde podrían depositarla.

Pollock, incapaz de callarse, abrazó a Bernardo.

—¡Cómo voy a disfrutar viendo la cara del general George Washington cuando reciban todo esto! En verdad esto sí que es un secreto bien guardado, pero... ¿cómo no nos dijisteis nada sobre la cuantía?

Bernardo chistó en el preciso momento en que una bala de cañón resbalaba del montón donde los marineros las estaban apilando y dos de ellos tuvieron que apartarse para no ser arrollados.

Mi padre bromeó a sabiendas de que Bernardo había puesto

guardia en todos los accesos al puerto para vigilar que nadie más se acercase a atisbar.

—Estimado yerno, si no queréis que os comprometan con esta mercancía, no deberíais estar aquí. ¿De verdad creéis que esto es fácil de ocultar? Dios sabe que lo intentaremos, pero a la vista está que no será hacedero. Vamos a tener que sacar nuestras propias mercancías para poner estas a cubierto.

Bernardo, dirigiéndose a la mesa donde el escribiente tomaba nota de todo lo que se había descargado hasta el momento, le arrebató a este la lista.

—No podemos demorarnos. Procedo a enumerar la mercancía para que cada uno de vosotros, según la capacidad de vuestros almacenes, vaya levantando la mano para hacerse cargo de la custodia de cada partida. Se acercó a los cañones pasando páginas.

—Aquí, según consta en el pliego de carga, hay doscientos dieciséis cañones y veintisiete morteros. Es uno de los lotes más voluminosos. ¿Quién se ofrece?

Padre levantó la mano.

Bernardo asintió, subrayó la línea que lo indicaba poniendo el nombre de él a su lado y dio la orden a los ganapanes.

—¡Suban toda esa partida a las carretas del señor Maxent! ¡Cuanto más rápido, mejor!

—Te lo agradezco, Gilberto.

Continuó señalando bultos.

—¡Aquí hay doce mil ochocientas veintiséis bombas! ¿Quién se ofrece?

El siguiente voluntario fue Oliver Pollock, y procedieron de similar manera.

—¡Cincuenta y una mil ciento treinta y cuatro balas, treinta mil fusiles, treinta mil bayonetas!

Se los llevó Miralles.

—Paños para la confección de treinta mil uniformes!, ¡Todos estos barriles de pólvora! ¡Cuatro mil tiendas de campaña! ¡Mantas! ¡Medicinas!

Las diferentes partidas fueron asignándose hasta terminar. Oliver reiteró su agradecimiento a Bernardo:

—Tan ávidos como están los generales de George Washington, por muy acordado que estuviese, al recibir tanto y tan bueno creerán que estos pertrechos son fruto de un milagro. Ojalá que ganen para que esta donación no quede enterrada en el ostracismo.

Bernardo asintió.

—Oliver, mejor que nadie sabéis que esto es el fruto de varios años de conversaciones diplomáticas. Hace ya más de dos años que sois el delegado comercial de las Trece Colonias en Nueva Orleans y eso os convierte a mis ojos en su representante más digno. Os lo habéis ganado, entre otras cosas, porque he sabido por Miralles que pusisteis vuestra fortuna al servicio de la revolución al costear la reciente campaña de George Rogers Clark en Illinois. La verdad es que no habría de extrañarme, ya que sé que no es la primera vez que habéis fiado sin poner el puño en el rostro demandando algo a cambio. Os enaltece vuestra generosidad.

Oliver Pollock, con gran agilidad de palabra, devolvió el agasajo:

—Me sobrevaloráis. Si algo me ha enseñado la vida es que, si la causa lo merece, siempre es poco lo cedido.

Miró de nuevo a su alrededor.

—Para generosas dádivas, la de vuestra excelencia. Lo cierto es, Bernardo, que podéis estar seguro de que vuestro mandato como gobernador de la Luisiana, después de todo esto, quedará reflejado en los anales de nuestra historia. Se recordará por siempre que hubo un día en el que el reino de España regaló a los Estados Unidos de América nada menos que pertrechos valorados en trece millones de reales de vellón para luchar por su libertad.

Bernardo suspiró.

—No me deis coba, Oliver. Yo soy un simple servidor, aquí el generoso es Su Majestad el rey de España, y sus ministros, que saben cómo invertir acertadamente lo asignado.

Repentinamente me sentí muy cansada. Llevaba demasiado

tiempo de pie y el peso de mi vientre a punto de estallar me acució. Discretamente fui dando pequeños pasos atrás hasta quedarme a la espalda del grupo de hombres que, hacinados alrededor de mi señor marido, contribuían al desalojo del embarcadero.

Se repartían las tareas de cómo harían llegar todo aquello río arriba, de quién se haría cargo de fletar las barcazas y de qué otros las asegurarían, cuando de repente sentí bajar por entre mis piernas el caliente líquido donde desde hacía meses crecía mi hijo. El vientre se me puso duro como una piedra. Veía tan alegre a Bernardo que no quise importunarle.

Busqué a Ágata. Siempre aparecía de la nada cuando más la necesitaba y aquella no fue una excepción.

Tan solo tuve que mirar al suelo para indicarle lo que estaba sucediendo. Sonrió y me tendió el brazo para servirme de muleta hasta la calesa de regreso a casa y a la antesala de mi paritorio.

Una vez me hubo tumbado en la cama, me palpó el vientre, los bajos y asintió.

—Ya viene. Cerrad los ojos y esperad tranquila que voy a buscar ayuda.

Sin dudar de su palabra, intenté relajarme. Sabía que mi loba preferida nunca me fallaba. Transcurridos cinco minutos, ya tenía a la partera entre las piernas, a dos doncellas atendiendo a sus ruegos, a mi madre sosteniéndome la mano dispuesta a que se la estrujase todo lo necesario como para engañar al dolor que se avecinaba en cada empuje, y a Ágata murmurando cánticos al tiempo que zarandeaba sobre mi cabeza y tripa diferentes amuletos.

Para contrarrestar sus ritos paganos, mi señora madre también trajo la pequeña talla de la Virgen frente a la cual todas las mujeres de la familia solíamos parir. La misma que sus padres habían traído de Francia al emigrar y aquella cuya intercesión ayudó a nacer a mi primera hija sin problemas añadidos.

Gracias al Señor aquel fue un parto limpio y mucho más rápido que el de Adelaida, por lo que no necesité sentarme en la tortuosa silla paridera y pude pasarlo tumbada en mi cama.

Anochecía cuando, medio adormilada, sentí cómo Ágata me ponía a mi segunda hija en el pecho. Me dormí agotada pero contenta al sentir la succión de la recién nacida enganchada a mi pezón. Hambrienta de vida, mamaba con tanta fuerza que su tirón me bajaba hasta estrujarme las entrañas.

Llevándome la mano al vientre tan solo entorné los ojos para mirar a Ágata con el ceño fruncido por el dolor. Una vez más me leyó el pensamiento.

Bromeó:

—¿Os imagináis que fueran gemelos? No, Felicitas, no es otro niño, sino lo que las parteras llaman entuertos. Suelen aparecer con el segundo y no son nada más que espasmos de vuestro vientre volviendo a su estado normal. Cuanto más rápido se empequeñezca antes podréis concebir de nuevo.

Perdí el sentido del tiempo. Desperté cuando Bernardo me besó en la frente. Amanecía y en sus ojos se vislumbraba el alegre cansancio de una más que fructífera noche en vela. Tenía a la pequeña en brazos y la miraba con ternura.

Para él era su primera hija y me sentí halagada al haber sido yo la que se la hubiese dado. Le sonreí.

—¿Os parece que la llamemos Matilde?

Dudó un segundo.

—Si hubiese sido varón le hubiese llamado Bernardo. ¿Y si le añadimos Bernarda como segundo nombre?

Asentí.

—Pocos me parecen para la gran mujer que ha de ser. Alguien me dijo que en España soléis bautizar con varios nombres. ¿Añadimos algún otro?

Acariciando la cabecita a la niña, pensó un minuto antes de arrancarse:

—Para que sean muchos los santos que la protejan, podríamos llamarla Matilde, Bernarda, Felipa, Isabel, Juana, Felicitas y Fernanda de Gálvez y de Saint-Maxent.

Incorporándome en la cama no pude contener una carcajada.

—Me parece bien, aunque voy a tener que pedir al padre Cirilo una copia de su partida de bautismo para recordarlos todos.

Besó en la frente a la pequeña.

—Así, además de salvaguardarla de todo mal, recordaremos en ella al rey de España y a todos sus ancestros.

Aunque él no me lo dijo y yo no dudaba de que quería a aquella niña, sabía que, como casi todos, lo que él realmente hubiese deseado hubiese sido garantizar su sucesión con un varón en el primer parto.

—Os prometo que el siguiente será un niño.

Me miró fijamente a los ojos.

—No es necesario que deis palabra de cosas que no están en vuestra mano.

Me besó ardientemente.

—Para demostraros lo feliz que me ha hecho esta pequeña, llamaré Matilde a la primera goleta que salga de nuestros astilleros. Tengo un regalo para vos.

Del bolsillo interior de su casaca, sacó la carta real remitida por el Consejo de las Indias otorgándonos el permiso necesario para casarnos debidamente.

Me sentía unida a él desde el mismo momento en que *in articulo mortis* nos casó el padre Cirilo, pero sin duda aquel documento zanjaba el peligro de que alguien dudase de la legitimidad de nuestro matrimonio y, lo más importante, de la de nuestra hija, que de otro modo podría haber sido tildada de bastarda.

Desde ese preciso momento nadie podría relegarle de su puesto acusándole de matrimoniar sin el permiso debido y, dicho sea de paso, privarme a mí de pensión de viudedad en el caso de un infortunio y su muerte.

—¿Estáis contenta?

Me encogí de hombros.

—Si os soy sincera, para mi este billete tan solo asegura en tierra a los descreídos de lo que Dios ya bendijo en su momento. Esperaba algo un poco más personal.

Sonrió mientras se agachaba a coger algo de debajo de la cama. Debía de haberlo escondido poco antes mientras yo dormía.

Envuelto en seda de color carmesí tenía el primer ejemplar dedicado del libro que había publicado nuestro amigo Julien Poydrás, con poemas de nuestro también amigo Antoine Boudoisquié. Lo abrí; el primero se titulaba «*Le dieu et les nayades du fleuve St. Louis*».

—Gracias. Tenía muchas ganas de leerlo, porque aparte de dedicaros un par de poesías, habla de muchas de nuestras cosas más cotidianas.

Bautizamos a Matilde a la semana de nacer. El padrino de la niña fue nuestro amigo Lorenzo Montalvo Ruiz de Alarcón, primer conde de Macuriges, intendente general de la Marina en La Habana y su mujer, Teresa Ambulodi y Arriola. Sobre su diminuta cabeza, fue una vez más el padre Cirilo el que le administró el sagrado sacramento.

XII

HURACÁN DE DESOLACIÓN

Sobrevino un huracán tan violento que en menos de tres horas hizo perecer todas las embarcaciones entre las cuales se fueron a pique las galeotas y lanchas cañoneras que había hecho construir para la defensa del río, resultando muchas casas de la villa caídas, las habitaciones de veinte leguas al contorno arruinadas, los víveres perdidos, arrancados los árboles, los hombres consternados, sus mujeres e hijos esparcidos por los campos desiertos a la inclemencia, la tierra inundada, y en el río todo sumergido, igualmente que mis recursos, auxilios y esperanzas.

Escritos de Bernardo de Gálvez

Aquella mañana el viento empezó a soplar con una fuerza inusitada. Bernardo estaba nervioso con los preparativos de los ataques a los fuertes ingleses del Misisipi. Todo estaba previsto para que mi padre, hermanos y todos los voluntarios embarcasen junto a los soldados dos días después.

Gran parte de las municiones y abastecimientos hacía días que habían ya partido hacia el norte para ser entregados en los diferentes campamentos de los patriotas. Bernardo tan solo se había quedado con una pequeña cantidad de lo recibido para equipar a sus hombres y armarlos según la previsión de ataques que estratégicamente habían trazado.

Desde la ventana vigilaba cómo en las barcazas se iba cargando la munición, cañones y fusiles.

Al parecer, hacía pocos días que el rey había declarado abiertamente la guerra a Inglaterra, y aquello simbolizaba el pistoletazo de salida para poder por fin atacar sin piedad.

Padre, habiendo ya casi vaciado sus almacenes de la carga secreta que ayudaría a la guerra en el norte, ahora jugaba a ser un general adiestrando a su milicia blanca. Planeaba entusiasmado junto a mis hermanos cómo hacerse con el primer objetivo: el fuerte de Baton Rouge.

Una ráfaga de viento cerró de golpe los postigos de las contraventanas. A Bernardo le costó abrirlos de nuevo para poder asirlos a los garfios del muro. Los sirvientes acudieron en su ayuda. Recuperando la compostura, se recolocó la peluca antes de sonreírme.

—Parece, querida, que el tiempo no va a querer acompañarnos.

Bromeé:

—Mirad el lado positivo. Con la fuerza que sopla quizá os lleve volando a vuestro destino.

Al ver escorarse los tres cocoteros del jardín, me asomé para advertir a mi querida ama, que andaba tomando el aire con Matilde y Adelaida.

—Nana, ¡se avecina tempestad! ¡Meteos dentro, no sea que algo os golpee!

Ágata, junto a ellas, levantó la mirada para verificar mis temores, e inmediatamente apremió a su madre.

Bernardo me abrazó por detrás de manera que su boca quedó a la altura de mi oído.

—Felicitas, tengo que pediros un favor. ¿Recordáis los dos barcos que llegaron ayer?

Asentí expectante.

—Traen a muchas familias españolas. La mayoría son malagueños y canarios que llegan aquí cuajados de ilusiones en busca de un porvenir mejor. Necesito que cuidéis de ellos hasta que encuentre el lugar más idóneo para darles tierras que puedan repoblar.

Bebió un poco de jerez mirando al cielo.

—Hasta entonces, es urgente que les busquéis alojamiento. Sobre todo teniendo en cuenta el temporal que se avecina.

—¿Colonos españoles?

—Si así queréis llamarlos...

—Son muchas las tierras que aún quedan prácticamente vírgenes, pero... ¿hay algún lugar predestinado para su asentamiento? Os conozco y sé que algo ya habréis previsto para ellos. Me gustaría saber adónde tenéis pensado mandarlos. Entre otras cosas, para poder mejor estimular sus esperanzas y de paso ganarme su confianza.

No lo dudó.

—A las quince familias malagueñas que llegaron en el buque San José, con casi una total seguridad les daré tierras en el poblado que hemos convenido en llamar Nueva Iberia. Contando a los niños y esclavos que los ayudarán a cultivar y cuidar el ganado, son ochenta y dos las almas que sin duda harán de aquel lugar un buen asentamiento. Ya le he dado órdenes a su capitán Antonio Caballero para que los embarque de nuevo y los deje en la orilla derecha del río Bayú Teché. Cuidadlos mucho hasta que amaine el tiempo y puedan remontar el río. Llevan cerca de ocho meses de viaje, han perdido a varios de los suyos en el tránsito y aparentan estar exhaustos. —Suspiró—. Poned especial cuidado en atender a la mujer del coronel Francisco Bouligny y a los de las familias Romero y Segura. Recuerda que son mis paisanos y muchos de ellos vienen sin saber demasiado sobre lo que se encontrarán.

»Confío en vos, querida, para que con suma delicadeza vayáis borrando la huella de la ignorancia que algunos de ellos parecen traer en la sesera. Explicadles sin asustarlos que no todo el monte es orégano y que compartirán tierras con los indios techis machas de Atacapa. Son amigos, pero conviene alertarlos, sin alarmarlos, sobre los riesgos a los que se podrían enfrentar si algo cambia en nuestros acuerdos con ellos.

Asentí.

—Descuidad, velaré por ellos e intentaré cumplir con vuestro cometido sin trastocar demasiado la realidad.

Dio otro sorbo a su copa antes de proseguir:

—Al resto los tendremos un poco más de tiempo en Nueva Orleans. Al menos hasta que tomemos alguno de los fuertes ingleses. Una vez los recuperemos, quiero que estos, junto a otros franceses que quieren dejar Nueva Orleans, ocupen las casas que queden libres en las plazas que me dispongo a tomar. Sin duda, al repoblar terrenos antes habitados, tendrán las cosas más fáciles que los malagueños, que partirán de cero. Eso..., claro está, si no nos vemos obligados a quemarlo todo en el asedio. Espero que la rendición sea rápida.

Me santigüé.

—Dios no lo quiera.

Los días que duró el huracán pasamos miedo. El ulular bramante del viento, sacudiendo árboles, portones mal asegurados y barcos mal adrizados aterraba incluso a los más valientes.

La pujanza del huracán arrancaba todo lo que a su paso encontraba llevándolo a muchas millas de distancia, y hubo una noche que escuchando su atronador rugido llegué a temer incluso por la integridad de las piedras que conformaban nuestra muralla, aquella que hacía tan poco había reforzado O'Reilly y donde habíamos cobijado a todos los que nos solicitaron amparo.

Solo cuando el tifón terminó de zarandearnos con su inusitada rabia nos atrevimos a salir. Con la precaución debida, por si cualquier cosa, ya fuese una teja, una rama o una maceta, vapuleadas y aún pendientes de un hilo, decidiesen desprenderse a nuestro paso, recorrimos nuestra querida Nueva Orleans sobrecogidos por el eco de desolación que surgía.

Las casas, totalmente derribadas, parecían querer emular a las lápidas de un cementerio. Las cosechas totalmente arruinadas clamaban hambruna y los cadáveres de muchos animales insepultos ya envenenaban las aguas bebibles presagiando una más que probable epidemia.

Los días siguientes Bernardo apenas durmió. Lejos de sentirse superior o diferente al resto de los hombres de Nueva Orleans, no dejó pasar una oportunidad para comprometerse y arrimar el hombro en las labores de reconstrucción. Aquel azote de la naturaleza, además de haber destrozado media ciudad, había mermado en mucho los planes que había trazado para ayudar a la guerra del norte.

Las aguas de la bahía, ya en calma, asemejaban a un espejo sembrado de naufragios. Los mástiles de aquellos barcos, que hacía poco iban a servir a su propósito, asomaban a medio hundir como un bosque de árboles de hoja caduca en pleno invierno.

La desolación abrumaba y sin embargo nadie se achantó ante la adversidad. Apenas hacía unas horas que había pasado el temporal y el golpear de los martillos arreglando el desastre resonaba como la rítmica música de los tambores de los esclavos en días de algazara.

Casi todos los que allí morábamos, desde el más pudiente al más humilde, estábamos acostumbrados a luchar y afrontar con la cabeza bien alta cualquier adversidad, y aquella vez no sería diferente. Todas las almas unidas de Nueva Orleans se vincularon con una misma causa común, la de volver a la normalidad lo antes posible.

Hombres, ancianos, mujeres y niños, indiferentemente de nuestra clase o raza, nos arremangamos para trabajar con ahínco y en el transcurrir de los días siguientes fuimos ganando el pulso a la catástrofe de manera que la profunda herida provocada por el huracán empezó a cicatrizar.

Los troncos caídos habían desaparecido transformados ya en la leña que calentaría el invierno, las tejas arrancadas habían sido repuestas y algunos de los barcos ya habían sido reflotados.

Había llegado el momento de retomar los planes trazados con anterioridad al huracán. Bernardo, preocupado por la carga que había dejado en custodia a sus más fieles seguidores, al comprobar que no se había dañado, se alegró y, visitando personalmente a unos y otros, comenzó a preparar el que sería el primer ataque a los fuertes ingleses.

Las capturas de Fort Bute en Manchac, Fort New Richmond en Baton Rouge y Fort Pamure en Natchez no podían demorarse más porque, entre otras cosas, era la prueba que pondría una fecha de inicio a lo diplomáticamente prometido a las Trece Colonias cuando el rey Carlos III declaró abiertamente la guerra a la Gran Bretaña el pasado veintiuno de julio.

España definitivamente intervendría en la guerra de Independencia de los Estados Unidos del lado de los patriotas para terminar de una vez por todas con el dominio inglés sobre las tierras de América del Norte, y el pistoletazo de salida en este afán se dispararía desde Nueva Orleans.

Y así fue como, tan solo nueve días después del paso del huracán y una vez armadas de nuevo las barcazas, aquella mañana las mujeres de Nueva Orleans acudimos a los pantalanes a despedir a los hombres que partían a la guerra.

Mi marido, padre y hermanos, perfectamente uniformados, embarcaban dispuestos a triunfar.

Padre por fin probaría en fuego real a su compañía blanca. Compuesta en su mayoría por levas nativas, contrastaba con las formadas por soldados regulares españoles y las milicias acadianas que estaban a las órdenes de Bernardo.

La fecha para tomar el primer fuerte británico, según lo planeado, sería el próximo siete de septiembre. Si nada se torcía hasta entonces y según el plan de derrota, los esperaban unos once días de navegación a contracorriente.

Se me encogió el corazón al ver cómo desaparecían detrás del meandro río arriba. Quizá nunca más volviese a ver a Bernardo o a mi padre, ¿y si fuesen mis hermanos los caídos? Sentí la mano de mi madre asiendo fuertemente la mía en silencio. La miré y en sus ojos vi reflejado mi mismo temor.

Bastaron dos palabras de Ágata para calmar nuestro desasosiego.

—Tornarán triunfantes.

No regresaron hasta finales de octubre. Fueron casi dos eternos meses durante los cuales, presa de la incertidumbre y el miedo, me entregué por completo al rezo para rogar por ellos, a las últimas labores de reconstrucción, a las familias malagueñas y canarias cuya custodia me había encomendado Bernardo y al cuidado de nuestras pequeñas.

Bernardo venía a bordo de la primera barcaza. Me alegré al distinguir su figura en proa. Estaba agotado. Cenamos solos y, aunque sabía que habían ganado, no quise cansarle más de lo debido con preguntas que sin duda él ya me aclararía en cuanto restableciese las fuerzas.

Apenas terminamos, quiso que le acompañase a nuestros aposentos. A pesar de andar exhausto me tomó con un ímpetu inusitado. Nada más terminar con su primera embestida, cayó como un leño.

Concilió el sueño de tal manera que durmió más de doce horas seguidas. Viniendo de una guerra rezumaba paz. Por un segundo dudé si habría echado más de menos a nuestro lecho limpio y mullido que a mí misma.

Di gracias a Dios por nuestro reencuentro consciente de mi fortuna, ya que mientras muchas mujeres que como yo habían podido celebrar el regreso de sus hombres con el correspondiente júbilo y un tedeum en la iglesia de San Luis, otras muchas desgraciadas lo que celebraban eran funerales sin tener ni siquiera un mísero cuerpo que sepultar.

Tumbado boca arriba, Bernardo comenzó a despertar.

—Lo hemos conseguido.

Sonreí.

—Lo sé por mi hermano Maximiliano, que se os adelantó y llegó hace unos días para embarcar de inmediato hacia la metrópoli y llevar la buena nueva.

Bernardo se incomodó ligeramente.

—Le mandé que regresase rápido para comunicárselo al Gobierno de las Indias consciente de que el portador de tan buenas noticias siempre es premiado *a posteriori*. Quién sabe, lo mismo le ascienden.

—A mis padres les ha hecho ilusión que demostraseis tanta confianza en él. Sin duda, la oportunidad que le brindáis le servirá de catapulta.

Sonrió.

—Ya sabéis que siempre hago lo que está en mis manos para el engrandecimiento de vuestra familia y vuestro padre; desde que la Luisiana dejó de ser francesa siempre ha demostrado su incondicional fidelidad a España. Maximiliano se merece esto y mucho más.

—Dios os oiga, porque mi hermano sueña desde niño con llegar a ser general.

Pensativo, regresó a su reciente victoria.

—Felicitas, quizá no os dais cuenta de la verdadera envergadura de este hito. No solo hemos conquistado los tres fuertes que me propuse. Uno por asalto, otro por capitulación y otro por cesión; esto trae mucha más cola de la aparente y conlleva un trasfondo político y táctico que aún estará por llegar a la guerra de la Independencia.

Le miré sorprendida.

—No quiero resultar vanidoso, pero espero que nuestros triunfos en el margen izquierdo del Misisipi se reflejen en otras victorias para los patriotas. ¿Os dais cuenta de que a partir de ahora la navegación de nuestros aliados por el río será completamente pacífica? Esto relajará la presión que los ingleses ejercen sobre ellos en Georgia y Carolina del Sur y, si consiguen vencerlos en estos frentes, bien podrían conseguir que se unieran sus ejércitos del norte con los del sur.

»Quizá lo más satisfactorio de todo es que les hemos cortado de cuajo la posibilidad de atacar Nueva Orleans y a partir de ahora podremos vivir más tranquilos sin temer su constante amenaza de asedio. ¿Lo entendéis, querida? ¿De veras queréis que os lo cuente, Felicitas?

Sabía por experiencia que una negativa no hubiese servido de nada.

—Solo si vos lo queréis. Hay cosas que conviene rememorar y otras que, como los dos sabemos, es mejor enterrar en lo más recóndito de nuestro recuerdo para no seguir sufriendo.

Inspiró.

—Pensábamos haber recorrido las treinta y tres leguas que separan Nueva Orleans de Manchac en mucho menos tiempo, pero varios factores nos lo impidieron. Bosques espesos, caminos impracticables y zonas pantanosas e infestadas de enfermedades que no habíamos previsto nos sorprendían a diario.

»Pero no todo era malo. Desde que salimos, me preocupaba el hecho de que nos superaran en número y gracias a Dios, de camino hacia Manchac y al pasar por la costa de los Alemanes y por los poblados de los acadianos, pude reclutar hasta seiscientos hombres de todas las castas y colores y otra centena y media más de indios. Con ello conseguí que fuésemos casi mil quinientos hombres.

»Una de cal y otra de arena. Después de tomar el primer fuerte, aquello me garantizaba el éxito casi seguro en el resto de la campaña si no fuese porque en los once días contiguos de la marcha muchos de los recientemente alistados enfermaron. El paludismo hizo mella en mis filas y las bajas que tuvimos que dejar en el tránsito del camino, enfermos o sepultados, fueron cuantiosas. En el último recuento antes de atacar, calculamos a ojo de buen cubero que podrían llegar a un tercio de nuestros hombres.

»A los que quedaban, temiendo que pudiesen desertar en el momento más inoportuno, procuré tratarlos con afabilidad y lisonjas. Uno a uno los alenté por igual, importándome poco si era indio, criollo, negro o soldado español, porque necesitaba que todos se entregasen de corazón y creyesen con el ardor de un valeroso soldado en la causa que perseguíamos.

»He de deciros, querida, que debí de ser convincente, porque no me defraudaron. Según lo previsto, las compañías de negros y mulatos libres intervinieron en las avanzadas, falsos ataques y descubiertas, y siempre escopeteándose con el enemigo con el mismo valor, humanidad y desinterés que los blancos. Los indios, por otro lado, dieron un bello ejemplo de humanidad, por lo que pediré que a muchos de ellos los condecoren según su hazaña. Todo ello sin que faltase un ápice de orden, disciplina y concordancia.

»La madrugada que atacamos la guarnición inglesa, esta se sorprendió sobremanera al vernos aparecer. Sin duda, nadie los había avisado de que España les había declarado la guerra y aquello nos facilitó el camino posterior a Baton Rouge. No tuvieron tiempo para mandar a nadie que los alertase.

»El primero en entrar en el fuerte fue vuestro hermano Gilberto. Lo hizo por la única tronera que, aunque angosta, sabía que le permitiría el paso. Como sabéis, nos había preparado el terreno uno de los espías que hace meses envié a infiltrarse entre los ingleses haciéndose pasar por un francés enfadado con los españoles. Aprovechó los cuarenta y dos días que pasó con ellos, para después de ganarse su confianza elaborar el minucioso plano del fuerte con todas esas fisuras que utilizaríamos. Una vez en el interior, nos abrió los portones y lo tomamos al asalto sin padecer ni causar una sola baja. Tan solo tuvimos que correr un poco tras los que huyeron para detenerlos y apresarlos, no fuesen a avisar o buscar refuerzos. Apenas descansamos un par de días antes de seguir camino hacia el siguiente objetivo.

Inspiró profundamente. Suponiendo que el monólogo duraría dos tercios más como mínimo, me recosté en su pecho.

—Baton Rouge estaba mucho mejor defendido que Manchac. Lo rodeaba un foso de cinco metros y medio de ancho y casi tres metros de profundidad, altas empalizadas y una pequeña muralla. Trece cañones apuntaban a nuestras huestes y sabíamos por los informantes que habría unos mil trecientos hombres defendiéndolo, entre soldados y negros armados. El resto de los que allí se cobijaban eran ancianos incapaces ya de luchar, mujeres y niños.

»Se imponía atacar de inmediato. La primera noche de luna nueva, sabiendo que no nos podían ver, mandé a los zapadores que completamente a oscuras cavasen una trinchera para esconder nuestra batería de cañones. Aunque teníamos tres menos que ellos, sabía que eran de mayor calibre y aprovecharía la ventaja. Aun así, nos apuntaban. Para sorprenderlos, era importante que distrajésemos a la guarnición enemiga engañándolos de tal manera que acabasen por trasladar su artillería a un lado del fuerte donde no estuviese el grueso de mi ejército. Mientras unos cavaban, mandé a parte de los negros e indios de las milicias blancas de vuestro padre a que circunvalasen el fuerte iluminados por muchas antorchas, y que ya en el otro lado encendiesen fogatas y se pusiesen a dar hachazos en medio del bosque de tal manera que desviasen su atención y les hiciesen creer que habíamos trasladado el campamento.

»Lo conseguimos y, al amanecer del día siguiente, cuando la

niebla levantó, los comenzamos a bombardear desde otro lugar que no se esperaban. En tan solo tres horas y media, el fuerte se mostraba tan acribillado que no pudieron hacer otra cosa que enviarnos a dos oficiales para capitular. Previa la toma de posesión, acordamos por deferencia dejarles un día para que pudiesen dar sepultura a sus muertos antes de abandonar el lugar.

»Cuando el crujir de sus derrengadas puertas dio paso a la procesión de almas que allí se cobijaban, por respeto al vencido, ordené silencio a mis hombres. Los primeros en salir fueron los colonos y esclavos que vivían en las haciendas de los alrededores y que, sabedores de nuestro ataque, días antes se habían refugiado al amparo del fuerte. Como es costumbre, los dejé marchar a sus casas en paz. Tras ellos casi seiscientos casacas rojas y otros cuatrocientos hombres de tropa recorrieron los quinientos pasos que nos distanciaban de la empalizada para rendirme sus armas y entregarme sus banderas inglesas. La mitad de ellos quedaron como prisioneros.

»Rendido Baton Rouge, también lo estaba el fuerte Panmure, al haberse acordado a la par las capitulaciones de los dos fuertes. Antes de regresar, consideré suficiente dejar a un reducido destacamento de unos cincuenta hombres para hacer cumplir su rendición. Oliver Pollock se ha quedado con ellos para ayudarles si la misión se complicaba. ¡Cómo me hubiera gustado poder mandar a Juan Miralles al norte para informar a George Washington de nuestra victoria contra nuestros comunes enemigos!

Suspiré desconsolada. Hacía más de un mes que nos había llegado la noticia de su fallecimiento en casa del mismo Washington, y aún no había sido capaz de escribir a mi amiga Pepita para darle el pésame en condiciones, a pesar de que ella misma ya me había escrito contándome cómo se enteró. No me lo podía creer.

—Sin duda lo hubiesen celebrado los dos amigos juntos. Miralles ha dejado una gran huella no solo en su familia. Está claro que no somos los únicos que le echamos de menos: en los Estados Unidos que han formado las Trece Colonias nunca se olvidará la labor que hizo al jugarse la vida disfrazado de fraile para traernos su información. De todo el servicio secreto que trazasteis, sin duda él fue vuestro mejor mentor y espía.

Bernardo sonrió recordándole.

—¿Os acordáis de aquellos polvorientos hábitos con los que solía vestir para pasar desapercibido? Fray Antonio Sedella se hacía llamar. Estaba seguro de que nadie asaltaría a un pobre fraile y acertó.

A mi mente vino su imagen desapareciendo entre la bruma mañanera río arriba. Aquella vez llevaba tantas monedas bajo el hábito que las costureras tuvieron que hacerle una especie de faltriquera que se colgó por delante, bajo los ropajes. A punto estuvo de volcar la barcaza con aquella tripa, según él, cervecera.

—Viéndole de tal guisa, nadie podría haber sospechado que era un rico comerciante español. Aquella vez, si mal no recuerdo, su amigo Washington le había escrito solicitando su ayuda al haberse quedado sin recursos, y él, después de recaudar todo lo que pudo y más para la causa, quiso entregárselo en persona. Precisamente durante vuestra ausencia recibí una carta de Pepita, su mujer, desde La Habana. Martha, la mujer de Washington, le había escrito haciéndola partícipe de los funerales de honor que le dedicaron.

»Me asegura que George hizo llamar a los mejores barberos y cirujanos, pero apenas pudieron hacer nada para enfriar sus calenturas o calmar las incesantes toses que parecían querer arrancarle los pulmones del pecho. Murió en su propia casa, dedicando sus últimos pensamientos a su mujer e hijos y habiendo recibido los santos sacramentos.

Bernardo asintió, pesaroso.

—Cuando le contestéis, decidle que aquí también le dedicaremos las misas correspondientes por su alma, y poned empeño en transmitirle nuestro profundo pésame. Sus sesenta y siete años jamás le pesaron y siguió sirviéndonos hasta el final.

—Mañana mismo le escribo.

De repente, algo acudió a su mente. Me miró solícito.

—Antes me gustaría que hicieseis otra cosa.

Abrí los ojos en señal de expectación.

—Es importante que aviséis a todas las mujeres para que estos días intenten ser especialmente precavidas.

Le miré desconcertada.

—He traído a una gran parte de los presos ingleses a Nueva Orleans. Por ahora, no puedo mandarlos a La Habana, pues andan por allí desbordados los presidios. En nuestra cárcel tampoco andamos sobrados, así que tengo la intención de dejarles bastante libertad de movimientos. Sobre todo a los oficiales, a quienes permitiré embarcarse hacia Inglaterra siempre y cuando antes juren no tomar las armas de nuevo en nuestra contra.

—¿Y confiáis en su palabra?

—Un oficial, sea cual fuere el uniforme que vista, se supone un hombre de palabra. Además de que no tengo más remedio. Mis hombres necesitan descansar, y si mientras tanto esos desgraciados osasen molestar a nuestros ciudadanos, tan solo contaría con algunas patrullas, a mi modo de ver insuficientes, que se pudieran encargar de evitarlo.

»Ellos están deseando irse, y nosotros les tenderemos un puente de plata para hacerlo. Aquí se sienten humillados y apaleados, así que no dudéis que se irán en cuanto tengan la más mínima ocasión. Para ellos es denigrante ser testigos de las celebraciones de nuestra victoria. Con orgullo y sin pecar de grandilocuente os aseguro que regresamos porque ya no había nada más que conquistar y eso es precisamente lo que a ellos más les duele. Mi querida Felicitas, sobre el mapa son más de cuatrocientas treinta leguas de las más pingües y fértiles tierras las que les hemos arrebatado para el reino de España.

No pude evitar mirarle con cierto arrobo. Al percibirlo me abrazó muy fuerte.

—Sí, Felicitas. Sin dejarme tentar por la vanidad, a vos os lo puedo decir sin remilgos: esta conquista no es solo la de una heredad más. Estas tierras complementan a las que ya poseíamos, y facilitarán en mucho el comercio de todo tipo de mercancías. A partir de ahora transitaremos por el río sin miedo al saqueo enemigo, y Luisiana prosperará en todos los sentidos.

»Ahora por fin podremos ayudar a la independencia de los Estados Unidos de América como a mí me hubiese gustado desde un principio, sin secretismos y asemejándonos a lo que hacen desde hace tiempo los franceses. —Continuó elucubrando—. Quién sabe, lo mismo dentro de poco nosotros, además de aportar toda esta ayuda económica, también podemos ayudar con tropas a los estadounidenses, al igual que nuestros aliados franceses, los generales La Fayette y De Rochambeau.

Alguien repentinamente tocó a la puerta.

—¡Su excelencia!

Bernardo se incorporó en la cama mientras yo cubría mi desnudez con la sábana.

—¡Dígame, sin entrar!

—¡Un buque inglés ha abordado al de su cuñado Maximiliano frente a Nassau! Le tienen preso junto a toda la dotación y piden un rescate.

Bernardo saltó de la cama, corrió las cortinas de nuestro dosel para salvaguardar mi privacidad, se puso el calzón y abrió la puerta.

Su secretario portaba un billete en las temblorosas manos. Bernardo prácticamente se lo arrancó mientras mascullaba entre dientes:

—Tan solo espero que tuviese tiempo de tirar los despachos por la borda, ya que llevaba en su bufete mi próxima intención de tomar la Mobila y Pensacola.

XIII

UN SUEÑO POR CUMPLIR

LA RECONQUISTA DE LA FLORIDA

Quiere S. M. que sin demora alguna se forme una expedición compuesta de las fuerzas de mar y tierra que puedan juntarse y se acometa a la Mobila y Panzacola, que son las llaves del Seno Mexicano, destacando antes o después divisiones que recorran y limpien de ingleses las márgenes del Misisipi, el cual debe mirarse como el antemural del vasto Imperio de la Nueva España.

Extracto de la carta de José de Gálvez, gobernador de las Indias y tío de Bernardo, al gobernador de La Habana, José Navarro

Apenas oí que su secretario cerraba tras de sí la puerta, abrí las cortinas del dosel. Un gélido escalofrío me recorrió el cuerpo al imaginar lo que aquellos corsarios podrían hacer a mi hermano Maximiliano. Aquella funesta noticia terminaba de cuajo con la tradicional réplica en nuestros juegos amorosos al amanecer tras una larga ausencia.

Bernardo no disimuló su preocupación. De hecho, apenas terminó de leerme en alta voz las exigencias de los corsarios, se asomó a la puerta donde su secretario aguardaba y le apremió para que congregase a todos sus asesores.

Lo único que teníamos claro era que había que actuar con rapidez. Sabíamos que Maximiliano y los oficiales del barco no eran para aquellos piratas más que una mercancía valiosa con la que trapichear, y no sería la primera vez que una posible demora en el pago de sus rescates provocase su vil asesinato.

En Nassau las atrocidades más inconfesables se repetían a diario. La maldita isla era un nido de desertores, piratas, asesinos y putas. Allí se daban cita hediondos canallas que, alimentados por el odio, la obscena inmoralidad y el espinoso ateísmo, desconocían por completo lo que la palabra piedad podría significar.

Bernardo, desde que supo la noticia, apenas había necesitado un par de días para reunir el rescate y otro para aprovisionar un barco que, fuertemente custodiado, levó anclas poniendo rumbo al temeroso destino y, a pesar de su rápida partida, seguíamos sin noticias de ellos.

Con el transcurrir del tiempo la impotencia fue creciendo en nosotras. El mes siguiente al apresamiento de Max, mi madre y yo sufrimos juntas el acoso de la incertidumbre evitando siempre pensar en lo peor.

Todos los días al despertar subíamos los peldaños de las escaleras de las murallas, abrigadas por un delicado manto de esperanza. Apenas mirábamos entre las almenas, este se despedazaba en jirones al no encontrar en el fondeadero de la bahía el barco que buscábamos.

Sin rendirnos al desaliento, solíamos luego acercarnos a la capilla de casa para rezar una plegaria por la salvación de mi hermano, ya que para aquellas gentes de mal vivir no sería la primera vez que degollaban a sus cautivos aun después de haber recibido el pago de su rescate.

Y así, durante casi dos meses, hicimos de nuestros anhelos y plegarias nuestra rutina. Tanto soñamos con ver el barco regresar, que cuando aquel atardecer apareció entre la bruma, tardamos varios minutos en terminar de creérnoslo, suponiéndolo el reflejo de nuestra ilusión.

Aquella noche Bernardo pudo al fin brindar por la liberación de Maximiliano y sus oficiales. Era tal el júbilo, que allí mismo le ascendió a capitán del segundo batallón del regimiento de infantería fijo de la Luisiana, entre otras muchas cosas, por haber sabido deshacerse a tiempo de los despachos que podrían haber delatado sus futuras intenciones en los ataques a diferentes enclaves británicos.

Hartos de los constantes desaires, tan solo pensaba en cómo vengarse. En torno a la mesa, por segunda vez brindaron convencidos de que el desagravio vendría de la mano de una reconquista, la de los territorios de la Florida que un día descubrió Juan Ponce de León y que pasados los siglos nos habían arrebatado.

Bernardo había cambiado el plano que antes dibujaba la ya

completada derrota, Misisipi arriba, por otro en el que se perfilaba la costa. Como en el anterior, varios alfileres con cabezales rojos se concentraban sobre los principales asentamientos británicos de la Mobila y Pensacola. Hacía tiempo que, según las noticias que le llegaban de Roberto Panis, otro de sus más prestigiosos espías, cambiaba los alfileres y otras piezas móviles del mapa de lugar.

Y pasaron las semanas sin más cambios. Los eternos silencios de Bernardo con la mirada puesta en la mar denotaban su impaciencia por tomar los nuevos objetivos y yo, sin atreverme a preguntar demasiado, sabía que no tardaría mucho en partir de nuevo.

Me acerqué al plano para mostrarle mi interés. En realidad, no me importaba tanto la estrategia a seguir como la fecha en la que tuviese pensado partir. Al sentir mi presencia a su espalda, se dio la vuelta para mirarme a los ojos.

—¡Esto es desesperante, Felicitas! Ardo en deseos de terminar con el cometido que, hace ya demasiado tiempo, me encomendó mi tío José ejerciendo de ministro de su majestad el rey y, sin embargo, aparte de nosotros, nadie más parece haberse hecho eco de los regios mandatos. En La Habana saben que necesito más barcos de los que tengo y una dotación de siete mil hombres como mínimo. No hago más que requerírselos al gobernador y este, al igual que hizo en mi campaña por el Misisipi, tan solo inventa absurdas excusas para demorarse en el envío.

»Ahora va y dice que tiene demasiados prisioneros en La Habana que custodiar, y que no puede prescindir de parte de su guardia, y así me regatea hombres en cada una de sus misivas. ¡Figuraos que tan solo pretende mandarme a quinientos sesenta y siete! ¡Qué voy a hacer con tan poca ayuda! ¡Pamplinas! ¡Ya no sabe cómo dilatar en el tiempo el inexorable cumplimiento de una orden real!

Desesperado, pegó un puñetazo sobre la mesa e inspiró profundamente para recuperar la calma. No era común en él dejarse llevar por un arrebato, y mucho menos demostrarlo con semejante agresividad.

—Sosegaos, Bernardo. La precipitación nunca fue una buena consejera.

—¿Sabéis que hay muchos que, vilipendiando mis méritos, aseguran que mi éxito en la ribera del Misisipi tan solo fue debido a un golpe de suerte?

Enrojeció de nuevo, e intenté apaciguarle:

—Suspicaces mentiras de aquellos que se reconcomen en su propia desidia. En realidad, seguro que se arrepienten de no haberos ayudado. De haberlo hecho, ahora podrían pavonearse de haber ganado a vuestro lado, pero no lo hicieron, así que dejadlos ahogarse en su propia bilis, porque la envidia es el pecado que más daño hace a quien la padece. ¿Es que no veis que tan solo son pataletas provocadas por los celos?

Resopló.

—Sea lo que fuere, partiré en breve con o sin su ayuda. Como antes hice con los fuertes río arriba, les demostraré que puedo conquistar la Mobila tan solo con las tropas de Nueva Orleans. Seguro que después de eso ya no podrán negarme su refuerzo para seguir hacia Pensacola.

Me angustié. Aunque me lo ocultase, sabía que aquellos eran objetivos mejor fortificados y defendidos que los ya conquistados. Por lo que le había oído explicar a sus hombres sobre aquel dichoso mapa sobre el que daba una y mil vueltas, los cañones de Pensacola eran de mayor calibre que los de nuestros barcos, y solamente por ello la conquista sería sumamente arriesgada por mar. Según los cálculos de los mejores artilleros, la flota podría ser hundida nada más ser avistada, por lo que su valentía al proponerse atacarlos sin más estaba a un tris de convertirse en suicida osadía.

Inmerso en sus pensamientos se comportaba como si el hastío provocado por la soledad de su mando le martirizase por dentro.

Cambiando un alfiler rojo de sitio sobre el plano, musitó para sí mismo, como si por un momento se hubiese olvidado de mi presencia:

—Está claro que la Mobila es la que abastece a Pensacola. Si acabamos con ella, Pensacola languidecerá desprovista de muchos enseres necesarios y tendremos más posibilidades de tomarla. Definitivamente, tenemos que tomarla ya y sin más demora, no vayan a rearmarse. Una vez haya caído la primera, ya pensaré en una estrategia para terminar con la segunda.

Sus resueltas palabras no dejaban lugar a la duda, de nada serviría intentar convencerle de lo contrario. Intenté que regresara conmigo desde allí donde andaban perdidos sus pensamientos.

—¿Estaréis el día de Reyes en casa u os marcharéis antes? Quedaos al menos a pasar la Navidad entera. Las niñas lo agradecerían.

Asintió.

—Mañana convocaré a mis oficiales para ultimar detalles. Les diré que prevengan a los mil trescientos hombres que conforman el ejército de Nueva Orleans de nuestra inminente partida la semana siguiente del día de Reyes para que disfruten al máximo las festividades con sus familias. Quizá el próximo día once sería un buen día para pasarles revista.

Me miró fijamente a los ojos.

—Mi querida Felicitas, no será fácil, así que no nos vendrá mal que empecéis a rezar para que Dios nos ayude en esta nueva conquista de la Florida Occidental como es menester y desea nuestro rey. —Inspiró—. Equilibraremos la balanza de nuestros mermados medios con vuestras plegarias, nuestras férreas voluntades y un poco de suerte. Dios quiera que no encontremos excesivos escollos en el camino ni tardemos demasiado en cumplir con los objetivos marcados, y así podré quitar el miedo a quien tenga honor y valor.

Un escalofrío me recorrió el cuerpo. Para mí el miedo, siempre en su lógica medida, era más sinónimo de precaución que de cobardía, pero no se lo diría porque tampoco pretendía volver a discutir sobre su osado proceder.

Temí por él y por todos sus hombres, pero contuve mi impulso callando una vez más. Sabía que mis temores, unidos a los desaires que últimamente le había brindado el gobernador de La Habana, podrían terminar por enervarle sobremanera. Partiría independientemente de mi consenso, y por eso opté por pasar junto a él las que, si Dios no le brindaba todos los apoyos requeridos, podrían ser nuestras últimas Navidades juntos.

Aquel catorce de enero, las mujeres de Nueva Orleans acudíamos de nuevo al puerto con las entrañas encogidas. Las vivencias de cuando por primera vez embarcaron Misisipi arriba se repetían en cada recoveco de aquella ribera.

Mi hija Adelaida, intuyendo mi desazón, se abrazó a Bernardo como si de su propio padre se tratase. Él la correspondió e hizo la señal de la cruz en la frente a la pequeña Matilde que, ajena a todo en los brazos de Nana, jugaba oreando un pañuelo al viento. Afortunada ingenuidad que la libraba de la congoja de una dolorosa despedida. Por último, me abrazó con todas sus fuerzas y me besó ardientemente.

—Prometedme que no dejaréis de rezar por nosotros.

Asentí:

—Empezaré rogando a Dios para que salgáis libres del río sin demasiados altercados.

Sonrió.

—Tan solo será la primera barrera que encontraremos.

No éramos los únicos que derramábamos amor. Como la familia del gobernador, el resto de los hombres, independientemente de que fuesen soldados uniformados con las enseñas de los regimientos de España, del príncipe, La Habana y la Luisiana; de que fuesen milicianos blancos, pardos o morenos; artilleros o carabineros, esclavos o angloamericanos, se fundían con sus mujeres en fervorosos abrazos difíciles de separar.

Poco a poco fueron embarcando. Padre lo hizo en la fragata El Volante, Maximiliano, mi hermano, en el paquebote Kaulicán, y Bernardo en el Galveston; aquel barco de unos treinta metros de eslora era su preferido al habérselo regalado Pollock después de arrebatárselo a los ingleses en el mismo lago Pontchartrain un par de años atrás.

El resto de la tropa se fue repartiendo entre las saetías, bergantines y la galeota que aguardaban fondeados frente a la orilla. Desaparecían a favor de la corriente.

Ágata tarareó una canción india que solíamos cantar de niñas y recordé la letra en la que un águila sobrevolaba las revueltas aguas del río antes de morir en el mar.

Fue premonitoria, pues las siguientes noticias que tuvimos de ellos fueron que, como nos temíamos, habían perdido casi dos semanas en el delta del Misisipi antes de alcanzar mar abierto. Aquellos terrenos pantanosos hicieron encallar a los barcos de más calado.

La desembocadura del río, cuajada de unas traicioneras y cambiantes bocas, una vez más atrapaba entre sus fangos a quienes osaban retarla. El caso es que, si bien no hubo que lamentar ahogados, sí perdieron un valioso tiempo reflotando a los barcos atorados entre los bajos de arena.

Al mes siguiente perdimos todo contacto con ellos, y como Bernardo me solicitó, tan solo pudimos rezar. Hice una cadena de oración a la que se unió la mayoría de las mujeres, hijas y madres de los embarcados. El padre Cirilo controlaba que esta no se rompiese ya que acordamos que, dada la cercanía de la iglesia de San Luis, casi todas podían orar frente al altar.

No era raro el día en el que, cumpliendo mi turno, arrodillada en la primera bancada, se me unía otra mujer para doblar las plegarias previamente estipuladas. Todo era poco ante la falta total de comunicaciones. No nos quedaba otro consuelo en la soledad.

Y pasaron los meses hasta que un día apareció en la bahía uno de los paquebotes que había partido con ellos. No fue difícil distinguir entre los hombres que desembarcaron en la primera barcaza la calva de mi señor padre. Madre fue a abrazarle, y tras ella le besé en la mejilla con una mirada implorante.

Sonrió.

—Todo bien, Felicitas. Un éxito rotundo que os contaré en cuanto me asee y descanse, si no os importa.

Asido al brazo de mi madre, tomaron ambos el carruaje para

dirigirse a su casa. Madre descorrió el cortinaje y me gritó ya en marcha:

—¡Venid a cenar y comentemos!

No daba crédito a lo ocurrido. Que yo fuese la gobernadora, a mis padres, después de tanto tiempo separados, les importaba poco. Antes estaba ese momento inigualable e íntimo en el cual un matrimonio se reencuentra después de una larga separación. Los envidié, porque aún yo tendría que esperar unos días a mi marido para disfrutar de su mismo gozo.

Un marinero me entregó un billete. Tenía el lacre de Bernardo.

Querida mía.

Siento no haber podido llegar el primero, pero no tardaré. Os lo prometo. Ardo en deseos de abrazaros, tomar un baño y dormir en una cama limpia y posada con la esperanza de que el mareo de tierra no me tambalee.

Tan solo os puedo decir que aquellos hombres que con valor me siguieron lo consiguieron. No ha sido fácil y de nada nos hemos librado.

Desafiamos los fondos del callao que a punto estuvieron de hacer naufragar al Galveston, a El Volante y a otras cuatro embarcaciones menores llenando de hasta nueve pulgadas de agua nuestras bodegas. Topamos con lodazales. Avistamos horizontes oscuros, tormentas y relámpagos que nos asediaron inmisericordes, pero nada consiguió achantarnos ni un ápice hasta que por fin conseguimos llegar a la Mobila.

Los más afortunados de la tropa posaron los pies en una playa desierta a la que llegaron en balandras, para socorrer a otros 800 náufragos que lo tuvieron que hacer a nado. Estos últimos, al haber encallado sus embarcaciones, si bien salvaron la vida, venían desnudos sin haber podido salvar un tonel de víveres, armas, cañones o municiones, por lo que temí por ellos y por cómo los mantendríamos el resto de la campaña.

A tres leguas de Mobila apresamos a un tal Roberto Holms,

vecino y hacendado de Pensacola o Panzacola, como muchos por aquí la llaman. Ordené que le interrogasen. No hizo falta mucha presión para que hablara.

Prometerle que respetaríamos sus tierras fue suficiente para que nos facilitase un plano bastante detallado de las defensas de Pensacola.

Levanté la vista de la carta para mirar al cielo y dirigirme figuradamente a él:

—Aún no habíais tomado la Mobila y ya especulabais con el siguiente objetivo.

Continué leyendo:

Preparando el asedio y para engañar al hambre, pues había podido darles tan solo un cuenco de arroz para comer al día, puse a unos a hacer escalas para trepar a la muralla mientras otros disponían estratégicamente la batería de cañones que habían desembarcado de El Volante apuntando al fuerte Charlotte, el más importante bastión de defensa de la Mobila.

Y así aguantaron durante doce días.

Hacía poco más de un mes que habíamos partido de casa y los ánimos empezaban a flaquear, hasta que un día vimos aparecer al primer barco de la flotilla con refuerzos que mandaba el gobernador de La Habana.

Aquella noche, como si un milagro se obrase, todos olvidaron los infortunios pasados y se insuflaron de fuerzas.

Pronto atacaríamos. Los ingleses sabían ya de nuestra presencia, pero creían que éramos muchos menos, porque previamente me había encargado de mandar a dos infiltrados que les contaron que habíamos perdido a muchos hombres y estábamos muy mermados.

Querida, os ahorro los pormenores del asedio de los que ya os enteraréis por vuestro padre. Tan solo os diré que Elias Durnford, el comandante de la Mobila, aunque en un principio se resistió a capitular a pesar de la inferioridad numérica, al final tuvo que ceder. Ciento veinte hombres, por muy fortificados que estuviesen, poco podrían hacer frente a los mil trescientos que yo comandaba.

Le di unos días para capitular. Podíamos esperar, simplemente, a que se desabasteciesen y por hambre se rindieran, pero no quise prolongar el plazo demasiado no fuesen a recibir ayuda de Pensacola.

En el tránsito, como caballeros de honor que somos, intercambiamos regalos entre enemigos y sin olvidar nuestro cometido con segundas intenciones. Y así os diré que él me mandó 12 botellas de vino, gallinas, un cordero y pan fresco para hacerme creer que, lejos de morirse de hambre por el asedio a que los teníamos sometidos, les sobraban viandas, a lo que yo correspondí con otro tipo de agasajos de semejante calibre. Todo fue relativamente pacífico hasta que, cansado de esperar a su rendición, el día 12 de marzo al amanecer comenzamos a bombardearles con nuestros nueve cañones.

Contestaron igualmente, y así pasamos todo el día incesantemente hasta que al ponerse el sol por fin izaron bandera blanca. Al día siguiente capitularon y rindieron el fuerte.

Os alegrará saber que he sido condescendiente con ellos. Les concedí todos los honores en su rendición y pudieron desfilar a tambor batiente, mecha encendida y bandera desplegada. Tengo la intención de dejar una guarnición de unos ochocientos hombres al mando de José de Ezpeleta, que se encargará de apaciguar a la población.

Como se suele hacer, él será el encargado de tomar juramento de fidelidad a España a todos sus habitantes.

Los criollos, que como vosotros descienden de franceses, han apostado por jurar a Dios y bajo el signo de la cruz y comportarse como leales súbditos de Su Majestad Católica.

Los ingleses en cambio prefieren prometer en vez de jurar sobre los Evangelios y las Sagradas Escrituras no traicionar, cau-

sar, ni permitir ninguna hostilidad directa ni indirecta contra la nación española, contra el fuerte y el país conquistado, ni contra el Estado, durante todo el tiempo que permanezcan bajo nuestro dominio.

Como sabéis, esta última es una fórmula de la que recelo, pero vistas las cosas es mejor conformarse y esperar que no nos traicionen demasiado pronto.

Por otro lado, a nuestros hombres les he dado las gracias en nombre del Rey por la firmeza que han manifestado en todos los contratiempos que hemos sufrido, y por el celo, valor y constancia con que se han portado hasta lograr el éxito. Les he ofrecido como premio a sus fatigas la tercera parte del valor de los efectos que encontremos en el fuerte.

En fin. No ha sido fácil, Felicitas, pero como sabéis los retos me tientan y la gloria es mayor cuanto más cuesta lograr la victoria.

Lo fácil nunca ha sido lo mismo, quizá porque ni yo mismo lo valoro de igual manera que lo conseguido por la divina providencia o la mera suerte.

Si Dios quiere pronto estaré a vuestro lado.

Mientras, podéis ir haciendo algo por mí: acercaos al mapa que tengo desplegado en el despacho y cambiad la bandera británica que enarbola la fortificación por la blanca con la cruz de San Andrés que nos identifica porque, gracias a mis valerosos hombres, este fuerte y la Mobila entera ya pertenecen al reino de España según deseaba nuestro Rey.

Como había de ser, he cambiado el nombre del fuerte Charlotte por el de la Carlota en honor a Su Majestad el Rey Carlos III.

Ahora tan solo espero seguir y terminar con la conquista de la Florida en Pensacola, pero como supongo que ya os habrá contado vuestro padre, la ayuda que en su momento me prometieron desde el puerto de La Habana no termina de llegar al completo.

Según me ha comentado un vigía poco antes de que me sentase a escribiros, se ha divisado desde la costa una gran escuadra acercándose.

Está formada por unos 11 buques de guerra y 20 de transporte, que sin duda albergarán a unos dos mil oficiales y soldados que me prometieron desde La Habana para unirse a nuestro ejército. Llegan tarde para conquistar la Mobila, pero quiera Dios que me sirvan bien para atacar Pensacola.

Según se brinden o no a ello, tardaré más o menos en regresar a casa y poder abrazaros. Esa es mi apreciación pero, querida, antes tendré que convencer de ello a Juan Bautista Bonet, como el jefe de la Real Armada, y al gobernador de La Habana, para desarmar sus constantes demoras.

Si se niegan a atacar inminentemente, me veré obligado a suspender temporalmente mis planes y volveré pronto a casa con la sensación de haber desperdiciado una oportunidad de oro.

Rezad porque Dios me ayude pronto en este afán, porque los milicianos de Nueva Orleans se impacientan y comienzan a clamar por la vuelta a casa para la atención de sus cosechas.

Vuestro por siempre,

Bernardo

Sin poder evitarlo, alcé la vista al cielo:

—Señor, disponed vos de lo que haya menester, porque yo no me siento capaz de rogaros por lo que no ansío en absoluto.

Guardándome la carta bajo el corsé y junto al pecho, regresé al Palacio de la Gobernación dispuesta a cambiarme para ir a cenar a casa de mis padres. Mi padre me contaría algo más sobre sus últimas glorias.

XIV

LA REZAGADA SOLEDAD

La Habana, 1780

Tengo una información bastante fidedigna de a quién nos enfrentaremos. Solamente son 1302 soldados veteranos, 600 cazadores y habitantes de la región, 300 marineros y unos 300 negros armados que suman un total de unos 2500 hombres. Tan solo cuentan con una fragata de 36 cañones y otra algo más pequeña, por lo que considero que lo lógico sería atacarlos por mar y no por tierra como otros proponen. Según me dijeron por tierra el terreno es bastante impracticable hasta llegar a su encuentro. Por mar, según mis cálculos tan solo precisaríamos de un navío y unas cuantas fragatas para derrotarlos a pesar de las defensas que custodian su bahía.

Información recopilada por Bernardo Gálvez antes del asedio de Pensacola

Las campanas de la iglesia de San Luis comenzaron a tañer anunciando una inminente llegada al fondeadero. Sin perder aquella esperanza, tantas veces defraudada, me asomé de nuevo a la ventana.

¡Por fin el Galveston soltaba anclas frente a Nueva Orleans! Apenas la cadena se detuvo, arriaron un bote y la escala para que Bernardo bajase.

La alegría me impulsó a prescindir de carruaje y corrí calle abajo para llegar antes que él al puerto. Quería ser la primera en recibirle y abrazarle.

Al llegar me encontré con mi padre, que absorto tendía su mirada hacia la lejanía, viendo cómo los remeros se acercaban más y más. Al sentir mi presencia a su lado, no pudo contener sus pensamientos:

—Largas y más largas. Muy a su pesar, aún tendremos que esperar.

No entendía nada. ¿Por qué en vez de alegrarse parecía contrariado?

—¿Por qué no parecéis contento de su pronta venida?

Llevándose la mano a la barbilla, susurró:

—Mi querida Felicitas, vos lo habéis dicho: por ser esta demasiado prematura. Pensacola no es una plaza que pueda tomarse en un día, así que no ha debido de poder hacerla suya. Ni siquiera ha debido de intentarlo. ¿Por qué? Eso es algo, hija mía, que no tardará en revelarnos él mismo. Tenía tantas ganas de acometer esta lucha que incluso me atrevo a aventurar su máxima decepción. —Le miré confusa—. Recibidle con más cariño si cabe que la última vez, pues lo va a necesitar para olvidar ofensas.

No había terminado de aconsejarme cuando la proa de la barcaza tocó el embarcadero. Como mi padre había augurado hacía un momento, el rostro de Bernardo delataba su máximo estado de ofuscación. Apresuradamente, y como si me hubiese visto el día anterior, me besó en la mejilla para luego dirigirse a mi padre:

—¡Podéis creeros que no me han dejado atacar bajo el pretexto de que la conquista de Pensacola no convenía al rey por ahora! ¡Que me contentase con la conquista de la Mobila! ¡Que ya con eso había hecho un gran servicio y que sería suficiente para acreditarme como un buen servidor del rey!

Yo traté de contener mi alegría, e intenté calmarle asiéndole una mano. Me la soltó de inmediato para continuar regodeándose en su enojo:

—¡Me he quedado a medias, Gilberto! ¡Y todo por culpa de ese general Bonet que, allí parapetado en La Habana, ya no sabe qué inventar para demorar el ataque definitivo! ¡De nuevo me ha privado del apoyo necesario para la expedición y así, en vez de mandarnos refuerzos a tiempo, otra vez nos ha dejado abandonados!

La gente se empezaba a arremolinar a nuestro alrededor y él no parecía consciente de los gritos que estaba dando en público. Sin sentirme aludida por su anterior desaire, intenté de nuevo atraerle hacia mí y, por segunda vez, me separó de sí. Rechazó mi abrazo para dejarse arropar por ese siniestro manto de obcecación.

—No lo entendéis, mujer. ¡Era el momento idóneo para atacarlos y triunfar en un abrir y cerrar de ojos, y en vez de eso la demora a la que me han empujado ha propiciado que reciban ayuda! Ahora todo será mucho más difícil. ¡Según me han contado mis informantes, han recibido nada menos que once navíos de refuerzo! Eso equilibra en nuestra contra la balanza de fuerzas que antes se inclinaba a nuestro favor.

Apreté los puños y, disimulando el dolor que me estaba provocando su descortesía, intenté de nuevo asirle las manos. Por tercera vez rechazó mi muestra de afecto.

—¡Lo que no supone es que las dificultades a mí me sirven de acicate! Pues no cejaré en mi intento, y si bien me he visto obligado ahora a replegarme, no será así la próxima vez. ¡Tan solo espero que no sea durante mucho tiempo, porque si esto se prolonga, esos malditos ingleses, una vez reforzadas sus defensas, intentarán reconquistar la Mobila!

En un último intento de calmarle le murmuré al oído:

—Por Dios, Bernardo, contened vuestro impulso que no es menester mostrar tan evidentemente vuestra cólera. Calmaos. Lo importante es que habéis regresado tan sano y salvo como para poder acometer de nuevo todo lo que os propongáis. Recordad que el tesón, la constancia y la paciencia siempre han sido vuestras mejores armas. ¿Por qué esta vez os vais a despojar de ellas?

Mis casi inaudibles palabras fueron un momentáneo bálsamo a sus enojos. Por primera vez me miró fijamente a los ojos y, al cerciorarse de que mis lágrimas de desesperación casi se me derramaban, por fin se calmó.

—No tengo perdón, querida mía.

Asiéndole ambas manos, le conduje al carruaje que acababa de arribar.

—Vamos a casa que allí, una vez hayáis descansado, habrá tiempo de que me contéis vuestras cuitas.

Apenas nos sentamos, volvió a las andadas.

—¿Vos también me pedís más tiempo? ¿Es que no comprendéis que no puedo esperar?

Incapaz de contener ya mi arrebato, le pegué un manotazo.

—¡Diríase que tanto dar vueltas a lo mismo os ha debido dañar la sesera! ¡Qué diferencia la llegada de mi padre a la vuestra! Él estaba deseando abrazar a mi señora madre, holgar con ella y descansar de tanta guerra. Vos en cambio no parecéis haber dejado aún el campo de combate. Llevo esperándoos desde el preciso momento en que vuestra escuadra desapareció río abajo. Durante meses, he rezado a diario para que Dios os devolviese a mis brazos con vida. He soñado con sentir el calor de vuestro cuerpo rodeándome y vos, ahora que habéis llegado...

Incapaz de continuar me di la vuelta deseando alejarme de su lado. Apenas se detuvo el carruaje en el patio bajé de un salto sin esperar a que el palafrenero me bajase la escalerilla y subí para encerrarme en mis aposentos a vomitar toda aquella madeja de desengaños.

Tumbada en la cama, lloraba abrazada a la almohada cuando le oí entrar. Sentándose al borde del lecho me acarició la cabeza. Su voz, ya más pausada, me cosquilleó el conducto auditivo.

—¿Qué puedo hacer para enmendar mi falta? Perdonadme. La frustración me tiene ofuscado. Ciego por la ira he olvidado que nada en esta tierra es más importante en mi vida que vos y mi hija. Os imploro que me dejéis poner remedio a esta afrenta.

No me cupo la menor duda de la sinceridad de sus palabras. Me limpié la mejilla con las puñetas de mi camisa. Por fin me dejó volcar la pasión de mis acumulados desvelos en un profuso beso.

Devolviendo el orden debido a lo que era menester, holgamos con el ímpetu que se merecía todo aquel tiempo de ausencias. Al finalizar, exhaustos, se hizo el silencio. Mirábamos al techo del dosel de nuestro lecho, cuando me asustó al ponerse en pie de repente.

Le miré sorprendida, con la secreta expectativa de que nada hubiese enturbiado de nuevo su mente. Totalmente desnudo y con apenas dos pelos prendidos por el lazo de su coleta, resultaba cómico. Arrodillado junto a la cama y mirándome solícito a los ojos, me tomó de ambas manos.

Le puse un dedo sobre los labios.

—Por favor, no rompáis este momento volviendo a hablar de la guerra.

Sonrió.

—Nada más lejos de mi intención.

Su repentino cambio de actitud me pilló desprevenida.

—¿Pues?

—¿Me acompañaríais a La Habana?

Me sorprendió.

—¿Para?

Sonrió de nuevo.

—Casarnos por segunda vez y con todos los declarantes que no tuvimos la primera vez que lo hicimos. Allí el gobernador será testigo de nuestra boda, y ya nadie podrá poner en duda la legitimidad de nuestro matrimonio.

Era cierto que muchos dudaban de la veracidad de este, ya que al haber sido *in articulo mortis* apenas hubo nadie presente. En La Habana la boda sería celebrada públicamente y así terminaríamos con cualquier malvada elucubración al respecto.

Afirmé sin dudarlo:

—Será la primera vez que salga de las tierras que me vieron nacer. ¿Las niñas vendrán con nosotros?

Asintió.

—Ellas y todos los que queráis, pues tengo la intención de pasar una larga temporada por allí.

Lo puse entonces en tela de juicio:

—¿No será nuestra boda una excusa para que podáis convencer a los de allí de la conveniencia de continuar con la toma de Pensacola?

Se sinceró:

—Os mentiría si os dijese que solo iremos a desposarnos. Como sabéis, el gobierno de la Luisiana depende de muchas cosas del de La Habana, y aprovecharé la circunstancia para cerrar otros tantos temas pendientes. Tengo la intención de que vuestros padres nos acompañen también.

Saltó desde el suelo a la cama para tumbarse de nuevo a mi lado.

—Gilberto así también podrá aprovechar para cerrar varios tratos comerciales. Nadie mejor que vuestro padre para informar después a todo el resto de los negociantes de Nueva Orleans sobre las noticias de la metrópoli y las nuevas medidas liberalizadoras del comercio decretadas recientemente por su majestad don Carlos III. Les explicará cómo se ha abierto la mano en lo que hasta ahora era un monopolio de muchas mercancías entre los trece puertos de España y los veintisiete reconocidos en las Indi…

Balbuceó sin concluir la última palabra. Se hizo el silencio y empecé a escuchar su respiración acompasada.

—¿Indias?

Me incliné para poder mirarle a la cara. Estaba totalmente dormido. Derrengado por el tornaviaje, sucumbió al cansancio.

Las semanas siguientes fueron borrando su enojo, que no su propósito. El afán por retomar la frustrada toma de Pensacola sobrevolaba por su cabeza.

Opté por dejarle en sus cosas para dedicarme a las mías. Junto a mi madre, Nana, Ágata y las niñas, pasaba el día preparándolo todo para nuestra partida a La Habana. La habitación contigua a la mía, según pasaban los días, iba llenándose de baúles hasta que Bernardo me dijo que, según la capacidad de las bodegas del Galveston, no podría cargar más de dos de ellos.

Incapaz de elegir qué llevarme conmigo y qué dejar atrás, fue madre la que me ayudó a seleccionar lo imprescindible, incomprable e irremplazable: todo aquello que no pudiese comprar, vender o heredar. En definitiva, lo que por una u otra razón hubiese mellado mis recuerdos más íntimos. Y así, aparte de varios sayos, mantones, escarpines y pelucas, guardé una cruz de plata que siempre tenía sobre la mesita de noche, mi colgante de aguamarina, un escapulario, mis dos peinas de carey y la capota de encaje del faldón de cristianar con el que bauticé a mis hijas.

En una pequeña arqueta, aparte, metí el guardapelo con el retrato de mi primer marido, para que Adelaida pudiese poner cara a su padre, nuestro libro de poemas preferido y la ristra de perlas que me regaló Bernardo poco antes de que naciese nuestra pequeña.

Entramos en la bahía de La Habana un dos de agosto de 1780. Había oído hablar de sus maravillas un millón de veces: a mi padre de niña, a las mujeres de los comerciantes que pasaban por Nueva Orleans en mi juventud y al mismo Bernardo para ponerme en antecedentes, pero todo lo bueno escuchado no fue nada al verla por primera vez.

Parada junto al bauprés, cuando fondeamos quedé perpleja ante la grandiosidad de aquella bahía. El recinto amurallado protegía una centelleante ciudad por la que correteaban miles de almas. Con razón se había ganado el sobrenombre de la Perla del Caribe. Mi querida Nueva Orleans comparada con La Habana se me hacía un villorrio.

Apenas puse un pie en el puerto, lejos de sentirme perdida e incapaz de comprender aquel caos de idas y venidas, opté por dejarme mecer por tan alegre bullicio. Del brazo de Bernardo miré hacia atrás. Nos seguían mis padres y tras ellos el personal de servicio, los porteadores y los esclavos. Nana tenía en brazos a Matilde y Ágata asía fuertemente de la mano a Adelaida, no fuese a perderla en aquel maremágnum.

Apenas llegamos a la casa que habían previsto para albergarnos, Bernardo se cambió para vestirse de gala y fue a presentarse al gobernador. Nosotras ya iríamos cuando se nos convocase debidamente. No me importó. Estaba cansada del viaje y, antes de alharacas y festejos, prefería terminar de desembalar todo el equipaje y cambiar algunos elementos decorativos de la casa para ponerla más a mi gusto.

Una vez nos aposentásemos debidamente pensaría en una fecha definitiva para celebrar la que sería nuestra segunda boda.

Cuando al día siguiente le pregunté a Bernardo sobre sus preferencias al respecto, me desconcertó al pedirme paciencia. Al parecer las cosas se estaban complicando, porque aquella misma noche había llegado una escuadra al mando del general Solano muy perjudicada por un temporal en el que habían perdido setenta y siete de los soldados del contingente prevenido para tomar Pensacola.

—¿No me estaréis diciendo que hemos venido a retomar el ataque? Creía que veníamos a desposarnos públicamente.

Incapaz de mentirme, me contestó a su vez con una pregunta:

—¿De verdad creíais que solo veníamos a casarnos?

Fruncí el ceño.

—Supongo que esta vez no sirve fingir ingenuidad. Olvidad mi pregunta. Ya os dije que me siento casada con vos y ante Dios desde el mismo día en que el padre Cirilo nos dio su bendición y no necesito más. Sois vos el que insistís en que no quepa la menor duda para que todos mis derechos pensionados de viudedad puedan hacerse valer en el caso de que decidáis...

Me posó el dedo sobre los labios para que no continuase.

—Dejadlo, Felicitas. Os dije que nos casaremos y así será, pero no ahora. Hoy es tiempo de que disfrutéis de esta ciudad, de amistades, festejos, compras y un sinfín de placeres mientras me dejáis hacer lo que es menester según la voluntad de su majestad. Me he propuesto terminar lo que comencé y lo haré.

Asentí sin discutir.

—Puesto que lo que me proponéis, lejos de suponer un sacrificio, es baladí, no os lo negaré. No seré yo la que demore imponiendo caprichos a vuestros imperiosos propósitos.

Sonrió.

—Gracias, querida. Sabía que no me defraudaríais. Os prometo que una vez haya tomado Pensacola tendréis la boda que os merecéis.

Le acaricié.

—Ya os dije que no la necesito. Que, por muchos testigos que tenga, tan solo será una mala réplica de la primera, la más secreta e íntima que jamás hubiese soñado.

***

Y fueron pasando los días, y mientras Bernardo ocupaba su tiempo en la preparación de otra batalla, yo fui ampliando mis conocimientos. Aquella ciudad, con sus devenires, me acercaba cada día más a España. Más que nunca, ansié viajar allende los mares para conocerla de la mano de Bernardo, siempre y cuando, en sus belicosos juegos, no acabase por perder la vida en el intento.

Como niños, nos entreteníamos según nuestras querencias y así, mientras yo desplegaba bobinas de seda, encajes y cintas para pergeñar vestidos con las costureras, en el cuarto de al lado Bernardo lo que extendía era otro inmenso mapa.

Ayudado por el gobernador de La Habana, el general Solano, mi padre, hermanos y otros tantos señores, trazaban la táctica a seguir, y así aquel pedazo de papel, como los anteriores, que al principio parecían yermos, acabó cuajado de cientos de fichitas de colores.

Las blancas simulaban a una tropa de casi cuatro mil hombres, las rojas a sus ciento sesenta y nueve oficiales, las amarillas a los siete navíos, y por último las azules, de diferentes tamaños, a las cinco fragatas, el paquebote, el bergantín y otras cuarenta y nueve embarcaciones de transporte.

A diario, y como si de las figuritas de un nacimiento se tratase, lo primero que hacía al terminar de desayunar era ir a ver cómo andaba el mapa.

La desesperanza le reconcomía al encontrarlo inamovible y, como si forzar las mudanzas en ese pedazo de papel fuese a lograr que las cosas se activasen, movía un par de piezas. Aquel gesto se había convertido en algo cotidiano.

Estaba convencido de que, si armaba con una coraza de desmesurado anhelo la paciencia que le estaban forzando a tener, sus deseos se harían realidad más pronto que tarde.

Por fin sus ambiciones dieron fruto y, cuatro días después de la festividad de la Virgen del Pilar, Bernardo pudo regodearse pasando revista a parte de la escuadra que, prácticamente terminada de avituallar, en muy poco tiempo pondría rumbo a Pensacola.

No cabía en sí de gozo. Pero al despedirle, me preocupé.

Al contrario que en las campañas del Misisipi o la Mobila, en las que Ágata me aseguró el triunfo, la noche anterior me había prevenido de que esta vez mi esposo se enfrentaría a un enemigo tan inesperado como invencible. Al preguntarle qué podría ser más mortal que la artillería británica, no supo identificarlo en sus sueños de chamana.

Tuve que esperar poco para descubrirlo al desatarse un violento huracán que arrambló con todo lo que pudo y más en la isla de Cuba. Durante la semana que duró, aparte de parapetarme en casa, no pude hacer otra cosa que rezar para que no se topase con la escuadra en su destructor tránsito.

No debí de poner demasiado empeño en ello, porque a los pocos días empezaron a llegar a nuestra costa algunos restos de sus naufragios.

Los primeros navíos, aún a flote, aparecieron en lontananza, a la deriva, como fantasmas arrastrados por la corriente y prácticamente desarbolados. Los supervivientes poco nos podían decir, porque la escuadra entera, a merced de aquel mortal tornado, se había desperdigado huyendo de la calamidad viéndose obligados a cambiar la derrota original.

Poco a poco llegaron noticias de los demás, y así como ellos habían llegado de regreso a La Habana, otros habían logrado arribar a puntos tan distantes como Nueva Orleans, Mobila o Campeche.

Fueron tiempos de incertidumbre, desazón y desesperanza, hasta que el Galveston apareció en La Habana. Por fin pudimos dar gracias a Dios. Bernardo, mi padre y hermanos venían descorazonados.

Bernardo, lejos de desmoralizarse por el infortunio, comenzó a escribir un diario para nunca olvidar errores pasados y en el próximo ataque poder enmendarlos. Los más mordaces aprovecharon el infortunio provocado por el huracán para culparle por su obstinado proceder.

—A los que dan todo por perdido, solo les puedo decir que yo no me rendiré. Si he de ir solo, solo iré.

Aquellas palabras que pronunció por primera vez serían premonitorias.

Guarecidos los barcos en los arsenales, pasaron varios meses recomponiéndose en manos de los carpinteros de ribera, calafates y herreros hasta que, pasada la Pascua, llegó la noticia que más pudo temer Bernardo.

¡Los ingleses habían atacado la Mobila! Pasó varias noches de insomnio lamentándose por ello e imaginando cómo lo estaría pasando el navarro José Ezpeleta, a quien encargó su custodia después de tomarla.

La mañana que por fin se decidió a sentarse a escribirle, no pude evitar fisgar tras él. Al sentir mi presencia no se detuvo. La angustia que padecía por no haberle podido mandar los refuerzos que hubiese deseado se intuía en cada una de las palabras escritas.

> *¡Ay, amigo Ezpeleta! Lo que me cuesta de cuidados, qué de tragedias, qué de desastres, sin que nada me sea más sensible que la situación de vuestra merced, pero antes de todo no piense que soy capaz de abandonarle. Con un poco más de paciencia y alguna constancia todo lo procuraremos enmendar. Mil cartas le he escrito desde que llegué a La Habana, que variando las circunstancias y no encontrando nada que fuera del caso desde la cruz a la fecha, se han rasgado y quedado como en el tintero.*

Consciente de que yo estaba leyendo sus palabras, posó la pluma.

—No puedo más, Felicitas. ¿Es que nadie más se da cuenta de que si la Mobila cae todo lo demás le seguirá y de nada habrán servido mis últimas conquistas? Ya sea por el azote de la naturaleza o por la voluntad de los hombres con los que me toca lidiar, todo se demora. Quizá nadie comprenda mejor que yo al buen Ezpeleta, porque en cierto modo me siento responsable de sus actuales padecimientos al haberle dejado yo en semejante tesitura. A vos os puedo decir sin temor que la impotencia de esta situación me está carcomiendo las entrañas. José es el hombre en quien confié para custodiar la Mobila y ahora, aunque Dios sabe que no por mi voluntad, le he dejado solo y a su suerte. Necesito que sepa que su abandono no es por mi culpa sino por la desidia y lentitud de otros que sobre mí y muy a mi pesar deciden.

Solo era una palabra que cada vez repetía con más frecuencia. Diríase que «yo solo» se estaba convirtiendo en su lema.

Y así, preso de esta desazón tan grande, fue consumiéndose hasta poco antes de las siguientes Navidades en que por fin pudo enviar a su amigo la tropa, los barcos y los abastos que desde hacía meses demandaba.

Se quejaba con frecuencia de que apenas tenía dedos en una mano para contar en quién poder confiar. Aparte de Ezpeleta, mi padre, hermanos y Francisco Saavedra, muy pocos más parecían querer apoyarle. Por eso había mandado a este último con un billete urgente informando sobre la situación a su tío el ministro de las Indias en la corte.

—Solo a ellos, Felicitas, puedo confiarles mis planes secretos sin temor a la traición y es que, aparte de ellos, todos parecen disfrutar con verme hundido. Me tachan de ambicioso y vos sabéis mejor que nadie que no lo soy. Simplemente lucho porque la voluntad real se haga, pero aquí tan lejos como estamos parece que el eco de su querer se va disolviendo en el viento. Algunos incluso se permiten trastocarla.

Intentaba tranquilizarle en sus desvelos, pero según pasaban los días se me iban gastando los argumentos. Hablaba de su inminente expedición a Pensacola como si aún no hubiese fracasado nunca en ese afán y, si he de ser sincera, me asustaba el empuje y la resolución con que lo manifestaba.

XV

EL HASTÍO DE UNA LARGA ESPERA

La Habana

¿Con qué aire podremos continuar ciñendo una espada llena de moho, que no supo desenvainarse en la ocasión? Previniendo otra vez que, si alguna parte o el todo de mi solicitud fuese contra la intención de posteriores órdenes, además de desistir (como ya he dicho) pido no se me culpe del empeño con que quiero se cumplan las primeras, cuando ignoro las últimas.

Bernardo de Gálvez

Había escuchado a muchos de sus confidentes advertirle sobre el riesgo de un ataque en soledad por lo descompensadas que estarían las fuerzas. Entre la tropa de la Luisiana, la de La Habana y de la Mobila no sumaban más de tres mil hombres y en cambio los ingleses, desde la primera vez que se contabilizaron sus posibles, habían recibido el refuerzo de dos regimientos de veteranos, el auxilio mediante pactos de guerreros indios y otros tantos apoyos desde Jamaica.

Al expresarle mi inquietud al respecto, no pudo negármelo. Él mismo me reconoció ser plenamente consciente de su inferioridad numérica, pero había sido herido ya demasiadas veces en su orgullo, y no estaba dispuesto a pedir ni una vez más la ayuda necesaria para darles la oportunidad de propinarle otra patada de desaliento. No quería pedir más tropas porque ya lo había hecho muchas veces, y solo había servido para entorpecer su afán y que le acusasen de osado.

Fuese como fuere, si el gobernador de La Habana José Navarro no daba su brazo a torcer, él ya no dilataría más la expedición. Aprovecharía los pocos apoyos que le había prometido Saavedra al regresar de la metrópoli, aunque fuesen muchos menos de los deseados.

Aquella misma mañana se reunían en junta en el Palacio de la

Gobernación para decidir de una vez por todas si atacaban o no. Bernardo tenía que convencerlos como fuese. Independientemente de lo que allí se acordase, estaba resuelto a atacar de una vez por todas, y no sería yo la que engrosara la lista de sus detractores. Por mucho que me costase, le alentaría aun a riesgo de perderle, porque ya sabía que su tozudo proceder no me permitiría otra cosa.

Incapaz de mantenerme al margen de lo que en aquella junta sucedería, me acerqué al Palacio de la Gobernación con una intención clara: la de tentar a la gobernadora para que juntas escuchásemos lo que trataban nuestros maridos desde un balconcillo que había, escondido por una celosía, en la parte superior de la sala de audiencias. Simplemente se lo presenté como un juego de espionaje sin más pretensiones que el de saber a qué nos ceñiríamos en un futuro inmediato. Accedió enseguida.

Allí, parapetadas de sus miradas, me confesó sentirse como cuando el rey Felipe II escuchaba misa desde el ventanuco que tenía en lo alto del altar de la basílica de El Escorial.

Una vez más ansié viajar a España. No conocía el monasterio, pero había leído sobre él y pensé que la gobernadora de Cuba, como tantas otras virreinas, que hacía tanto tiempo que no pisaban la metrópoli, había perdido el sentido de la realidad al olvidar que, si bien eran gobernadores con bastante poder delegado, nunca serían reyes. El simple hecho de compararse con ellos no era más que una burda muestra de vanidad. No me convenía enfrentarme a ella, por lo que me abstuve de hacer comentarios.

Al principio se mantuvo un debate bastante encarnizado, hasta que por fin Bernardo tomó la palabra. Con suma prudencia y consciente de que tendría detractores, expuso sus temores, sus inquietudes y sus querencias lo mejor y más delicadamente que supo. Sus dotes diplomáticas le habían enseñado a caminar descalzo sobre ascuas sin quemarse las plantas de los pies y aquella vez, si quería conseguir su objetivo, se tendría que esmerar.

Pegué la oreja a la reja para mejor escucharle argumentando el ataque contra aquellos que insistían en demorarlo ante la posibilidad de que en Europa España y Francia firmasen la paz con Inglaterra.

—Tan solo les pido que reflexionemos detenidamente durante este tiempo en que todo parece dilucidarse. El teatro de esta guerra va a depender en mucho de lo que pase por estos lares. En Europa nuestros compatriotas con menos esperanzas de lograrlo han conseguido batirse, cuando nosotros en cambio gastamos tranquilamente un tiempo precioso que pudiera emplearse más gloriosamente. Sea como fuere, si en verdad la paz con Inglaterra nos sorprendiese, no me gustaría que nos encontrase sin ni siquiera haber desenvainado la espada.

Su alocución fue impecable, apasionada y de lo más convincente. Continué escuchándole un poco más, hasta que la mujer del gobernador de Cuba, aburrida del debate, quiso abandonar el escondrijo. Aunque a disgusto, no pude oponerme.

Apenas tardaron media hora más en salir, pero Bernardo venía sonriente. Por fin Diego José Navarro daba luz verde a la ayuda para la expedición. Era otro de los grandes hombres que Bernardo había conocido en la campaña de Argel y el gobernador le respetaba por ello. En cierto modo todos los que vivieron aquella batalla se sentían vinculados por el pasado.

El día que por fin los barcos, ya reparados, comenzaron a avituallarse para el inminente ataque, mi esposo empezó a relajarse.

Coordinar el embarque de mil quinientos hombres en veintisiete barcos de transporte, un navío, dos fragatas y un chambequín no parecía una labor fácil.

Tan solo sufrió un par de ataques más de desesperación en privado al comprobar la parsimonia con la que todo se llevaba a cabo en La Habana, mientras que los barcos de apoyo que él mismo mandó salir de Nueva Orleans hacía ya muchos días que los aguardaban parapetados por la isla de Santa Rosa. Esperaban justo frente a la bahía de Pensacola y a merced de un ataque inglés en el que, siendo tan pocos, sin duda se verían devastados.

Por fin el veintiocho de febrero levaron anclas dispuestos a llegar a Santa Rosa más o menos al mismo tiempo que Ezpeleta, que habiendo conseguido repeler el asedio inglés de la Mobila, avanzaba con otros novecientos hombres de refuerzo.

Yo misma le ayudé a enrollar el plano sobre el cual llevaba tantos meses trabajando. Sin miedo a olvidar la posición de cada una de las fichas que cada día había manoseado sobre este, las amontonó y guardó en un pequeño cofrecillo adjunto.

Suspiró.

—Dios quiera que todo esto se pueda llevar a cabo tal y como lo ideamos.

Sin querer pensar en la magnitud de lo que veía cada día prepararse en la bahía, le pregunté:

—¿No volveréis a desplegarlo a bordo del Galveston de nuevo? Siendo así, ¿no deberíamos marcar la posición de cada cosa en su lugar antes de guardar las fichas que lo marcan?

Sonrió.

—¿Para qué, querida? Vos misma habéis sido testigo de mis desvelos durante todo este tiempo de espera. No ha pasado un día sin que cambiase algo de lugar y eso ha grabado a fuego en mi mente la estrategia y posición de cada cosa. Podría recolocar a cada hombre, barco o cañón incluso con los ojos vendados.

Leí en alto la etiqueta adherida al cartucho que serviría de guardacartas al plano:

—*Plano del puerto de Pensacola, situada su boca en la latitud de treinta grados y catorce minutos norte, y longitud de doscientos ochenta y ocho grados y cuatro minutos del meridiano de Tenerife.*

Quitándome el plano de las manos para guardarlo, me besó en la frente.

—Recordadlo, porque ese será el punto exacto donde tengo la intención de hacer mis sueños realidad.

Le miré a los ojos preocupada.

—Esta vez, Bernardo, todo parece más serio que en las campañas anteriores.

Me corrigió:

—No parece, sino que lo es. Esta toma por fin devolverá al reino de España su control sobre la Florida. Estamos en febrero, y si todo va según lo previsto regresaré a finales de marzo.

Lo dudé.

—¿En un mes tan solo? Esta vez no os he pedido que me deis palabra de que regresaréis sano, porque ya sé que no podéis comprometer lo que no está en vuestra mano. Ya he madurado y no es la primera vez que me enfrento a vuestra peligrosa ausencia, así que tan solo rezaré para que se cumpla mi deseo.

Sonrió.

—¿Y los míos?

Bromeé:

—¡Y los de todos los que os acompañan! Que después de tantas demoras y discusiones por fin parecéis todos tener el mismo objetivo.

Suspiró.

—Dios os oiga para que nadie se eche atrás en el último momento. ¿Qué os ha vaticinado Ágata esta vez?

Me encogí de hombros.

—Por ahora, nada. Supongo que ningún mal sueño la ha asaltado, así que pensemos que son buenos augurios.

De nuevo le despedía en el puerto. Para mi desazón, aquello últimamente se estaba convirtiendo en una angustiosa costumbre. Sobre todo, porque yo misma me había impuesto no dar rienda suelta a mis verdaderos sentimientos frente al resto de mujeres, hijas y hermanas de los embarcados, no fuesen estas a contagiarse de mi congoja.

Y de nuevo allí me quedaba yo junto a mis hijas y a la espera de su incierto regreso. Hacía siete meses que estaba en La Habana; había llegado allí convencida de que íbamos a casarnos por segunda vez y para formalizar los trámites que, en caso de su prematura muerte, asegurarían nuestro legítimo vínculo y mi pensión de viudedad, y resultaba que de nuevo marchaba a la guerra sin haberlo llevado a cabo.

Apenas desaparecieron en el horizonte, el susurro de mi amiga loba me tranquilizó:

—Regresará abominando de la soledad al haber sido cautivo de ella, por lo que se verá fortalecido el lazo de vuestro vínculo.

Y sin dudar de sus predicciones, pasamos el tiempo las mujeres de todos aquellos que se marcharon rogando por su afortunado regreso. Como era de esperar, pasó marzo sin que este anhelo se viese cumplido.

A mediados de mayo por fin llegó un navío de carga con sus noticias. La caligrafía me confirmaba su buen estado de salud. Apreté la carta contra mi pecho, rompí el lacre y comencé a leer esperanzada.

Querida mía. Hace ya más de tres meses que no os veo y cada día que pasa os perfilo en mis recuerdos más nítida que el anterior.

¿Qué tal nuestras hijas? Matilde debe de correr ya por la casa, ¿y Adelaida? Os escribo para confirmaros que lo conseguimos. Hemos triunfado y muy pronto os veré a las tres. Estoy deseando abrazaros para despojarme de este manto de soledad que en algún momento me ha cubierto.

Hasta entonces tan solo os pido un poco más de paciencia y aprovecho el correo para contaros algo más de mis cuitas y mis triunfos.

Intentaré no aburriros con los preámbulos de la batalla. Tan solo quiero deciros que una vez estuvimos todos reunidos en Santa Rosa analizamos los pros y contras con los que toparíamos en el inminente ataque.

El primer problema era cerciorarnos del calado exacto de los bajíos para que todos los navíos, el día del ataque, pudiesen pasar con holgura y sin el menor riesgo de embarrancar sobre la barra de arena que unía la isla de Santa Rosa con el fuerte que protegía la bahía. Para calcularlo idóneamente, amparados por la oscuridad de una noche de luna nueva, mandé a mi ayudante Joseph de Basco, a quien bien conocéis, al pilotín Cayetano Ramón García y a dos prácticos para que sondeasen y balizasen la canal.

Ya seguro de que podía entrar, aligeré aún más la carga echándolo todo a la mar, lastre, aguada, leña y hasta la yerba del mismísimo ganado con la esperanza de que se redujese aún más el calado.

Puesto todo el convoy a la vela y ya a muy poca distancia de la batería de las barracas enemigas, lamentablemente y a pesar de todas mis precauciones, los primeros navíos vararon en el fondo dando con la quilla y hasta largar algunas tablas.

Esto, querida mía, me obligó a regresar a la isla de Santa Rosa de tal manera que incluso llegué a temer no poder nunca más entrar en dicho puerto.

De nuevo nos reunimos todos y, como era de esperar, alguno de los generales me acusó de imprudente y de querer mandar a una muerte segura a muchos de nuestros hombres.

Y así pasaron los días en los que intenté dar solución a esta cortapisa explicándoselo a todos a través de un intercambio epistolar que, ya de por sí cansado de esperar, se me hizo eterno.

De nuevo nadie parecía convencido de que fuese el momento idóneo para atacar, y ante mi máxima desesperanza, decidí hacerlo fuese como fuese e incluso solo.

Cansado ya de mis cuitas con el capitán Calvo, desembarqué del navío San Ramón y subí a nuestro querido Galveston que tan bien conoces. Sabía que ese barco que nos regaló Pollock y que a su vez había arrebatado a los ingleses me daría suerte y estaba muy hastiado ya de discutir. Y así fue como nuestro Galveston se convirtió de repente en el buque insignia de mi pequeña escuadra.

Solos partimos encomendándonos a todos los Santos y, ante los atónitos ojos de los que tantas veces me acusaron de imprudente: ¡pasamos! ¡Cruzamos sin desgracia alguna y a pesar de los

28 cañonazos que nos dedicó el fuerte inglés de las Barrancas Coloradas!

Debieron de ser vuestras plegarias, querida mía, porque ahora que ya lo he conseguido a vos tan solo os he de reconocer que el riesgo era extremo.

Salvado el primer escollo, esperábamos a que los rezagados se animasen a seguirnos a pesar de la rebeldía demostrada porque, aunque solos pasamos, lo que era seguro era que solos no podríamos tomar Pensacola. Necesitábamos que se nos unieran el resto de los barcos. Dependía de Calvo y su decisión, aunque no me gustase.

Mis cuatro pequeños barcos aguardaban ahora más que nunca el refuerzo de otros de la Armada.

Temeroso de que la valentía de mis hombres flaquease, sintiéndome en cierto modo como su padre, los llamé hijos míos, les agradecí su compañía y su sacrificio porque, entre otras cosas, así demostraba a algunos que no había tanto peligro como decían haber.

Les agradecí que hubieran tomado partido por mí, porque así habían dado un gran ejemplo a otros muchos y después mandé recado a don José Solano y Calvo de Irizábal con el ingeniero Francisco Gelavert, quien le llevó una bala de las que nos dispararon los enemigos, comunicándoles que aquellas mismas eran las que a pecho descubierto estábamos dispuestos a recibir al forzar el puerto, y que el que tuviese honor y valor me siguiese. Que yo iría con el Galveston para quitarles el miedo.

Me sorprendí cuando, esperando que se pondrían en marcha, vi todo lo contrario, pues dieron la orden a todos los buques de que ninguno hiciese un movimiento. Respondiéndome con infinitos insultos, de nuevo me acusaron de temerario, y me amenazaron con que, si las balas de los enemigos no me quitaban la vida, la cabeza me la quitaría el Rey.

¿Lo podéis imaginar? Quedaron todos en silencio, pensando en mis palabras, y un instante después me dieron la enhorabuena

por comandarlos, y se abrazaron entre sí todos mis oficiales entre los que estaban vuestro padre y hermanos.

Como era de esperar, correspondí a mis valientes hombres con mil muestras de cariño y dedicando a cada uno de ellos una amable palabra por su buen hacer según el puesto que cubría.

Al terminar, como es costumbre, por tres veces vitoreamos al Rey y para más contentarles prometí dar a cada uno de ellos un real de plus de mi propia cuenta.

Eran unos cuatro mil contando a los que conmigo llegaron de La Habana, a los de la Mobila que llegaron con Ezpeleta y a los de la guardia blanca que vuestro padre comandaba en Nueva Orleans, pero parecieron el doble, puesto que en la toma dieron todo de sí mismos sin achantarse un ápice.

El desembarco duró varios días, durante los cuales intercambié correspondencia con el general Campbell.

El fuerte George estaba mucho mejor fortificado que el que tomamos en la Mobila. Tenía una plaza de armas cuadrada protegida por murallas de tierra y ladrillo, con un baluarte en cada extremo, todo ello rodeado por un foso seco. Por sus troneras asomaban once cañones, de los cuales casi la mitad eran del calibre treinta y dos.

Acampamos para prepararnos cuando, a mediados de abril, las inclemencias del tiempo quisieron de nuevo venir a desbaratarnos los planes y una fuerte tormenta, que gracias a Dios no llegó a huracán, acabó por derribar muchas de nuestras tiendas, incluida la que hacía las veces de hospital. Temí entonces que muchos de los enfermos que allí paraban pudiesen morir de fiebres terciarias o de un pasmo.

Aguantamos a la espera de la llegada de refuerzos desde La Habana hasta que un pescador nos avisó del avistamiento de varios navíos ingleses que venían a ayudarlos. Aquella amenaza fue la que forzó a todos los que aún estaban parapetados en Santa Rosa a acudir en mi ayuda.

Por fin venían otros mil seiscientos hombres que, unidos a los más de seiscientos franceses voluntarios que hacía poco se nos unieron, me permitiría atacar de una vez por todas.

Antes de tomar el fuerte George tendríamos que acabar con los reductos del Príncipe y La Reina, y ya con el paso franco avanzaríamos a la toma total. En el punto final del ataque, cuando el fuego de la artillería terminó de tronar, ochenta casacas rojas salieron a la desesperada y a bayoneta calada en un último intento de salvar la plaza.

Llegados a este punto, querida mía, es para mí un honor deciros que el pasado ocho de mayo, a las once de la noche exactamente, por fin firmamos las capitulaciones. La bandera blanca de su rendición ya ondeaba sobre el fuerte George.

Como anteriormente hice en Baton Rouge y la Mobila, al apresar a la guarnición enemiga, que tan valerosamente defendió el fuerte, les concedí los honores debidos.

A los oficiales los he canjeado por muchos de los españoles que, de igual rango y desde hace tiempo, tenían presos en Nassau.

Al resto de sus soldados los he mandado a bordo del mismo navío que os porta esta carta por lo que mientras la leéis ya deben de estar a buen resguardo en los calabozos de La Habana.

¿Os dais cuenta de que con esta conquista España ya ha completado la posesión de todos los puntos que ansiaba en Florida? Y eso con apenas ciento noventa y ocho heridos y las setenta y ocho bajas que enterramos allí mismo.

Como es menester, pediré una justa recompensa para sus viudas y el enaltecimiento para todos los que independientemente de su casta, raza o color lucharon y perdieron la vida a mi lado.

Como ya hice con Ezpeleta en la Mobila, dejaré a Arturo O'Neill al mando y cuidado de la plaza de Pensacola cuando dentro de unos días pueda acudir a vuestro lado.

Ardo en deseos de hacerlo, y si nada trunca lo que me propongo, en muy pocos días, por fin podré estrecharos en mis brazos.

Dios lo quiera.

Agradecí la manera en la que había sintetizado casi tres meses de ausencia. Conociéndole, sabía que ya en casa me lo contaría con todo lujo de detalles. Cerré la carta y, como siempre había hecho, la guardé en mi faltriquera a la espera de verle más pronto que tarde.

Cuando el veintisiete de mayo las campanas de todas las iglesias de La Habana comenzaron a tañer anunciando un tedeum y una misa solemne de victoria, por fin pude alardear del flamante marido de cuyo brazo paseaba camino de la catedral.

El gobernador don Diego José Navarro presidiría la misa junto a nosotros y nuestro buen amigo Saavedra, sin cuya ayuda Bernardo nunca podría haber iniciado aquel asedio.

Los balcones y las ventanas lucían engalanados con ricos paños reservados para los días festivos. Al anochecer se habían anunciado luminarias y otros tantos fastos.

Bernardo llevaba bajo el brazo y a gran gala la bandera inglesa que enarbolaba el fuerte de Pensacola antes de que él mismo la cambiase por la de san Andrés. Era el único tesoro de la conquista que se había guardado para sí y que me pidió que, cuando muriese, la hiciese llegar a su pueblo natal en Málaga, para que allí la tuviesen de modo que siempre se recordase la hazaña de aquel que un día nació entre sus casas.

Yo no comprendía por qué pensaba en la muerte ahora que por fin había regresado, pero los dolores de estómago que de vez en cuando le acuciaban, con el malvivir que da la guerra, se le excitaron y, a los pocos días, incapaz de soportarlos en pie, tuvo que guardar cama.

El tiempo de su recuperación lo pasó prácticamente entero escribiendo un diario que mandaría a la metrópoli procurando no olvidar ni el más ínfimo detalle. Era tal la meticulosidad que ponía en ello, que incluso algunas noches las pasaba en vilo, y despierto hasta el amanecer, llegaba a consumir hasta tres veladas. Quería que en el gobierno de las Indias nunca olvidasen a ninguno de los hombres que le habían ayudado a triunfar, y para cada uno de ellos pedía un ascenso o merced a Su Majestad.

Yo a su lado intentaba conciliar el sueño sin atreverme a hacerle partícipe de mis inquietudes, y es que, aun sintiéndome bien casada desde un principio, ya hacía mucho tiempo que habíamos llegado a La Habana con un propósito, el de aseverar nuestro vínculo matrimonial, y aún no lo habíamos llevado a cabo.

XVI

JAMAICA, LA PROVIDENCIA Y DEMÁS NIDOS DE PIRATAS

Inmediatamente fui a ver a don Bernardo de Gálvez, que se hallaba con toda su familia en una casa de campo. Tenía señales de haber estado enfermo, pero se hallaba muy divertido con su escopeta, que nunca usaba en vano, y una porción de libros buenos que había acopiado…

Escritos de Francisco de Saavedra mencionando a Bernardo de Gálvez durante su estancia en Guárico

Y pasamos tres meses más en La Habana esperando a no sabía bien qué noticias. Indudablemente, y a pesar de ser de su plena confianza, Bernardo seguía guardándome secretos, según él por no querer ilusionarme antes de tiempo con buenas venturas que quizá pudiesen truncarse por el camino.

Aun así, no alcanzaba a entender cómo, siendo nosotros los gobernadores de la Luisiana y después de tanto tiempo ausentes de nuestras tierras, no le acuciaba la necesidad de un pronto retorno. Fuera por lo que fuese, lo que no parecía era estar prolongando nuestra estancia en la isla para desposarme de nuevo.

A finales de agosto por fin supe el porqué de la inexplicable demora: entró en el comedor enarbolando el último número del *Mercurio Histórico y Político*. No cabía en sí de gozo.

—¡Ocupamos once páginas y por fin se publican los ascensos que con tanto ahínco solicité!

No pude más que sonreírle. Allegándose a mí me besó en la mejilla.

—Todos os lo agradecerán, Bernardo. ¿Y vos?

Adoptó un aire circunspecto y bromeando me reverenció.

—Buenos días, señora teniente generala.

Le miré escéptica.

—¿No eres muy joven para ello?

Incapaz de contener un atisbo de vanidad, se puso firme como una estaca.

—Es cierto. A mis treinta y cinco he conseguido llegar a lo más alto cuando casi nadie lo logra antes de cumplidos los cincuenta. Y no solo eso, además me han concedido un emolumento de dieciséis mil reales y han decidido rebautizar a la bahía de Pensacola con el nombre de Santa María de Gálvez para nunca olvidar nuestro arrojo.

Le abracé.

—Así que mi gobernador a partir de ahora también es teniente general. Tendremos que cambiar los galones de vuestra casaca... ¿Qué os parecería estrenarlos en nuestra segunda boda?

Ante su momentáneo silencio, no pude sino insistir:

—Vinimos hace meses a La Habana para casarnos y demostrar a los dubitativos la fortaleza de nuestro vínculo. Al llegar, topé con la sorpresa de que eran otras las principales intenciones que nublaban vuestra mente. No quise apremiaros, pero hoy, después de resueltas estas, creo poder deciros que me sentí ligeramente defraudada.

»Si entonces no reclamé, fue precisamente porque a sabiendas de que andabais desesperado intentando recuperar el tiempo perdido, no quise ser yo un escollo más en vuestro camino a la conquista de Pensacola. Conseguida esta, creo poder estar ahora en la posición de demandaros lo que un día me prometisteis.

Se mostró arrepentido.

—¡Cuánta razón tenéis! Os pido perdón por mi desidia y por nada del mundo quiero que penséis que fui preso del olvido.

Incapaz de mantener mi mirada, la bajó hacia el cuadernillo que sostenía entre las manos.

—Aún tendremos que esperar. Tan solo os pido un par de meses más de vuestra inconmensurable paciencia para celebrar este ascenso y...

Empezó a pasar páginas de aquella gaceta que tantas noticias traía de la metrópoli.

—Aparte de publicar nuestros ascensos, nos llega una noticia que no podemos obviar.

Hizo un silencio creando expectativa, y prosiguió:

—¡Mirad! ¡La captura el pasado ocho de agosto en el cabo de Santa María de un convoy inglés cargado de pertrechos! No destacaría esta victoria sobre otras tantas si no fuese porque aquellos navíos eran, precisamente, los que traían a los ingleses los tan necesarios refuerzos de armamento y hombres para terminar de ganar a los Estados Unidos. ¡Su falta, con toda probabilidad, ayudará a los patriotas a vencerlos de una vez por todas!

Pegó un sorbo a la copa que tenía a su vera antes de acercarse la lente a los ojos y proseguir leyendo, sumamente excitado:

—Aquí dicen que el Santísima Trinidad les ha decomisado nada menos que cincuenta y dos buques, ochenta mil mosquetes, tres mil barriles de pólvora, gran cantidad de provisiones y la ingente suma de un millón de libras esterlinas en lingotes y monedas de oro.

Posando la lupa sobre la mesa, me miró a los ojos fijamente.

—¿Os dais cuenta, querida? Entre esto y la toma de la Florida, les hemos dejado en calzones. George Washington, en cuanto lo sepa, sin duda lo celebrará. Quién sabe, quizá lo esté celebrando, brindando por ello frente al sepulcro de nuestro común amigo Juan Miralles. ¿No son estas albricias dignas de festejar como Dios manda? Ante todo, no quiero que esto haga sombra a los agasajos de nuestra boda. Solo os imploro un poco más de paciencia.

Su solícita mirada me desarmó. ¿Cómo iba a negarme? Me gustaba verle entusiasmado. Si algo caracterizaba a mi señor esposo era que la templanza y el arrebato se alternaban en su semblante.

Si aquello predecía el final de la guerra y la independencia de los Estados Unidos de América, sin duda era algo de mucho más calado que el aseguramiento ante los más descreídos de mi consolidado matrimonio.

Incapaz de oponerme una vez más a sus designios, después de tan larga espera, ¿qué significaban dos meses más? Según sus deseos, me dispuse a organizar los festejos y ágapes de la entrega de despachos y ascensos, amordazando un poco más mis caprichos.

La paciencia y el buen hacer tuvieron su recompensa cuando aquel veintiséis de noviembre por fin entré del brazo de mi padre en la capilla episcopal de la iglesia catedral de La Habana.

En realidad, aquel formalismo me resultó sumamente extraño ya que mi padre ya hacía mucho tiempo que me había entregado a Bernardo.

Caminando lentamente por el pasillo central, miré a los bancos dispuestos a ambos lados. Según posaba la vista en cada uno de mis familiares y amigos, estos me dedicaban una sonrisa, beso al aire o una leve inclinación de cabeza.

Adelaida y Matilde, vestidas de rojo carmesí y tocadas con unas hermosas coronas de flores que hacían juego con las de mi ramo, marcaban el ritmo de nuestro sosegado caminar.

Ágata, tras de mí, corría de un lado a otro, sumamente preocupada porque el hermoso velo de novia de fino encaje de Bruselas, que mi madre me había regalado para la ocasión, permaneciese posado sobre la cola de mi sayo para, según ella, hacerme parecer tan regia como la casi reina que muy pronto sería.

La dejé hacer sin discutir, a pesar de que no entendí a qué podría estar refiriéndose. Aunque jamás había dudado de sus vaticinios, aquella vez sus predicciones me resultaron tan confusas como excéntricas. Fuera como fuese, no era el momento de preguntar, ni siquiera de discutir.

Mirando a la Virgen, que al lado del retablo de la iglesia parecía sonreírnos, me encomendé a ella:

—Ayudadme, Madre, a ser feliz junto al hombre al que desde hace tiempo vos y yo misma sabemos que ya estoy unida de por vida. Bendecid, vos que podéis, este vínculo dándonos muchos más hijos.

Ya sentada frente al reclinatorio junto a Bernardo, le miré con arrobo y me dispuse a darle por segunda vez el «sí quiero» frente al altar mayor. Aunque era la tercera vez que lo hacía en mi vida, me sentí como una novata en semejantes lides.

A pesar de que lleváramos años sabiéndonos desposados a los ojos de Dios, era algo conveniente para reafirmar nuestro matrimonio secreto en obsequio del sacramento y de la legitimidad de nuestra prole.

Eché de menos al padre Cirilo que, sin poner impedimento y a punto de morir Bernardo, nos casó la primera vez. Me hubiese gustado que concelebrase con el obispo don Santiago José de Echevarría, pero siendo tan pocos los hombres de Iglesia que había en Nueva Orleans no quiso dejar sin el apoyo espiritual necesario a sus feligreses.

A la hora de los brindis se volvieron a alzar las copas por la ya definitiva victoria de los patriotas contra los casacas rojas: como Bernardo esperaba, el descalabro para los ingleses al no haber podido recibir la ayuda esperada fue apoteósico. Ocho mil soldados británicos, al mando del general Charles Cornwallis, habían sido derrotados en un lugar llamado Yorktown por un ejército francoestadounidense a las órdenes de George Washington.

Y pasaron los meses; por fin dejamos La Habana para recorrer las casi setecientas millas que nos separaban de mi querida Nueva Orleans.

Apenas habíamos desempacado cuando Bernardo de nuevo me sorprendió: aún le quedaba un reducto por pacificar. El plano de Jamaica se desplegó sobre la mesa.

No sabía cuánto tardaría en su nuevo empeño, y le gustaría que le acompañase. No parecía importarle mi reciente estado de buena esperanza ni que aquel reducto fuese precisamente el cobijo y hervidero de muchos de los piratas y corsarios más temibles.

Según las campañas que surgiesen, yo le esperaría a buen recaudo en el cercano puerto de Guárico. Aquel recóndito lugar, también conocido como El Cabo Francés por ser una de las colonias que poseían nuestros aliados en Haití, la parte occidental de nuestra isla de Santo Domingo, llamada antiguamente La Española en tiempos de la reina Isabel la Católica.

Su imagen arremetiendo contra los piratas me trajo a la memoria el episodio que vivimos con mi hermano Maximiliano. Él tuvo suerte, pero yo sabía que aún eran muchos los infelices que se pudrían en sus calabozos por no haber nadie pagado sus rescates, pero no pude negarme.

Sin saber a ciencia cierta cuánto tiempo tardaría en regresar a casa, y habiendo estado más del previsto en nuestro último viaje a La Habana, decidí trasladar mucho más de lo que llevé en mi último desplazamiento. Poco me importaba el espacio que tendríamos en el barco para estibarlo porque, así como en La Habana pude comprar cualquier cosa que me faltase, supuse que en aquel pequeño reducto apenas se podría obtener poco más de lo imprescindible.

Y así, colmé los baúles de las pequeñas cosas que, sin ser estrictamente necesarias, en días de añoranza, me recordarían los placeres de mi palacio gubernamental en Nueva Orleans. Además de lo que me había llevado en mis viajes anteriores, guardé otros tantos zapatos de hebilla, polveras de porcelana, cajas de rapé de Bernardo, mantillas y varias peinas caladas de carey.

Apenas fondeamos en la bahía del pequeño puerto de Guárico, vi otros tantos barcos que aguardaban a la escuadra de Bernardo. Eran los del general Françoise-Paul Grasse, que se unirían a él. Este general había contribuido a la independencia de los Estados Unidos en la decisiva batalla de la bahía de Chesapeake, demostrando su experiencia en el hundimiento de varios barcos británicos, así que Bernardo agradeció su apoyo cuando Saavedra se lo comunicó.

Y es que los franceses estaban tanto o más hartos que nosotros del acoso de los piratas, pero no éramos los únicos que queríamos terminar con ellos. En Europa, al otro lado del mar, aparte de Francia y España, el Imperio ruso, Dinamarca, Suecia, Prusia, Austria y Portugal también se habían aliado en lo que vinieron a denominar la Liga de Neutralidad Armada, precisamente para proteger el comercio marítimo neutral de los ataques y constantes violaciones inglesas. Además, si conseguían aislar a la Gran Bretaña, Francia se había propuesto hacerse con varias islas de las Antillas.

Ya en tierra, en el puerto había un hervidero de hombres de diferentes razas. Predominaban los esclavos que llevaban sobre la cabeza fardos de azúcar con destino a los puertos principales de los recientes Estados Unidos de América, ya que cada día demandaban más este producto.

Bernardo me había contado que allí prácticamente vivían del comercio de la caña y el café, y que sus campos eran infinitos, por lo que necesitaban mucha mano de obra, la mayoría esclava.

Me advirtió de que aquel pueblo, aunque aparentemente civilizado, al estar tan apartado solía ser más inseguro que los que yo conocía. Que entre los delincuentes que podría haber entre los blancos, negros libertos o mulatos, los más peligrosos solían ser los esclavos cimarrones, que huidos de las plantaciones hacían cualquier cosa por sobrevivir a escondidas de la justicia. Por todo ello, desde ese preciso momento Ágata se convirtió en mi sombra.

A excepción de los miembros de la dotación española de nuestros barcos, en aquel puerto casi todos hablábamos en francés, lo que, en cierto modo, me hizo sentirme un poco en casa.

Bernardo me agarró de la mano para guiarme a la calesa que nos esperaba.

—Provisionalmente y hasta encontrar un lugar mejor donde alojaros, he pensado en llevaros a un pequeño fuerte llamado de la Natividad. Domina el entorno y no está ni a un cuarto de legua del pueblo de Guárico. La tradición cuenta que está construido sobre el primer asentamiento de los hombres de Cristóbal Colón. Lo construyeron con los restos del naufragio de la Santa María, que quedó encallada en una playa muy cercana el mismo día del nacimiento del Señor de 1492, para que albergase a los hombres que, faltándoles un barco, no cupieron en el viaje de regreso a España.

»Al año siguiente, cuando Colón regresó, se encontró con que el fuerte se había incendiado y las insepultas calaveras de casi todos sus hombres yacían esparcidas por el contorno. Al intentar averiguar qué había sucedido, el cacique Guacanagarí le aseguró que los culpables de tal masacre habían sido sus enemigos de la tribu de los caribes que, al ser caníbales, se habían comido a los que faltaban.

Horrorizada, solo pude musitar.

—Me parece horrible. ¿Y eso se supone que me gustará?

Sonrió.

—Pensad que fue hace mucho tiempo y que ahora en este cabo haitiano se alza el fuerte mucho más sólido que, en memoria de aquellos valientes, construyeron los franceses al colonizar estos lugares abandonados por los españoles después de aquella calamidad.

Incapaz de pronunciar una palabra solo pude dedicarle una mirada que, aunque forcé complaciente, no se terminó de creer.

—Por lo que me han contado, probablemente lo que más apreciaréis es que está muy cerca de una larga playa a la que podréis ir a pasear cuando os plazca y si la claustrofobia de las murallas os acucia.

Sus palabras terminaron de revelarme lo que temía encontrarme: como casi todos los fuertes amurallados construidos para la defensa de los ataques de los bucaneros, tenía planta cuadrada. Cada uno de sus lados mediría unas cien varas, una batería de cañones apuntaba al mar, en el centro apenas se alzaban tres barracas y al fondo estaban las letrinas adonde acudía la guardia.

Incapaz de disimular mi decepción, alcé la vista defraudada. Apostados en los cuatro baluartes de sus esquinas los soldados vigilaban a todas horas.

Aunque de mis labios no salió una queja, apenas entré en el fuerte Natividad Bernardo intuyó que aquel lúgubre bastión no me gustaba en absoluto. Consciente del sacrificio que me pedía, casi se atragantó:

—Mirad la parte positiva. Aquí estaréis más seguras que en ningún otro lado.

Antes de poder arrancar una sola palabra a mi garganta negué disconforme. Intenté disimular, pero mi voz sonó trémula:

—No sé cómo sería el desaparecido fuerte de Cristóbal Colón, pero este deja mucho que desear. ¿Y si nos vamos a Santo Domingo? No lo conozco, pero dicen que en la parte española de esta isla todo es más próspero que en la parte francesa.

»Tampoco estaríais tan lejos para venir a vernos entre campaña y campaña. Me han dicho que, en la otra costa, aparte de comerciar con azúcar, son ricos en cueros, cacao y tabaco al haber sido declarados por cédula real el estanco oficial de España. Viendo esto, creo que allí podría esperaros dando mejor vida a las niñas, y sobre todo cuidándome para llevar a buen término este embarazo.

Me abrazó fuertemente antes de dedicar una mirada inquisitorial a su intendente.

—Perdonadme, querida. Como vos, no conocía el lugar. No ordenéis que desempaquen todavía que voy a buscar mejor aposento.

Mirando primero al montón de baúles que se hacinaban a las puertas del baluarte y después a los barracones del fondo, no pude más que mostrar mi escepticismo.

—Tampoco podría haber deshecho el equipaje ni aun queriendo. Pocas cosas os pido, querido. Sabéis que mis padres me educaron para lo bueno y lo malo, pero esto me supera. Claro que, habiendo visto de camino lo que hay por estos parajes, tampoco creo que os sea fácil encontrar algo mucho más digno a donde ir.

Ágata se acercó a él para susurrarle algo en el oído. Apenas Bernardo asintió, ella salió despepitada corriendo hacia el pueblo.

Por la sonrisa que traía en los labios aquella tarde, debía de haber conseguido su cometido. Tan solo necesitaba un par de días, una bolsa de monedas para pagar el arriendo y a todos los marineros de la dotación para poder adecentar los aposentos.

Bernardo le dio todo lo que solicitaba sin rechistar, y mientras ella hacía, nos dispusimos a mal dormir en tiendas de campaña hasta poder mudarnos.

Aunque intrigada, preferí no preguntar ante el secretismo que parecía haber en todo ello.

A los dos días, cuando llegué a las puertas de la que sería mi morada durante los siguientes meses, no pude más que sorprenderme al parecer aquella la mejor casa a las afueras de la villa. Como mínimo debía de pertenecer a uno de los más ricos hacendados de los que por allí vivían.

Tenía dos pisos con patio de mampostería, y en su portada lucían unas armas que me fueron difíciles de localizar.

—¿De quién es la casa? ¿Y ese escudo de armas? Parece haber sido borrado por la erosión del tiempo.

Ágata miró a Bernardo como pidiendo permiso para hablar. Él, sonriendo, se lo concedió.

—Más que por la erosión, por el cincel del cantero que hace dos días lo tachó a sabiendas de que lo que representaba no sería del gusto de una gran dama como vos. Lo inventaron las damas que regentaban el lugar.

Entreviendo a qué se refería, no quise indagar más. Importándome poco la dedicación de las antiguas inquilinas, bromeé:

—Si tan próspero era el negocio, ¿cómo es que os lo han dejado sin más?

Bernardo me contestó:

—Son comerciantes natas, así que todo es cuestión de pagar lo que piden. Apenas han tardado en mudarse a otra casa que tienen en los aledaños del puerto.

Ágata había hecho una gran labor para adecentar todo aquello, que no quise ni imaginar cómo sería antes. El caso es que aquella casa era un palacio comparada con el fuerte donde pretendieron aposentarme.

Y según pasaron los días, investigando por los alrededores, me di cuenta de que a excepción de una docena de casas de hacendados en el centro del pueblo y otras tantas de comerciantes en las proximidades del puerto, la nuestra era una de las mejores.

El resto de las edificaciones en su mayoría eran bohíos o cabañas hechas de guano, yaguas, hojas de palmera y barro donde vivían los esclavos que cada mañana salían a trabajar a las plantaciones de caña de azúcar.

A los dos meses de estar allí, una mañana al salir a la plaza del pueblo me arrolló un cimarrón que escapaba del alguacil al haberle reconocido su amo deambulando por el mercado. Apenas caí al suelo de nalgas noté un charco bajo mi saya y, a punto de llegar a término mi embarazo, me puse de parto.

Ágata, como siempre, me asistió junto a las parteras con todos sus abalorios y cánticos. Miguel nació un caluroso veintinueve de septiembre de 1782 en la antigua casa de lenocinio de Guárico que, por fin adaptada a mis gustos, no parecía nunca haber sido la cuna de semejantes menesteres.

Mientras que en uno de sus aposentos yo paría a nuestro primer hijo varón, en el contiguo, Bernardo, empatizándose con mi dolor de vientre, también se retorcía en un infructuoso intento de no desecarse entre vómitos y diarreas. Aquella dolencia suya, lejos de curarse, cada vez se presentaba más recurrente.

Nada más escuchar el llanto del recién nacido pidió que se lo llevasen. Consciente de que debía de estar realmente mal, fui yo misma la que haciendo un esfuerzo ímprobo me levanté para mostrárselo. Aunque me costó, me alegré. Al cogerle entre sus brazos se mostró tan contento que mandó recado a todos nuestros allegados de la albricia citándoles para su bautizo.

El primero en llegar fue nuestro amigo Francisco de Saavedra, que por aquel entonces se encontraba en la cercana ciudad de Santo Domingo, al otro lado de la isla. Al hacerlo, aprovechó para despachar con Bernardo sobre los avances en la campaña.

Mis padres y hermanos llegaron desde Nueva Orleans justo para celebrar el día de los Reyes Magos a bordo del Galveston. No hacía mucho que Bernardo lo había mandado a recogerlos.

Fue entonces cuando me enteré de que mi padre y hermanos no solo venían al bautizo, también llegaban con el firme propósito de poder ayudar a Bernardo a acabar con el nido de piratas que se guarecía en Jamaica ya que, no hacía mucho, habían atacado, saqueado y prendido a la tripulación de dos de los barcos que ellos habían fletado rumbo a España.

Sus tripulaciones ahora languidecían a la espera de que pagasen su rescate en los calabozos de Kingston. Los sobornos hasta ese momento les proporcionaban cierta indulgencia, pero no sabíamos cuánto podría durar esa situación.

No sería la primera vez que, cansados de esperar, aquellos mequetrefes terminasen por matarlos a todos. Para mi señor padre aquello supuso un gran varapalo económico, al haber invertido en el flete más de la mitad de sus erarios con la esperanza de así conseguir beneficios que ayudasen a resurgir sus mermados comercios con el éxito de antaño.

Por mi parte, estaba tan contenta de poder verlos a todos de nuevo que, aparte de demostrar el interés debido en sus congojas, no les permití empañar mi alegría con aquellos disgustos y, evadiéndome un poco, intenté disfrutar junto a mi madre de los preparativos del bautizo supervisando hasta el más ínfimo detalle.

Por fin un veinte de enero de 1783 nos dispusimos a bautizar públicamente a mi querido hijo Miguel Matías José Luciano Antonio Bernardo de Gálvez y Maxent. Como a su hermana Matilde, otros tantos santos le bendecirían.

Lo haríamos sin necesidad de derramarle agua en la cabeza; por lo que le pudiese pasar, ya le habíamos administrado al nacer las aguas de socorro, y ya estaba a punto de cumplir los cuatro meses de edad.

Salimos en procesión camino abajo en diferentes calesas con las caballerías enjaezadas para la ocasión con paños adamascados y cintas de muchos colores. En la primera íbamos Bernardo y yo con Miguel en brazos.

Madre me había traído en una caja y perfectamente encañonado el faldón de cristianar con encajes de chantillí con el que tradicionalmente bautizábamos a todos los miembros de la familia. La diminuta carita de Miguel apenas asomaba entre las puntillas de la capota, por lo que se la abrí un poco más antes de prenderle con un imperdible un pequeño escapulario en el pecho.

En la calesa de atrás venían su hermanastra Adelaida y su hermana Matilde que, a sus cuatro años recién cumplidos, parecía enfurruñada al no poder jugar con su hermano como si de un muñeco se tratase. Acompañándolas como sus ángeles de la guarda iban Nana y Ágata, y tras ellas mis padres, hermanos y demás comitiva.

Escoltando el camino de entrada a la iglesia nos esperaban formados una compañía de granaderos armados y tras ellos otra fila de soldados españoles que se habían añadido a la escolta para impedir que las curiosas gentes se acercasen demasiado a nosotros.

A las puertas de la iglesia nos recibió el general Gerónimo Girón y toda la oficialidad española y francesa, y en el altar mayor el padre Jesús. De nuevo, me hubiese gustado que concelebrase con nuestro querido padre Cirilo, pero como siempre sus obligaciones no le permitieron ausentarse tanto tiempo de su iglesia de San Luis en Nueva Orleans, y tuve que conformarme.

Mi hija Adelaida, henchida de orgullo al haber sido nombrada madrina de su hermano pequeño, se puso a nuestro lado derecho de la pila bautismal mientras que al izquierdo, y en representación del padrino, nos acompañó un cabo granadero llamado José Luciano de Villa Real, que tuvo el honor de ser elegido por ser el más anciano de su dotación. Bernardo, agradecido, le asignó una pensión.

Tras el bautismo y mientras firmábamos las actas, en la misma sacristía y según acordamos previamente, Nana mudó a Miguel para ponerle un uniforme de granadero del regimiento de la Corona de la Nueva España. Si he de ser sincera me pareció absurdo vestir con una casaca tan incómoda a mi pequeño, pero el general quería consagrarlo al servicio de su majestad y de su ejército en el mismo altar mayor, y a Bernardo le hizo tanta ilusión que no pude negarme.

Aún recuerdo las palabras que el general español dedicó a Miguel cuando le impuso y prendió la condecoración junto al escapulario que hacía tan poco yo misma le puse:

—En esta política fina y graciosa operación he querido comunicar al rey el merecido reconocimiento de este pequeño al haber comenzado a servir en este su regimiento.

Pensé que eran dignidades demasiado tempranas para ser valoradas por el condecorado, pero me abstuve de hacer el más mínimo comentario al ver a su padre tan orgulloso.

Por último, confiamos a don Jesús el certificado de bautismo firmado para que se lo mandase por valija eclesiástica al doctor don Santiago José de Echevarría y Elguezúa, obispo de la santa iglesia catedral de la ciudad de Santiago de Cuba, y que así quedase registro seguro de este en sus archivos.

Al terminar, todos nos dirigimos a celebrarlo a nuestra casa, donde entre familia, amigos y oficiales dispusimos un almuerzo para casi doscientos invitados distribuidos en diferentes mesas según los dictámenes del más estricto protocolo.

Apenas nos sentamos salieron de las cocinas los más ricos manjares regados por varios tipos de vinos y licores que no hacía mucho habían traído desde Santo Domingo. El francés y el español se entremezclaba en las conversaciones de los comensales y, tras la comida, la orquesta comenzó a tocar. Los bailes se sucedieron hasta la cena y las alegrías se prolongaron a lo largo de toda la noche, tanto que fueron muy pocos los que se retiraron a la luz de los hachones y antes del amanecer.

A los pocos días y como si todo aquello hubiese sido parte de un efímero sueño, fui viendo cómo muchos barcos con nuestros parientes y amigos a bordo fueron levando anclas para regresar a sus casas.

Los únicos que aún se quedaron por un tiempo en casa fueron mis padres y hermanos, a la espera de poder atacar de una vez a los corsarios y liberar a sus hombres.

Cada día que pasaba rezábamos para que, aun sin tener noticias de ellos, no hubiesen perecido en los calabozos, hasta que una garrafal noticia vino a dar al traste con cualquier intento de salvación: el pasado ocho de abril la flota inglesa comandada por el almirante Rodney había derrotado al almirante De Grasse. Al saberlo, a Bernardo no le quedó otra opción que mandar a nuestros barcos a rescatar a los franceses que aún sin llegar a la costa desarbolados pudiesen ser salvados.

Sin el apoyo de la escuadra francesa no se veía capaz de enfrentarse a los ingleses y, muy a su pesar, tuvo que verse obligado a posponer la inmediata conquista de Jamaica.

Y tan terco como incapaz de abandonar del todo algo que previamente se había propuesto, decidió cambiar el objetivo de Jamaica por el de la isla de la Providencia en las Bahamas; al ser más pequeña y estar más desprotegida, quizá fuese más fácil de someter.

Para ello delegó el mando de su escuadra en don Juan Manuel Cagigal y nombró su segundo a don Francisco de Miranda. Un gran acierto el suyo, ya que en apenas unos días consiguieron arrebatar a los ingleses la isla de Nueva Providencia. Nos alegramos, ya que por mi hermano Maximiliano, que allí estuvo preso, sabíamos que en Nassau, su capital, estaba el escondrijo donde solían darse cita los peores canallas, piratas y gentes de mal vivir para descansar de sus tropelías y dar rienda suelta a sus depravadas lujurias.

Con aquella conquista orquestada por mi señor marido, además de haber dado un buen varapalo a semejantes mequetrefes, había conseguido una vez más que el dominio español sobre los mares del Caribe se expandiese.

Después de este triunfo y aprovechando la buena racha, en un momento dado pensó en volver a retomar la conquista de Jamaica, pero esta vez topó con la sorpresa de que en Europa los gobiernos de ambos reinos habían firmado la paz y desistió del intento.

Con la paz, nuestra estancia en Haití se hacía infructuosa, así que empecé a empacar alegre por poder al fin regresar a nuestra casa en Nueva Orleans. Ardía en deseos de presentar a todos a mi hijo Miguel y retomar mis antiguas costumbres cuando de nuevo Bernardo me sorprendió con la única tentación que podría convencerme de encaminar mis pasos hacia otro destino.

Doblaba los últimos mantones junto a Ágata cuando apareció en mis aposentos para sentarse en una mecedora frente a la ventana. Sin mirarme siquiera, me lo soltó a bocajarro:

—¿Querida, os apetecería viajar a España?

El corazón me dio un vuelco. Desde niña y por todo lo que

había leído imaginaba la corte como un lugar elegante y lo suficientemente sofisticado como para acudir debidamente engalanada. Miré los sayos que sobre mi cama esparcidos esperaban a ser guardados y, aun siendo los más lujosos que allí tenía, me parecieron casi pordioseros.

—¿Directamente desde aquí? ¿Sin ni siquiera pasar por casa para recoger mis pertenencias más preciadas, comprar mejores paños y ordenar a las costureras vestidos nuevos? Miradme bien, Bernardo, así no quiero aparecer en la corte. Dejadme al menos hacer una parada en La Habana para proveerme de todo lo necesario.

Sonriendo me miró de arriba abajo.

—¿Así, cómo? No sé lo que pensáis que os encontraréis, pero os puedo asegurar que, independientemente de cómo os engalanéis, luciréis mucho mejor que otras tantas señoras encopetadas de las que por allí deambulan. De hecho, creo no equivocarme si digo que causaréis estragos entre las más exigentes.

Me sonrojé.

—Sois mi marido y como tal me miráis con buenos ojos. Sin duda me halagáis en demasía. Tenéis que comprender que todo para mí será nuevo y que quiero estar a vuestra altura.

Sonrió de nuevo.

—Si siempre lo habéis estado, no sé a qué vienen ahora estas inseguridades.

Me preocupé.

—Son cosas que los hombres no entendéis.

Levantándose, vino a donde yo me encontraba y me abrazó.

—Ante todo, no os preocupéis, querida. Tranquilizaos porque pasaremos antes por Nueva Orleans. Mi intención es estar tan solo el tiempo preciso para dejar todo organizado en el gobierno de la Luisiana durante nuestra ausencia, pero me quedan flecos por hilvanar, así que tendréis tiempo para prepararos según queráis.

Suspiré más tranquila.

—¿Y por qué este viaje tan repentino?

—Según mi tío José, porque el rey quiere agraciarme debidamente por mis últimas conquistas. No me ha querido decir aún de qué se trata. Las cartas de concesión aún no están firmadas por el monarca, y por nada del mundo querría ilusionarme antes de tiempo.

Preferí no elucubrar con sueños de grandezas, pero lo cierto era que, según las últimas noticias, toda mi familia política medraba a pasos agigantados en la corte madrileña. Sabía que a mi suegro Matías, al que por fin conocería en nuestra próxima escala en La Habana, le acababan de nombrar virrey de la Nueva España.

Como a Bernardo, tampoco le iba mal después de haber pasado de un puesto relevante de mando en Tenerife a nada menos que ser gobernador en Guatemala. Ahora encaminaba sus pasos hacia Veracruz acompañado de Ana de Zayas, la madrastra de mi marido, para tomar posesión de este virreinato que sin duda era el más extenso y poderoso de las Indias, al ejercer su poder en las Californias, Nueva Vizcaya, Nuevo México, Sonora y algunos territorios de Texas.

Pensé que, a nuestro regreso de España, no nos vendría nada mal tenerlo tan cerca de la Luisiana y la Florida. Los Gálvez, al ser padre e hijo gobernantes de terrenos adyacentes, sin duda se harían si cabe más poderosos.

Nuestro tránsito por Nueva Orleans antes de partir a España, aunque corto, fue intenso. Como Bernardo me advirtió, fue cerrando puertas que no quería dejar entreabiertas antes de partir. Dada la reciente firma de paz con Inglaterra, lo primero que hizo fue liberar a los oficiales ingleses apresados en un intento de asedio al fuerte de Natchez para recuperarlo. Sabía que no le hacía gracia, pero tuvo que cumplir con los acuerdos que se estaban tomando por la paz.

La semana anterior a nuestra partida desde Nueva Orleans hacia España, con una breve escala en La Habana, Bernardo pasó muchas horas frente a su bufete disponiendo todo para que nada respecto a su gobierno quedase al azar.

Despachó dos regimientos a Buenos Aires y Lima, estableció una guarnición entera para proteger a la siempre amenazada San Agustín de la Florida, quizá por haber sido el primer lugar donde los esclavos escapados de las colonias inglesas llegaron para adquirir la libertad bajo el auspicio de la corona española.

Por último, nombró a José de Ezpeleta gobernador y capitán general interino de la Luisiana y la Florida. Nadie de más confianza para cumplir diligentemente con su cometido; lo que más le importaba era que este, como su mejor delegado, terminase de llegar a un acuerdo con los Estados Unidos de América delimitando sus fronteras con nuestras provincias sin que España perdiese un ápice de su tierra.

Además, quería que en su ausencia se siguiesen respetando las franquicias comerciales que poseía la Luisiana por cédula real. Para vigilar que las instrucciones dadas al buen trato y comercio con los indios permaneciesen incólumes, lo dejó todo a cargo de mi padre: ¿quién mejor que él que desde hacía décadas sabía cómo pensaban estos?

Pasaban los días y Bernardo se mostraba cada vez más preocupado y con ansias de partir. Sobre todo, desde que nuestro amigo Saavedra le escribió desde Versalles, sugiriéndole que cabía la posibilidad de que Su Majestad, en los acuerdos de alianza con nuestros hasta entonces enemigos, acabase por ceder algunos terrenos de la Florida a cambio de que le devolviesen plazas tan estratégicas para España como un peñón que había al sur de la península llamado Gibraltar y una isla al norte del archipiélago Balear conocida como Menorca. Estaba claro que las tierras de la Florida bien podrían ser las que él, con tanto esfuerzo, había tomado. ¿Serían capaces de utilizar como moneda de cambio la Mobila y Pensacola?

Desde ese preciso momento, además de ir a España a recibir honores, quería estar presente en la corte junto a su tío José, como el ministro de las Indias que era, para al menos intentar evitar semejante dislate.

El tiempo apremiaba, corría el rumor de que más pronto que tarde se reunirían en Lisboa los embajadores enviados desde España e Inglaterra para resolver respecto a aquella cuestión, y para entonces Bernardo quería que estuviésemos en Madrid.

Nadie mejor que él para explicarles, en primer lugar, cómo el reino de España había colaborado con la independencia de los Estados Unidos de América y, en segundo lugar, para hacerles ver que nunca y por nada del mundo deberíamos dejar de nuevo enclaves de la Florida occidental tan indispensables como Pensacola en manos de aquellos que tantas veces, a lo largo de la historia, habían roto los acuerdos de paz con España.

Madrid, a mí, independientemente de los negocios políticos y diplomáticos, me sonaba tan apasionante como lejano. Aún no me podía creer que en muy poco tiempo formaría parte de una realidad que hasta el momento imaginé un cuento inalcanzable allende los mares.

XVII

ESPAÑA, UN SUEÑO POR DESCUBRIR

Día de la Virgen del Carmen de 1783

La resolución de S. M. expresada en su orden reservada del 10 de febrero último, mandándome restituir a España, concluidas las disposiciones y arreglos que me previenen en otras de igual fecha, me llena el gusto y complacencia que verdaderamente apetecía, por facilitarme la fortuna de besar la real mano que tan generosamente me ha colmado de honores.

Bernardo de Gálvez a José de Gálvez

En la breve escala que haríamos en La Habana aprovecharíamos para confirmar en la fe católica, apostólica y romana al pequeño Miguel. Si bien podríamos haber esperado a que, dejando de ser tan párvulo, pudiese participar de este sacramento por su propia voluntad, el obispo Echevarría nos concedió el permiso debido para poder hacerlo ya mismo y en la catedral de La Habana, aprovechando la estancia de su padrino y abuelo Matías en Cuba.

Al nerviosismo que me embargaba el inminente viaje a España se unió el empeño por hacerme digna de la aprobación debida ante mi suegro y su segunda mujer que, provenientes de su capitanía general en Guatemala, antes de llegar a Veracruz para tomar posesión de su reciente cargo como virreyes de Nueva España, quisieron también coincidir con nosotros.

A pesar de llevar yo años desposada con su hijo aún no nos conocíamos, como tampoco conocían a sus dos nietos, Matilde y el pequeño Miguel. Nos caímos bien, aunque no tuvimos demasiado tiempo de intimar al apremiarlos por igual a padre e hijo la urgencia para partir a puntos tan dispares del mundo, don Matías hacia México y nosotros hacia España.

Aun habiéndose abrazado con cariño en el primer momento que se vieron, me impresionó comprobar cómo, aparte de los asuntos de Estado, pocas cosas más parecían unirlos. ¡Aquella relación paternofilial parecía tan distinta a la que yo siempre conocí de niña!...

La prematura orfandad de madre a la que Bernardo se vio abocado siendo niño sin duda había hecho mella en él. Quizá porque ni siquiera era capaz de recordar el haber contado nunca con un tierno regazo en el que haberse cobijado para combatir su desabrida infancia, pues don Matías apenas esperó para desposarse de nuevo y reemplazar en su lecho a su madre.

Fue entonces cuando entendí mejor que nunca que Bernardo, desde el primer momento en que me conoció, demostrase tanto afecto por mi hija Adelaida aunque no fuese hija suya. En ella, en cierto modo, se sentía reflejado.

Y sumado a esto, el largo tiempo separados parecía haber debilitado aún más el vínculo de sangre que padre e hijo compartían. Apenas les costó separarse de nuevo excepto por el hecho de que prometieron hacer por verse más a menudo a nuestro regreso de la metrópoli. No sería difícil estando ellos ya mucho más cerca de la Luisiana.

Y así, ambos barcos con rumbos contrapuestos levaron anclas el mismo día del Carmen. A ella y a san Juan Nepomuceno, por dar nombre al bergantín que nos acogía, me encomendé pensando que quizá los exvotos que el día anterior deposité junto al altar mayor de la catedral no fuesen suficientes para asegurar el buen viaje.

Pensar que dejaríamos de ver tierra durante mes y medio me angustiaba, pero no quise hacerlo evidente por no asustar a los niños, ni a Ágata y Nana, que nos acompañaban, y que como yo jamás se habían enfrentado a un viaje tan largo. Desde que salimos de Nueva Orleans sabía que había muchas cosas que celebrar, pero aún nadie me había dicho cuáles.

Fue aquel preciso momento el que Bernardo eligió para desvelarme el secreto. Estaba apoyada en la regala de la proa del barco justo encima del mascarón cuando sentí su abrazo por detrás. Me susurró al oído:

—¿Por ventura le asusta la inmensidad del mar a la señora condesa?

Sin reparar en lo que acababa de decir, le contesté:

—Si os soy sincera, me da un respeto infinito.

De repente me di cuenta. Le miré confundida.

—¿Señora qué?

Sonrió.

—Condesa. Para ser exactos, condesa de Gálvez y vizcondesa de Galveston.

Yo no daba crédito. Bernardo continuó orgulloso:

—No solo eso, querida, además me han concedido una encomienda en Bolaños pensionada con treinta y un mil cuatrocientos reales de vellón al año y valorada nada menos que en seiscientos sesenta y un mil ochocientos veintidós.

Seguía sin creerlo.

—¿Desde cuándo?

—Según me ha dicho el tío José, su majestad don Carlos firmó la real cédula el pasado veintiocho de mayo. Por fin se reconoce como heroico mi arrojo en la batalla de Pensacola.

De su casaca sacó un pequeño dibujo que me mostró.

—El rey de armas me ha dibujado este blasón para que a partir de ahora y por siempre nos identifique. En sus cuarteles figurará la flor de lis como símbolo de la Casa de los Borbón y recordando que el título nos lo concedió el rey Carlos III y aquí, lo que más me gusta, aparecerá mi propia imagen a bordo del Galveston y sobre este dibujo mi lema.

Yo seguía sin poder dar crédito a sus palabras.

—¿Tenéis además un lema?

No lo dudó ni un segundo:

—«Yo solo».

Fruncí el ceño.

—Para que nadie olvide nunca que hubo un día en que solo abrí brecha e igualmente solo avancé hacia la conquista de Pensacola.

Aprovechando nuestra intimidad se puso la mano en el pecho y, simulando envanecimiento, levantó la nariz.

—¿Os dais cuenta, Felicitas? Esto nos ennoblece de tal manera que a partir de ahora serán muy pocos los que nos puedan hacer de menos.

No era propio de él mostrarse tan altanero. Si algo admiraba yo en él era su sencillez.

—Humildad, Bernardo. Nunca olvidéis que polvo somos y en polvo nos convertiremos, independientemente de la corona que portemos. No dejéis que esto se nos suba a la cabeza. He conocido a algunos nobles en La Habana y por nada del mundo me gustaría contagiarme de su soberbia. Prometédmelo. Juradme que, por muy lejos que lleguemos, nunca olvidaremos que yo, aunque criolla, provengo de unos emigrantes franceses que sin tener mucho que perder en el viejo continente viajaron a América en busca de una vida mejor.

»Por otro lado, tus abuelos, oriundos de un pequeño pueblo malagueño, tampoco anduvieron muy lejos en la escala social. En dos generaciones es indudable que todos hemos crecido y ahora tendremos que enseñar a nuestros hijos a mantener y engrandecer lo conseguido para el bien de las generaciones venideras sin dejarnos nunca tentar por el despotismo o la vanidad.

Me besó.

—No lo dudéis que así será, mi señora condesa. Si por algo os quiero es por lo claro que siempre habéis tenido todo sin perder el horizonte. El viaje será largo, así que tendréis el tiempo suficiente como para haceros a la idea. Por nada del mundo debemos mostrarnos forzados en nuestro proceder al llegar a Cádiz.

Le sonreí azarada y sin saber aún muy bien cómo actuar. Al no tener consejera en semejantes menesteres, opté por hacerlo con naturalidad.

Detrás de nosotros Adelaida corría por la cubierta, nerviosa como un flan. Bernardo, dando por concluida nuestra conversación, fue a calmarla. Desde que nos casamos la trataba como a su propia hija.

Prácticamente se diría que la había adoptado. Al ver Matilde que la cogía en brazos, quiso ser igualmente atendida, y al intentar Bernardo cargar con las dos a la vez, acabaron todos cayendo al suelo para rodar por la cubierta. Gracias a Dios ninguno se hirió y todos, incluida Nana, que llevaba a Miguel colgado a la espalda en un pañuelo, terminaron riendo a carcajadas.

Y así pasaron los días hasta que llegamos a Cádiz un ocho de septiembre. Aquella ciudad desde que apenas la divisé me pareció el vivo reflejo de la que atrás habíamos dejado hacía más de mes y medio en Cuba.

Bernardo me había puesto en antecedentes. Al parecer aquella ciudad estaba asentada en un istmo; si no fuese por un pequeño camino de arena y playas que con marea alta apenas sobresalían del agua y la unían a tierra firme, sería una isla.

Cádiz, desde hacía poco más de sesenta años, cuando el Gobierno decidió trasladar la Casa de Contratación a su puerto, arrebatándosela a Sevilla, se había convertido en una de las ciudades más prósperas de España, sin dejar de crecer.

Desde entonces se calculaba que su población se había doblado; ya casi eran ochenta mil las almas que la poblaban, sin contar con todas las que sin tener aposento en tierra firme moraban en los cientos de barcos que fondeaban en su bahía.

La reciente construcción del Real Observatorio de la Armada, la Academia de Guardiamarinas, el arsenal de la Carraca, el Real Colegio de Cirujanos de la Armada, donde entre otros estudió Balmis, aquel que compartió en Argel buque con Bernardo y Alejandro O'Reilly, y la existencia de varios hospitales hacían de ella una ciudad de lo más completa.

Un centenar de torres vigía, como altas chimeneas, predominaban sobre sus azoteas. Casi todas eran propiedad de ricos comerciantes armadores de buques.

Apenas fondeamos, un marinero comenzó a hacer señales de luz desde la cofa valiéndose de espejos. Ponía en antecedentes de la carga que traíamos a su armador, para así tenerla vendida antes incluso de desembarcarla. Tardó muy poco en recibir respuesta de su particular torre.

Hasta entonces no supe que el San Juan Nepomuceno, aparte de nuestros enseres personales, especias, quinina, tintes como la grana, el añil, o el rojo de la cochinilla proveniente del palo de Campeche, llevaba las bodegas a rebosar de azúcar, tabaco y cacao.

Dos de esos productos eran precisamente los que había traído de regalo para nuestros futuros amigos, aquellos que haríamos en la corte. Para las señoras tenía un chocolate de la mejor calidad guardado en cajas hechas de barro perfumado con esencias que sabía que en España apenas eran conocidas y, para los señores, cajas de rape de plata mexicana repujada.

Sabía que estos, como Bernardo, cada vez consumían más tabaco. Unas veces fumado al uso de los indios y otras en forma de rapé, que solían inhalar para provocar el estornudo y limpiarse las narices por dentro.

El puerto era un hervidero de pujanzas. ¡Cómo hubiese disfrutado mi señor padre estudiando todo aquel batiburrillo de compraventas!

Apenas desembarcásemos y descargasen volverían de nuevo a llenar las bodegas. Esta vez y según pude comprobar, con vinos, aguardientes, aceite de oliva y muchos cuadros y tallas religiosas que allí en las Indias habían encargado los párrocos de las iglesias y algunos hacendados que, ávidos de piezas de arte con cierta historia, se las habían pedido a los comerciantes de antigüedades.

En cuanto posé un pie en tierra firme, el mareo me hizo tambalearme. Agradecí que fuese una amiga la que me tendiese su brazo para apoyarme.

—¡Querida Rosa! Viéndoos de esta guisa diríase que nos despedimos ayer mismo ¡Estáis igual que siempre!

Jamás pude olvidar que fuese ella precisamente la primera que pensase en mí como la candidata más idónea para que Bernardo se desposase al llegar a Nueva Orleans. En cierto modo siempre estaría en deuda con ella. Me sonrió.

—Mejor si cabe. Esta hermosa ciudad trae vida y alegría independientemente de los vientos que la azoten.

Asiéndome fuertemente a su brazo a punto estuve de desvanecerme. Apenas pude balbucear.

—¿También aquí hay que guarecerse de los huracanes?

Sonrió.

—No os asustéis. Aquí la vida se trama día a día y según sople levante o poniente se hace un plan u otro. Lo mejor es que todos son entretenidos. Ya veréis. Estoy deseando presentaros a muchas señoras que sin duda os entretendrán. ¿Cuánto tiempo os quedaréis antes de partir a Madrid?

Incapaz de contestarle e intentando recuperar la estabilidad, tiré de ella para que se parase y así poder posar los dos pies a un tiempo en el suelo.

—Perdonadme, pero me siento como si siguiese sobre la cubierta del barco. ¿De verdad que la tierra no se mueve?

Sonrió.

—Perdonadme a mí, Felicitas, por no dejaros ni un momento para recuperaros de tan largo viaje, pero es que, desde que supe que veníais, no veía el momento de volver a veros. Lleváis demasiados días embarcada y a veces el mareo de tierra acucia más de lo debido. Si os parece os dejaré tranquila hasta mañana, cuando os recogeré en casa del tío de Bernardo para dar el primer paseo por la ciudad y enseñaros todo lo que Alejandro está haciendo aquí.

Contenido su impulso inicial, estaba tan agotada que agradecí su sensibilidad. Rosa de las Casas, la mujer de Alejandro O'Reilly, seguía igual que cuando nos despedimos años atrás en Nueva Orleans.

Dejándome guiar hasta la calesa, me despedí de ella con un beso en la mejilla y subí junto a los niños, Nana y Ágata. En la de atrás subió Bernardo con su tío Antonio, el hermano pequeño de su padre, que nos daría albergue los días que pararíamos allí y hasta preparar el siguiente viaje a la corte. Según supe ardía en deseos de celebrar con nosotros en una cena el reciente nombramiento de mi suegro Matías como virrey de la Nueva España.

El tío Antonio, como el resto de mi familia política, también parecía haber florecido en su particular campo. Bernardo me contó que fue precisamente él, al ser el comandante del puerto principal de la bahía, el que en el pasado agilizó los envíos desde España de muchos de los suministros que ayudaron a las Trece Colonias en su independencia.

Su privilegiado cargo, aparte de darle cierta ventaja en los asuntos comerciales, le mantenía informado de cualquier secreto proveniente del otro mundo. De hecho, allí algunos le apodaban grandilocuentemente como el Guardián de los Mares.

Por él supimos que el tío José nos esperaba con cierta urgencia en la corte, y por ello apenas pasaríamos diez días en aquella hermosa ciudad. Tenía poco tiempo para conocerla y no quería desperdiciarlo.

A la mañana siguiente, como acordamos, vino Rosa a desayunar conmigo para luego llevarme a dar aquel prometedor paseo. Desde muy niña había oído hablar mil veces de las grandezas de España, pero aquello superaba en mucho todo lo que había imaginado. El asombro me asaltaba cada vez que doblaba una esquina.

Cádiz me recordaba a La Habana en superlativo. Lo primero que me enseñó, con sumo orgullo, fueron las obras que Alejandro estaba llevando a cabo en lo que llamaba la Puerta de Tierra. Era una muralla fortaleza que daba acceso a la ciudad y muy parecida a otra que antes había reproducido en La Habana.

La catedral llevaba sesenta años construyéndose y, según estaba llena de andamios, pensé que aún le quedaría un buen trecho para terminar de alicatarla de mármoles que tapasen su piedra ostionera.

Los paseos que daban al mar se asemejaban al malecón, y el ronroneo de divertimento que mecía la ciudad me pareció el eco de lo que atrás dejamos. Por el centro, al resguardo de los vientos, topé nada menos que con tres teatros diferentes que, alternando sus obras, no dejaban una velada sin posible entretenimiento. Alrededor de las plazas se esparcían más de treinta cafés que, abarrotados a todas horas, como un corazón que constantemente bombea de sangre las venas, nutría de vida a las ensortijadas calles.

Ya en la privacidad de las casas, del brazo de Rosa pude acudir a media docena de tertulias de todo tipo. La mayoría me sedujeron por el amplio abanico de temas científicos, políticos y culturales que tocaban. Toda persona culta me entendía en francés y di gracias a Dios porque Bernardo me hubiese obligado a perfeccionar el español, aunque en casa no fuese el idioma que predominaba.

La libertad que todos mostraban al ilustrar sin tapujos a los demás con muy diversos puntos de vista pasmaba por la tolerancia que de aquellas conversaciones emanaba. Destacaban los más doctos que, aunque solo intervenían en contadas ocasiones y oportunos momentos, solían aplastar con sólidos argumentos a los menos avispados. Estos, aún empeñados en demostrar abiertamente su ignorancia, solían aburrirse de no poder intervenir en lo que no llegaban a entender y terminaban por marcharse dejando el espacio libre a los más inteligentes.

A estos últimos los solían llamar despectivamente petimetres, currutacos o abates. De todo aquello tomé buena nota pues, aparte de divertirme sumamente, quizá lo tomase de ejemplo para hacer algo y en paralelo cuando tornase a casa.

Posiblemente en la tertulia que más disfruté fue la que organizó la Asamblea Amistosa Literaria. Tuvo lugar un jueves, en recuerdo a las que sembró el ya fallecido Jorge Juan en la propia casa del científico marino. En ella sus antiguos compañeros de la Armada debatieron sobre variadas materias. Se recordó al científico y cómo, gracias a sus mediciones y utilización del péndulo en aquella expedición que hizo junto a Ulloa para medir el arco de la Tierra, descubrieron que esta no era del todo esférica. Además, tomamos un excelente chocolate y aprendí a jugar al billar.

En aquella biblioteca fue, precisamente, donde rebuscando encontré una publicación antigua y de tintes bastante femeninos que me divirtió sobremanera. Era *La pensadora gaditana*, un semanario editado hacía veinte años por una mujer llamada Beatriz Cienfuegos. María Rosa me dijo que lo había conseguido gracias a la Academia de los Ociosos, que por aquel entonces dirigía don Juan de Flores Valdespino, incitando a que las mujeres también comenzasen a leer los diarios.

Desgraciadamente, su permanencia debió de ser efímera, pues ya por aquel entonces, aunque las busqué, no encontré más publicaciones. Me gustó la idea y pensé que quizá, en un futuro, pudiese hacer algo parecido en Nueva Orleans al regresar. Mi madre seguro que me secundaría en este afán.

Y así fueron pasando vertiginosamente los días, hasta la cena de la noche antes de partir. Bernardo disfrutó cambiando impresiones con algunos amigos de antaño que si bien yo aún no conocía, sí había oído hablar de ellos.

Me impresionó particularmente el doctor Balmis, al que Bernardo apreciaba mucho desde que siendo jóvenes le atendió al ser herido en la batalla de Argel. Este, junto con otro marino al que llamaban Malaspina, acapararon la mayor parte de la conversación al plantear apasionantes expediciones científico-políticas que, según ellos, si tenían el éxito esperado acabarían por ser recordadas para gloria del reinado de Carlos III.

—Estoy prácticamente seguro de que en el futuro podremos curar enfermedades hoy mortales con remedios naturales de lo más simples.

El doctor Balmis estaba tan seguro de sí mismo que nadie parecía atreverse a interrumpirle. Me sorprendía que personas aparentemente tan cultas aceptasen tal cual semejante afirmación sin pruebas evidentes y, aun temerosa de resultar arriesgadamente osada en una abierta demostración de mi ignorancia con respecto a esas materias en particular, le interrumpí.

—Y ¿en qué se basa mi buen doctor?

A pesar de ser un hombre tremendamente reservado y poco amigo de demostrar excesivos afectos, me sonrió.

—Felicitas, me alegro muchísimo de que me hagáis esa pregunta.

Pensativo, se rascó el pequeño hoyuelo que resaltaba en medio de su barbilla.

—Si he de ser sincero, hacía tiempo que la estaba esperando. El caso es que llevo mucho tiempo ahondando en una investigación sobre los beneficios y aplicaciones de muchas plantas, flores y otros remedios que nos brinda la naturaleza en la sanación de varias enfermedades, y leyendo tratados de otros sobre especies provenientes del Nuevo Mundo he llegado a la conclusión de que aún nos queda mucho por descubrir.

—¿Me habláis de descubrimientos botánicos que el padre Celestino Mutis está haciendo en el virreinato de Nueva Granada?

Asintió mirándome fijamente.

Parecía sorprendido de que supiese de ellos, siendo estos tan recientes.

—Entre otros de menor envergadura. El caso es que, si el rey me lo permite, en muy poco tiempo espero viajar a la Nueva España para terminar de experimentar con una flor que probablemente sirva más que bien a diversos males venéreos y escrofulosos.

Las risitas de varias señoras sonaron al final del cuarto.

—Esperemos, señor mío, que además de encontrar remedio a tan incómodos males para los más promiscuos, logréis además hallar cura para enfermedades tan sañudas como...

Pensé rápido.

—La mortal viruela.

Se mostró divertido ante mi observación.

—Ojalá apareciese algo en este mundo que inoculado curase o nos previniese de semejante mal... Dios la oiga, señora mía. Si eso fuese posible, acabaríamos con la muerte de miles de almas y no sé siquiera si atreverme a soñar con ello.

Me abaniqué.

—Pues pensemos en grande y soñemos con ello, porque creo que hoy en día nuestros anhelos han de estar a la altura de este gran mundo que nos hospeda.

Rosa aplaudió.

—¡Felicitas, qué hermosas palabras! Deberíais escribirlas para dejar constancia de ellas antes de que se nos olviden.

Aquella fue nuestra última tertulia antes de dejar Cádiz y poner rumbo a Madrid.

El día de la partida, para avanzar más rápido y evitar las salinas y otros terrenos enfangados, decidimos tomar una pequeña embarcación que cruzaría la bahía y nos dejaría en El Puerto de Santa María, la ciudad de los cien palacios.

Aquella hermosa ciudad, al borde del río Guadalete, como la cercana Cádiz, era un hervidero de riqueza y comerciantes. Aparte de los hermosos palacios, varios conventos y soberbias iglesias como la de la Mayor Prioral, destacaban otras construcciones rodeadas de jardines, como varias bodegas que se dedicaban a la elaboración del vino con el fruto proveniente de los mares de viñas que había plantadas en las fincas circundantes. Y los que no hacían vino, molían aceituna para hacer aceite.

La localidad era sede de la Capitanía General de la Mar Océana y, como tal, nuestro gran amigo el capitán general fomentó que en El Puerto se mejorasen las calles, empedrándolas, y se mejorase la salubridad con un buen sistema de alcantarillado y recogida de inmundicias. Asimismo, reformó la calle Larga, donde se concentraban los mayores palacios muy cercanos al castillo, e hizo un largo paseo a orillas del río y un portón para mantener la barra del río, y que así el nuevo muelle pudiese facilitar el acceso a carros y viandantes.

¡Indudablemente, nuestro amigo Alejandro nunca se cansaba!

Allí por fin abordamos una carroza para viajar por tierra en dirección a Jerez y otras tantas poblaciones que fui conociendo en el tránsito hacia Madrid, la ciudad de la Villa y Corte.

De todo lo que con nosotros trajimos de Luisiana, lo que Bernardo custodiaba con más celo era lo que él denominaba los laureles de sus campañas, los objetos más simbólicos que había recopilado en el lugar mismo de sus victorias; viajaban guardados cuidadosamente en cajones con las armas reales y debíamos irlos entregando en diferentes puntos de nuestro itinerario.

Los primeros quedaron depositados, al pasar por Sevilla, en «la Mesa de la Guerra» para que les buscasen una buena ubicación en la mismísima catedral de la Giralda. Aquello aligeró en mucho nuestro equipaje. Para más gloria de las batallas ganadas por mi marido, los restantes fueron mandados a la iglesia de San Pascual de los Gilitos, en Aranjuez, al templo del Pilar en Zaragoza e, incluso, a la catedral de Santiago.

Tan solo conservamos con nosotros la bandera de combate que, previo el permiso debido, nos quedamos para que la pudiesen heredar nuestros hijos.

No veía el momento de llegar a Madrid y ver por mí misma todas aquellas grandezas de las que tanto había oído hablar a lo largo de mi vida.

Desde que el rey Felipe II, hacía más de dos siglos, decidió establecer allí permanentemente su hasta entonces corte errante, había crecido desmesuradamente.

Entusiasmada, no podía dejar de admirar todo lo que a nuestro paso acudía. Desde los arrabales hasta el mismo centro, donde nos alojaríamos provisionalmente en casa del tío José y Lucía, su mujer, todo me parecía tan fascinante como diferente a lo que había conocido en la Luisiana, Cuba y Haití.

Apenas las carrozas se detuvieron frente a la casa de la calle Inquisición, bajamos todos apasionados. En la puerta nos esperaban nuestros tíos, los marqueses de Sonora y vizcondes de Sinaloa.

Lucía me saludó en francés y, con cierto aire encopetado, me tendió el brazo para que me asiera a él y así guiarme junto a los niños, Ágata y Nana al ala de la casa donde nos aposentarían. Apenas llegamos, me presentó a los cuerpos de casa que nos servirían y desapareció citándome para la cena en el comedor.

Aquella mujer, lejos de mostrarse acogedora, me pareció un tempano de hielo incapaz de disimular su desagrado al haberse visto obligada a recibirnos. Cuando cerró la puerta tras de sí, nos relajamos carcajeándonos de ella. Ágata, aun atentando irrespetuosamente contra nuestra anfitriona, no pudo contenerse:

—¿Habéis visto cómo me ha mirado de arriba abajo? ¿Es por ventura lo que llaman despotismo?

Bromeé:

—No la juzguéis. Pensad que tan solo se ha extrañado de vuestro exotismo. Porque si una negra como Nana, vuestra madre, llama la atención, no quiero deciros una mezcla como la de vos. Supongo que por mucho mundo que tenga jamás habrá topado con una loba.

Sonrió y, rebuscándose en el bolsillo, sacó una pata de gallo desecada con otros tantos abalorios.

—Pues que se ande con cuidado porque mi magia igual la alcanza y mañana se levanta con algo más que la mueca torcida de su boca.

Las niñas se rieron. Iba a continuar con la chanza cuando me callé al percatarme de que una de sus doncellas, que al fondo del aposento arreglaba el lecho, nos estaba escuchando. Señalándola con la mirada para que mi amiga me comprendiese, la chisté:

—Ágata, contente y guarda esas cosas que aquí nadie entiende.

No hizo falta más. Nos conocíamos desde niñas. Contuvimos nuestras lenguas hasta vernos solas de nuevo.

Fuese como fuere, mi tía política no me iba a amilanar con su aparente estreñimiento. Después de nuestro breve y desagradable encuentro, lo único claro que nos quedaba era que el deseo por despedirnos era mutuo.

Así, decidimos que apenas desempaquetaríamos lo indispensable para en una semana podernos mudar a nuestra casa definitiva, el palacete que habíamos alquilado al príncipe Montforte durante su ausencia. Mandé recado para que hiciesen ver a su administrador que no nos importaba en absoluto que no lo hubiesen terminado de adecentar aún y que ya lo haríamos nosotras.

Me hubiese gustado preguntarle antes a Bernardo, pero, apenas llegamos, se había retirado al bufete de su tío José para despachar. El rey quería saber de primera mano cómo se veía en Cuba el final de la guerra de la Independencia americana y las negociaciones entre España y la nueva nación de los Estados Unidos.

El ministro de las Indias no parecía querer perder un solo segundo para ponerse al día de las cosas de ultramar, y como sabía que mi señor todo lo ateniente a las cosas de las casas me lo dejaba resolver a mí, no lo dudé. Por nada del mundo quería pagar un peaje excesivo por un hospedaje que solo me proporcionaba menosprecios.

Al lunes siguiente entramos en aquel pequeño palacete tan cercano al de Buena Vista. Paniagua, el apoderado de Bernardo, se había encargado de pagar varios meses de alquiler por adelantado y aquella casa, aunque bastante vacía, nos acogió con mucha más alegría que la de los marqueses de Sonora. Sobre todo, por el jardín que tenía a su espalda y donde los niños podrían jugar y esparcirse.

La preocupación que me produjo en un principio no contar con nuestra tía Lucía para que me ayudase a introducirme en la corte fue efímera. Me tranquilicé cuando comprobé cómo, aun sin ella, a diario me llegaban varias invitaciones procedentes de nobles señoras para que acudiese a sus tertulias, meriendas o festejos.

Estaba claro que en la Villa y Corte todos se tenían demasiado vistos, por lo que cualquier novedad despertaba su máxima expectación. Apenas hablé con unas y con otras, me extrañó comprobar cómo proviniendo de las provincias de ultramar parecía tener mucho más mundo y cultura que muchas de aquellas grandes señoras de las que en un principio pretendía aprender.

Mientras que Bernardo pasaba los días sumamente ocupado con negocios de Estado, yo, ávida de nuevas experiencias, solía salir a explorar por los aledaños acompañada siempre de mi fiel Ágata.

Para ello le había encargado dos vestidos, con sus respectivos tocados, que destacaban aún más su gran altura y voluptuosas formas. Siendo ella tan morena y yo tan rubia, solíamos llamar la atención de los viandantes al pasear por las calles. Disfrutábamos con ello, sobre todo cuando algún hombre, preso de los efluvios del alcohol, solía perder la vergüenza y el respeto dedicándonos descarados piropos que, lejos de incomodarnos, y aun fingiendo no haberlos escuchado como mandaba el decoro, no podíamos evitar agradecer. No debían de estar muy acostumbrados a topar con dos mujeres hermosas independientemente del color de su piel.

Durante las primeras semanas que estuve en Madrid, apenas veía a Bernardo. Tan solo podía conversar con él un poco y antes de que cayese derrengado en el lecho cuando regresaba de sus reuniones en palacio al anochecer. Era entonces cuando igual me contaba que su tío José le había propuesto participar en la construcción de una iglesia dedicada a san Jacinto en su pueblo natal de Macharaviaya, que en el Consejo de Indias le habían consultado sobre la delimitación de las fronteras en la Florida y la Luisiana.

Estaba contento porque en Versalles, en el reciente tratado de París por el cual se reconocía definitivamente el final de la guerra de la Independencia de los Estados Unidos, que había durado nada menos que ocho eternos años, parecían haber tenido muy en cuenta toda la información que él había pasado a la metrópoli para poder obtener los máximos beneficios para la corona española.

Según sus términos, Inglaterra había perdido todas sus tierras al sur de Canadá, al norte de la Florida y, por supuesto, las que tuvo al este de nuestro querido río Misisipi. Inglaterra había renunciado, además, a todo el valle del Ohio, y cedía a los Estados Unidos todos los derechos de explotación de la zona pesquera de Terranova.

Por otro lado, España recuperaba los territorios de Menorca y, lo que más le importaba a Bernardo y por lo que tanto había luchado en el pasado: la Florida oriental y occidental, aparte de la Costa de los Mosquitos en Honduras, Nicaragua y Campeche. Además, y para ilusión de mi señor esposo, se reconocía la soberanía española sobre la isla de Providencia, aquella que a punto estuvo de tomar cuando estuvimos viviendo en Haití.

Lo único que lamentamos es que los ingleses no hubiesen accedido a devolvernos el peñón de Gibraltar, ya que por nada del mundo querían perder el control de aquel estratégico acceso al Mediterráneo. Francia y Holanda también fueron debidamente recompensados por su ayuda.

Durante los primeros tres meses y, casi a diario, le veía levantarse y vestirse en la penumbra, me besaba en los labios y salía de nuevo a despachar con el tío José en palacio. Mientras, yo me desperezaba y pedía a Ágata que me trajese la bandeja de plata con las invitaciones de aquel día, y entre las dos elegíamos a cuál acudiríamos.

Apenas aparecíamos en un salón ajeno, notaba cómo la mayoría de las damas me analizaban con lupa como si fuera un bicho raro. Amablemente se esforzaban por sonsacarme y que les contara sobre nuestras tradiciones, fiestas, plantas, animales y castas.

Les entusiasmaba todo lo que estuviese al otro lado del Atlántico. Muchas de aquellas ingenuas, las menos cultivadas, claro está, aún creían que luchábamos con salvajes tribus y que la mayoría de los indígenas seguían practicando sacrificios humanos y eran caníbales. Algunas incluso me preguntaban sobre la esclavitud en las plantaciones de las provincias de ultramar confundiendo abiertamente las españolas con las de las colonias de América del Norte.

Yo misma, habiendo nacido extranjera, tenía que contarles que el propio enclave de San Agustín en la Florida era conocido, desde prácticamente su nacimiento, por haber sido la puerta a la libertad al acoger a familias enteras de esclavos cimarrones que, huyendo de las plantaciones inglesas donde trabajaban, buscaban protección temiendo por sus vidas.

Y así entre óperas, bailes y cenas, fueron pasando los meses hasta que por fin mi señor marido, arreglados todos los asuntos pendientes, empezó a tener tiempo para mí y los niños.

Para mi sorpresa, comenzó a dedicar los momentos de asueto a disciplinas tan dispares como la genealogía o la aerostación.

El primer pasatiempo me sorprendió, porque jamás antes habíamos hablado de nuestros antepasados más allá de la segunda generación por arriba. Quizá por no saber de ella, pero lo cierto era que, desde que habíamos sido agraciados con el título nobiliario del condado de Gálvez, Bernardo empezó a preocuparse por quiénes serían nuestros bisabuelos o tatarabuelos para hacer partícipes de ello a nuestros hijos, nietos y choznos.

De algún modo quería demostrar a los de la vieja nobleza que por llevar siglos perteneciendo a ese selecto grupo no eran mejores que los que desde hacía tan poco habíamos adquirido semejante condición. Y así, a mí y a los niños nos hizo prometer que jamás nos dejaríamos amedrentar por aquellos viejos y presuntuosos que osasen hacernos sentir ennoblecidos de segunda clase.

La verdad era que, mientras ellos solo representaban un mero eslabón al ser los herederos de un antiguo título, el condado de Gálvez siempre se debería a Bernardo por sus propias hazañas, y como tal pasaría a ser recordado por siempre por sus herederos.

La ambiciosa extensión de aquel árbol genealógico que pretendió hacer en un primer momento acabó quedando, desgraciadamente, en agua de borrajas. Sobre todo cuando los genealogistas que contrató toparon en las parroquias con muchos homónimos con nombres y apellidos iguales que los suyos en el mismo Macharaviaya donde nació.

Por ser tan pequeño aquel pueblo, había cierta endogamia entre sus habitantes. Además, muchas partidas de bautismo anteriores a las de sus bisabuelos se habían perdido al haber sido reutilizados sus papeles por las monjas de un convento cercano para hacer los envoltorios de sus dulces.

Dejada por imposible esta afición, y a la espera de marcar una fecha para nuestro regreso, que no se lanzaba a determinar, leyó un tratado del gran Leonardo da Vinci y, tentado por los innumerables quehaceres de aquel renacentista irrepetible, decidió ponerse a diseñar embarcaciones de altos vuelos.

Hacía muy poco que los hermanos Montgolfier habían volado en un globo aerostático sobre París y Bernardo soñaba con inventar algo similar. Terminado el artilugio, que parecía una barcaza con alas, una semana en la que nos trasladamos con la corte a Aranjuez, decidió probarlo en sus canales.

Aquel invento, que reflejado en papel no parecía pintar mal, a la hora de materializarse resultó ser un fiasco que apenas navegó un centenar de varas y voló un par de metros antes de caer y hundirse a pique. Lejos de incomodarle, a Bernardo apenas le importó porque lo significativo era que había disfrutado diseñándolo.

Aquellos días en Aranjuez los pasamos de divertimento en divertimento, y me gustaron tanto el palacio y los aledaños que acordamos que, si alguna vez volvíamos a España a vivir, nos instalaríamos allí.

Lo cierto es que, aun echando de menos a los míos, me costaba pensar en volver. ¡Todo allí en la corte era tan fascinante!...

Muchos que habían estado en Versalles decían que el palacio se le parecía en más pequeño, cómodo y acogedor, y que, como allí en Francia, en sus estanques los barcos de juguete de Carlos III navegaban y se enfrentaban en batallas navales como los de su primo Luis XVI.

Hasta que a principios de julio llegó el nuevo nombramiento de Bernardo. Además de gobernador de la Luisiana y Florida, le nombraban capitán general de Cuba. Aquello implicaba que trasladásemos nuestra residencia a La Habana.

En vez de alegrarme, pensé que, así como cuando vivía en Nueva Orleans La Habana me parecía el centro del universo, ahora que había conocido la corte madrileña se me quedaría pequeña.

Tras catorce meses en España, en octubre y después de habernos librado de una epidemia de calenturas que asolaba la ciudad, embarcamos de nuevo en Cádiz en una fragata llamada La Sabina. Lo único que no echaría de menos sería el frío seco en los huesos del invierno castellano.

Cierto sabor amargo me invadió el paladar y apenas pude contener una lágrima. Al despedir a mi querida amiga Rosa O'Reilly en el puerto, le prometí que no solo le escribiría, sino que regresaría en cuanto me fuera posible.

Al subir en la barcaza que me llevaría a La Sabina no pude evitar preguntar a mi querida adivina:

—Ágata, decidme, por favor, que algún día volveremos.

Sus ojos negros se clavaron en mí. Al contrario que en otras ocasiones, ni siquiera dudó un segundo.

—Mucho antes de lo que imagináis.

XVIII

DE GOBERNADORA A VIRREINA

1785

Esa, que alegra y ufana
de carmín fragante esmero,
del tiempo al ardor primero,
se encendió llama de grama;
preludio de la mañana
del rosicler más ufano
es primicia del verano,
Lisi divina, que en fe
de que la debió a tu pie
la sacrifica tu mano.

Sor Juana Inés de la Cruz, «Envía una Rosa a la virreina»

Obligados por el consejo del cirujano Saugrain, hicimos una breve escala en La Guaira, en Venezuela, al verse Bernardo atacado por aquel dolor de tripas que tanto le acosaba últimamente.

Allí, y para peor mal de males, nos enteramos de que las últimas noticias recibidas sobre la salud de Matías, mi suegro, no habían sido demasiado halagüeñas. Al parecer, en cuanto llegó a tomar posesión del virreinato de la Nueva España se encontró muy enfermo, hasta el punto de que muchos temieron por su vida. Aquella nefasta noticia contribuyó a acentuar las ya de por si abultadas preocupaciones de mi señor marido agravando las noches de insomnio su mal.

Sin ganas de demasiados divertimentos, pero obligados por el protocolo debido a no desestimar los agasajos y obsequios de los españoles allí residentes, celebramos las Navidades.

Ágata, descreída ante los remedios del cirujano, no cesaba de aconsejar a Bernardo un severo ayuno, a la par que le hacía tragar unas pócimas bastante amargas que ella misma hervía cada día.

Mi señor marido disimulaba como mejor podía su enfermedad. Por nada del mundo quería tomar posesión de su cargo de gobernador en La Habana aparentando debilidad, y a pesar de que intenté amoldar sus ropas a su nuevo cuerpo, apenas pudimos esconder su reciente pérdida de peso y desmejorado aspecto.

Sentí cómo muchos de nuestros conocidos, a pesar de no comentarlo por delicadeza, se percataron de ello; lo cierto era que el cuerpo de Bernardo de un tiempo a esta parte había cambiado mucho, y así como por el torso estaba escuálido, por el abdomen parecía haberse inflado como aquellos globos aerostáticos que tanto le gustaban. Sus ropas, aunque confeccionadas a medida, parecía haberlas heredado de alguien mucho más corpulento. El calzón, sujeto por un cinto por debajo de esa tripa descomunal, parecía caérsele; el chaleco apenas le abrochaba tres botones y las costuras de los hombros de su casaca parecían pender de una percha.

El veintitrés de enero, cuando se sintió un poco mejor, de nuevo embarcamos en La Sabina para poner rumbo a Puerto Rico. Según la derrota trazada, sería el último puerto en el que pararíamos antes de llegar a Cuba. Fue allí precisamente donde nos enteramos de que mi suegro no estaba enfermo, sino que había fallecido el pasado tres de noviembre mientras nosotros cruzábamos el Atlántico. ¡De eso hacía casi tres meses!

Mientras Bernardo maldijo una vez más lo que las noticias tardaban en llegar, yo no pude dejar de pensar en Ana de Zayas y en cómo estaría afrontando la soledad de su viudedad. La había conocido esporádicamente cuando confirmamos a mi pequeño Miguel y justo antes de que partiésemos hacia España y, a pesar de haber pasado poco tiempo juntas, en cierto modo habíamos intimado.

Bernardo me comentó que, a pesar de ser su madrastra y no haber tenido en su vida mucho contacto con ella, probablemente ahora, como sus hijastros que éramos, tendríamos el deber moral de cuidarla ya que, aun habiendo parido tres hijos, todos ellos habían muerto párvulos y no tenía a nadie que velara por ella. Acepté sin rechistar aquel probable designio.

El día ocho de febrero supimos por Saavedra que la metrópoli ordenaba a Bernardo cubrir la vacante de su padre. A todos sus cargos y hasta nueva orden, tendría que añadir el del gobierno interino del virreinato de la Nueva España.

Tanto los niños como yo estábamos cansados del trasiego de tanto viaje y, preocupada por la enfermedad de Bernardo, que no parecía terminar de curarse, no veía el momento de que por fin pudiésemos echar raíces en Cuba. Sin embargo, ahora, según las últimas nuevas, La Habana pasaba del día a la mañana a ser otra ciudad en nuestro tránsito rumbo a Veracruz.

Bernardo, tan agotado como yo, decidió esperar un poco a tomar el testigo y escribió a aquellos delegados por su padre antes de morir, para que siguiesen ejerciendo interinamente el gobierno de la Nueva España siempre y cuando le reportasen puntualmente a La Habana.

A los dos meses de estar allí, nos llegó la cédula por la que se nombraba a Bernardo sucesor a todos los efectos de su padre. Estaba firmada por su majestad Carlos III el veinticuatro de enero de 1785 en el Palacio Real de El Pardo.

Antes de dejar Cuba, Bernardo quería hacer dos cosas. La primera, terminar de reforzar las fortalezas que su amigo O'Reilly dejó a medias en La Habana años atrás. Era un hombre de palabra y antes de dejar Cádiz así se había comprometido con él. La segunda era la revisión de las concesiones comerciales para despojar a los corruptos de las que tan mal ejercían, y dárselas a otros hacendados que, siendo más legales en sus quehaceres, harían mejor uso de ellas.

El primero en caer bajo estos designios fue Nicolás Arredondo, nuestro antecesor en el gobierno de Santiago de Cuba. Bernardo se vio obligado a cesarle en sus funciones hasta comprobar la legalidad de varios de sus negocios y un tejemaneje que indicaba el ejercicio de cierto abuso de poder. Y así, tirando de la manta de las corruptelas, apareció un nombre que jamás me hubiese gustado descubrir.

¡En La Habana acababan de arrestar a un inglés que a escondidas hacía negocios con mi padre! ¡No me lo podía creer! Bernardo en alguna ocasión me había advertido de que últimamente estaba tentando a la confianza que siempre le había guardado, porque había tenido que esconder algún que otro de sus trapicheos, pero aquello pasaba ya de castaño oscuro.

Sin medir las consecuencias y amparándose en la reciente paz, mi padre había empezado a codearse con ciertos ingleses de los que antaño habían sido enemigos al atacar algunos de nuestros navíos. ¡Cómo podía! Sin duda, su alma de comerciante le estaba confundiendo a la hora de evaluar la importancia de los asuntos de honradez frente a los rentables.

España hacía un año que le había concedido nuevas licencias de comercio a cambio de que no lo hiciese con el oro y la plata. Sin embargo, las pesquisas revelaron que, a través de un socio, que hacía las veces de hombre de paja, seguía haciéndolo.

Pese a mis ruegos y los de mi madre, fue tan evidente, que Bernardo no pudo evitar que le revocaran todas las licencias otorgadas en el pasado y le embargaran algunas de sus propiedades en Nueva Orleans.

Sus desmanes estaban robándonos la credibilidad y, lo peor, el honor.

Al castigo de mi padre siguió el de nuestro amigo Pollock. Su mujer, Margaret O' Brian, aquella amiga con la que antaño en Nueva Orleans compartí embarazos, confidencias y soledades mientras nuestros maridos luchaban o ayudaban a la guerra de la independencia, sufría como nosotros con el enlodamiento del honor ganado.

Oliver, como mi padre al envejecer, se habían relajado en el buen hacer.

Padre apenas velaba ya por aquella milicia blanca que tanto ayudó a España a tomar plazas inglesas y Oliver, que por su encomiable labor durante la guerra de la Independencia fue nombrado agente por los Estados Unidos en La Habana, ahora tampoco parecía albergar negocios demasiado limpios.

El día que embarcamos hacia Veracruz, vino Margaret a despedirme totalmente descompuesta. Al parecer los alguaciles habían detenido a Oliver por unas deudas de casi ciento cincuenta mil reales de a ocho.

Le prometí hablar con Bernardo al respecto para ver si algo se pudiese hacer, no sin antes advertirla de su intachable rectitud, ya que con padre tampoco pudimos ayudar demasiado. Mi marido era ante todo justo y, al igual que premiaba, castigaba a los que se lo merecían, y yo le admiraba por su rectitud.

Pasado el tiempo, tan solo conseguí su puesta en libertad previa promesa de que, en cuanto pudiese, Oliver pagaría a sus deudores.

Aquel dieciséis de mayo, ya a bordo de la fragata de guerra Santa Águeda, al mando del capitán de navío Rafael Orozco, con destino a Veracruz, me sentí presa de un cierto vértigo.

El caprichoso destino en apenas cinco años me había transformado en varias ocasiones. Me casé por segunda vez, criolla y sin apenas tiempo para asimilar los ascensos, había pasado a ser gobernadora, condesa y ahora..., casi no me atrevía ni a decirlo. ¡Virreina! Como tal, ¿qué corona me correspondería? Me gustaba la de las perlas que había bordado en las sábanas y toallas. ¿Bastaría con encapotarla o tendría que encargar un nuevo ajuar acorde con las gracias otorgadas?

Y por fin llegamos a Veracruz.

Apenas pusimos un pie en tierra, los responsables de protocolo, no queriendo dejarse a nadie de los que deseaban saludarnos en el tintero, nos llevaron en volandas de un sitio a otro y como si hasta los segundos de nuestro tiempo estuviesen medidos.

Para no parecer una inculta, los días anteriores a nuestra llegada estuve estudiando un poco más de la historia de España y sus tradiciones. Pensé entonces que quizá, como habían hecho con nuestros antecesores en el cargo, quisiesen llevarnos por su justo orden a todos los lugares que hacía casi tres siglos fue descubriendo Hernán Cortés.

Como era de esperar, quisieron retenernos un tiempo en Veracruz, pero Bernardo se negó en rotundo al saber que aquello por tradición se hacía únicamente para que el nuevo virrey y su familia descansásemos del largo viaje desde España.

¡Qué absurdo, si apenas habíamos tardado día y medio desde

La Habana! Rompiendo con la usanza, expresamos nuestro deseo de no permanecer más tiempo del debido en aquel puerto que, a la sazón, Bernardo ya conocía muy bien al haber estado en él en tres ocasiones en el pasado.

Muy a pesar de las gentes que habían preparado meticulosamente nuestro viaje hacia la capital, aquella fue la primera transgresión en el itinerario a seguir que demostraríamos. Ambos considerábamos que esas costumbres, aunque arraigadas, no tenían mucho de lógicas.

Al inicio de nuestro mandato, queríamos prescindir de todo lo absurdo para centrarnos en modernizar la institución del virreinato y, haciendo gala de nuestros firmes propósitos, comenzamos a dejar nuestra propia impronta. Estábamos tan dispuestos a respetar todo lo bueno que habían sembrado nuestros antecesores como a cambiar sus errores.

Mi señor marido desconocía el temor; lo había demostrado con creces en la toma de Pensacola y tampoco se asustaba ante la soledad del mando. No estaría mal que todos lo supiesen cuanto antes, porque así lo prodigaba nuestro lema.

Si para ello la lucha en la que ahora se veía inmerso demandaba un buen arsenal de acertado intelecto, estaba encantado con el reto. Aparte de inteligente y lejos de ser vago y acomodaticio, también era un trabajador incansable.

Los primeros en demostrar su firme oposición a los cambios fueron algunos nobles de los que, afincados desde hacía varias generaciones en Nueva España, parecían haberse autonombrado nuestros guías en todas las disciplinas. Arrimaban tanto su ascua al calor de nuestro transitar que llegaron incluso a agobiarnos.

¡Ingenuos! Al parecer nadie les debía de haber advertido de que si algo odiábamos profundamente era a los aduladores. Bernardo hacía tiempo que me había enseñado a localizarlos y a desconfiar de ellos de inmediato y, muy a nuestro pesar, allí parecía haber demasiados.

Lejos de agradecer festejos innecesarios de bienvenida, queríamos llegar lo antes posible a la capital para ponernos al tanto de todo lo que de nuestra atención requiriese. Muchos en Veracruz, al enterarse de que poníamos rumbo hacia Perote, se sintieron ninguneados al ver desestimadas sus baladíes invitaciones.

Cuando desde allí y al continuar nuestro viaje, decidimos saltarnos el paso por la población de Tlaxcala, las críticas nos asaltaron de nuevo. Nos acusaron de ignorar la tradición, pues era este uno de los primeros lugares que debían conocer todos los virreyes rememorando que allí fue donde Hernán Cortés firmó su primer acuerdo de paz con los indígenas.

Aseguramos a todos que lejos de estar anulada, tan solo quedaba aquella ineludible visita aplazada, porque la prisa nos acuciaba.

Bernardo no consideraba que fuese primordial y así se lo dijo a su asistente:

—Ya tendremos tiempo de visitarlos. Excúsenos debidamente con los que allí nos esperan. Continuaremos hacia Puebla, por ser la segunda ciudad en importancia de la Nueva España, y además de tener ochenta mil almas censadas, un cuarto más que en Tlaxcala, es una gran sede arzobispal desde que por allí pasó mi predecesor el virrey Juan Palafox y Mendoza y consiguió modernizar la iglesia luchando por los derechos de los indígenas. Nuestro rey promociona activamente su beatificación, y quiero conocer la ciudad en la que tanta y tan buena huella dejó.

Nadie se atrevió a contradecirle. Después de la independencia de los Estados Unidos, y temiendo que allí alguien más se contagiase de los ideales que promovieron la reciente guerra alzándose en armas contra la metrópoli, quería dejar muy claro a todos que, a nosotros, a diferencia de los ingleses, no nos importaban ni el color de la piel ni la casta a la que se perteneciese, porque todos los nacidos en una provincia como la Nueva España a los ojos de nuestro rey eran tan súbditos suyos como los nacidos en la misma España. Todos sin excepción tenían las mismas libertades y derechos.

A las afueras de Puebla fuimos recibidos por el propio obispo y las autoridades locales, que nos entregaron las llaves de la ciudad.

Allí la tradición era que el virrey entrase a caballo, pero Bernardo, aquejado del siempre impenitente dolor de tripas, prefirió que entrásemos todos juntos en una calesa desde la que saludamos a la muchedumbre que, agolpada en las calles, vino a recibirnos.

Yo por mi parte ardía en deseos de poder dar un paseo más privado. Acompañada por mi querida Ágata, no quería dejar Puebla sin antes haber hecho acopio de ciertos caprichos.

Sabía que la riqueza de la ciudad se había multiplicado por la bella loza que sus alfareros fabricaban, tan parecida a la de Talavera en España, y estaba deseando encargar alguna vajilla con sus famosas cenefas alrededor y nuestro escudo de armas en el centro. También quería ver si podrían hacerme un dibujo sobre losetas representando las glorias de Bernardo para decorar las paredes del patio de nuestra próxima casa en México. Se acercaba la fecha de su cumpleaños y, teniendo prácticamente de todo, era difícil sorprenderle, así que pensé que aquello probablemente le gustaría.

Aquella ciudad me entusiasmó por otras muchas cosas. Por su bella arquitectura, florecientes comercios y otros tantos talleres donde se fabricaban barros esmaltados, cristalerías de vidrio soplado y hermosas rejas de hierro.

Los tres días que estuvimos allí se me hicieron muy cortos y a parte de las compras apenas tuve tiempo de ver nada más que la catedral y la biblioteca.

Me prometí a mí misma repetir el viaje en cuanto pudiésemos. Desde allí seguimos hacia la Hacienda Buenavista, Apan, San Juan de Teotihuacán y San Cristóbal, hasta llegar por fin a la villa de Guadalupe, sede del santuario de la patrona de la Nueva España.

Me impresionó esta Virgen, y fue Ágata la que me convenció de adoptarla como una de mis preferidas. Esta era nada menos que la que unía las civilizaciones de los españoles con los indios, al habérsele aparecido al indio Juan Diego Cuauhtlatoatzin.

El viaje había sido tan largo, que no daba crédito a mis ojos cuando aquel diecisiete de junio, cerca de la media mañana, por fin entramos en la Ciudad de México. Ese mismo día y sin más demora, quiso Bernardo jurar y tomar posesión de su cargo.

En la entrada de la hasta entonces su casa nos esperaba Ana de Zayas, la madrastra de Bernardo, enlutada hasta los pies. Al saludarla no pude eludir mirar hacia arriba de la fachada principal del palacio para hacerme una primera impresión del que a partir de ahora sería mi nuevo hogar. Me detuve en el balcón más grande que daba a la plaza ya que, según lo estipulado, aquella misma tarde toda la familia unida nos asomaríamos a su balaustrada para presentarnos al pueblo.

El palacio virreinal era grandioso. Intuí que dentro debían de existir varios patios alrededor de los cuales se haría la vida y que la planta de arriba sería la que teníamos destinada la familia virreinal, y no me equivoqué.

Antes de subir por una amplia escalinata, recorrimos varios patios enjaezados con azulejos y otros tantos ornamentos de tezontle y piedra chiluca. Arriba estaba el salón del estrado. Bernardo, simulando estar ya recibiendo en audiencia, tomó de inmediato asiento bajo un gran retrato del rey don Carlos III. Estaba rozagante y no era para menos, pues a partir de ese instante sería su máximo representante.

Le dejé allí junto sus asesores para seguir conociendo el lugar. Pasamos infinidad de cuartos hasta llegar a los que serían nuestros respectivos aposentos. Ambos estaban separados por una antecámara intermedia y aquello no me gustó, pues yo, en la medida de lo posible, seguiría como siempre lo había hecho durmiendo junto a mi marido y amante esposo. Sería otra cosa para cambiar, pero quizá no fuese el momento adecuado para expresarlo.

Terminé conociendo el gabinete personal de Bernardo, su despacho, una pequeña capilla, dos comedores que utilizaríamos según los comensales y las estancias reservadas para los niños.

A mi suegra, lo que más pareció costarle fue hacerme los honores en la entrada del que, hasta el día anterior a nuestra llegada, fue su propio aposento. Acudió entonces a mi mente irremisiblemente un dicho que había leído en tantos libros de historia: «A rey muerto, rey puesto».

Pensé que, sin llegar a ser reina del todo, ahora el destino me ponía en una tesitura demasiado similar. ¿Viviría asimismo todos los dramas y glorias de las regias reinas de España?

Para hacerme a la idea no tendría nada más que fijarme un poco más en mi suegra. Diríase que, desde la última vez que la vi hacía menos de tres años en La Habana, justo antes de que partiésemos hacia España, hubiese envejecido diez años de golpe. Ella fue la que nos contó que mi suegro apenas pudo disfrutar del cargo ya que, al llegar, estaba ya tan afectado de gota que tenía los brazos prácticamente paralizados y apenas podía firmar.

Comprendiendo su soledad al haber muerto de niños los tres hijos que tuvo, y con la esperanza de que no me viese como aquella que venía a despojarla de su corona, la acompañé a poner unas flores a la tumba de don Matías en la cercana iglesia de San Fernando.

Habíamos quedado por carta en que, hasta que decidiera qué hacer, la acogeríamos en casa con gusto, y no iba a faltar a mi palabra. Aunque la conocía poco, lo contrario me habría parecido poco generoso.

Bernardo quería seguir con lo que su padre comenzó. El mandato de don Matías, a pesar de haber sido corto, se había caracterizado por la protección que dio a los españoles de la Nueva España, por las obras públicas que promovió y por su preocupación por las Bellas Artes en la ciudad de México. Impulsó además la organización de la Real Academia de San Carlos y alentó la publicación de la *Gaceta de México*. Todos ellos buenos quehaceres que Bernardo continuaría.

Los niños corrían por casa detrás de Nana. Como yo, al fin parecían felices de haber terminado con aquel constante errar al que prácticamente nos habíamos visto obligados desde que salimos de Cádiz.

Mirando alrededor, me gustó lo que veía. El cargo de virreyes de la Nueva España casi siempre se ejercía hasta la muerte de su teniente y quise pensar que, siendo Bernardo tan joven, aquella sin duda sería por muchos años mi casa definitiva.

Hasta Ágata, queriendo enraizar por primera vez, apenas llegó parecía haberse comprometido con un hombre en particular. Era un joven bien parecido; al ser uno de los tres cabos que componían la guardia de los alabarderos que velaban por la seguridad y custodia de toda nuestra familia, no era raro encontrárnoslo a la vuelta de cualquier esquina. Se llamaba José Gómez y nos seguía con su compañía a todos los actos públicos y privados.

Como los veinte compañeros que la formaban, pertenecía a una familia con acreditadas pruebas de nobleza por lo que, si aquella relación prosperaba, sin duda haría subir un peldaño en el escalafón social a mi queridísima loba.

Como en casi todos los destinos a los que llegábamos, aquel verano apenas pude compartir una sola velada de intimidad con Bernardo. Acuciado por todos los asuntos pendientes, cuando amanecía se dirigía a su bufete para no regresar hasta bien entrada la noche.

Aproveché una tarde en que le acompañaba al teatro del Coliseo Nuevo, en la intimidad que las cortinas corridas de la calesa nos otorgaban, para entablar conversación. Quizá la primera seria desde que llegamos.

A sabiendas de que Bernardo, preocupado por el buen gobierno de los teatros, había estado encargando la redacción de un nuevo reglamento a su consejero Silvestre Díaz de la Vega en el que se censurase toda provocación en los bailes de a cuchillo y otras tantas indecencias, supuse que estaría muy al tanto de la representación de esa y de sucesivas jornadas.

—¿Sabéis con qué obra nos deleitarán?

No lo dudó:

—Una repetición de una que se hizo en tiempos del virrey Bucareli. *El desdén, con el desdén* se titula, y la escribió Agustín Moreto.

Torcí el gesto.

—No sé si me gusta demasiado el nombre.

—Visto el que nos dedican algunos de nuestros súbditos, no me extraña, querida. La semana que viene representan *La posadera feliz o el enemigo de las mujeres*, de Carlo Goldoni. Esta seguro que os gusta más ya que desprende menos.

Me extrañó lo obcecado que parecía. Rebuscando en el bolsillo interior de su casaca, sacó lo que parecía un pasquín.

—Se os ve cansado.

Suspiró.

—A mis treinta y ocho años son muchos los que me consideran demasiado joven para el cargo. Todo mi empeño está ahora puesto en demostrarles que por ello no me amilano.

En cierto modo era verdad. Como don Matías, mi suegro, que había sido nombrado virrey de la Nueva España a los sesenta y seis años, casi todos sus predecesores habían sido elegidos a una edad bastante más avanzada. A sabiendas de aquello, me molesté en repasar el listado de sus cuarenta y ocho precedentes, y había descubierto algo más que, muy a su pesar, tampoco le gustaría demasiado.

—Siento deciros que andáis un poco desencaminado.

Me miró confuso.

—El marqués de Montes Claros, don Juan de Mendoza, accedió al virreinato con solo treinta y dos. Era, entonces, mucho más joven que vos. A quien ose enmendaros la plana, podríais ponérselo como ejemplo.

Suspiró de nuevo.

—Eran otros tiempos.

Me enojé.

—Qué más dan los tiempos si la experiencia os avala. ¡Tan cierto es que hay jóvenes con mentalidad de viejos, como viejos que nunca maduran! Ignoradlos, Bernardo. Seguro que pensaban que por vuestra edad os dominarían, y lo que en realidad les molesta es que han pinchado en hueso.

Estaba preocupado, pues era evidente que algunos, al comprobar que no era fácil de doblegar, no le habían recibido con demasiado entusiasmo. Por fin me tendió el pasquín que se había sacado del bolsillo.

—No quería decíroslo, pero estando las cosas como están no quiero que os encuentre desprevenida. Mirad vos misma y juzgad. Este tan solo es uno de los cientos que cubren las calles.

Leí detenidamente:

Yo ya os conocí pepita
antes que fueras melón,
maneja bien el bastón
y cuida a la francesita.

Logró confundirme.

—No lo entiendo, Bernardo. Quizá se me escapa algún giro en español. Yo creo que lo que os echan en cara es que sucedáis a vuestro padre, puesto que a muchos les ha molestado que el cargo de virrey se haya hecho en esta ocasión hereditario.

Me besó la mano consciente de que andaba yo muy perdida.

—Eso también, pero no es eso lo que esconden estos malos versos.

—¿Entonces?

—Es una manera de indicarme que no deje que el cargo se me suba a la cabeza. De ser así, ellos se encargarán de recordarme mis humildes orígenes tan alejados de los de la nobleza vieja, además de que ni siquiera estoy casado con una española.

No pude contenerme:

—Igual que nos sucedió en España. Estoy deseando conocer a algún miembro de esa vetusta nobleza que, en vez de ampararse en las hazañas de sus antepasados, enarbole el estandarte de alguna propia.

Sonrió.

—No juzguéis a todos por igual. Aunque no lo creáis, también existen algunos nobles muy antiguos que aún procuran bruñir debidamente el eslabón de la cadena generacional que les ha tocado vivir.

—¿Me los mostráis?

Sonrió.

—En cuanto se presente la ocasión. Solo estos son dignos de valorarnos por saber de lo que hablan. A los demás, hacedles oídos sordos, ya que no tienen más mérito que el de levantar sus soberbias narices ante su inutilidad.

Recordé mis desafortunados encuentros con la mujer del tío José.

—Es algo con lo que aprendí a lidiar en la corte madrileña, pero, si os soy sincera, nunca pensé que este patrón se repetiría aquí, en la Nueva España.

Releí el pasquín.

—Y… ¿lo de la francesita? ¿Hace referencia a mí directamente?

No lo dudó:

—A los dos nos acusan de afrancesados. Los que saben lo de mi carrera militar, bajo bandera francesa en el regimiento Royal Cantabre, ocultan descaradamente que fue debido a la alianza que don Carlos III tenía con su primo francés en ese momento. Esta inquina tan solo puede ser por una de estas dos causas. O bien es fruto de la mala leche con que los criaron, o de la incultura de los que no saben ni siquiera qué significa ser ilustrado. En uno u otro caso, no me importa.

—No lo entiendo. ¿Es que no saben que mi padre en Nueva Orleans, desde que Luisiana fue española, siempre estuvo a vuestro lado? No cejó incluso a costa de enfrentarse con sus orígenes. ¡Si yo solo fui súbdita francesa hasta los ocho años! Luego pasé a serlo española como todos mis vecinos, los nacidos en las provincias de ultramar.

Me acarició la cabeza.

—Lo saben, pero nos oyen hablar en francés entre nosotros y se agarran a un clavo ardiente para menospreciarnos. Como vos misma habéis dicho hace un momento, estamos en un lugar donde es imposible contentar a todos, y actuemos como actuemos, de un modo u otro, tendremos detractores. La envidia es perniciosa y en este tipo de críticas es en donde se suele manifestar.

Recordé el dicho.

—Sea por lo que fuere, no hace daño el que quiere sino el que puede. Quizá sea porque les molesta mi acento francés al hablar español. No sé..., en fin, creo que lo hablo mejor que muchos de ellos que en ocasiones incluso llegan a inventar palabras sin sentido.

Asintió, besándome en los labios.

—Esa es la actitud. La virreina de la Nueva España por nada del mundo debe dejar ensombrecer su hermoso semblante.

Le abracé con fuerza y al hacerlo sentí el abultamiento de su estómago. Fue entonces cuando posé mi mano sobre su tripa.

—¿No ha crecido un poco más?

Asintió.

—Hace días que de nuevo me molesta, quizá sea por un reflejo de mis enojos ante todos estos desaires, pero como sabéis intento disimularlo por no aparentar debilidad.

Me preocupé. Cada vez los accesos de vómitos y diarreas eran más frecuentes y su mal no terminaba de curar.

—¿Qué os ha dicho el cirujano Saugrain? Padre siempre ha confiado mucho en él, y no sería esta la primera vez que consigue terminar con un mal que otros catalogaron de incurable. Ahora podrá poner en práctica todo lo que ha aprendido en París cuando lo mandasteis a mejorar sus conocimientos mientras estábamos en Madrid.

Bajó la cabeza.

—Y os aseguro que no desaprovechó la oportunidad, pero aun así no parece poder aliviar demasiado mi dolor. Dice que quizá sea fruto de los nervios de mi nueva posición y que una vez pasadas estas novedades sentiré la mejoría.

Me santigüé.

—Dios os oiga.

XIX

COMPARTIENDO REGOCIJOS Y DESGRACIAS POPULARES

Ciudad de México, 1785-1786

Y tuvo tanto gusto que tiró el pañuelo suyo, el de la Señora y los de las niñas; y por poco, tira también su uniforme.

Gaceta de México, Compendio de noticias de Nueva España

Y llegó el otoño, y con él, poco a poco, la casa se fue llenando de familia. Además del aposento que ocupaba mi suegra, fuimos habilitando otros tantos para acoger a otros miembros que, según teníamos previsto, no tardarían en llegar. De seguir así, más pronto que tarde tendríamos que mudarnos a un palacio más grande.

Debió de ser entonces cuando empezamos a pensar en construir otro lo suficientemente importante como para, al desaparecer nosotros, dejar nuestra propia impronta. Sin atrevernos ni siquiera a compararnos, quizá quisiéramos jugar a ser el rey Sol en Versalles.

Y así es como, mirando a aquella colina predominante sobre la Ciudad de México, un día empezamos a dar vueltas a los planos de la reconstrucción del palacio de Chapultepec, destruido un año antes por la explosión de un polvorín. Me alegré de que por fin los que se desplegaban sobre la mesa no fuesen los planos de una contienda.

Metidos ya en obras de gran envergadura, aprovecharíamos también para mejorar las calles del contorno empedrándolas e iluminándolas. Todo sería poco para aquella gran ciudad que ya habíamos hecho de alguna manera nuestra, y donde derramaríamos todos nuestros sueños de grandeza.

Bernardo, según fue haciéndose cargo del virreinato, echó de menos a gente de su máxima confianza en los puestos de más relevancia. Habiendo luchado codo con codo con mis familiares en casi todas sus batallas, quiso compartir las glorias de este importante gobierno con ellos.

Según esto, mi suegra no fue la única que nos acompañaría en casa. A estas alturas de la vida, eran tantos los que le habían defraudado que, exceptuando a un par de amigos como Saavedra, solo estaba dispuesto a delegar responsabilidades en miembros de la familia.

Y así fue como la mañana del día del Pilar celebramos la llegada de mis hermanas Victoria y Mariana junto a sus flamantes maridos.

Mariana había llegado un par de días antes con tres de sus hijos y su esposo Manuel Flon y Tejada que, habiendo estado a cargo hasta entonces de la provincia de Nueva Vizcaya, y por conocer mejor que nadie aquellas tierras, quería Bernardo que se encargase a partir de entonces de la gobernación interina de los territorios de Puebla.

Victoria, por otro lado, lo había hecho el día anterior junto a su marido Juan Antonio de Riaño. A Juan Antonio Bernardo le quería nombrar corregidor de Valladolid en Michoacán.

Celebraríamos la llegada de todos ellos con un baile en la azotea del palacio. Entre mis tres hijos, mi suegra, hermanas, sobrinos y cuñados, la familia se hacía casi tan fuerte en el virreinato de Nueva España como en la corte de Madrid. ¡Si hasta vino mi querida Isabel desde Cuba, donde su marido Luis de Unzaga era ahora gobernador!

No pude evitar rememorar junto a ella toda nuestra infancia. ¡Cómo había pasado la vida! Ella, aunque no se quedaría mucho tiempo, no quiso perderse aquella reunión familiar ya que Luis al año siguiente se retiraría a su Málaga natal, y ya no sabíamos cuándo nos volveríamos a ver.

Las cuatro hermanas juntas, después de tanto tiempo sin habernos visto, echamos de menos mucho a nuestra madre que, ya mayor y después de los desafortunados negocios de padre, no se había sentido con fuerzas para embarcarse.

Mi pequeño Miguel, a sus tres años, correteaba orgulloso de

lucir su uniforme nuevo de granadero junto a sus primos y entre las piernas de toda la oficialidad. Por otro lado, Adelaida y Matilde prefirieron sentarse a nuestro lado para conocer un poco mejor a sus recién llegadas primas y tías.

Al terminar el almuerzo y tras una breve siesta, bajamos para dirigirnos a la plaza de toros. Bernardo, al igual que aprovechaba las obras de teatro para alternar con los más ilustrados, solía acudir a las corridas de toros para acercarse al pueblo.

Aunque los rejoneadores eran en su mayoría de noble alcurnia, el arte del toreo solía aderezarse con otros tantos entretenimientos gratuitos para que hasta el más pintado pudiese también divertirse.

En vez de tomar el pasadizo que unía la plaza del Volador con el palacio virreinal, preferimos dejar el camino libre a todos los miembros de la familia, que se nos adelantarían, mientras los virreyes llegábamos en un quitrín que conducíamos nosotros mismos rienda en mano.

Aun ansiando cierta intimidad, sabíamos que era importante dejarnos ver de vez en cuando y no queríamos desperdiciar aquella oportunidad. El tiro de caballos trotaba majestuosamente mientras todos nos aclamaban y la guardia de alabarderos nos rodeaba. Era una tradición que le gustaba al pueblo ver y, conscientes de ello, no quisimos privarlos de ella.

Al bajar, el alabardero que me tendió la mano para apoyarme en ella fue el pretendiente de Ágata. Solo entonces fui consciente de que mi querida loba también se nos había adelantado y esperaba tras él por si yo pudiese necesitar algo de ella. Al guiñarme el ojo supe que aquel joven ya se había convertido en alguien mucho más importante para ella que cualquiera de sus anteriores amantes.

Al llegar al palco real pude ver cómo dos de sus compañeros cubrían su ausencia mientras el joven alabardero iba distrayendo sus pasos hacia una puerta por la que instantes antes había también desaparecido Ágata.

No dije nada; aquellos primeros encuentros, tan fugaces como peligrosos y ardientes, como el mío con Bernardo años antes bajo la escalera del Palacio del Gobernador en Nueva Orleans, siempre me habían divertido.

La plaza se llenó a rebosar. Quizá porque era el lugar por antonomasia de asueto y diversión para olvidar las cotidianas tensiones, al volcar el público sus pasiones en las faenas con que nos deleitarían los maestros.

En los toros todos los hombres y mujeres de la ciudad participaban independientemente de pertenecer al clero, a la nobleza o al pueblo. Poco importaba su casta, posición o color.

La orquesta anunció el inicio, y toda la plaza se levantó para aplaudir el paseíllo de los cuatro toreros, banderilleros, rejoneadores y demás miembros de las cuadrillas que daban la vuelta al ruedo. Ya dispuesto el primer matador que anunciaba el cartel, se abrió la puerta de los toriles e irrumpió el fiero animal en el coso levantando el polvo del albero, bufando y arremetiendo contra las tablas. Prometía.

Aquella tarde torearían dos miembros de la nobleza. A cada uno de ellos y según fueron saliendo, Bernardo les arrojó unas banderillas rojas adornadas con hilos de plata.

Lo más novedoso fue que aquel día, terminadas las lidias principales, también se les dio la alternativa a otras cuatro valientes mujeres. A la mejor, yo misma la había apadrinado donándole cien reales para que se encargase un pantalón y una chaquetilla dignos para el evento. Me alegré, porque entre los bordados de su espalda había entremetido pequeños espejos que, al reflejar el sol, la hicieron resplandecer aún más si cabe que la faena que nos brindó. Tan delicada fue que, en vez de ir a matar de una estocada a la fiera, más parecía haberse propuesto sangrar a otra dama.

Terminadas las faenas, como era tradición, el pueblo saltó al coso para jugar a la cucaña. Al primero que consiguió llegar al vértice, trepando por aquel palo ensebado, yo misma le entregué cuarenta reales de premio, y no queriendo olvidar al resto, por el simple hecho de haber concursado también les regalé varios pañuelos de seda.

Al término de aquel juego, el coso fue ocupado por otra suerte de concursos. Tras la cucaña, había prevista una competición de lucha de perros de presa, unas carreras de galgos y liebres, peleas de gallos, zancos, fandangos, tancredos, tapados y toda suerte de mojigangas.

Siendo este día el regalo que los nuevos virreyes habíamos dispuesto hacer a todos los habitantes de México, no queríamos que faltase de nada.

Un globo aerostático sobrevolaba la plaza cuando alguien gritó desgañitándose mientras señalaba al hombre que estaba tumbado a su lado. Parecía estar muerto y su cuerpo entero se mostraba lleno de purulentas llagas. ¡Estaba picado de viruela! Cundió el pánico y todos corrieron hacia los vomitorios.

Por lo que pudiera estar ocurriendo, la guardia nos escoltó hacia el pasadizo. Pasamos unos días preocupados porque una epidemia pudiese estar acechándonos hasta que, pasado un tiempo prudencial, nos aseguraron los cirujanos que tan solo había sido un caso aislado, al haber sido puesta toda su familia en cuarentena y comprobar que nadie más caía enfermo.

Aun así, rezamos para que todo hubiese sido contenido a tiempo, ya que cada una de esas epidemias solía diezmar la población.

Aquella amenaza que tanto solía intimidar, aun contenida, provocó cierto temor y acabó por adelantar el regreso de mis hermanas a sus respectivas casas. Después de las celebraciones de la Navidad, Año Nuevo y Reyes, se fueron despidiendo. Aun conscientes de que no estaba en nuestras manos la promesa, las cuatro nos comprometimos a no esperar tanto como esta última vez para reunirnos de nuevo.

Ya sola con mi suegra, mis hijos y Bernardo, y para salvaguardarnos de un posible contagio si la viruela se reproducía, nos mudamos a una bella casa de campo conocida como el Pensil Americano, más confortable que el palacio virreinal y lo suficientemente cercana a la ciudad.

Lo hicimos por prescripción de nuestro cirujano y con la esperanza de que Bernardo, allí alejado del bullicio, pudiese mejorar más rápidamente de su último ataque de dolor de tripas. Como el trabajador incansable que era, accedió a vivir allí, tan solo porque, al tiempo que él descansaba, el resto de sus subordinados podían seguir despachando a diario al distar tan solo un par de leguas del centro de la ciudad.

Y así pasaron tres meses hasta que, aquel ocho de abril, como el primer domingo que era de la Semana Santa, decidimos salir a pasear por los jardines del Pensil, que habíamos mandado sembrar con las plantas más vistosas de esas tierras para engalanar los alrededores.

A los dos cada vez nos molestaba más la falta de privacidad a la que nos veíamos obligados por la constante presencia de la guardia. Aquel día salimos tan solo con un selecto número de alabarderos y muy a pesar de su comandante, que nos advirtió de la peligrosa exposición a la que nos sometíamos. A los dos nos divirtió sobremanera aquella pequeña rebeldía, porque al parecer era la primera vez que los virreyes deambulaban a su libre albedrío por las calles de la ciudad.

Ya adentrándonos en el parque nos sorprendimos ante el rápido crecimiento de algunas de las especies que habíamos plantado. Disfruté mostrando a Bernardo las que de aplicación medicinal ordené a los jardineros que dispusiesen en un pequeño huerto; eran las mejores para curar los males estomacales según los dictámenes del tratado del célebre botánico Celestino Mutis. Quizá alguna de las flores de aquel jardín consiguiese terminar por curarle de una vez por todas.

Corté un tallo de hinojo y se lo di a Bernardo para que lo masticase. De repente sintió una punzada y se escondió entre unas matas para aliviarse. Al volver, haciendo un gesto a la guardia, pidió que nos ensillasen dos caballos.

Consciente de que no se encontraba demasiado bien y absteniéndonos de galopar, seguimos el camino al paso hasta que, al cruzar la frontera del Pensil, justo donde empezaban las casas, oímos un gran alboroto en las callejas.

Intrigados, nos acercamos a ver qué sucedía. Siendo Domingo de Ramos, pensamos que el escándalo quizá fuese producto del paso de una de las primeras procesiones. Quizá la protagonizada por el paso de Jesucristo, a lomos de la borriquita, portando la tradicional palma en la mano.

Nada más lejos de la verdad, pues al acercarnos vimos cómo llevaban a tres presos que acababan de sacar de la cárcel a ajusticiar a la plaza.

Tras el carro donde estaban maniatados, sus familiares los seguían llorando desconsolados. Entre ellos había cuatro niños muy pequeños. Me produjeron tanta lástima, que me sentí incapaz de no intervenir, y espoleando mi yegua intenté acercarme a ellos.

De inmediato, José Gómez, el novio alabardero de Ágata, adelantándose a mi impulso, me cortó el paso.

—Sin faltar al respeto a su excelencia, es mi deber recomendarle volver sobre sus pasos. A este lugar lo llaman el Ejido de la Concha y dista mucho de ser seguro, pues es aquí donde se practican las ejecuciones capitales impuestas por el Real Tribunal.

Me miró implorante, como pidiendo mi aquiescencia en silencio antes de insistir. Al no tenerla, miró a Bernardo solícito, y al advertir que tampoco cejaba, se desesperó.

—Sin pretender excederme en mis conjeturas, no creo que a sus excelencias les plazca el dantesco espectáculo. Me he comprometido con mi comandante en salvaguardarlos con mi vida, y tan solo les pido que no me pongan en un brete.

Estaba claro que nuestro custodio aún no conocía demasiado bien a su virrey, a quien el riesgo, lejos de intimidarle, le tentaba y atraía de igual manera. Si no, que se lo preguntasen a los ingleses, aquellos que le vieron avanzar, casi tan solo como ahora estaba, hacia la toma de Pensacola.

Bernardo, sin molestarse en contestar a la advertencia, de repente olvidó el dolor que le aquejaba y, espoleando su caballo hacia el patíbulo, pasó tan cerca del alabardero que a punto estuvo de derribarle.

Todos a una le seguimos. A un lado del camino vi un cartel clavado en un poste que indicaba el nombre de la calle que transitábamos: *Alameda de San Cosme*. Intentaría no olvidarlo para nunca más volver a recorrerla.

Bernardo, cruzándose frente a la carreta, los obligó a parar. Ni los alguaciles, ni el verdugo, ni siquiera los que a punto estaban de perder la vida, daban crédito a lo que estaba sucediendo.

Las hordas se callaron y el silencio se habría hecho sepulcral si no fuese por el doloroso clamor de sus familias que, angustiadas por la pena, aún no se habían dado cuenta de lo que acontecía.

En estas circunstancias su voz sonó como el eco de un disparo de cañón:

—¿Cómo se llaman los reos y por qué se los ajusticia?

Balbuceante, uno de los alguaciles, que no entendía por qué tan alto dignatario se preocupaba por semejantes mequetrefes, contestó:

—Antonio Arizmendi, José Venancio Sotelo y Francisco Gutiérrez están condenados a muerte por robos, contrabando de tabaco y por matar al hombre que a escondidas yacía con la mujer de Francisco.

Las gentes se empezaron a arremolinar, y el amante de Ágata, junto a otros tres de los miembros de nuestra escolta, preocupados por nuestra seguridad, desenvainaron sus espadas intentando sin demasiado éxito abrirnos un holgado espacio entre el apretado gentío. La tensión era tanta que diríase que casi se podía palpar. Por un segundo Bernardo miró atrás.

La plebe ya había cerrado el paso, clamaba perdón a gritos y sería difícil retroceder. Fue entonces cuando recordó mi esposo una usanza que, desde tiempo inmemorial en muchos lugares del mundo, se solía llevar a cabo y quiso replicarla allí mismo, alzando la voz:

—Por el poder que me ha sido otorgado y, actuando en consecuencia a las fechas en las que estamos, tal y como Herodes a petición de su pueblo indultó a Barrabás para ajusticiar a Cristo, yo hoy perdono la vida a estos tres delincuentes en nombre del rey.

Todos los que allí estaban le vitorearon enardecidos.

—¿Por qué lo has hecho, Bernardo?

—En Málaga es una tradición. Lejos de improvisar, pensé que no sería mala cosa importarla. Además, es una manera de recordar a estos vasallos del rey que, por muy lejos que él esté, en cierto modo, es un poco el dueño de sus vidas.

Adivinando su velada intención susurré entre dientes para que nadie más que él me pudiese escuchar:

—Tanto o más que su virrey, que como el máximo representante del rey que es, también es el portador de todas sus facultades y benevolencias.

Me guiñó un ojo.

—Ojalá estuviese todo tan claro. Eso, mi querida mujer, que quede entre nosotros, porque mal que me pese, como de otras tantas cosas, de esto también tendré que rendir cuentas al Gobierno de las Indias.

No me preocupó.

—El tío José seguro que lo entiende.

Asintió, y solo consintió en abandonar el lugar cuando se cercioró de que su orden se cumplía y en vez de colgar a los presos los llevaban de vuelta al calabozo.

Nada más llegar a casa y con los recuerdos frescos en la sesera, se sentó a escribir a su tío el marqués de Sonora. Ante todo, quería evitar cualquier represalia por no haber pedido permiso con anterioridad al rey para actuar en su nombre.

Aquella carta dejaría constancia de la premura que demandó el acto en cuestión y del impacto positivo que este tuvo en el pueblo. Según terminó, me la leyó en alta voz.

... Y en los clamores de un pueblo acosado del hambre, de las miserias y de las enfermedades, resolví se suspendiese la ejecución de la sentencia. Así lo hago; y por medio de Vuestra Excelencia llego a los pies de un trono que ocupa el mejor de los reyes, el más piadoso de todos los soberanos, el benéfico, el generoso, el grande

Carlos III, justamente llamado padre de la Patria y de sus pueblos, suplicándole humildemente que, dignándose aprobar un hecho que ha producido el mejor efecto en el ánimo de estos infelices vasallos, conceda la vida a estos reos, cuyo castigo influiría ya poco en el escarmiento de los malos, al mismo tiempo que este acto de benignidad y consideración será un nuevo motivo para que en estos remotos países no cesen sus habitantes de bendecir el nombre de su misericordioso rey y los de su augusta familia.

No pude más que felicitarle y aconsejarle que no modificase ni una sola coma. Mi visto bueno le daba seguridad y a mí me gustaba que lo considerase. En cierto modo me reconocía como su confidente hasta en los asuntos de Estado que más le podían preocupar.

Al poco tiempo, llegó la respuesta de nuestro tío José de Gálvez, ministro de las Indias, calificando de prudente la actuación de Bernardo, aunque nos aconsejaba que la próxima vez que hubiese ejecuciones nos abstuviésemos de salir de palacio mientras llevasen al suplicio a los condenados con la pena capital.

En cierto modo, tenía razón. Bien visto, ya el tiempo de juventud había pasado, habíamos recibido los honores debidos y ni yo misma veía motivo alguno para seguir arriesgando nuestras vidas más allá que en el respetuoso y bien medido cumplimiento de nuestras obligaciones.

XX

CALAMIDAD Y HAMBRUNA

Ciudad de México, 1786

Creo, Excmo. Sr., que en el tiempo de mi gobierno no me podrá ocurrir asunto de mayor delicadeza, interés, gravedad, complicación, e importancia; pero tampoco otro alguno sería capaz de ocasionarme el cuidado, la aplicación, el desvelo, el estudio y las fatigas que el presente. El tiempo irá acreditando a V. E. la multitud innumerable de ocurrencias que no pueden contraerse por la estrechez del tiempo al presente correo; y si en las propicias resultas que ya se experimentan se logra el remedio de la calamidad que amenazaba, tendré completos los deseos a que aspiro a llenar las obligaciones de mi empleo, corresponden al amor que debo a estos súbditos, y sobre todo desempeñar la confianza que el Rey hizo de mi persona cuando me confió el virreinato.

Al Gobierno de Indias. Carta de Bernardo de Gálvez

Las inclemencias de un inusual clima habían sacudido los maizales de las montañas. Las mazorcas maduras que no se habían perdido por la falta de lluvia terminaron por arruinarse bajo la inoportuna escarcha de una gélida noche que nadie fue capaz de pronosticar.

Y yo, inmersa en los entretenimientos ciudadanos de los teatros, fiestas, charangas y toros, para mi desafortunado arrepentimiento anduve demasiado aislada de la grave hambruna que aquella mala cosecha estaba produciendo en las gentes que de ella vivían.

Una vez más, fue mi bien querida Ágata la que me abrió los ojos haciéndome masticar el polvo. Bien sabía Dios que se lo agradecí pues, si la muerte no se nos adelantaba, nunca sería tarde para poner remedio.

Un breve paseo a pocas leguas de la gran ciudad me bastó para comprobar cómo, mientras la sequía alimentaba los desiertos, las tierras fértiles estaban siendo engullidas por sus voraces arenas.

Me sobrecogieron los cadavéricos semblantes de aquellos campesinos que, sentados a la puerta de sus cabañas, no podían hacer otra cosa que mirar al cielo implorando lluvia. La hambruna indudablemente los estaba matando.

Apenas regresé a palacio busqué a Bernardo para demandarle caridad y, como había de ser, no me defraudó. Aparte de comprometer ciertos erarios de los públicos para paliar sus males, en privado me prometió hacer todo lo posible para animar a todos los que pudiesen a arrimar el hombro.

Y así, a todos los que antes nos criticaban por estar demasiado entretenidos en divertimentos olvidando a los necesitados, les pedimos que siguiesen nuestro ejemplo de caridad y, aparte de rascar sus arcas en pro de los hambrientos, tuvieron que atragantarse con sus insultos.

A estos déspotas en particular, nos gustaba demostrarles que en el palacio virreinal preferíamos recibir mil veces más la compañía de un pobre que la de un petimetre engolado sin otro afán que la diatriba.

Para seguir su ejemplo y darlo a un tiempo, yo misma me encargué de que en casa se tomasen medidas de austeridad, reduciendo lujos tan innecesarios como el número de velas que iluminaban las noches en el palacio o la cantidad de platos en las comidas.

En los establos se redujeron las porciones de maíz que a diario se utilizaban para cebar a los animales, y ordené que se cambiasen los seis caballos que habitualmente se utilizaban como tiro de nuestra carroza por dos mulas. El palafrenero principal se echó las manos a la cabeza, pero al final entendió que, por mucho que aquello atentase contra las normas del protocolo, ante todo teníamos que dar ejemplo.

Comprometida con la causa, pedí a Bernardo que, al menos una vez por semana y hasta que aquella hambruna se mitigase, me acompañase a los lugares donde moraban los más desafortunados, y así lo hizo.

Por primera vez, y desde que nadie recordara nunca, los virreyes nos dignamos a visitar el hospicio mayor de la ciudad, el hospital de San Lázaro, el de los indios y el de San Juan de Dios.

Hicimos las inspecciones sin avisar antes y adrede para palpar y ver los alimentos y cuidados que recibían sin que nadie pudiese prevenirlo y advertirlo. Ante todo, conociendo este tipo de trampas, queríamos comprobar los desatinos por nosotros mismos y sin intermediarios que pudiesen alterar la cruda realidad de las cosas.

Visitamos a muchos de ellos al pie de sus lechos para comprobar su debido cuidado y agradecimos a sus asistentes, cirujanos y enfermeros el empeño puesto en ello.

Fue allí donde mi marido, al topar de nuevo con su viejo amigo el doctor Francisco Javier de Balmis, quiso que fuese él quien nos guiase. De su mano paseamos por entre los cientos de camastros, e incluso probamos la asquerosa comida que se les daba una vez al día. Bernardo, enfermo como estaba desde hacía tanto tiempo, comprendió que así difícilmente podría nadie restablecer sus fuerzas por lo que ordenó que, en la medida en que las arcas pudiesen soportarlo, se les proveyese del mismo rancho que a su tropa.

Después de haber palpado la cruda realidad de las cosas, quisimos comprometer a todos con la causa.

Empezamos controlando férreamente los abusos de los que comerciaban vilmente con la necesidad subiendo los precios del grano.

Bernardo, después de pensarlo mucho, y aun a sabiendas de que esta medida le traería muchos enemigos, terminó por ordenar a los hacendados de otros lugares más afortunados que, después de hacer acopio de semilla, guardasen un sobrante para las jurisdicciones más afectadas por la helada.

Sabía que les demandaba un sacrificio que a muchos les costaría afrontar, pero era la única manera que encontró para poder evitar el desabastecimiento de los silos, alhóndigas, tiendas y mercados. Si no cumplían, amenazaba en la normativa con decomisarles todo por el bien del pueblo.

Por otro lado, y aunando esfuerzos, yo misma solicité al director de la *Gaceta de México* que publicase un anuncio, implorando generosos donativos destinados a paliar la catastrófica hambruna, y Bernardo dio una vuelta más a la tuerca que forzaba aquellas voluntades prometiendo que, en merecido agradecimiento, se publicarían los nombres y las cantidades aportadas de cada uno de los benefactores. Como el gran conocedor de las debilidades humanas que era, intuía que aquello funcionaría mejor que una simple petición al uso.

A mí aquello me resultó extraño, ya que siempre en casa lo habíamos hecho en secreto y humildemente según los dictámenes de la Iglesia católica, pero funcionó. La reacción fue casi inmediata y fueron muchos los que al ver colmada su vanidad respondieron a las postulaciones.

Él mismo abrió la lista con una donación de doce mil reales de los que heredó de su padre y, apenas la encabezó, esta comenzó a crecer.

La calamidad colmó las iglesias de feligreses, de plegarias, invocaciones, rezos y novenas; y las calles de procesiones, que bajo palio paseaban a los cristos, vírgenes y santos más venerados para que obrasen el milagro de la lluvia. Aquella misma que, aunque ya no podría resucitar a los muertos, siempre ayudaría a terminar de una vez por todas con aquella tenaz sequía para devolver la vida a los yermos campos.

Desesperada ante la impotencia de que poco o nada parecía enderezarse, quise después de nuestra primera visita a los hospitales seguir haciéndolo casi a diario. Solía recoger en mi propia carroza al deán de la catedral, don Leonardo Terraya, que junto a otros dos sacerdotes impartía a diario el viático a todos los moribundos y la comunión a los que la solicitaban. Al terminar, exhaustos, los acompañaba de vuelta habiendo rezado por todos y cada uno de ellos.

Uno de aquellos días quiso la casualidad que topase con Ágata. Mi querida chamana de vez en cuando también se acercaba a los hospitales para ayudar a los indios y mulatos que, en secreto, le pedían remedios muy diferentes a los que usualmente les impartían nuestros sanadores de cuerpos y almas.

Pese a nuestros esfuerzos por paliar las consecuencias de aquella voraz hambruna, esta seguía llenando los enterramientos de los cementerios. Los sepultureros, por falta de espacio, ya estaban desenterrando los cadáveres más vetustos para hacer hueco a los más recientes.

La mayoría eran víctimas de males colaterales cuyos nombres hasta el momento yo misma desconocía. A los pies de cada cama, rezando por ellos, supe de la existencia de enfermedades como la bola, el tifus, el sarampión, la pulmonía o los dolores de costado o pleuríticos. Amén de aquellas fiebres intermitentes tan parecidas a las que padecía mi querido Bernardo, y que casi siempre acababan cebándose con los más débiles.

Entonces, más que nunca, temí por mi querido marido que, entregado a los deberes que demandaba el virreino, cada vez parecía más perjudicado de sus ya crónicos males estomacales.

Por fin, el mes de mayo de 1786, las nubes cuajaron los cielos y la lluvia comenzó a embeber las sedientas tierras de poderosas misericordias que con su luz, salud y alegría poco a poco fueron iluminando los hasta entonces oscuros zaguanes de las casas de la Nueva España.

Aquella mañana el semblante de Bernardo reflejaba una alegría inusitada. El ceño fruncido que durante tanto tiempo se dibujaba permanentemente en su entrecejo había desaparecido y una inmensa sonrisa se dibujaba en sus labios mientras escribía a su tío José. Sabiendo que no le importaba en absoluto que leyese mientras lo hacía, me acerqué por detrás de su silla y, posando mis manos sobre sus hombros, lo hice en alta voz:

> *Veo, gustoso, aplicado el posible remedio a todas las necesidades por cuantos arbitrios sugiere la prudencia, una cuidadosa reflexión y el estrecho vínculo en que me hallo por la confianza que se dignó la bondad de nuestro amado soberano a depositar en mí con el mando de estos vastos dominios...*

Cesó de escribir y soltando la pluma comenzó a limpiarse el dedo entintado con un pañuelo que tenía sobre la mesa.

—¿Os parece bien cómo inicio?

Apreté sus hombros.

—Jamás he puesto un pero a uno de vuestros escritos, y si estos además os sientan tan bien que permiten que abandonéis la cama, mejor que mejor. ¿Cómo os encontráis esta mañana?

Dio la vuelta a la silla para sentarme en su regazo.

—¿Es que no lo veis? Por primera vez en mucho tiempo los

mercados tienen grano suficiente como para acabar con el hambre. Ya sabemos que, erradicando esta, la mayoría de las enfermedades desaparecen, así que no va a ser justo el virrey el que se postre ahora ante ningún mal sea de la clase que sea.

Le besé ardientemente.

—Así me gusta veros, Bernardo. ¿Y ahora? ¿Os parece que retomemos de nuevo nuestras actividades más lúdicas? Después de tanto recogimiento, no nos vendrá mal.

Saqué un pequeño cuadernillo que cada mañana su secretario entregaba a mi primera doncella con una copia de los asuntos pendientes que requerían de mi presencia.

—Sé que os hubiese gustado que fuésemos a los toros, de hecho, se está organizando una gran corrida para celebrar el restablecimiento de todas las cosas buenas, pero... ¿y si antes vamos a entregar los diplomas de la primera promoción de estudiantes que, a pesar de los malos tiempos, han demostrado su valía licenciándose en la Real Academia de las Tres Nobles Artes de San Carlos?

»Vuestro padre lo vería con buenos ojos después de haberla impulsado con vehemencia, y ellos se lo merecen. No nos tomará mucho tiempo, vos tendréis tan solo que abrir el acto con un breve discurso recordándole, y después de hablar el director y el mejor alumno de este curso, que según dicen fue el de Geometría, ambos les impondremos las medallas, les entregaremos los diplomas y, después de un pequeño concierto que han ensayado para agasajarnos, volveremos a casa.

»Me gustaría mucho asistir, ya que esta última epidemia en cierto modo nos ha obligado a arrinconar la cultura para dedicarnos a la sanidad y el rezo.

Bernardo asintió sin dudarlo:

—Así lo haremos. Queda con protocolo para la semana que viene.

Me sorprendí.

—¿Y antes no podría ser? ¿No os vendría bien un paseo ahora que la lluvia amaina y podéis levantaros?

—Antes tengo que solucionar algo urgentemente.

Tomó un papel de los que había en el montón derecho de la mesa para mostrármelo.

—A partir de hoy, permitiré que a las tribus amigas se les paguen las pieles con caballos, yeguas, mulas, vacas, carne seca, piloncillo, maíz, tabaco, aguardiente, fusiles, municiones, cuchillos, ropas o tejidos groseros, bermellón, espejos, abalorios y otras bujerías.

Le miré sorprendida.

—¡Que lista tan copiosa! ¿Sabéis que en esa lista hay cosas muy prohibidas? Al Gobierno de las Indias no le gustará.

Sonrió.

—Los caballos están desde hace siglos en la lista de lo prohibido y sin embargo siempre les hemos pagado con ellos. Tanto que ya no se concibe un apache sin caballo.

Solo pude asentir. La verdad era que aquella constituía tan solo una más de las tantas leyes que, a la espera de ser modificadas por obsoletas, solían ser transgredidas.

—Definitivamente, voy a permitir que se puedan trocar pieles por alcohol y armas de fuego.

Torcí el gesto.

—Los dos sabemos que simplemente legalizarás algo que lleva haciéndose desde hace muchos años. No es un secreto lo que a los indios les gusta embriagarse. A partir de ahora serán muchos los que aparte de emborracharse con pulque lo harán con vino y aguardiente.

Bernardo lo tenía todo calculado.

—Desconocen la mesura. Tendrán el gusto de recrearse en esta adicción y así podremos hacerles más volubles a nuestras intenciones. Borrachos confesarán más fácilmente sus secretos y la dependencia de nuestros licores mermará sus ganas de hostilidades.

No era eso lo que más me preocupaba y pensé en alto.

—Pero, Bernardo, dejando a un lado las bebidas alcohólicas, ¿no os preocupa darles fusiles y municiones? De sobra sabemos que las tribus hoy amigas mañana pueden dejar de serlo y entonces estando armados hasta los dientes…

Incapaz de imaginar siquiera de qué serían capaces, contuve mi lengua.

—Confía en mí, querida. Sin duda olvidáis que antes de conoceros luché contra ellos en Chihuahua. Los conozco bien y así como muchos dominan el disparo con arco, son muy pocos los que saben disparar fusiles. Lo sé porque se cuentan con los dedos de una mano los indios que tenemos en nuestra milicia que, a pesar del adiestramiento, terminan logrando disparar con tino. Por otro lado, es absurdo que no les proporcionemos armas para tenerlos contentos, porque si no se las damos nosotros, se las darán los ingleses para conseguir su alianza en nuestra contra. —Después de un breve instante en silencio, prosiguió—: Siempre existirá ese riesgo. Por si acaso, he ordenado que se haga lo posible para que los fusiles que se les den sean de los largos, porque en secreto os digo que son los más difíciles de manejar y los que más fallan por encasquillarse y ser más endebles que otras armas de menor tamaño. ¡Y eso sin tener en cuenta que por su incómodo tamaño se hacen casi imposibles de transportar arranchados a las cabalgaduras! Simplemente, será una manera más de tenerlos vigilados, ya que una vez se hayan encaprichado de ellos, solo nosotros podremos proveerles de municiones.

—Sutil manera de dominar.

Me corrigió:

—No es dominio sino burda defensa. La frontera del norte de Nueva España es tan vasta que he tenido que reforzar su vigilancia con otras tantas guarniciones de dragones y voluntarios. Estos, al conocer los usos apaches, son los que mejor saben leer sus huellas, oler sus intenciones y distinguir sus sombras de las de los riscos por donde suelen aparecer como endemoniados espíritus casi invisibles.

Estaba consiguiendo asustarme cuando un retortijón le obligó a callar. Encogido hacia delante se sujetó el estómago, su ceño se frunció de nuevo y aquella fugaz sonrisa de hacía un instante se tornó en una mueca de dolor.

No necesité gritar para pedir ayuda. Ágata apareció de la nada para socorrerme a servirle de muleta y así, apoyado entre las dos, le llevamos al lecho. Apenas le acostamos llamé a Saugrain.

En cuanto llegó, me pidió que le dejásemos hacer en privado. Antes de salir de la estancia, me incliné hacia Bernardo para susurrarle al oído:

—Aquí está vuestro cirujano. Prometedme al menos que esta vez seguiréis sus dictámenes. Si no es por mí, al menos hacedlo por nuestros hijos. Adelaida lleva días cortando papeles de colores para hacer guirnaldas, y Matilde y Miguel sueñan con las sorpresas que recogerán al romper las piñatas que colgaremos de los árboles del jardín en vuestro cuarenta cumpleaños. Si os cuidáis, seguro que llegáis a finales de julio restablecido. ¿No es verdad, doctor?

Su buen médico estaba tan afanado en intentar palparle el estómago que ni me contestó.

Bernardo, empapado en sudores y encogido como un feto en el vientre de su madre, cerró los ojos con fuerza para evitar mi mirada. Masculló:

—Tan solo puedo juraros que lo intentaré. Si me queréis, os suplico que ahora me dejéis a solas con mi sanador.

Salí de la estancia con lágrimas de impotencia. Por primera vez en mi vida temí por la suya. Aquellos traicioneros ataques cada vez eran más frecuentes y sorpresivos. ¡Igual en un minuto parecía rozagante de salud como al siguiente se desmoronaba! Malditos aguijones aquellos que por dentro lo estaban destrozando.

Por la noche apareció en el comedor. Aunque sonreía, las negras ojeras delataban el cansancio que el constante dolor le había provocado aquel día. Lejos de reprenderle, le ayudé a sentarse frente a mí.

—Gracias por levantaros y venir a cenar conmigo. Los niños lo hicieron con vuestra madrastra y yo me sentía terriblemente sola. ¿Todo bien?

Me besó en la frente y asintió.

—Mirad mi tripa. Cualquiera diría que el preñado soy yo en vez de vos. Hoy, muy a mi pesar, solo cenaré un caldo.

¡Qué humor! Hacía menos de un mes que le había comunicado

mi estado de buena esperanza. Estaría de unos cuatro meses del que sería nuestro tercer hijo. Era cierto que parecía más embarazado que yo. No le pregunté más, sabía que hacerlo tan solo contribuía a enervarle. El día de su cumpleaños hacía un bochorno insoportable. Busqué un regalo especial; algo que no se pudiese comprar, ni vender, ni heredar, y así, recurriendo al arte, encargué a dos buenos escritores dos poemas que hablasen de él.

El primero tan solo eran unos cuantos hermosos versos que se titulaban «El andaluz Perseo». Estaban escritos por el padre José Joaquín Granados y Gálvez, un primo franciscano de Bernardo que lo conocía bien y pensaba escribir un libro entero de poemas inspirándose en sus grandezas.

El segundo era un poema escrito por Francisco de Rojas, y llevaba por título *Poema épico: la rendición de Panzacola y conquista de la Florida occidental por el Excmo. Sr. Conde de Gálvez.*

Apenas los leímos a la hora del desayuno quiso salir a celebrarlo con el pueblo y dar una vuelta por las calles, hospitales, hospicios y albergues de pobres para hacerles los habituales donativos en un día tan señalado. Si en nombre de su majestad se solía hacer el día de su nacimiento, él no quería ser menos.

Se sentía bien y quiso a nuestro lado supervisar por sí mismo que los cambios que había ordenado durante la época de hambruna se estuviesen llevando a cabo. Las campanas repicaron a nuestro paso, y así, junto a los niños, caminamos por algunas calles recién pavimentadas. Comprobamos que los desagües del alcantarillado transcurrían libres por unas pequeñas acequias excavadas, y cómo las aguas limpias manaban de las fuentes de las plazas.

Se calculaba que Ciudad de México debía de albergar a doscientas mil almas, y quería Bernardo que desde ahora todos se beneficiasen de la higiene que aquellas infraestructuras traerían a la gran ciudad, evitando futuras enfermedades.

Paramos en una pulquería de las más transitadas para ver si cumplía con los horarios estipulados de apertura en un intento de evitar que la población se emborrachase en demasía.

¡Si incluso nos detuvimos a comprobar cómo lucía uno de los cientos de faroles que había diseñado para iluminar los recovecos más oscuros de las calles!

Como el padre amantísimo que demostraba ser a diario, explicó a los niños que, para evitar tropelías, había prohibido a todos, a excepción de los alguaciles, la tenencia de las armas cortas por el centro de la ciudad. Para más garantizar la seguridad del vecindario, asimismo, había dispuesto un gran albergue en el que obligaba a ir a dormir todas las noches a los ociosos y vagabundos. Porque, ante todo, quería terminar con los delincuentes que, desde hacía mucho tiempo, deambulaban impunemente por la ciudad.

Aquel día, paseando con mi particular virrey, me sentí como debía de hacerlo la archiduquesa Ana de Austria del brazo del rey Felipe II al elegir a Madrid capital del Reino.

Terminamos el recorrido en la catedral, donde se celebraba una misa de acción de gracias por su cumpleaños y todas las mejoras logradas y, al salir, subimos a la colina donde estaban las obras del palacio de Chapultepec, para, desde allí, prender mil fuegos de artificio.

Mi propio suegro ya había logrado la autorización de la corte para reconstruir aquella edificación. Bernardo estaba dispuesto a proseguir la ilusión inconclusa de su padre, haciendo de ella una casa tan sencilla como acogedora, a donde poder retirarnos con unas vistas prodigiosas.

Acordamos que, pasadas las necesidades recientes, no estaría bien construir algo excesivamente lujoso, por lo que evitaríamos los ornamentos superfluos y, ante todo, los gastos que no fueran inexcusables.

El ingeniero Francisco Vanvitelli nos esperaba con los planos desplegados sobre una piedra. Era precisamente la primera que hacía un tiempo colocamos, según la tradición, sobre unas cuantas monedas para que la futura construcción cimentase en un lugar afortunado.

Aquel plano, como todos frente a los cuales me encontré en mi vida en común con Bernardo, reflejaba sus sueños más inmediatos. Como en sus anteriores batallas nada parecía fácil y los miles de reales asignados al edificio por la Hacienda no parecían ser suficientes. El arquitecto se quejaba y Bernardo, confiando en la providencia, no parecía preocupado.

Inclinado sobre aquellos planos desdoblados me iba dirigiendo.

—¿Veis, Felicitas?, la fachada será de estilo neoclásico. Aquí, en esta planta, a ambos lados de la entrada principal, dispondremos dos grandes estancias donde estarán los oficiales del cuerpo de guardia y los alabarderos. Serán las antesalas de la secretaría, el archivo, la cocina, la despensa y la repostería. En los pasillos siguientes dispondremos los aposentos de los mayordomos, el ayuda de cámara, el caballerizo, los pajes, el edecán, el cocinero, los lacayos y las doncellas y demás mujeres que con ellos nos sirven.

Con una pequeña fusta seguía señalando diferentes puntos. ¡Aquella casa parecía de todo menos sencilla!

—En la primera planta, dispondremos nuestros aposentos, los de los niños, los cuartos de baño, los de nuestros huéspedes, con el comedor y otros salones, tras todos los cuales existirán pasillos ocultos por donde transitará el servicio discretamente. En el piso más alto estarán el oratorio, la sacristía, el salón de audiencias, el guardarropa, mi despacho y una terraza que, escaleras abajo, se comunicará con el jardín.

Mirando hacia abajo el horizonte se perdía hasta fundirse con el cielo, y así, con la mirada extraviada en el infinito, imaginé una larga vida a su lado. ¡Qué equivocada andaba!

XXI

EL ASOMO DE LA PARCA

San Ángel y Ciudad de México, 1786

Agravado más de mis males desde el día 4 del corriente y obligándome estos a quedarme en cama, me era doloroso ver que, aunque mi enfermedad me permitía enterarme de los asuntos del gobierno y acordar sus resoluciones, me demoraba por la dificultad que ofrecía la materialidad de la firma a causa, unas veces de mi debilidad, y otras de la misma posición en que me hallaba.

Extracto de una carta de Bernardo de Gálvez a su tío José de Gálvez

En septiembre y al ver que Bernardo no mejoraba, por recomendación de Saugrain, su cirujano, una vez más nos mudamos al pequeño pueblo de San Ángel, por sus aires más beneficiosos.

Mientras su cuerpo adelgazaba y el color de sus mejillas desaparecía, su estómago se seguía abultando hasta aparentar que iba a reventar.

Angustiada ante la impotencia de verle tan desmejorado e intentando, a pesar de su falta de fuerza, seguir despachando, tan solo se me ocurrió contratar a un cuarteto de músicos para que con sus melodías le amenizasen el tránsito.

A finales de septiembre, y aun inmiscuyéndome en las labores de los cirujanos que solían verlo mal, pedí a Ágata que, aprovechando el cambio de enfermeros, se colase en su cuarto y, armada con sus abalorios, le intentase dar remedio. Al regresar a mi estancia fue incapaz de disimular su disgusto.

—Tan solo he podido aliviarle el dolor. Siento deciros que el mal ya casi le ha devorado por completo las entrañas. Apenas tiene fuerzas para incorporarse.

Confiaba en ella, sus predicciones nunca me habían fallado, y aunque hubiese preferido que en esa ocasión me hubiese mentido, sabía que era incapaz. Cuando se trataba de la visita de la parca, solía ser mordazmente sincera.

Tan solo pude desvencijarme sobre el lecho que me habían preparado en la estancia contigua a la nuestra.

Pasé la noche tumbada llorando mi impotencia. Ensañada en mi propia pesadumbre, al amanecer, sentí la presencia de alguien que tomaba en discreto silencio asiento a mi lado. Al levantar la cara de la empapada almohada pude ver, en mi suegra Ana de Zayas, mi futuro reflejo. Enlutada hasta las cejas, tan solo fue capaz de acariciarme la cabeza.

—Hija mía, Dios quiera que me equivoque, pero parece evidente que el hijo ha decidido seguir al padre con demasiada premura. Aprovechad el tiempo que os queda a su lado, refrescaos con agua fría e id a acompañarle en este duro tránsito porque poco más podréis hacer, y de no hacerlo después os arrepentiréis. Aprovechad cada segundo de lucidez que le quede como si fuese un día, y cada día como si fuese un año.

Desde que llegamos a Nueva España y la asilamos en casa nunca se había mostrado tan cariñosa con nadie. Embozada en sus ropas negras, paseaba como un espíritu errante por la casa sin apenas intervenir en nada. Era como si se hubiese enterrado en vida con mi suegro. Ahora, esa empatía tan repentina conmigo parecía haberla sacado de su ostracismo para de algún modo dar sentido a su vida ayudándome a pasar el trago.

La abracé y, siguiendo su consejo, me acerqué a mi tocador para intentar mitigar aquel semblante de desamparo empapando con agua fría mis abultados parpados. Salí hacia el aposento donde descansaba Bernardo con la firme intención de no despegarme de su lado hasta el preciso momento en el que la parca viniese a arrebatármelo definitivamente.

Aquel trece de octubre terminaba su ayuda de cámara de afeitarle cuando, con apenas un hilo de voz, me pidió que le ayudase a elegir su uniforme más lustroso de teniente general.

–Querida, hoy quiero recibir al Señor con mis mejores galas.

Al salir y asomarme a la barandilla, pude ver cómo en el piso inferior, junto a la entrada principal y frente a la hornacina que guardaba una imagen de la Virgen de Guadalupe, rezaban arrodillados varios sacerdotes y monjes provenientes de las parroquias y conventos más cercanos.

Por las escaleras del fondo subía el señor deán de la catedral, don Leonardo Terraya, acompañado por su eminencia el arzobispo Núñez de Haro. Sin duda, venían a dar el sagrado viático y la comunión a mi marido. Fue entonces cuando supe que Bernardo había pedido que le impartiesen la extremaunción.

Los siguientes quince días los pasó acunado por un vaivén de temperamentos. Así como un día tenía la sesera perdida en un temporal de tinieblas, al día siguiente amanecía mecido por la lucidez de la calma. Aparejándose para morir, aprovechaba estos momentos en los que podía pensar claramente para no dejar cabos sueltos.

El último día que se sintió con fuerzas para despachar llamó al escribano don Ramón Pardo para dejar constancia de sus últimas voluntades. Primeramente, delegó sus funciones en los miembros de la Real Audiencia de la Nueva España y, en segundo lugar, quiso dejar claros sus deseos y cláusulas testamentarias según las cuales obraríamos en su entierro y adquiriríamos sus bienes.

Otro día, viendo que aún la muerte no terminaba de hacerse con él, quiso estar lo más cerca posible de Dios en la tierra, y pidió que le llevasen en parihuelas al mismísimo palacio arzobispal en Tacubaya para recibir de nuevo la extremaunción.

Le sentó bien. Al regresar tuvo incluso fuerzas para bromear, y tomándome de la mano me sonrió.

—Mi querida mujercita, Dios sabe que me gustaría evitaros este nuevo disgusto, pero me parece que no va a poder ser. Hoy me siento mejor. ¡Qué afortunado he sido al haber contado con vos en este camino!

Le reprendí:

—No habléis en pasado.

Me ignoró.

—Jamás me habéis fallado. No me malinterpretéis. Si hoy he ido a recibir de nuevo los santos óleos es porque no quiero desaprovechar la ocasión para recibir aquel sacramento, que cuantas veces fuese menester, según la Santa Madre Iglesia, podemos recibir casi a mansalva y sin limitaciones. ¿Recordáis cómo la primera vez que me los impusieron decidimos casarnos?

Asentí, consciente de que probablemente aquella sería la última vez que podríamos hablar tan distendidamente. Un segundo después perdió de nuevo el sentido.

Bernardo sudaba a raudales, tenía mucha fiebre, y con un paño mojado en agua fría fui frotando cada recoveco de su cuerpo como antaño lo hice la primera vez que holgamos para saber de su pasado. Como entonces, su piel se me antojó el mapa de una intensa vida llena de victorias.

Intuyendo que sus hijos nunca más podrían escucharlas de su propia voz, decidí mandar a buscarlos para explicarles aún con él presente quién era su padre.

Adelaida, Matilde y Miguel se sentaron a sus pies, mientras yo con mimo le frotaba la piel cetrina. Deteniéndome en cada una de sus heridas, los miraba para captar su atención y, como si de un cuento se tratase, les narraba la hermosa historia que su padre dejaría escrita. Me escuchaban extasiados.

En el brazo izquierdo, paré en la cicatriz que le propició aquel flechazo de los apaches. En el pecho, en la lanzada que ese mismo ataque le marcó cuando se cayó del caballo mientras, estos mismos, le perseguían en Chihuahua. En la pierna les señalé el agujero cerrado del disparo que recibió de joven en la batalla de Argel.

Para terminar, me detuve en el recuerdo que le dejó tatuado su victoria en la campaña de Pensacola: un balazo que le atravesó un dedo de la mano izquierda y le dibujó un surco en el mismo vientre que ahora le estaba destrozando internamente.

Solo cuando los niños se retiraron a dormir, Bernardo entreabrió de nuevo los párpados. Al darme cuenta de que intentaba decirme algo, me incliné para escucharle. Apenas salió un sonido de sus labios.

—Prometedme que os los llevaréis a España a vivir.

El esfuerzo para pronunciar esas nueve palabras lo dejó tan exhausto que tuvo que cerrar los ojos y relajar la mano. Me abracé fuertemente a él, confiando en que sintiese mi amor.

—No dudéis que así será.

Aquella misma noche del treinta de noviembre, a eso de las cuatro y cuarto de la mañana, estando yo junto a él, rezando el rosario, vi cómo el acompasado mover del embozo de la sábana que cubría su pecho se detuvo. Supe que ya no estaba conmigo cuando por fin el ceño fruncido de su frente se relajó. Irradiaba paz. Por fin, después de casi dos meses de continuada agonía, había dejado de sufrir.

Un vacío impenetrable se me instaló en la boca del estómago, y no supe hacer otra cosa que aferrarme a su cadáver en un intento absurdo de darle un poco de mi calor, como si eso fuese a resucitarle.

Su alma ascendió a los cielos al son del tañido de las campanas, los lloros de las plañideras y los rezos de las monjas que desde hacía dos días se turnaban para velarle haciendo una cadena ininterrumpida de oración; aun así, incapaz de asimilar tanta soledad de un golpe, tan solo consentí en separarme de él cuando su cuerpo ya frío se empezó a agarrotar. Junto a la puerta de su aposento esperaban ya los embalsamadores para arrancarle las vísceras.

Ágata, junto a mi suegra, me llevaron casi en volandas a mis aposentos. Querían enlutarme debidamente y antes de que media ciudad llegase a presentarme sus condolencias.

Al mirar mi reflejo en el espejo de nuevo se me saltaron las lágrimas. A mis treinta y un años, acababa de quedarme viuda por segunda vez en mi vida, y al igual que Adelaida jamás conoció a su padre, la criatura que moraba en mi vientre también nacería póstuma.

Al fondo de la habitación Ágata murmuraba sus cánticos de chamana. Agitaba un sonajero de huesos de animales al aire, mientras mi doncella se desesperaba para encontrar entre mis vestidos un sayo negro que me sirviese de guardainfante.

Sin saber muy bien qué hacer, tomé una tarjeta que tenía junto a los polvos de arroz. Era una de las que Bernardo, normalmente, utilizaba para escribir por detrás. Debajo de nuestra corona condal y blasón, tenía impresos todos sus nombres y cargos.

Leí en alta voz:

Bernardo de Gálvez, Conde de Gálvez, caballero pensionado de la Real y Distinguida Orden Española de Carlos Tercero, Comendador de Bolaños en la de Calatrava, Teniente General de los Reales Ejércitos, Inspector General de los de América, Inspector General de las Tropas de América y Filipinas, Capitán General de la Provincia de la Luisiana y las dos Floridas, Virrey, Gobernador y Capitán General de la Nueva España y presidente de su Real Audiencia.

Añadí:

—Descanse en paz.

Tragué saliva, pensando que entre todas esas grandilocuentes cosas ni nuestros hijos ni yo aparecíamos. Quizá fuese porque nosotros a partir de aquel día seríamos el verdadero y más importante legado que dejaba atrás y por ello debíamos ser los que nos encargáramos de mantener viva su memoria.

Al tañido de las cien campanadas de la catedral, dispuestas para el caso, se le unieron los badajos del resto de las campanas de las iglesias de todo México para hacer saber a todos la noticia. Al terminar aquel sepulcral sonido, desde las almenas, comenzaron a dispararse tres cañonazos consecutivos, seguidos de otro cada media hora, y hasta la retreta de cada atardecer, hasta el entierro definitivo del virrey.

Los tiros sonaron inmisericordes durante los tres días que permaneció su cadáver amortajado y expuesto en el salón de palacio. Tan solo salió alguna vez de allí por petición de los párrocos que pidieron permiso para llevarlo a sus iglesias; querían dedicarle un funeral de cuerpo presente, y así dar la oportunidad a sus feligreses de poder despedirle debidamente.

He de reconocer que, si bien ver el cuerpo insepulto del virrey reconfortó a muchos, a mí, lejos de consolarme, me incrementó el doloroso trance.

Con gusto hubiese prescindido de aquel dictamen protocolario. Por mucho que me acercaba a verle, allí vestido con el uniforme de teniente general y el manto de caballero de la Real Orden Española de Carlos III, tan solo encontré un elegante saco de piel y repleto de huesos, carente del alma con la que compartí mi vida.

A los tres días por fin taparon el ataúd y nos dispusimos, según su deseo, a llevarlo a Tacubaya. Aquel cuatro de diciembre y, para evitar las horas de más calor, decidimos salir a las ocho y media de la mañana.

Encabezando el séquito iban cuatro cañones tirados por caballos que, al igual que los seis que llevarían el féretro, estaban enjaezados con ricos atalajes y manteletas de terciopelo negro con nuestras armas bordadas en oro. Los seguían en procesión sus tres comandantes principales y las seis compañías de granaderos que teníamos destacadas en la ciudad.

Bernardo salía por última vez de casa escoltado por su guardia de alabarderos. Tras ellos iba mi carroza. Me acompañaban los niños: Miguel vestía con su uniforme, y las niñas tan de negro como yo.

Me informaron de que nos seguían otras tantas con los representantes de la Audiencia, el Tribunal de Cuentas, el cuerpo de la nobleza de México y el Protomedicato, el cuerpo de dolientes, secretarios, jueces, catedráticos y un sinfín de gentes a las que, tan cansada como estaba de aquel doliente vacío, me sentí incapaz de atender.

Durante las cuatro paradas que hicimos, sentí más que nunca el clamor popular, pues me encontré la ciudad repleta de almas que en silencio plañían su muerte, demostrándome amargamente su dolor. No hubo cofradía o hermandad que no acudiese, y unos ciento cincuenta sacerdotes los guiaban en sus responsos.

Embriagada por las muestras del afecto popular, no veía el momento de llegar a la catedral. Allí lo enterraríamos temporalmente en un panteón sin estrenar que nos brindó generosamente su excelencia el arzobispo Núñez de Haro, a la espera de hacerlo en su definitiva sepultura en el convento de San Fernando, aquella donde había pedido que le enterráramos frente a su padre don Matías, cuando esta estuviese terminada.

Ya en la catedral, el féretro, siempre acordonado por sus fieles alabarderos, fue colocado sobre un túmulo cubierto con terciopelo negro e iluminado por doce hachones encendidos. Durante la santa misa, las celestiales voces de los niños que cantaban en el coro me reconfortaron. Un cúmulo de hermosos recuerdos junto a Bernardo me asaltaron.

El último responso que rezaron cuando depositaron el ataúd bajo la bóveda del altar de los reyes entregando la custodia simbólica de su llave al capitán de alabarderos me trajo a la realidad.

Sabía que aquel entierro tan solo sería temporal.

A los pocos días abrimos el testamento. Sus bienes los repartía en partes iguales entre todos nuestros hijos, sin olvidar al que estaba en camino.

No pude más que emocionarme al comprobar que había considerado a mi pequeña Adelaida, la hija que yo tenía de mi primer matrimonio, ya que para ella también solicitó otra pensión.

Aparte me dejaba todas las joyas, incluida aquella hermosa ristra de perlas que me regaló en Nueva Orleans, para que dispusiese de ellas como mejor quisiese entre todas mis hijas.

Adjunta dejaba la carta escrita que debían mandar a mi tío José para que agilizase los trámites para la concesión de las pensiones de viudedad y orfandad, y me recordaba la promesa de llevar a mis hijos a educarse a España bajo la tutoría de su tío José y, si este faltase, la protección de su tío Miguel.

Generoso y protector de todos los suyos, tuvo un recuerdo para otros miembros que apreciaba como hermanos. Así, dejó un detalle a mi cuñado Juan de Riaño, en quien había delegado su gobierno en La Puebla, a su secretario personal Fernando de Córdoba y al mismo Francisco Carrillo.

Aunque sentí un leve pinchazo en mi vientre, seguí escuchando al notario que daba lectura:

Que mis bienes son adquiridos en la Luisiana y expediciones de aquellas partes y algún comercio que hice en ellas antes de casarme, y no habiendo ahorrado nunca de mis sueldos, me persuado de que no tiene mi mujer derecho alguno a la mitad de mis gananciales, ni a sus frutos…

A mí tan solo parecía dejarme la pensión que sin duda me otorgarían según había pedido a su tío don José. ¿Y de qué iba yo a vivir cuando mis hijos creciesen y ya no administrase sus bienes?

El segundo pinchazo fue aun si cabe más doloroso. Tras él, sentí cómo el líquido caliente que suele preceder a un parto recorrió mis piernas. Tuve que levantarme. Aquella criatura póstuma a la que Bernardo mencionaba en su testamento venía de camino tan solo once días después de su muerte.

Guadalupe nació sana y fuerte en el palacio virreinal, y quise ponerle ese primer nombre en honor a la santa patrona de la ciudad.

Después de haberme brindado mil condolencias, ahora casi todos parecían ansiosos por felicitarme con homenajes y distinciones. En el nacimiento de Guadalupe encontraron una oportunidad para poder suavizar la reciente tristeza y demostrarme su aprecio.

El mismísimo cabildo me ofreció la oportunidad de que, por primera vez en la historia, la ciudad de México hiciese las veces de padrino de la niña. Yo jamás había visto un caso en el que algo carente de alma pudiese atestiguar la veracidad de un sacramento tan importante, pero, dado que el arzobispo tampoco puso reparo, acepté.

Y así, en la misma catedral en la que hacía tan poco enterramos a Bernardo, sobre la pila bautismal, el reverendísimo señor Núñez de Haro fue el encargado de verter las aguas benditas sobre la pequeña cabeza de mi niña.

Como a sus hermanos mayores, le puse varios nombres, y después del de María de Guadalupe tomó los de Bernarda, Isabel, Felipa de Jesús, Juana, Nepomuceno y Felicitas. Ejerció de padrino el cabildo en nombre de la ciudad y Josefa Villanueva, la mujer del regidor decano, fue la madrina.

Los regalos no se hicieron esperar, y Ágata fue la encargada de ir guardándolos en un arcón que dispusimos a la entrada del templo y donde cada uno los depositaba debidamente señalados.

Los más significativos fueron los que me entregó el cabildo que, en nombre de la Ciudad de México, me regalaba dos hilos de perlas, uno para la niña y otro para mí.

El delegado del arzobispo, por otro lado, dejó un plato y un juego de pequeños cubiertos de oro para que la pequeña aprendiese a comer y, para mí, una caja de oro guarnecida de esmeraldas donde había depositado un hermosísimo broche de diamantes.

Después de bautizar a Guadalupe, sintiéndome ya como una intrusa en aquel trono virreinal que tan poco tardaría en ser ocupado por nuestros sucesores, hubiese deseado pasar página y retomar las riendas de mi vida lo antes posible, pero no pude.

Aún tuvieron que pasar cinco meses hasta que, aquel once de mayo, al estar por fin concluido el panteón de la iglesia del Colegio Apostólico de San Fernando que guardaría los restos de Bernardo frente a los de su padre, pude cerrar aquella puerta entornada que me impedía alejarme.

Al recogerlo de la catedral y, tal y como había prometido a su excelencia el arzobispo por la generosidad demostrada, dispuse que se le entregase el cántaro donde al embalsamarlo guardaron su corazón y entrañas. Así siempre quedaría en la catedral un recuerdo de aquel virrey que fue mi esposo.

Cumplido mi penúltimo deber para con Bernardo, me dispuse a acometer el último, aquel que le prometí en su lecho de muerte, y así, después de donar una parte de mis enseres a la caridad, y vender en la almoneda otro tanto que no me llevaría a España, comenzamos a empacar.

Atrás dejaba mi ilusión por regresar algún día a mi casa natal en Nueva Orleans, pero el sacrificio bien merecía la pena, pues la promesa a un moribundo nunca debe quebrarse.

XXII

EL ÚLTIMO ADIÓS DE LA CONDESA

La muy Noble, Leal e Imperial Ciudad de México, 1787

Se acerca el día de mi partida para España. Pasado mañana he resuelto salir de esta capital, y a principios del inmediato junio podré embarcarme en Veracruz. Conozco muy bien las particulares distinciones que he debido a Vuestras Excelencias. Jamás se apartarán de mi memoria, y procuraré imprimirlas en mis tiernos hijos, y singularmente en la que tiene el honor de ser la ahijada de Vuestras Excelencias para que, como vinculado, se eternice en toda mi familia nuestro reconocimiento a la muy Noble, muy Leal, e Imperial Ciudad de México. Así lo prometo a VV. EE. Bajo este concepto espero que VV. EE. me franquearán sus órdenes donde quiera que me halle, con el seguro de que será siempre para mí de la mayor satisfacción servir y complacer a VV. EE.

Carta de despedida de Felicitas el 23 de mayo de 1787 al cabildo del Ayuntamiento de la Ciudad de México

Quise que el último recuerdo que mis hijos tuviesen de México fuese la tumba de su padre, y así el día anterior a partir nos dispusimos a visitarla. El viaje hasta España sería largo, y al igual que con toda probabilidad sabía que nunca más visitaría mi querida Luisiana, donde crecí en mi infancia, intuía que ellos tampoco regresarían allí.

A la puerta del templo me esperaba la sagrada Comunidad de San Fernando. Habían iluminado todo el camino hasta el panteón donde estaba enterrado mi querido Bernardo frente a su padre. Las viudas de ambos virreyes, junto a los niños, rezamos el que sería nuestro último responso por el sufragio de sus almas.

Al terminar no pude reprimir mis sentimientos. Tumbada sobre su lápida de mármol de nuevo sentí ese gélido frío de soledad.

Sabedora de que ni un ¡ay!, ni un suspiro más, me iban a dar el consuelo demandado, me di la vuelta para mirar a nuestros hijos. Guadalupe en brazos de Nana dormía, y los tres mayores aguardaban en silencio a que diese el próximo paso para seguirme sin rechistar allí a donde yo fuese. Fue entonces cuando tuve muy claro que a partir de entonces ellos serían mi ariete contra las dificultades a la par que mi pañuelo de consuelo.

Al fondo de las fosas vacías de la calavera que adornaba el sepulcro simbolizando la muerte del hombre que allí se pudría, me pareció ver una luz de vida. Era la que dejaba tras de sí para su eterno recuerdo en la carne de su carne.

Decidida, me limpié las mejillas con los encajes de mi bocamanga, recuperé la posición erguida que antaño me daba seguridad y, tendiéndoles mi mano, los guie a la claridad del portón principal.

Tan solo tardé un día más en terminar de empacar todo lo que la vida me había dado hasta entonces para salir en comitiva hacia Veracruz, donde embarcaríamos en un paquebote rumbo a La Habana. Allí nos reuniríamos con mi madre y mis hermanas pequeñas María José y Mercedes, a quienes había convencido para que aprovechasen mi viaje y me acompañasen a conocer todas las grandezas de la metrópoli.

Subía a la calesa cuando entre las sombras del zaguán distinguí la figura de Ágata abrazada a su flamante alabardero. ¡Cómo podía haber sido tan desconsiderada!

Bajé, me acerqué a ellos y tragando saliva quise ser generosa con aquella que tanto me había dado desinteresadamente hasta entonces.

—Tuya es la decisión, Ágata. Quedaos si queréis, y me encargaré, en cuanto tenga mi pensión, de mandaros un buen pellizco que os ayude a empezar.

Sin contestarme siquiera, besó ardientemente a José y, apartándose de su abrazo, le dio la espalda para dirigirse a la calesa donde estaban los niños junto a su madre.

—¿No os quedáis?

Sin darse la vuelta me contestó:

—Las dos mamamos del mismo pecho, nos criamos, crecimos, lloramos y reímos juntas. ¿De verdad pensáis que ahora os voy a dejar? La duda me ofende.

No dije nada. Verdaderamente, nadie como mi loba me había mostrado nunca tanta lealtad. Desde la ventana pude ver la cara de desesperación de aquel enamorado al que dejaba en la estacada.

Al llegar a La Habana, me esperaba una grata sorpresa: a mis hermanas y mi madre se les habían unido mis hermanos Maximiliano y Celestino que, como oficiales del ejército español, habían pedido escoltarnos a bordo del Astuto, un barco que conocían bien porque había participado junto al Galveston en la toma de Pensacola y que ahora comandaba el capitán Francisco Melgarejo.

Mi padre, muy a su pesar, se había tenido que quedar en Nueva Orleans, intentando solucionar varios negocios que, a punto de generarle la ruina, hacía mucho tiempo que habían dejado de ser tan provechosos como antaño.

Aquel nueve de junio, de entre todos los tesoros que me llevaba de las provincias de ultramar, sin duda el más valioso sería el recuerdo impreso en mi memoria de toda una vida pasada. De criolla a gobernadora, y de ahí a virreina. ¿Qué me depararía el futuro? Fuese lo que fuese, habiendo llegado a lo más alto, tendría que hacer prevalecer mi posición sin permitir a nadie empujarnos un solo peldaño por debajo de aquella escalera en la que tan arriba nos había colocado Bernardo con su buen hacer.

Según se alejaba la costa en el horizonte, temí que el tiempo y la distancia terminasen por difuminar las bellas reminiscencias de nuestro feliz pasado. Allí mismo me propuse aprovechar la larga travesía para evocar junto a los niños los momentos más gloriosos de la vida de su padre.

Junto a todos mis documentos y joyas llevaba la copia de una carta del ministro Floridablanca que me había hecho llegar el tío José de Gálvez. Era la respuesta que había recibido, como nuestro designado protector, a la solicitud que hizo para que tuviesen a bien concedernos las debidas pensiones y en atención a los distinguidos servicios de Bernardo como el difunto virrey de la Nueva España.

A mí personalmente, como su viuda que era, se me concedía una pensión de cincuenta mil reales de vellón anuales, libres todos ellos del pago de la media anata.

En el mismo documento se le reconocía a mi pequeño Miguel la sucesión como segundo conde de Gálvez, y la encomienda de

Bolaños pensionada con otros doce mil reales de vellón. Por otro lado, a Matilde y Guadalupe, se les concedían otros seis mil para cada una. Y me emocionó particularmente que hubiesen tenido en cuenta a mi hija Adelaida que, si bien es cierto no era hija de Bernardo, al haberla conocido tan niña, la quiso como tal, y tan solo por eso se le concedieron otros tres mil reales más.

El tío José, con su diligencia habitual, sin duda se había preocupado de que no nos faltase de nada, y dado que los niños aún eran muy pequeños, todos compartiríamos gastos. Haciendo la suma, los ingresos por las pensiones llegaban a unos setenta y siete mil reales de vellón anuales, lo que sin duda nos permitiría alquilar una casa más que digna donde poder albergar a toda la familia.

La sola idea de tener que vivir unos días en casa del tío José me preocupó, no por él, que con creces me había demostrado su entrega desinteresada, sino por su mujer. La misma que cuando estuve la primera vez en Madrid, lejos de ampararme, me menospreció presentándome ante sus amistades como alguien de menor rango y carente de mundo al haber nacido como una criolla iletrada. Ya entonces pude demostrarle lo equivocada que estaba, y ahora preferiría no tener ni siquiera que verla.

Y así, entre historias del pasado, juegos y proyectos, transcurrieron los días de travesía hasta que el vigía encaramado a la cofa anunció la vista de tierra.

Los vientos de poniente nos ayudaron a entrar en la bahía gaditana, y apenas pusimos un pie en tierra, como antaño, encontramos a nuestra querida Rosa O'Reilly.

Al vernos llegar en la barcaza no pudo más que sonreír.

—¡Cuánto bueno! ¿Será por la mayoría femenina que desembarca?

No me había dado cuenta hasta entonces, pero sí era cierto que, en aquella barca, a excepción de los remeros y el pequeño Miguel, todas éramos mujeres. Miré a mi alrededor: mi madre, mis dos hermanas, mi suegra, las tres niñas, Nana, Ágata y yo misma.

Repliqué:

—¡En la de atrás vienen mis hermanos Maximiliano y Celestino!

Mi tío Antonio bromeó:

—Pues bienvenidos sean, que deben de llegar más que espinados de una tan larga travesía con tanta rosa a su alrededor.

Deseando llegar de una vez por todas, salté al pantalán sin recordar lo de mis asiduos mareos de tierra. El mismo tío Antonio me brindó su brazo para que me apoyase y recuperase el equilibrio. Al otro lado se agarró mi suegra. Mirando a un lado y al otro sonrió.

—Qué gran honor para mí el ir escoltado por nada menos que dos virreinas.

Contestamos al unísono:

—Viudas.

Asintió.

—Si bien es cierto nadie podrá nunca quitaros lo vivido. ¿Cuándo tenéis pensado salir hacia Madrid?

Le miré confusa.

—Lo antes que se pueda, aunque he de reconocer que Cádiz me entusiasma y quizá mi madre y hermanas quieran detenerse aquí unos días.

Ana me interrumpió:

—Yo particularmente no quiero ir a Madrid para nada. Si no supone ningún problema, me gustaría regresar a la sierra de Málaga. Como Felicitas, tengo mi pensión y esta me permitirá comprar casa en nuestro pueblo natal de Macharaviaya para pasar allí mis últimos años de vida junto a los que hace tanto tiempo dejé atrás. Así lo acordé con Matías poco antes de morir y no faltaré a mi palabra.

Suspiré pensando en que hiciésemos lo que hiciésemos siempre dejábamos algo o a alguien atrás. El tío Antonio no puso reparo alguno en ello.

—Lo dispondré todo para que viajéis lo antes posible. Mientras, en mi casa tengo sitio para todas y mejor haríais en esperar un poco antes de iniciar viaje de nuevo.

Sonreí.

—Si es por descansar no os preocupéis, porque venimos hastiadas de estar sentadas.

Negó mirándome fijamente a los ojos:

—No es por eso, sino porque algo más ha pasado mientras navegabais.

Le miré interrogante.

—Mi hermano José ha fallecido el pasado día diecisiete en Aranjuez. Ya solo quedo yo de mis tres hermanos para cuidaros a todos, y no dudéis que lo haré.

Se lo agradecimos y, si bien al principio me preocupó haber perdido al principal valido que tenía, el tío Antonio apenas tardó en demostrarme que nunca me fallaría. Después de despedir a Ana de Zayas, escribió varias cartas para conseguirnos un aposento digno en la metrópoli.

En cuanto lo encontró, mandó a su administrador por delante para que este pagase su reserva y lo enjaezase debidamente antes de nuestra llegada.

Después de pasar un delicioso verano por las playas y paseos de Cádiz, por fin, a principios de septiembre, llegamos a Madrid.

La casa que el tío Antonio nos había reservado estaba en el número veintitrés de la Corredera Baja de San Pablo; apenas llegamos las campanas de la iglesia de San Antonio de los Portugueses comenzaron a tañer. Quise entonces acercarme con toda la familia y dar gracias a Dios por haber llegado al fin, y de paso pedirle para que me iluminase y proceder según sus designios y a ser posible como Bernardo hubiese deseado.

Madrid era una ciudad muy diferente a la de Nueva Orleans. Todo pintaba más vetusto, bullicioso y anclado en unas tradiciones que yo trataría de seguir o cambiar según conviniese y fuese menester para el bien de mis hijos.

En cuanto entré en aquella casa, el secretario del tío Antonio me entregó las llaves y presentó al personal de servicio que, habiendo sido la mayoría criados en ella, conocían bien su manejo y cada secreto que pudiese guardar.

Pensé que al ser mucho más pequeña que el palacio que dejamos en México sería mucho más acogedora y fácil de manejar. Aparte de Nana y Ágata, que nos acompañaron desde México, y un joven liberto que me traje de Haití para servir a Miguel, todo el resto del servicio sería nuevo.

Guiadas por el ama de llaves y a la par gobernanta, comencé a recorrer la casona junto a mi madre, hermanas y las niñas mayores. A pesar de dar su fachada principal a una calle estrecha, por su orientación a medio día, la luz entraba a raudales aportándole cierto calor y alegría.

La casa poseía dos amplias plantas, muchas ventanas enrejadas, un gran zaguán de entrada y un pequeño jardín cuajado de vegetación que contrastaba con el granito de las paredes de la fachada.

Cada estancia tenía su propia chimenea. Aunque aún estaban apagadas por el caldeado clima, lo agradecí pensando en combatir aquel penetrante frío castellano que, en los meses más gélidos del invierno, recordaba haber sentido.

No eran los únicos elementos decorativos que abrigaban elegantemente la casa: las paredes de las cámaras principales estaban todas tapizadas de un color diferente y a juego con los cortinajes en sedas adamascadas. Una colección de tres tapices de la Real Fábrica con escenas cotidianas pendía de los dos salones principales, y por la noche los prismas de cristal de las lámparas de araña iluminados por las velas reflejaban una suerte de candorosos arcoíris en los techos.

Al terminar el paseo por sus salones, comedor, cocinas y demás estancias y teniendo ya muy claro qué aposentos ocupar, nos disgregamos en busca de intimidad.

Mientras mis doncellas terminaban de desempacar mis vestimentas y enseres más personales pedí a Ágata que saliese a investigar por los aledaños, en mercados y callejas. Aun confiando en el buen proceder del tío Antonio quería saber si estábamos bien ubicadas y, sobre todo, sin perder el tiempo, quería empezar a relacionarme con las señoras de mi entorno.

Si era cierto que la última vez que visité la corte me sentí más acompañada por Bernardo, también lo era que ahora, para muchos, llegaba como una débil viuda. Eso, al contrario que en tiempos pasados, en esos momentos me salvaguardaba de las insidiosas miradas. Esas que recelosas ante la presencia de una exótica criolla, joven y demasiado hermosa como para poder valerse por sí misma, pudiesen temer tenerme de rival.

Un par de horas después entró Ágata bastante sofocada en mi antecámara. Ante la atónita mirada de las doncellas, se sirvió un gran vaso de vino y se recostó en mi *chaise longue*. Muy pronto comprenderían que aquella mujer entre india y negra, lejos de ser una de mis exóticas sirvientas, era mi amiga y confidente.

—¿Y bien?

Recuperando el resuello sonrió.

—Estamos perfectamente ubicadas. Céntricas y apenas a un paseo de unos diez minutos de todos los palacios donde las damas nobles de Madrid confabulan y maquinan en sus asiduas meriendas y según el aburrimiento que las atenace.

Fruncí el ceño.

—¡No empecemos! Alguna habrá que se dedique a menesteres más loables.

Sarcástica como nadie, prosiguió:

—Quizá tan solo sea en casa de nuestra querida enemiga la marquesa de Sonora. ¿Iréis a darle el pésame por la muerte de vuestro tío José?

—Cuando ella me mande el suyo por la muerte de Bernardo. Pero centraos y decidme.

Suspiró.

—Lo importante es que estamos en el centro del meollo. Ya me he encargado de propagar el rumor en el mercado: que la recién llegada condesa de Gálvez se dispone a congregar en sus salones a los más ilustrados de la ciudad. Será en una tertulia que, para no levantar recelos, en principio será de mujeres y luego extenderemos a sus maridos. Una muy parecida a la que teníais en Nueva Orleans y México, donde igual se codeaban los mejores cronistas del Nuevo Mundo con corsarios arrepentidos que con jefes de tribus indias o con tratantes de pieles.

No pude más que echarme las manos a la cabeza.

—Pero… ¡qué imaginación! ¿Y de verdad creéis que eso tentará a alguien?

No lo dudó un segundo.

—Mucho más que si montamos otra igual a las tantas que ya existen en los grandes salones. Si queremos crear expectación, tendremos que tentarlos con algo diferente, cargado de exotismo a la par que intrigante.

No me convencía en absoluto. Siempre había confiado en su intuición, pero un viso de inseguridad me asaltó repentinamente.

—¡Más bien nos tacharán de salvajes! ¿Y a quién le habéis dicho semejante barbaridad?

Sonrió.

—A todo el que portase una librea o delantal bordado con escudos de armas nobiliarias. Ellos se encargarán de comentarlo en las cocinas y el rumor se extenderá como una llama en un camino de pólvora por todos los mentideros de la corte. Por los blasones que pude identificar, a esta hora ya lo deben de saber la duquesa del Infantado, que recién llegada de París está ahora en su palacio de las Vistillas; la duquesa de Osuna, en el de la Cuesta de la Vega; y la duquesa de Alba, en el de Buenavista. No vendría mal, ahora que la noticia está fresca, que las invitemos encabezando una lista que, en dos o tres salidas más, terminaré de elaborar.

Ágata iba demasiado rápido. Tan solo la había mandado a tomar un primer contacto con la ciudad y venía ya con todo el plan trazado. Me empecé a agobiar.

—De dónde saco yo ahora a un jefe indio o, lo que es peor, a un pirata.

Parecía disfrutar poniéndome nerviosa.

—En mi persona tenéis una mitad del indio y yo me encargaré de sacar a la luz cuando el interés decaiga mi otra mitad de esclava.

Por lo del pirata no os preocupéis. Bastará con ilustrarlos sobre vuestra estancia en Haití y lo que allí escuchasteis sobre Nassau cuando vuestro marido intentaba terminar con ellos.

Sus argumentos empezaron a gustarme.

—Si os soy sincera, me parece una tertulia de lo menos cultural, pero lo cierto es que lo principal es conseguir la audiencia. Una vez que los tengamos a todos en casa, ya iremos transformando la reunión inicial en otra de mayor enjundia.

Ágata se molestó.

—Hacéis mal en catalogar nuestro pasado de poco interés. Somos nosotras las primeras que debemos tener claro que nuestras vidas han sido más apasionantes que las de muchas de estas grandes señoras que lo más lejos que han llegado nunca es a París. Recordad siempre que somos la novedad y que eso simplemente es de lo más atrayente.

Pensé en alto:

—Pero aquí nos quedaremos por siempre y algún día dejaremos de serlo.

Se puso en pie de un brinco.

—Aprovechemos, entonces, el momento y dejemos que la providencia alimente el futuro.

Ante tanta resolución, solo pude asentir. Ágata rebosaba determinación.

—Pues me voy a elaborar la lista, porque es primordial que nadie principal se nos olvide en esta vuestra primera cita.

Sin esperar a mi consentimiento, salió como si un diablo la persiguiese. Confiaba en ella. Nunca se había equivocado y ante todo sabía que, aunque lo hiciese, no me haría ningún daño.

Ágata hizo de mí la hermana que nunca tuvo, y de mis hijos los suyos. Por mí renunció a su verdadero amor para seguirme a un mundo que poco o nada tenía que ver con el suyo. Una vez más me dejé llevar por su consejo.

A la semana, llegó con una lista de nombres y direcciones. A las tres duquesas principales las seguían otras tantas nobles, como mi pariente la marquesa de Sonora, residente en la calle de San Bernardo, a la que, aunque odiase, no podía dejar de convidar.

A la duquesa de Villahermosa le mandamos la invitación a la Carrera de San Jerónimo; a la marquesa de Ariza, la duquesa de Vauguyon, la marquesa de Santillana y la duquesa de Gandía a sus respectivas secretarías. Para finalizar, y para hacer este ramillete más variopinto, también escribimos a otras tantas mujeres de diplomáticos, artistas y comerciantes destacados, a quienes les fueron entregando las invitaciones en mano.

Y pensando en cubrir los gastos con holgura, apenas pude cobrar las pensiones que nos fueron concedidas, fui a registrar el testamento de Bernardo. Como el administrador Diego Paniagua me aconsejó, fui para ello al bufete del escribano Antonio Ruiseco en la cercana calle del Arenal y, muy a pesar de algunos familiares de Bernardo que me ponían peros, por fin dispuse de la cuantiosa cantidad que me permitiría ciertos estipendios del calado de aquella novedosa tertulia.

Nada quedaba al libre albedrío. Ágata, a la usanza del resto de las tertulias, lo preparó todo.

Dispuso mesas de juego de cartas en la biblioteca, en las cocinas eligió el menú apropiado para una cena ligera, y en el comedor sacó las mejores mantelería, vajilla, cristalería y cubertería.

Encargó flores a raudales, y hasta calculó meticulosamente la fecha de la cita para que esta no coincidiese con algún estreno teatral y que así tuviésemos la máxima afluencia.

Y llegó el día. Apenas faltó un alma de las congregadas. En los salones, a reventar, el murmullo de las conversaciones pronto adquirió un viso de lo más internacional; el español, el francés y el italiano se entrelazaban en nuestros parlamentos, hasta que al final el francés, al ser la lengua diplomática, para mi gran alivio, prevaleció.

De todas las señoras que vinieron, con la que más congenié fue con Cecilia Vanvitelli, la hermana del famoso arquitecto napolitano del rey Carlos III que había construido el palacio real de Caserta. Esta señora, al estar casada con Sabatini, como era muy amiga de la princesa María Luisa de Parma, me ofreció presentármela en cuanto tuviese la ocasión. Cecilia vivía en la cercana calle de la Reja y, apenas intimamos, me invitó a su casa a almorzar.

Otra de las señoras con la que enseguida congenié fue una joven de tan solo dieciséis años llamada Teresa de Montalvo. Quizá fuese porque ya la conocía al haber estado invitada a su boda cuando, antes de cumplir los trece años, la desposaron con Joaquín de Santa Cruz, uno de los hombres más ricos de Cuba con los que mi padre solía comerciar.

Mi primera tertulia fue un éxito completo, en gran parte gracias a Ágata, que habiéndose preparado previamente su alocución, supo desarmar muchos de los tópicos y creencias que equivocadamente tenían aquellas señoras sobre el mestizaje en las provincias de ultramar.

Las ilustró con varias láminas que copiaban los cuadros de Miguel de Cabrera donde aparecían matrimonios de diferentes razas con sus hijos; en ellas se mostraba el orgullo de todos ellos al haber contribuido a la riqueza del mestizaje mezclando sus sangres e independientemente de a qué casta perteneciesen, dentro de las dieciséis que este pintor había diferenciado.

No les importaba el color de su piel, porque sabían que, siendo súbditos de Su Majestad el rey de España, todos gozaban de los mismos derechos y libertades que los que vivían en la metrópoli. Se sentían, en este aspecto, muy afortunados al compararse con los que como ellos vivían en el norte de las Américas, donde aún existía la esclavitud.

Las mezclas más usuales eran las de los mestizos, castizos, mulatos, moriscos, chinos, jíbaros y albarazados o lobos como la misma Ágata.

Al correrse la voz de su interesante exposición, fueron muchas las invitadas que me pidieron poder acudir a la siguiente con sus respectivos maridos. Como consecuencia de ello, en la que sería mi segunda tertulia, duplicamos las invitaciones. Fue un verdadero placer comprobar cómo, según se consolidaba mi tertulia, por mi salón también fueron pasando grandes hombres con ideales de lo más dispares, como don Francisco Cabarrús, o amigos políticos como el conde de Aranda que, viviendo en la cercana calle Hortaleza, justo frente al Hospicio, muy pocas veces faltaban ya a mí llamada.

Aranda acababa de llegar de su embajada en París y no ponía reparo alguno en callar sus desencuentros con el ministro Floridablanca a favor de todo lo afrancesado, algo que yo no podía dejar de aplaudir.

Visitantes esporádicos fueron también doctos juristas como Gaspar Melchor de Jovellanos o militares como Alejandro Malaspina, que contó cómo muy pronto zarparía para involucrarse en una novedosa expedición científica por varias provincias de la Nueva España, Asia y Oceanía.

A este, aproveché para pedirle el favor de que, a su paso por La Puebla, visitase a mi hermana Victoria para entregarle mi felicitación por el nacimiento de mi sobrino Gilberto, ¡nada menos que el noveno de sus hijos!

Y así, pasados los meses y adquirida la fama pretendida, en mi zaguán igual un día se cruzaba este fantástico expedicionario con un dramaturgo de la talla de Leandro Fernández de Moratín, que al siguiente lo hacía un arquitecto como Sabatini, con un pintor de corte como don Francisco de Goya.

El ilustre pintor aragonés, al vivir en la esquina de la calle Corredera Baja con la del Desengaño, a la sazón era vecino mío. Tan cercano que, en una ocasión, incluso me pidió permiso para pintarme vestida de maja en el boceto de un cartón que serviría de plantilla a los tapices de la Real Fábrica. Me representó jugando a la gallinita ciega a orillas del río Manzanares junto a otros de nuestros conocidos.

Pero, si he de ser sincera, de todos los hombres que pasaron esporádicamente por mis salones, los que más me reconfortaron fueron los antiguos amigos de Bernardo. Quizá porque junto a ellos, en cierto modo, aún me sentía vinculada al pasado.

Aquel fue el caso de nuestro querido Saavedra, el antiguo director de la Real Compañía de Filipinas don Gaspar Leal, quien tantas veces me había surtido de tallas de marfil, mantones bordados de seda o porcelanas chinas que llegaban a la Nueva España desde Manila; o don Martín Navarro, que fue intendente en La Luisiana.

Y así fue como institucionalicé mi convite un jueves al mes, sobre las siete de la tarde. Y como a mi entender debe hacer una buena anfitriona, sin forzar a nadie a nada, dejaba libertad a todos para que deambulasen según su apetencia por entre el jardín y los salones.

Mientras unos conversábamos o comentábamos las últimas noticias, otros se acercaban a fisgar a la biblioteca, donde solía dejar a la vista mis más recientes adquisiciones.

Aquel día, dos invitadas de excepción se interesaron por mis lecturas principales. Eran doña María Josefa Pimentel y Téllez Girón, condesa-duquesa de Benavente, y su prima la duquesa del Infantado, la princesa María Ana Victoria Wilhelmine zu Salm-Salm que, a pesar de residir la mayor parte del año en París, aquel día estando en Madrid no quiso perderse mi novedosa reunión.

La duquesa del Infantado corrió entusiasmada a una estantería en particular para sacar uno de los libros.

—¡*La nueva Eloísa* de Rousseau! ¿Qué os ha parecido? ¡A mí me entusiasmó tanto que, con toda probabilidad, sea uno de los libros que más he releído en mi vida!

Sin dudarlo se había dirigido a mí en un perfecto francés. Asentí aliviada por recordar a la perfección su trama al ser uno de los que, entre tantos volúmenes, había leído hacía relativamente poco.

—Es, sin duda, una historia de lo más romántica. Tanto que incluso se lo recomendé a mi hija Adelaida.

María Josefa frunció el ceño.

—Aun reconociendo que la historia de Eloísa con su preceptor en el lago Leman es hermosa, no creo que sea una lectura apropiada para una niña tan joven como ella. ¿O… es que os gustaría que sedujese de semejante manera a su maestro en vez de conservar su inocencia a la espera de un buen matrimonio?

Intenté ser diplomática, aunque el comentario me contrarió.

—En la Luisiana muchas jóvenes de su edad ya están a punto de desposarse.

Abanicándose, sonrió.

—Y aquí, mi querida Felicitas. Siempre he pensado que las mujeres crecemos demasiado rápido. Apenas disfrutamos de nuestra niñez. Indudablemente, el desarrollo de nuestro cuerpo a mujer nos predestina al matrimonio y la maternidad con demasiada premura. No me malinterpretéis, simplemente es un comentario sin otro afán.

Asentí admirada por la elocuencia de aquella mujer. En la corte se decía que María Josefa, aparte de ser una de las mujeres más nobles de España, sin duda era la más culta y no me vendría mal arrimarme a su ascua.

—Me alegro de que penséis así porque las cartas entre estos dos amantes me estremecieron desde la primera vez que las leí.

Mariana me interrumpió mostrando otro libro diferente.

—¿Y qué me decís de este? *Corinne*. ¡Sin duda es la novela romántica más apasionante de *madame* de Staël! Se nota que os gustan las historias de amor, Felicitas.

La condesa-duquesa me miró a los ojos directamente con una copia de un manuscrito encarpetado que ni siquiera había sido aún editado. Me extrañó que lo conociese.

—Sin duda compartimos gustos. Yo también tengo otro tratado del *Théâtre d'Éducation* de *madame* de Genlis. Lo suelo leer con mis hijas como lo más actual y moderno para su formación. La próxima vez que pase por París, tengo en mente fomentar su publicación.

—Es una visita que tengo pendiente desde que llegué a España. Así que, quién sabe. Lo mismo podríamos coincidir las tres en breve. A buen recaudo y bajo llave, reservo mis preferidos, como una edición valiosísima del *Quijote* de Cervantes.

A punto estaba de abrir la estantería cerrada cuando las carcajadas de los que estaban en la estancia contigua llamaron nuestra atención y, dejando los libros, acudimos prestas a ver qué era lo que podría estar haciéndoles tanta gracia.

Los asistentes menos cultos, sentados alrededor de la mesa de las cartas, jugaban empedernidamente al *whist* ambicionando el premio que previamente solía preparar para quien hiciese más bazas, hasta que ya sobre las diez y media mi hija Adelaida anunció la cena tocando al piano una pieza de las que su profesor le había enseñado.

Al terminar, fueron muchos los que, ya cansados de una velada de lo más completa, pidieron sus coches para retirarse.

Apenas llevaba un año haciéndome con el cotarro cortesano cuando, de repente, un cúmulo de cambios bastante inesperados me vinieron a cortar las alas de cuajo. Nunca supe bien el porqué ni cuándo comenzó mi sorpresivo declive.

Quizá todo empezase cuando murió el rey don Carlos III a mediados de diciembre, o con el advenimiento de su hijo Carlos IV, o lo mismo fuese una consecuencia más de las que estaba provocando la convulsa Revolución francesa, esa que estaba haciendo tambalearse muchos de los cimientos donde las ancestrales instituciones se anclaban desde hacía siglos.

Los rumores de que el ministro Floridablanca, temiendo un contagio de los ideales revolucionarios franceses, pretendía expulsar a todos los extranjeros que no residían habitualmente en Madrid, cada vez eran más fuertes. ¡Si incluso se había permitido prohibirnos leer, escribir o hablar de ello! Qué absurdo. ¿Es que no había nada que tentase más a todos que una prohibición? Pero el caso es que, si no consiguió que dejásemos de hacerlo, sí logró que las desconfianzas entre unos y otros se recrudecieran.

El insidioso influjo de Manuel Godoy, consejero de los reyes, hizo que los recelos sobre los que podíamos parecer afrancesados se disparasen aún más; fue de tal manera que, de un día al siguiente, empezaron a vigilar e investigar a muchos de mis contertulios.

El primero en ser vilmente acosado fue mi amigo Francisco Cabarrús. La excusa para empezar a hacerlo fue la puesta en duda de la limpieza de su gestión económica como director que era del Banco Nacional de San Carlos; el mismo Campomanes, gobernador del Consejo de Castilla, ordenaba ahondar sobre una posible malversación de los fondos públicos.

XXIII

ACUSADA SIN PROBANZA

Madrid, 1790

En esta época Cabarrús era libre y grande en el concurso de extranjeros y, aun de nacionales, que se encontraban en la casa de la condesa de Gálvez en donde se comía, se tomaba café, se refrescaba y cenaba. A la cena no había tantos concurrentes, pero Cabarrús y su mujer permanecían casi todas las noches hasta la una, pues, aunque a las doce se despedían casi todos de la tertulia, ellos permanecían una hora más a solas con ella.

Extracto de las diligencias practicadas en las inmediaciones de la casa de la condesa viuda de Gálvez, 10 de septiembre de 1790

No había amanecido cuando alguien aporreó la puerta impacientemente. Estando todo el servicio aún dormido, fue la misma Ágata la que bajó a abrir: era un lacayo de Cabarrús que había salido a hurtadillas de su casa en la cercana calle Huertas para venir a entregarme un recado.

Según su sirviente, le gustaría haber venido a dármelo en persona, pero no podía porque la noche anterior le habían puesto en arresto domiciliario, y aunque aún no tenía guardia en el interior de su casa, le constaba que un par de hombres vigilaban sus puertas para informar de todo el que las cruzase.

Apenas la tuve en las manos, rompí el lacre para leerlo:

Mi querida Felicitas, temiendo que esto se prolongue o, lo que es peor, que ya haya sido condenado sin causa justa, necesito de vuestro favor.

¿Podríais venir hoy a mi casa acompañada de vuestras hijas?

Solo a vos y, porque confío plenamente en vuestra persona, quiero entregaros algo que debemos mantener en secreto.

Si de camino aquí alguien os preguntase por el motivo de vuestra visita, tan solo decid que, preocupada por mi estado de salud, veníais a ver cómo me encuentro.

Quedo a la espera de vuestra respuesta.

Solo con asentir, supo Ágata qué mensaje dar al lacayo que abajo esperaba.

Esa misma mañana, después de desayunar, dirigimos nuestros pasos hacia la casa de Cabarrús. Encontré al matrimonio mucho más preocupado de lo que me esperaba.

—¿Y hasta cuándo tenéis que permanecer encerrados?

Francisco chasqueó la lengua.

—¿Y lo dudáis? Hasta que encuentren algún motivo para desterrarme o, lo que es peor, encarcelarme. En todo caso, hasta que se termine la investigación que sobre mí recae. Pero no penséis que seré el único. Yo tan solo soy la primera presa en caer en la trampa de esta caza orquestada.

Antonia, su mujer, pañuelo en mano, no dejaba de gimotear.

—¿Yo qué he de hacer? —inquirí a Cabarrús.

Me señaló al rincón de la estancia.

—Llevar ese pequeño arcón a casa del embajador de Francia.

—¿Puedo preguntaros qué contiene?

—Parte de una vajilla de plata. Son diecinueve piezas y tiene un peso de unas veinticuatro arrobas. —Me tendió un recibo—. Tan solo firmadme este recibo y pedid al embajador que os firme este otro que mi contable elaboró con vuestro nombre. Así dejaremos todo en orden y nadie nos podrá acusar de apropiación indebida.

Sonreí al tiempo que Cabarrús mojaba la pluma en el tintero.

—Nadie podrá acusar a nadie de quedarse con nada que no es suyo. Como veréis, yo no suelo hacer mal las cosas a pesar de que muchos se empeñen en querer demostrar lo contrario.

Sonreí poniéndome los guantes, dispuesta a no demorar ni un segundo más mi favor.

—Bien sabéis que yo jamás lo dudaré. ¿Puedo preguntaros para qué servirá?

Sonrió.

—Es un regalo para nuestra hija Teresa, que como sabéis después de casarse se ha convertido en *madame* Tallien. Tan solo es parte de uno de los regalos de boda que nos faltaba por mandarle.

Simplemente asentí, a sabiendas de que aquello no era más que una burda excusa para esconder que estaba haciendo acopio para poder mudarse a su querida Bayona o al mismo París en el caso de que se pusiesen peor las cosas. Besé a Antonia en la frente y me dispuse a salir seguida por mis niñas. Al despedirme de él, me miró fijamente a los ojos.

—Gracias, Felicitas. Confío en vos y os deseo suerte. Cuidaos y abrid bien los ojos, porque esto tiene pinta de que tan solo acaba de empezar.

Dos lacayos cargaron la caja en mi carruaje y, al salir de su zaguán y reparar en los dos alguaciles que vigilaban su puerta, los saludé sonriente. Apenas giramos en la calle me sentí a salvo. No sabía que, además de ellos, había otro jinete que embozado entre las sombras nos seguía.

Cumplido mi cometido, lo supe unos días después cuando decomisaron la vajilla y acusaron a Cabarrús de contrabando, aparte de malversar fondos.

Para más cebarse con su infortunio, los mentideros hicieron correr el rumor de que los revolucionarios querían contar con los grandes conocimientos financieros de Francisco para gestionar los fondos de su causa. Como él mismo temía, antes de encontrar nada que pudiese ponerse en duda por su impecable gestión en el banco, ya estaba sentenciado.

Aquella misma tarde del veinticinco de junio, Campomanes ordenó su detención y encierro. Primero en el cuartel de Inválidos de San Gerónimo, y después de algunas diligencias, en el cercano castillo de Batres. Allí lo aislaron y tan solo podrían visitarlo sus hijos Domingo y Francisco. A los pocos días le desterraron a Valencia. ¡Nadie parecía creer que aquella vajilla tan solo era un regalo para que su hija Teresa pudiera establecerse en París según su condición!

A Antonia, su mujer, la dejaron quedarse aquel verano en Madrid, aunque suponíamos que no sería nada extraño que a ella, tarde o temprano, también le llegase su San Martín… Lejos de equivocarnos, el uno de septiembre recibió una orden en la que tan solo le concedían dos días para recoger sus enseres más personales y salir de inmediato de la Villa y Corte junto a sus dos hijos para reunirse con Francisco en Valencia. Adelaida y Matilde echarían de menos a sus mejores amigos. Aquellos que, durante nuestras tertulias, siempre solían acompañar a sus padres a casa para jugar y dialogar con ellas. Los cuatro habían entablado una amistad más que cordial.

Era evidente que, durante todo aquel tórrido verano, el espinoso cerco sobre todos los que se suponían afrancesados se iba cerrando. Nadie de nuestro entorno parecía estar tranquilo.

La noche antes de que Antonia partiese me llamó para que la invitase a cenar, despedirse debidamente y desahogar sus penas. Ágata me advirtió de que aquello podría salpicarme, pero a pesar de ello fui incapaz de no recibirla.

Pensando en que también le gustaría dedicar un adiós a los más íntimos, avisé para que se nos uniesen don Gaspar de Jovellanos, que precisamente acababa de llegar de Salamanca para interceder por su marido, a nuestra amiga María Francisca de Sales y Portocarrero, condesa de Montijo, al ministro de Marina, don Antonio Valdés, y al duque de Alburquerque, don Miguel de la Cueva, que vino acompañado por la viuda de Muñiz.

En el último carruaje, entraron en el patio mi querida amiga Celia Vanvitelli con su marido el arquitecto Sabatini y sus dos hijas mayores.

Entre todos, acordamos que escribiríamos sendas cartas a Campomanes para pedir el indulto de Cabarrús. Ingenua de mí, aún no me había dado cuenta de que los tentáculos de aquel invisible pulpo ya estaban pegados a mi fachada, y su viscosa tinta me empezaba a manchar.

Después de marcharse su mujer convencida de que entre todos lograríamos el pronto regreso de Cabarrús, todo me pareció tan aposentado que incluso me permití invitar al tío Antonio a pasar unos días en casa.

Hacía mucho tiempo que él quería venir desde Cádiz a revisar mis gastos financieros, así que no encontré mal momento en ello. Aprovechando su estancia, también invité a mis hermanos Maximiliano y Celestino, que disfrutaban del final de sus permisos veraniegos en sus cuarteles. E incluso me sentía tan tranquila que, asimismo, acogí a otros antiguos amigos que, provenientes de Bayona y de camino a Andalucía, se decidieron a hacer un alto en el camino.

Aquel día Ágata se levantó tremendamente irascible. Apenas había dormido. Extrañas pesadillas de difícil identificación se lo habían impedido, e intuía que el mal se cernía sobre nosotras. Esa misma noche, y según el sorpresivo devenir de los acontecimientos, pudimos dar la razón a sus oscuros vaticinios cuando el portero, al abrir la puerta, topó nada menos que con Pedro López de Lerena, ministro de Hacienda, y con el mismísimo alcalde, Colón de Larreátegui.

Venían escoltados por dos guardias y un escribano dispuesto a redactar un listado con todos los invitados que yo recordase haber recibido en casa en los últimos dos meses.

A pesar de sus odiosos e inquisitoriales semblantes, no puse reparo en ello. Dejé a todos los que compartían conmigo la velada cenando y me dirigí a la biblioteca, a donde los zaguanetes los habían guiado. Lejos de mostrarme reticente, les enseñé mi cara más amable.

Fui memorizando a todos los que por mi casa pasaron últimamente y, en particular, a todos aquellos que estuvieron en la cena que di a Antonia Cabarrús poco antes de marcharse a Valencia. ¡Si incluso les entregué una copia de mis listas de invitados, haciéndoles ver que nada escondía porque nada podía temer!

En un intento de huir de lo inevitable, aproveché que había terminado de arreglar la herencia de mis hijos con Bernardo y se me ocurrió pedir un pasaporte para viajar a Francia, alegando que ahora me tocaba hacer lo mismo con la familia de mi hija Adelaida. Considerando los altercados que acuciaban al país vecino y creyéndome aún más afrancesada por mis pretensiones, me lo denegaron.

No insistí. Eran muchos los que me habían intentado quitar la idea de la cabeza, asegurándome que a cualquier noble allí le podían detener sin tener razón aparente.

Fue precisamente Ágata, la que después de jugar con sus huesos de chamana me aseguró que había visto que, en un futuro no muy lejano, por allí rodarían testas coronadas, por lo que sería un suicidio meterse en la boca del lobo en semejantes condiciones.

A partir de ahí todo se desmoronó a mi alrededor.

Así como Antonia Cabarrús se había marchado un tres de septiembre, apenas unos días después, al resto de sus amigos nos fueron llegando condenas similares. La mañana del domingo doce de septiembre supe que Gaspar Leal también se marchaba desterrado a Cádiz; aprovechando el viaje de regreso del tío Antonio, los dos partieron de inmediato.

Aquella noche recontaba con mi administrador Paniagua lo que quedaba en la bodega para hacer un nuevo acopio de botellas de Borgoña, Pedro Ximénez, vinos del Rin y otros tantos caldos, cuando alguien aporreó la puerta.

Habría tenido que estar muy ciega para no intuir lo que se me venía encima. Como a tantos otros, también a mí me llegó una orden de destierro. Escéptica aún, la tuve que releer varias veces: estaba firmada en el Palacio Real el mismo once de septiembre.

Nada se me había consentido alegar en mi defensa, porque tenían muy claro, después de interrogar a unos y otros, que en mis tertulias se había confabulado asiduamente a favor de los ideales revolucionarios de igualdad, libertad y fraternidad, y en contra de la monarquía. ¡Qué absurdo! Si bien era cierto que yo estaba de acuerdo con modernizar algunas cosas de nuestra sociedad, nunca me alzaría de semejante manera contra el hijo del hombre que nos ennobleció como condes de Gálvez. La nobleza siempre había caminado de la mano de la monarquía y, desde tiempos de los Austrias, raro era el caso del que alzaba sus armas contra los reyes.

Poco pude rebatir en mi favor porque, contra los dictámenes del pérfido Godoy, que cada día parecía tener más hechizados a los reyes, prácticamente nada se podía hacer. Sentada en mi salón y aún sin poder dar crédito a lo que me estaba pasando, escuchaba atónita al diligente Colón de Larreátegui. Aquel odioso mensajero había venido a leerme mi condena, mientras su escribano Luis Abad de Burgos tomaba buena nota de todo lo que allí se decía o hacía para luego informar al Consejo de Castilla.

Todo parecía estar tan bien trabado que era como si llevasen semanas preparando mi destierro después de haberme vigilado muy de cerca, pues ni un nimio detalle de mi vida privada quedaba al azar del devenir.

—El rey manda que inmediatamente y con la mayor reserva y secreto salga de Madrid para su servicio en Valladolid, en donde deberá cumplir su destierro. Le permite llevarse a sus tres hijas y a los criados que elija, siempre y cuando no le acompañe ninguno de los franceses.

»Asimismo, junto a su pena, se adjunta la de una inmediata expulsión a la frontera con Francia de su cocinero, por ser natural de Marsella, de su peluquero, por ser de París, y de su cochero y mandadero que, aunque ignoramos dónde nacieron, también nos constan en los registros como gabachos.

»Me solicitan, además, que una vez en Valladolid, se le proporcione una casa decente. Ordenan que allí no trate vuestra ilustrísima con ninguno de los extranjeros estantes, ni tampoco con los transeúntes, porque se la advierte de que su majestad tendrá noticia de su conducta y conversaciones.

Suspiré, el alcalde se calló por un segundo creyendo que iba a intervenir y, viendo que no lo hacía, prosiguió:

—Yo mismo he sido designado para elegir a la persona que la acompañará hasta Valladolid.

De las sombras salió otro hombre, en el cual no había reparado hasta entonces. Atento, me saludó con una leve inclinación de cabeza.

—Os presento a Juan José de Mendizábal. Él será quien velará por la seguridad en el tránsito de vuestra ilustrísima y de las niñas Adelaida, Matilde y Guadalupe. Una vez allí aposentadas, será el encargado de vigilarla. Solo a él deberá darle cuentas de toda relación que tenga con gentes que no sean los normales de su entorno.

Por fin las palabras pudieron salir de mi boca:

—¿Podrán acompañarme Ágata y Nana? Ellas son de la Luisiana, que aunque un día fue francesa, ahora es tierra española. ¿Y Rafael Gálvez? Se apellida como nosotros porque era un niño huérfano y esclavo a quien liberté y quise proteger cuando estuvimos en Haití, y que desde entonces nos sirve de mandadero. ¿Le consideran francés como al resto de los sirvientes que expulsan?

El alcalde no lo dudó:

—Si nada se dice de ellos, presupongo que os los podéis llevar. Se os permite viajar con cinco sirvientes y un total de seis maletas. Haced vuestra ilustrísima la cuenta.

Apenas pude balbucear:

—¿Seis maletas? ¡Si tan solo dos capas de abrigo ocuparán dos!

Sin contestarme, prosiguió:

—Por voluntad de Su Majestad, su hijo Miguel II, conde de Gálvez, será el único que permanecerá en Madrid. Para ello se ha ordenado que ingrese de inmediato en el Real Seminario de Nobles; allí servirá bajo la dirección del brigadier Antonio de Angosto.

Abrazando al pequeño se me encogió el corazón. El problema del escaso equipaje que podríamos llevar, después de aquel varapalo, pasó en un segundo a ser mi última preocupación.

—¡Tan solo tiene ocho años!

El alcalde me ignoró para seguir con sus dictámenes.

—Por último, y antes de dejarles el tiempo preciso para empacar, tan solo me resta que me firme este documento. Es un adelanto por veinte mil reales para los gastos que pudiese tener en el camino: una generosa cantidad que le será descontada de su próxima pensión.

Con los ojos inundados de lágrimas mi firma se perfiló, temblorosamente plasmada, en aquel papel.

Doblando el documento, Colón de Larreátegui salió dejándonos bajo la supervisión del tal Juan José Mendizábal. Aquel hombre, apenas desapareció su jefe, se convirtió en nuestra sombra. Nos apremiaba angustiosamente para que ese mismo amanecer saliésemos sin demora.

Y así fue como pasamos una aciaga noche en vela, sin ser capaces de elegir qué llevarnos a aquella gélida ciudad que nos aguardaba.

Intentando buscar consuelo en un bonito recuerdo, procuré rememorar cómo en el pasado igualmente me había visto obligada por la angosta capacidad de las bodegas de los barcos a empacar sin mirar demasiado atrás y dejando mil y un caprichos materiales. Aquello no me alivió, quizá porque en aquellas ocasiones acompañaba a mi marido a un viaje que me haría florecer y nos brindaba la posibilidad de medrar. Ahora me sentía marchitar sin aparente remedio… ¡Cómo echaba de menos a Bernardo!

Poco antes de salir de la ciudad paramos en el colegio donde debía quedarse Miguel. Me sorprendí a mí misma cuando no solamente evité llorar al despedirme, sino que le animé a aprender muchas y muy buenas cosas.

—Hijo mío, no temáis por nosotras. Estaremos bien. Aprovechad esta oportunidad que os brindan y exprimid el jugo de todas las materias nuevas que os muestren. Demostrad a vuestros compañeros la grandeza que habéis heredado de vuestro padre. Ya veréis como cuando sepan de sus hazañas y heroicidades, no serán pocos los que os envidien.

Le besé en la frente y le hice la señal de la cruz con un profundo afán de protegerle aunque fuese en la distancia y, abrazándole fuertemente, tragué saliva antes de entregárselo al director.

Vestido con su uniforme de granadero, entró altivo y sonriente en aquella academia que, como un convento de clausura para una monja, haría las veces de su hogar.

Los cielos se tiñeron de rojo cuando pasamos por Móstoles, de nubes blancas cuando hicimos noche en Segovia, de vientos en Olmedo y finalmente de incipientes tormentas cuando llegamos a Valladolid.

Como si el clima se hubiese empatizado con nuestra tristeza, llovía a cántaros en el momento en que cruzamos la pequeña puerta de la casa que nos habían reservado. Al entrar, intenté convencerme de que la austeridad tan solo podía deberse a una advertencia para asustarme, porque en aquella diminuta casa tan solo estaríamos unas pocas semanas.

Y pasaron los días. La primera carta que recibí en el exilio fue la de mi querida amiga Cecilia que, como yo y junto a toda la familia Sabatini, también había sido desterrada, en su caso a Valencia.

Poco o nada parecía haberle importado a la reina María Luisa que su querida amiga se fuese de la corte. Tan sometido como decían que el rey andaba a su influjo y al de Godoy, tan solo dependería de ellos la reducción del tiempo de mi condena.

Dentro de lo malo, los Sabatini al menos podían contar con la compañía de los Cabarrús, que andaban por los aledaños; nosotras en cambio estábamos completamente solas, pues no conocíamos a nadie en aquella ciudad.

Una vez aposentada y ya consciente de mi triste devenir, decidí que lo mejor sería mostrarme sumisa y benevolente para poder regresar. Escribí al conde de Floridablanca demandando su condescendencia al ser yo tan solo una desvalida viuda con mucha familia a mi cargo. Por primera vez en la vida y ya tan desesperada como andaba, a pesar de no gustarme en absoluto, recurrí a la lástima.

Al mes y medio de no recibir noticias de la corte comunicándonos nuestro regreso, me empecé a preocupar de verdad, así que no teniendo nada más que perder y, por intentarlo una vez más, me decidí a escribir a la mismísima reina. A ella le reiteraría mi inocencia y apelaría a su benevolencia para con nosotras. Le pediría que, si no nos levantaban el destierro, al menos permitiese que Miguel viniese también a Valladolid.

Como respuesta, en vez de recibir una carta de la reina perdonándonos, me llegó otra del propio alcalde de Madrid. Me informaba de que mi casero, el marqués de Iturbieta, como dueño que era de la casa en la Corredera Baja que nos habíamos visto obligados a dejar, disponía de ella para alquilársela al conde de Mora. Por ello necesitaba urgentemente que alguien fuese a mudar todos mis muebles y enseres.

Fue entonces cuando de verdad fui consciente de que nuestro destierro no sería para una corta temporada.

Buscando una solución pensé en un momento dado en pedir ayuda a la viuda de nuestro difunto tío José, pero no era un secreto que nunca me había llevado bien con la marquesa viuda de Sonora y el orgullo me lo impidió. ¡Y pensar que el tío Antonio, en un intento de que las dos limásemos nuestras asperezas, incluso se había atrevido a proponer que comprometiésemos a mi pequeño Miguel con su tía María Josefa, la hija de esa pérfida mujer!

Preferí malvender todo a la espera de tiempos mejores. Bastantes problemas tenía ya como para añadir la falta de espacio de esos muebles a mis crecientes preocupaciones. Al fin y al cabo, tan solo eran cosas materiales susceptibles de comprarse, venderse y heredarse, cualidades que según me enseñó mi madre no tenían casi ninguna de las cosas que realmente daban la felicidad.

Por el módico precio de doscientos mil reales vendí todo el lote al entonces embajador francés en Madrid. Daba la casualidad de que el recién llegado duque de Vauguyon andaba poniendo casa y, al compartir mis gustos, apenas regateó.

Y así como hacía tres años fue el contable del tío Antonio, don Diego Paniagua, mi apoderado para comprar todos los enseres de la casa de la Corredera Baja a Horacio Borghese, de nuevo también él firmaba la venta en mi nombre.

Llevaba siete meses residiendo en Valladolid. Habíamos sufrido un invierno insoportablemente frío, que a todas nos afectó en la salud, cuando aquel veinte de abril recibí el montante que don Diego me enviaba resultante de la venta de mis enseres. Sentí como si la tierra se abriese bajo mis pies, pues aquello era el símbolo más palpable de que la última puerta a un posible regreso a la corte se cerraba tras unas férreas rejas que, a mi edad, y encontrándome enferma, ya no me sentiría capaz de seguir intentando forzar.

Fue solo entonces cuando, al comprobar que no se contemplaban mis argumentos de inocencia, me planteé la posibilidad de cambiar la naturaleza de mis misivas petitorias al rey, la reina o al mismísimo Floridablanca. Si no me concedían un indulto permitiéndome el regreso a la corte, quizá me permitiesen cambiar mi lugar de destierro. Lo mismo a otros sitios un poco más cálidos, donde pudiésemos recuperarnos de los constantes enfriamientos que padecíamos, estando acostumbradas a los climas tropicales donde todas habíamos nacido.

Para demostrarlo, adjunté copia de un certificado de nuestro cirujano, José Vicente Ibáñez, confirmando nuestra mala salud debido al viento, la niebla y la humedad, y en el que recomendaba nuestro traslado a Valencia o a Barcelona por ser estas ciudades más templadas al estar junto al mar. El buen doctor insistía al explicar cómo las últimas fiebres padecidas incluso me habían producido una tensión nerviosa tan fuerte que me tuvo paralizado un brazo durante bastante tiempo.

Y de nuevo escribí reiterando la idea de que poco podría yo saber de los asuntos, gobiernos y negocios de Francia, si nunca había estado allí.

Buscando causas que me pudiesen eximir de todas las acusaciones, rememoré la entrega incondicional que mi padre, don Gilberto de Maxent, había demostrado a la Corona cuando España, hacía veintitrés años, tomó posesión de la Luisiana aun siendo francés de nacimiento; incluso les conté cómo llegó a ser apresado por el resto de sus vecinos franceses al no querer secundarlos en su alzamiento contra España. Pero de nada sirvió.

¿Cómo podían dudar de que todos en mi familia nos sentíamos más españoles que nadie cuando, además de casarme yo con Bernardo, mis otras cinco hermanas asimismo se habían desposado con oficiales españoles? Mi hermana Isabel con el teniente general Luis de Unzaga; Victoria con el coronel Juan Antonio Riaño; Mariana con el conde de la Cadena; María Josefa con el teniente coronel Joaquín Osorno; y María Mercedes con el capitán Luis Ferriet y

Pichón. Y eso sin contar con que mis tres hermanos, Antonio, Maximiliano y Celestino, junto a mi propio padre, también habían luchado en su ejército.

¡Si mi propio hijo Miguel se estaba educando para ello! ¿Acaso había alguna familia en todas las provincias de ultramar, además de los Saint-Maxent, que hubiesen demostrado mejor la voluntad de afianzar los férreos lazos criollo-españoles que nosotros anudamos?

Terminé presentándoles una queja formal por las injurias y amenazas de muerte que muchas mañanas aparecían colocadas en la puerta de nuestra casa, y pedí clemencia ante los constantes insultos de los que éramos víctimas cada vez que salíamos a la calle haciéndonos muy difícil poder vivir allí en paz. A los tres les quería transmitir mi pesar al considerar que mi único delito había sido el no haber querido dar la espalda a la petición de un amigo desesperado. Si nos indultaban, prometía no intentar jamás salir de España sin el permiso debido.

Por fin, después de ocho meses en el desabrido Valladolid, y tras desgastarme los dedos de tanto escribir implorando comprensión, nos llegó la ansiada cédula real con el permiso para nuestro traslado. Pero no era ni a Valencia, donde moraban tantos de nuestros amigos, ni siquiera a Barcelona, donde nuestro galeno había aconsejado nuestro traslado: era a Zaragoza.

A pesar de no ser lo mejor para nuestras esperanzas, nos conformamos, y por fin al amanecer de aquel diecisiete de mayo pudimos salir de aquella ciudad donde tan mal se nos había recibido a pesar de no merecerlo. La primera en donde, en mi largo transitar por el mundo, me habían vilipendiado sin caridad alguna.

Mi pequeña Guadalupe se subió en mi regazo para, abrazada a mí, entrar en calor y retomar el sobrevenido sueño al no estar acostumbrada a madrugar tanto. Matilde me agarró fuertemente de la mano para infundirme ánimos y Adelaida me sonrió abiertamente.

—Ya veréis, madre, como de aquí en adelante todo será mejor.

Tapándose la boca, estornudó dos veces. El templado vaho de su aliento en contacto con el frío del ambiente me acarició la cara.

Estaba claro que aún no se había recuperado del todo de su último catarro.

Asentí, embozándome junto a Guadalupe y aún más apretadamente en mi capa.

Ágata murmuró:

—Sí, Adelaida. Nada es susceptible de empeorar, así que miremos al futuro con la cabeza bien alta y este seguro que nos corresponderá.

Pensé que ya ni siquiera los vaticinios de Ágata parecían tener la misma fuerza que antaño, pero me abstuve de comentárselo. Mi inseparable amiga había compartido conmigo dichas y desdichas, y así sería hasta que una de las dos faltásemos.

Al cruzar las puertas de salida, ni una sola de nosotras miramos atrás.

Afuera la escarcha invernal, como un manto de gélida nieve, cubría la hierba de los lados del camino. Eché de menos el calor caribeño de mi juventud, y a pesar de lo sufrido, no me arrepentí de haber cumplido con el deseo póstumo de Bernardo de haber llevado a España a mis hijos a educarse.

XXIV

LANGUIDECER DE UNA VIRREINA

Zaragoza, 1793

Su peripecia vital, similar a la que vivieron otros contemporáneos represaliados por sus ideas, como sus amigos Cabarrús, Jovellanos o la condesa de Montijo, ilustra el papel de los salones, muchas veces animados por mujeres, como espacios informales de sociabilidad, cultura y discusión política entre el final del Antiguo Régimen y los comienzos del liberalismo.

Extracto del Diccionario de la Real Academia de la Historia, entrada elaborada por Mónica Bolufer Peruga

En Zaragoza, aunque todo fue mucho más amable y a pesar de mis fuertes dolores en los brazos, continué entintándome los dedos y así al menos una vez por semana escribía a la corte. Durante toda mi vida, había conseguido muchas cosas, a la sazón complicadas, a través del tesón y la constancia. ¿Por qué no aquella?

Aunque con mucha probabilidad esta fuese mi última misión, estaba dispuesta a conseguirlo. Conociéndolos, probablemente en la corte me estuviesen tachando de pesada e insistente, pero... ¿por qué no hacerlo, si nada había que perder?

Por fin, en junio del 1793, a los dos años casi de estar en Zaragoza, llegó nuestro ansiado indulto.

Ante todo, nos ayudó a conseguirlo nuestro antiguo amigo Diego Gardoqui, aquel bilbaíno que hacía años fue el encargado de mandar a Bernardo todos aquellos suministros que sirvieron para ganar la guerra de la Independencia americana. Mi buen Gardoqui, que ahora ocupaba el cargo de general interino en el Ministerio de Hacienda, fue quien finalmente insistió a su amigo Pedro Pablo Abarca, el ministro de Estado del rey, para que abogase en nuestro favor.

Y así, el conde de Aranda, escuchándole y conociéndome, pues había acudido alguna vez a mis tertulias, fue a la postre consciente de la injusticia que conmigo se estaba haciendo al no haber cometido yo más delito que el de haber sido amiga de la familia Cabarrús.

Por fin y después de haberme desollado los dedos escribiendo misivas a unos y otros, pude regresar a Madrid para acometer la educación de mis hijos tal y como Bernardo me pidió que hiciese.

Apenas nos acomodamos en una pequeña casa alquilada provisionalmente, mucho más sencilla que la que anteriormente ocupamos, fui a ver a mi pequeño Miguel. ¡Había crecido tanto! La academia le había cambiado mucho, ya casi era un zagal con pelusilla en el bigote. En cierto modo, el haber aprendido a defenderse solo entre otros tantos compañeros parecía haberle robado la ingenuidad.

Si era cierto que era muy joven, ya había sucedido a su padre en la merced del condado de Gálvez y era cadete de la Compañía Americana de Reales Guardias de Corps. Como tal, pensé que no le vendría mal que por aquel entonces ampliase sus dignidades, siendo admitido en una de las Órdenes Nobiliarias de Caballería.

Me gustaba particularmente la de Calatrava. Quizá porque nacida criolla en el Nuevo Mundo, me impresionaba que hubiese sido fundada en el reino de Castilla nada menos que en el siglo XII: ¡cuatro siglos antes de que las tierras que me vieron nacer fuesen descubiertas! Su cruz roja pintaría bien bordada en la pechera de la casaca de su uniforme.

Lo siguiente sería pensar en Adelaida, que a sus diecisiete años ya debería estar casada. Fue en el mismo teatro de los Caños del Peral donde una noche conoció a Benito Pardo de Figueroa, apodado el señorito de Fefiñanes por ser sus padres, los duques de Estrada, los dueños de ese bonito pazo en la ciudad gallega de Cambados. Se lo presentó mi hermano Maximiliano. Apenas se vieron por primera vez congeniaron, pues aquel joven, aunque no lo recordábamos, había luchado a las órdenes de Bernardo en la batalla de Pensacola. El primer día que apareció en casa a visitarnos terminó de enamorarse de ella cuando se la encontró con un delantal cuajado de manchas de pintura y armada de paleta y pincel frente a un lienzo; estaba terminando de escribir un verso de Horacio a los pies de una escena de romanos que previamente había pintado.

Adelaida parecía extasiada tan solo al escuchar sus elogios. A mi modo de ver, desmesurados, pero en casa del herrero cuchillo de palo... Tan admirado se mostró de su arte, que fui testigo mudo de la correspondencia de Adelaida a pesar de la diferencia de edad entre los dos.

Le invité a cenar para poder seguir indagando. A primera vista no cabía un pero. Era ya mariscal de campo, y entre sus últimas hazañas destacaba la participación en la batalla del Rosellón del ejército español contra los republicanos franceses. Además, era uno de los protegidos de Godoy, el primer ministro del rey, por lo que no nos vendría nada mal, después de nuestro desafortunado destierro, templar gaitas con la Casa Real a través de este matrimonio.

En el primer plato, enfrentado a Adelaida, no disimuló su interés por ella ni un instante. Su forma de trepanarla con la mirada me recordó a aquella primera comida en Nueva Orleans cuando conocí a Bernardo.

Aunque me sorprendió que no esperara ni un día más para pedir su mano, me gustó su determinación. Adelaida lo había pasado especialmente mal en Valladolid, hacía tiempo que ansiaba empezar a formar una familia y no sería yo la que se lo negase si el candidato a su mano era digno.

La profunda voz de Benito inundó la estancia:

—Estimada señora: quizá le parezca precipitado, pero el amor no entiende de tiempos, y el nuestro está claro que surgió apenas nos conocimos en el teatro hace unas semanas.

En silenció, le dejé proseguir.

—Claro que, si he de ser sincero, la verdad es que a Adelaida ya hace mucho tiempo que la conocí.

Todos le miramos sorprendidos.

—Dudo que mi señora lo recuerde, ya que tan solo tenía siete años. Fue la noche en que acudí a un baile en el palacio de la gobernación de La Habana. Era justo antes de disponernos a tomar Pensacola. El conde de Gálvez, vuestro difunto esposo, nos invitó por cortesía a todos los oficiales que le acompañaríamos para que nos desfogásemos antes de luchar… —Tomó aire y dio un sorbo a la copa antes de continuar—. Aunque os parezca extraño, no pude evitar fijarme en una niña tan rubia y de unos ojos tan expresivos o más que los de su madre. Sabía que don Bernardo, a pesar de no ser su padre natural, la quería tanto como al resto de sus hijos, y lo comprendí viéndola alegremente corretear por entre las piernas de los asistentes.

Bromeé.

—Le advierto que no soy muy amiga de las exageradas lisonjas. ¿De verdad que un joven oficial, a punto de entrar en combate, se fijó en una niña pequeña en vez de dedicarse a seducir a cualquier otra hermosa dama de las que había en aquella recepción? Según recuerdo había muchas jóvenes hermosas y casaderas.

Dio otro sorbo a la copa y, midiendo sus palabras, sonrió.

—No voy a desdecirme, porque, entre otras cosas, su hermano Maximiliano podría desmentirme. Claro que las había. Tan claro como que ninguna superaba en virtudes a mi querida Adelaida. Esperar a casi cumplir la cuarentena para tomar estado sin duda ha merecido la pena.

Mientras mi hija mayor se sonrojaba, a mí aquel mariscal, con acento gallego y un gran desparpajo, terminó por convencerme.

Once meses después se casaron, y al año nació el pequeño Benito, mi primer nieto, que apenas cumplido el año vio a su padre partir al norte a luchar contra los franceses. Aunque no me hacía demasiada gracia, tampoco quise darle un segundo pensamiento ya que, por nada del mundo, después de lo pasado, quería ser señalada de nuevo como afrancesada. Al fin y al cabo, mi padre ya se había enfrentado a los suyos muchos años antes en Nueva Orleans.

Y pensando por aquellos días en él, recibí carta de mi madre con la noticia de su muerte. Hacía ya casi tres años que las había despedido junto a mis hermanas y nuestra querida Nana después de haber pasado un tiempo conmigo en España, y desde entonces no las había vuelto a ver.

Aunque sabíamos que en los últimos años de la vida de padre los negocios no le habían ido demasiado bien, fue para ella una sorpresa, al abrir su testamento, el saber que estaban prácticamente arruinados.

Ya sola y sin apenas medios con los que mantenerse, decidió mudarse a La Puebla para vivir con mi hermana María Antonieta, condesa de la Cadena que, al haberse también quedado viuda recientemente de mi cuñado, don Manuel de Flon, la recibió con sumo cariño. Ambas se harían mutua compañía.

¡Qué poco de nosotros parecía ya quedar en Nueva Orleans! Habiendo sido mi padre en un tiempo el hombre más rico de aquellos parajes, al final sus hijos habíamos terminado la mitad en España y la otra mitad en México.

No pude evitar acordarme de cómo mi querido Bernardo con frecuencia me solía decir que lo conseguido demasiado rápido siempre era susceptible de perderse a la misma velocidad.

Y pasado el tiempo, la siguiente en prometerse fue Matilde. Los novios también se habían conocido, como tantos otros muchos jóvenes casaderos de la corte, en el famoso teatro de los Caños del Peral.

En vez de ser presentados debidamente en un palco, fue aquel joven napolitano llamado Raimundo Capece Minutolo, que servía en Madrid en la Compañía Flamenca de Guardias de Corps, el que descubrió a mi pequeña Matilde una noche cantando sobre el escenario una ópera bufa llamada *Eugenia*. Embelesado desde ese mismo momento, apenas tardó seis meses en venir a visitarme junto a sus padrinos, los príncipes de Canosa, para pedirme su mano.

Aquella misma noche, después de celebrarlo, la velada se presentó de lo más animada ya que, con la emoción del momento, Adelaida se puso de parto. Apenas tuvimos tiempo de llegar a su casa, en el número catorce de la calle del Barco. No quise separarme de ella ni un segundo en el parto de Alfonso, su segundo hijo varón, cuyo padre seguía ausente en la guerra del norte, y Ágata, como siempre había hecho con todas las mujeres de la familia, ayudó en el trance.

Mi vida seguía entre bodas y bautizos: el día de la boda de Matilde, su hermano Miguel hizo las veces de padrino llevándola al altar y Adelaida me informó de que de nuevo estaba embarazada en el primer cumpleaños de su hijo Alfonso. Su hermana Clementina, la tercera de mis nietas, nació fuerte como un roble. Se parecía tanto a mí de niña, tan rubia, con una tez tan blanca, labios carnosos y pómulos marcados, que bromeé con todo el que le buscaba un símil. Mi réplica parecía haber venido al mundo para reemplazarme, y algo debía de haber de verdad en ello, porque aquel frío seco de la Villa y Corte cada vez se me filtraba más en los huesos.

Fue entonces cuando decidí mudarme a Aranjuez, donde asiduamente paraban los reyes y, según mi cirujano, las temperaturas eran más templadas. Teniendo ya solo a Guadalupe a mi lado, alquilé una pequeña y acogedora casa que podría caldearse más rápido y me vendría mejor para las articulaciones. Y temiendo mi final, mi hija pequeña y yo hablamos sobre lo que haría cuando ella quedase sola. Acordamos que, si por algún motivo Dios me llamaba sorpresivamente a su lado, ella se iría a vivir a Málaga con mi hermana Isabel. Ella, al igual que mi suegra Ana de Zayas, al volver de las provincias de ultramar acompañando a su marido Unzaga, se quedó allí para que él pudiese morir en su tierra natal.

Por otro lado le pedí que, cuando llegase el momento, mi cuerpo fuera enterrado en un nicho que había comprado en la iglesia de Nuestra Señora de la Concepción, en el cercano pueblo de Ontígola. La había conocido un día al ir a rezar un responso en la tumba del que fue nuestro protector, el tío de mi esposo, José de Gálvez, y, dado que ya nunca regresaría a México para yacer junto a Bernardo como me hubiese gustado, no me pareció un mal sitio donde reposar eternamente.

Ya muy enferma y con apenas fuerzas para incorporarme, recibí una tarde la que sería la última visita de alguien que no pertenecía a la familia más directa. Guadalupe me pidió permiso para traérmelos, porque sabía que todo lo que sonase a ilustración me seguía entreteniendo.

Al ver entrar al doctor Francisco de Balmis me alegré recordando la entrañable amistad que le unía a Bernardo. Venía junto a un alemán llamado Alejandro Humboldt y quería entretenerme con la expedición científica que se proponía hacer a las provincias españolas de ultramar, a la par que yo le ilustraba con mi experiencia del Nuevo Mundo. Me divirtió saber que hacía dos noches había pasado la velada haciendo mediciones astronómicas nada menos que desde las azoteas del palacio de las Vistillas de la duquesa del Infantado por, según él, encontrarlas las más altas y limpias de contaminación lumínica.

El doctor Balmis, por su parte, me habló de un recientísimo descubrimiento médico que el doctor Jenner acababa de hacer en Inglaterra al encontrar un remedio, al parecer definitivo, para acabar con la mortal viruela. Era muy fácil de administrar y lo había llamado vacuna al venir la linfa curativa de las vacas.

A pesar de sonarme todo tan fascinante, apenas habían pasado media hora conmigo cuando me agoté e, incapaz de mantener los párpados abiertos, lamentablemente me dormí.

Al despertar ya no estaban. Pedí que, por favor, les mandasen mis excusas más sentidas. Guadalupe se había anticipado y me aseguró que los dos, al ser hombres de ciencia, lo habían comprendido. Estaba claro que la debilidad de mi cuerpo viejo y cansado ya no acompañaba a mis aún vitales pensamientos.

Tan solo quince días después de aquella ilustre visita, confesé y recibí el santo sacramento de la extremaunción, aparejada para morir como en la Antigüedad había leído que decían los cronistas de una persona a punto de fallecer, después de desayunar aquel veintiuno de mayo del penúltimo año del siglo que me tocó vivir, al ver entrar a mis cuatro hijos en mi habitación y sentarse a los pies de mi cama rosario en mano, supe de mi devenir.

Al fondo oía, como tantas otras veces, a mi amiga Ágata murmurar cánticos chamanes y zarandear sus huesos a modo de sonajero. Con las pocas fuerzas que me quedaban, cerré los ojos, procuré esbozar una sonrisa y, encomendándome a Dios, los despedí mentalmente: «Adiós, hijos míos, recién cumplida la cuarentena quizá os parezca prematuro, pero os aseguro que me voy tranquila. Parto asida a un profundo anhelo. El de encontrarme muy pronto con vuestro padre, mi querido Bernardo, a quien tantas veces esperé a la orilla de un río, de un mar, o de la apasionante vida por cuyos senderos paseé de su mano. Aquí os dejo, en esta parte del mundo a donde un día os traje en busca de vuestra herencia y antepasados, con la certeza absoluta de que Europa os acogerá mejor incluso a como América acogió a mis padres. Me voy en paz y con la conciencia tranquila, pues creo haber cumplido con todos los cometidos que de mí se esperaban. Doy gracias a Dios por todo lo caritativo que fue conmigo, y a Él encomiendo mi alma».

Se terminó de escribir el 2 de febrero de 2022

BIBLIOGRAFÍA Y DOCUMENTACIÓN INTERESANTE PARA QUIEN QUIERA SEGUIR INDAGANDO

BEERMAN, Eric, *España y la Independencia de Estados Unidos,* Madrid, Editorial Mapfre, 1992; «La bella criolla Felicitas de Saint Maxent, viuda de Bernardo de Gálvez, en España», en *Norte América a finales del siglo XVIII: España y los Estados Unidos,* VV. AA., coord. Garrigues López-Chicheri, Eduardo, Madrid, Marcial Pons, 2008; «French Ancestors of Felicité de St. Maxent», Nueva Orleans, Revue de Louisiana, 1977.

CANALES, Carlos; REY, Miguel del, *Bernardo de Gálvez: de la apachería a la independencia de los Estados Unidos,* Madrid, Edaf, 2015.

E. CHÁVEZ, Thomas, *España y la Independencia de Estados Unidos,* Madrid, Taurus, 2006.

GALBIS DÍEZ, María del Carmen, «Bernardo de Gálvez», en *Los virreyes de Nueva España en el reinado de Carlos III, Tomo II (1779-1787),* CSIC - Escuela de Estudios Hispano-Americanos (EEHA),1968.

Garrigues López-Chicheri, Eduardo, *El que tenga valor que me siga*, Madrid, La Esfera de los Libros, 2016.

Holmes, Jack David Lazarus, «De México a Nueva Orleans, 1801. El Diario inédito de Fortier y St. Maxent», en *Historia Mexicana*, 16(1), 48-70, Ciudad de México, El Colegio de México, Centro de Estudios Históricos, 1966.

J. Coleman, James, *Gilbert Antoine de St. Maxent. The Spanish-Frenchman of New Orleans*, Nueva Orleans, Pelican Publishing Company, 1968.

Quintero Saravia, Gonzalo M., *Bernardo de Gálvez. Un héroe español en la Guerra de Independencia de los Estados Unidos de Norteamérica*, Madrid, Alianza, 2021.

Reparaz, Carmen, *Yo Solo. Bernardo de Gálvez y la toma de Panzacola en 1781*, Barcelona, Serbal, 1986.

Rodulfo Boeta, José, *Bernardo de Gálvez*, Madrid, Publicaciones Españolas, 1976.

Victoria, Pablo, *España contraataca: La deuda de Estados Unidos con Bernardo de Gálvez*, Madrid, Edaf, 2016.

Walton Caughey, John, *Bernardo de Gálvez in Luisiana, 1776-1783,* Nueva Orleans, Pelican Publishing Company, 1972.

VV. AA., *Bernardo de Gálvez y su tiempo*, Colegio Oficial de Ingenieros Industriales de Málaga, Málaga, 2007.

VV. AA., *George Washington en España. El legado del ejército español en los Estados Unidos de América*, Madrid, Ministerio de Defensa. Secretaría General Técnica, 2021.

CPSIA information can be obtained
at www.ICGtesting.com
Printed in the USA
JSHW022131130323
38888JS00002B/3

9 788491 397519